उपन्यास

अन्तिम अरण्य

लेखक की कृतियाँ

कहानी-संग्रह

परिन्दे (1959), जलती झाड़ी (1965), पिछली गर्मियों में (1968), बीच बहस में (1973), कव्वे और काला पानी (1983), प्रतिनिधि कहानियाँ (1988), सूखा तथा अन्य कहानियाँ (1995), थिगलियाँ (2024)

उपन्यास

वे दिन (1964), लाल टीन की छत (1974), एक चिथड़ा सुख (1979), रात का रिपोर्टर (1989), अन्तिम अरण्य (2000)

यात्रा-संस्मरण/डायरी

चीड़ों पर चाँदनी (1963), हर बारिश में (1970), धुंध से उठती धुन (1997)

निबन्ध

शब्द और स्मृति (1976), कला का जोखिम (1981), ढलान से उतरते हुए (1985), भारत और यूरोप : प्रतिश्रुति के क्षेत्र (1991), इतिहास स्मृति आकांक्षा (1991), शताब्दी के ढलते वर्षों में (1995), दूसरे शब्दों में (1997), आदि, अन्त और आरम्भ (2001), साहित्य का आत्म-सत्य (2006), सर्जना पथ के सहयात्री (2006)

नाटक

तीन एकान्त (1976)

अनुवाद

पराजय : अलेक्सांद्र फेदेयेव (1954), बचपन : टाल्स्टॉय (1954), कुप्रीन की कहानियाँ : अलेक्सांद्र कुप्रिन (1955), रोमियो जूलियट और अँधेरा : यान ओत्चानाशेक (1964), खेल-खेल में : चेक कहानियाँ (1966), इतने बड़े धब्बे : चेक कहानियाँ (1966), झोंपड़ीवाले और अन्य कहानियाँ : मिहाइल सदौवेन्यु (1966), कारेल चापेक की कहानियाँ (1966), बाहर और परे : इर्षी फ्रीड (1967), आर.यू.आर. : कारेल चापेक (1972), एमके : एक गाथा : जोसेफ़ श्कवोरेस्की (1973)

पत्र

प्रिय राम, प्रिय निर्मल (2006), देहरी पर पत्र (2009), चिट्ठियों के दिन (2009)

साक्षात्कार

संसार में निर्मल वर्मा (2006)

संचयन

दूसरी दुनिया (1978)

अन्तिम अरण्य

निर्मल वर्मा

राजकमल प्रकाशन

पहली बार **राजकमल** से 2000 में प्रकाशित

ISBN : 978-93-6086-406-4

मूल्य : ₹895

पुनर्नवा संस्करण : अप्रैल, 2024

प्रकाशक : राजकमल प्रकाशन प्रा. लि.
1-बी, नेताजी सुभाष मार्ग, दरियागंज
नई दिल्ली-110 002

शाखाएँ : अशोक राजपथ, साइंस कॉलेज के सामने, पटना-800 006
पहली मंजिल, दरबारी बिल्डिंग, महात्मा गांधी मार्ग, प्रयागराज-211 001
1, अनमोल सोराबजी सन्तुक लेन, धोबी तलाव, मरीन लाइंस, मुम्बई-400 002

वेबसाइट : www.rajkamalprakashan.com
ई-मेल : info@rajkamalprakashan.com

मुद्रक : विकास कंप्यूटर एंड प्रिंटर्स
ट्रॉनिका सिटी-201 102

ANTIM ARANYA
Novel by Nirmal Verma

हममें से किसी के पास समय नहीं था कि हम अपने जीवन के असली नाटकों को जी सकें, जो हमारी नियति में लिखे थे। यही चीज़ हमें बूढ़ा बनाती है—सिर्फ़ यह, और कोई नहीं। हमारे चेहरों की झुर्रियाँ और सलवटें उन विराट उन्मादों, व्यसनों और अन्तर्दृष्टियों की ओर संकेत करती हैं, जो हमसे मिलने आए थे और हम घर पर नहीं थे।

—**वॉल्टर बेन्यामिन :** *प्रूस्त पर लिखते हुए*

एक

1

वह आ रहे हैं। मैं उन्हें दूर से देख सकता हूँ। मैं कोशिश करता हूँ कि यह जान सकूँ कि वह किसी के साथ हैं या अकेले। लेकिन यह असम्भव है। वह ढलान के ऐसे कोण पर हैं, जहाँ दूसरा हो भी, तो दिखाई नहीं दे सकता। मैंने कोशिश छोड़ दी है। वह अब पेड़ों के अन्तिम झुरमुट में चले गए हैं, जिसकी हरियाली छत पर डूबते सूरज की एक पीली परत फैली है। उसके ऊपर परिन्दों का रेला है और उसके ऊपर आकाश, तारे, हवा...और फिर कुछ भी नहीं।

मैं उन्हें काफ़ी दूर से देख सकता हूँ...वह अब पेड़ों के झुरमुट से बाहर निकल आए हैं और पगडंडी के उस अन्तिम सिरे पर चलने लगे हैं, जो उनकी कॉटेज के पिछवाड़े तक जाती है। उनके एक हाथ में छड़ी है, दूसरे में टॉर्च। तीसरा हाथ होता तो शायद वह उसे अपने कन्धे पर रख लेते...और ख़ुद अपने सहारे के साथ नीचे उतरते जाते। किसी में इतना साहस नहीं कि उन्हें सहारा दे सके। वह किसी पर निर्भर नहीं हैं।

उन चीज़ों में तो बिलकुल नहीं जो दैनिक और दुनियावी हैं। उन्हें देखकर मुझे होटल के बन्द कमरे याद हो आते हैं, जिन पर सफ़ेद तख़्ती लगी रहती है...'प्लीज़ डोंट डिस्टर्ब!' यह वही कर सकता है, जिसे मालूम है कि बाहर उसके लोग बेंचों पर बैठे हैं, उसकी प्रतीक्षा में। कब तख़्ती उतरे, कब वे उसके पास जाएँ। जो व्यक्ति सचमुच अकेला होता है, वह ऐसी तख़्तियाँ नहीं लगाता या अगर लगाएगा तो उस पर लिखा होगा... : 'कम वन। कम ऑल।'

वह अचानक खड़े क्यों हो गए? वह दरवाज़ा खोलकर भीतर क्यों नहीं चले जाते? उन्होंने टॉर्च बुझा दी और बन्द कमरे के आगे देहरी पर ठिठके रहे। क्या वह कुछ सुन पा रहे हैं, जो इतनी दूर से मैं नहीं सुन पाता? क्या यह ठीक है, इस तरह अपने घर के आगे चोरों की तरह खड़े होना, ख़ुद अपने घर की आवाज़ों को सुनना? इस उम्र में क्या आदमी इतना शक्की हो जाता है कि स्वयं अपनी दीवारों पर सन्देह करने लगता है?

लेकिन दूसरे ही क्षण मुझे लगा...मैं कितना ग़लत था! वह सुन नहीं रहे, सिर्फ़ देख रहे थे। थोड़ा-सा पीछे हटकर अपने घर को देख रहे थे—कुछ वैसे ही, जैसे थोड़ा-सा पीछे हटकर हम किसी पेंटिंग को देखते हैं। दो पहाड़ियों के फ्रेम में जड़ी उनकी कॉटेज अपने भीतर की रोशनियों में चमचमा रही थी। अँधेरा कहीं था तो सिर्फ़ वहाँ, जहाँ वह खड़े थे। अपनी झुकी हुई पीठ, हिलती हुई छड़ी और बुझी हुई टॉर्च के साथ...चोरों की तरह वह अपने घर को नहीं, मैं उन्हें देख रहा था।

कभी-कभी मैं सोचता हूँ कि जिसे हम अपनी ज़िन्दगी, अपना विगत

और अपना अतीत कहते हैं, वह चाहे कितना यातनापूर्ण क्यों न रहा हो, उससे हमें शान्ति मिलती है। वह चाहे कितना ऊबड़-खाबड़ क्यों न रहा हो, हम उसमें एक संगति देखते हैं। जीवन के तमाम अनुभव एक महीन धागे में बिंधे जान पड़ते हैं। यह धागा न हो, तो कहीं कोई सिलसिला नहीं दिखाई देता। सारी जमापूँजी इसी धागे की गाँठ से बँधी होती है, जिसके टूटने पर सबकुछ धूल में मिल जाता है। उस फ़ोटो अलबम की तरह, जहाँ एक फ़ोटो भले ही दूसरी फ़ोटो के आगे या पीछे आती हो, किन्तु उनके बीच जो ख़ाली जगह बची रह जाती है, उसे भरनेवाला 'मैं' कब का गुज़र चुका होता है। वे हमारे वर्तमान के नेगेटिव हैं...सफ़ेद रोशनी में पनपनेवाले प्रेत...जिन्हें हम चाहें तो बन्द स्मृति की दराज़ से निकालकर देख सकते हैं। निकालने की भी ज़रूरत नहीं...एक दृश्य को देखकर दूसरा अपने आप बाहर निकल आता है, जबकि उनके बीच का रिश्ता कब से मुरझा चुका होता है।

जैसे उस शाम मैंने उन्हें अपनी कॉटिज के बाहर खड़े हुए देखा... तभी मुझे एक दूसरा दृश्य याद हो आया। एक नीरव और शान्त लैंडस्केप। दो उठी हुई पहाड़ियों के बीच नीचे जाता हुआ ताबूत, जिसमें उनकी पत्नी लेटी हैं। वह नीचे जा रही हैं...और वह नीचे झुककर खुली हुई क़ब्र के अँधेरे खोखल में झाँक रहे हैं। उनके पीछे उनकी बेटी खड़ी है, जिसकी आँखें रूमाल से ढकी हैं। क्या वह रो रही है? मुझे नहीं मालूम। मैं न उसकी आँखें देख सकता हूँ, न चेहरा...क्योंकि जहाँ मैं खड़ा हूँ, वहाँ से सिर्फ़ उनका एक उठा हुआ हाथ और हवा में लटकते हुए रूमाल का सिरा ही दिखाई देते हैं।

अचानक मुझे वह हँसी सुनाई देती है...सफ़ेद दाँतों की चमकीली पाँत से पहाड़ी झरने की तरह कल-कल करती हुई...उनकी हँसी, जिन्हें दफ़नाया जा रहा था। वह ऐसे हँसा करती थीं, जैसे वे बच्चे, आँखमिचौनी खेलते हुए अपने छिपे हुए कोने से हँसते हैं, जब उन्हें

खोजनेवाला उन्हें देखकर पास से गुज़र जाता है। मैंने आगे बढ़कर उनके कन्धे पर हाथ रखा...'चलिए,' मैंने कहा, अब वे हमेशा के लिए छिप गई हैं।

उनके पास शुरू में मैं जब आया था, तो मुझे हैरानी होती थी। वे बैठते एक कमरे में हैं, जबकि बत्तियाँ सारे कमरों की जलती रहती हैं। एक बार मुझे नोट्स लिखवाते समय वह बीच में ही रुक गए। मैंने सोचा, वह कुछ याद कर रहे हैं। मैं कलम उठाए उनकी तरफ़ देखता रहा। अचानक उन्होंने छड़ी उठाई और दीवार पर टँगी रस्सी को खींचा... वह घंटी थी, जो रस्सी से खिंचकर सीधे मुरलीधर के क्वार्टर में बजती थी। चूँकि वह कमरे में सुनाई नहीं देती थी, इसलिए जब मुरलीधर आता, तो लगता, जैसे वह घंटी सुनकर नहीं, रस्सी से खिंचता हुआ यहाँ आया है।

वह भीतर नहीं आता था, पायदान पर खड़ा भीतर झाँकता था, एक कठपुतली की तरह, जिसका सिर हिलता है, बाकी देह अँधेरे में छिपी रहती है।

"पिछले कमरे की बत्ती नहीं जलाई?"

उन्होंने पूछा।

"जी?" वह देखता रहा।

"क्या भूल गए थे आज?"

"जी नहीं," उसने सिर हिलाया, "बल्ब फ़्यूज़ था। कल लाऊँगा।"

वह कुछ और नहीं बोले। जो चीज़ बुरी लगती थी, उसके बारे में वह चुप हो जाते। कुछ देर बाद जब वह मेरी ओर मुड़े और पूछा,

मैं कहाँ था? तो नोटबुक में उनके रुके हुए वाक्य को दुबारा पढ़ने की बजाय मैंने हँसकर कहा, "आप यहीं थे, जहाँ बत्ती जली है। आप दूसरे कमरों के बारे में परेशान क्यों रहते हैं?"

उनके चेहरे पर एक अजीब निराशा का भाव आया। मकान, घर, कमरे—वे काफ़ी दूर-दूर तक फैले थे और वह उन्हें पार करके मेरे पास नहीं आना चाहते थे। यह सिर्फ़ उम्र का ही तकाज़ा नहीं था। यह एक-दूसरे क़िस्म का तकाज़ा था, जिसे लाँघकर मुझे हमेशा उनके पास आना पड़ता था। उन्हें यह अच्छा भी लगता था। वह नहीं चाहते थे कि मैं हमेशा उनके साथ रहूँ। कोई हमेशा उनके पास रहे—आस-पास भले ही मँडराता रहे...लेकिन उनसे चिपका न रहे। यह बात सब पर लागू होती थी—वह उनकी बेटी हो, या मेहमान, या नौकर...इससे कोई अन्तर नहीं पड़ता था।

शायद यही कारण था कि उनकी वह कॉटेज छोटी होते हुए भी दूर-दूर तक फैली जान पड़ती थी—एक पहाड़ी क़िले की तरह, जिसे न शत्रु ठीक से देख पाएँ, न मित्र आसानी से खोज सकें। दोनों तरफ़ चीड़ के पेड़ थे, जिनके बीच उसकी हरी छत पेड़ों का ही अंग जान पड़ती थी। ऊपर सड़क से झाँकने पर कॉटेज नहीं, सिर्फ़, मुरलीधर का क्वार्टर दिखाई देता था—घास की ढलान पर लेटा हुआ। एक पगडंडी ऊपर की ओर जाती थी...और थोड़ा-सा ऊपर गलियारे का शेड था, जो पहले शायद किसी चौकीदार या सन्तरी का शेड रहा होगा, किन्तु जिसे अब अलग कोठरी में बदल दिया गया था।

मैं यहीं रहता था। मेरे लिए वह काफ़ी था। एक छोटा-सा किचन, एक टॉयलेट और एक कमरा और एक गलियारा। यह गलियारा ही था, जिसने पहली बार मुझे इस खँडहरनुमा कोठरी की ओर आकर्षित किया था। वहाँ बैठकर नीचे की घाटी और ऊपर का जंगल, दोनों दिखाई देते थे। और जब रात होती थी, तो शहर की चमकती रोशनियाँ उतनी ही

दिखाई देती थीं, जितने आकाश के तारे। कहना मुश्किल था, कौन-सी नक़ली रोशनी कौन-से असली तारे में काया-कल्प कर लेती है...!

मैं अँधेरे गलियारे में तब तक बैठा रहा करता था...जब तक मुझे एक तीसरी रोशनी दिखाई नहीं दे जाती थी। वह ऊपर नहीं, नीचे दिखाई देती थी। नीचे से ऊपर आती हुई। वह मुरलीधर की लालटेन होती थी। वह अपने क्वार्टर से निकलकर झाड़ियों के बीच पगडंडी पकड़ लेता और लम्बे-लम्बे डग भरता हुआ ऊपर चढ़ता जाता। पीछे-पीछे काली भौंकती हुई आती और उसके पीछे उसका बेटा बंसीधर! मेरे गलियारे के पास आकर दोनों पीछे रुक जाते...और सिर्फ़ मुरलीधर एक क़दम आगे बढ़कर काठ की सीढ़ियों पर खड़ा हो जाता। कहता कुछ नहीं था, सिर्फ़ उसकी लालटेन की सुर्ख़ तरेरती आँख ऊपर उठ जाती...और तब मुझे पता चल जाता था कि जिस घड़ी को मैं अब तक टालता आया था, वह मुझे लेने आ पहुँची है।

"चलें?" मैं कहता।

"जी।" वह सिर हिलाता।

मुझे लगता, वह अँधेरे में मुस्करा रहा है।

"सब ठीक तो है?" मैंने कहा।

"जी, सब ठीक! बस, आपका इन्तज़ार है।" वह कुछ ऐसे कहता, जैसे अभी-अभी थिएटर का सेट तैयार करके आया है, जहाँ पर सिर्फ़ मेरे आने की देर है।

मैंने अपना चश्मा और फ़ाउंटेन पेन बैग में रखे। मफ़लर पहना। मेज़ की दराज़ से ब्रांडी निकाली, और बिना गिलास में डाले ही उसका

एक लम्बा, गहरा घूँट लिया, ताकि उनका सामना करने का साहस जुटा सकूँ। फिर सफ़ेद रबड़ के जूते पहने और बाहर चला आया।

मेरे बाहर आते ही मुरलीधर मुड़ जाता और हम एक छोटे मरियल जुलूस की तरह पगडंडी पर चलने लगते—आगे-आगे लालटेन हिलाता हुआ मुरलीधर, उसके पीछे मैं, मेरे पीछे काली-कलूटी काली...सबसे पीछे बंसीधर...और हम सबके पीछे आधे चाँद का टुकड़ा, जो हमारे चलते ही ख़ुद चलने लगता और जब हम दरवाज़े के सामने आकर खड़े हो जाते तो वह ख़ुद भी हमारे पीछे ठिठक जाता—देखने के लिए कि हम आगे क्या करते हैं।

मुरलीधर एकदम दरवाज़ा नहीं खोलता था, कुछ देर उससे कान सटाए खड़ा रहता, जैसे भीतर से किसी अज्ञात सिग्नल के आने की प्रतीक्षा कर रहा हो। ऐसे क्षणों में वह किसी पहाड़ी क़बीले का सरदार जैसा दिखाई देता था, सिर पर सात मंज़िली पग्गड़, जिसकी नागिन पूँछ उसके गले में लटकती रहती, मुँह पर ढका हाथ, जैसे वह सिर्फ़ सुन ही नहीं रहा, हथेली की ओट में कुछ कह भी रहा है, कोई गोपनीय सन्देश, जिसे सिर्फ़ काली ही सूँघ पाती थी, क्योंकि वह उसके चारों तरफ़ चक्कर लगाते ही पागलों की तरह भौंकने लगती और बंसीधर टुकुर-टुकुर कभी बाप को देखता, कभी काली कुतिया को, कभी मुझे...।

लेकिन तभी दरवाज़ा खुला...इतना अचानक और झटके से कि मुरलीधर नीचे गिरता-गिरता बचा। उतरकर उसने लालटेन सीधी की...नज़र ऊपर उठाई...वह खड़े थे। वह देहरी पर खड़े थे...और देख रहे थे मुरलीधर को, जो सीढ़ियों के नीचे मुँह बाए खड़ा था। काली को, जो पूँछ हिलाने लगी थी। बंसीधर को, जो अँधेरे में अपने को और अधिक अदृश्य कर देना चाहता था और मुझे, जो अब बिना किसी आड़ के उनके सामने खड़ा था और जिसके मुँह से ब्रांडी की बास आ रही थी...।

उन्होंने खट् से दरवाज़ा बन्द कर दिया।

दरवाज़ा बन्द होते ही बाहर की दुनिया पीछे सरक जाती थी...और वह रोशनी में दिखाई देते थे और मुझे लगता था कि मैं अब भी अँधेरे में खड़ा हूँ। किसी संकेत की प्रतीक्षा में, उस नौसिखिया एक्टर की तरह, जो जब तक संकेत नहीं मिलता, भकुआ की तरह खड़ा रहता है।

वह कुछ खोए-से खड़े रहते। मेरे लिए यह ठीक था। मुझे कोई जल्दी नहीं थी। मैं रोज़ की तरह अपनी कुर्सी पर बैठ जाता। सुनने लगता। पेड़ों में हवा का शोर कितने सन्नाटों के बीच सेंध लगाता हुआ भीतर आता था। वह आता और वहीं ठहर जाता और तब मैं उसे सुनना भी बन्द कर देता। सिर्फ़ एक हल्की-सी खँखार सुनाई देती, एक सीटी, उनके फेफड़ों को भेदती हुई बाहर आती, जो सिर्फ़ तभी बाहर आती, जब वह हँसने या खाँसने लगते।

"पानी?" मैंने उनकी ओर देखा।

वह आँखें मूँदे बैठे थे। मैं उठ गया हूँ। मैंने जग से गिलास में पानी डाला और उनके सामनेवाली मेज़ पर रख दिया। उन्होंने सिर्फ़ एक-चौथाई घूँट लिया, सिर हिलाया, मेरी ओर तब भी नहीं देखा, सिर्फ़ थोड़ा-सा झुककर मेज़ की निचली दराज़ खोली और एक लम्बी चौकोर आकार की नोटबुक निकाली, जो नोटबुक उतनी नहीं, जितनी रजिस्टर जान पड़ती थी, लेकिन वह काफ़ी पतली थी और अन्य भारी-भरकम रजिस्टरों से बहुत अलग जान पड़ती थी। उस पर ख़ाकी काग़ज़ की मोटी जिल्द चढ़ी थी, जिसके कोने उधड़ गए थे। दो-तीन बार खोलकर ज़ोर से बन्द किया, थोड़ी-सी गर्द ऊपर उठी, जिसे उन्होंने फूँक मारकर हवा में उड़ा दिया।

"कल तुमने पूछा था तो मुझे याद नहीं आया...लेकिन अब देखो, यह वहाँ है, जहाँ मैंने पेंसिल से निशान लगाया है!"

मेरा अनुमान सच था। वह नोटबुक नहीं, एटलस थी। मैंने उसे बीच में खोला, तो अफ्रीका का नक़्शा दिखाई दिया। दूसरे पर भी अफ्रीका का, लेकिन इस पर सिर्फ़ पहाड़, जंगल और नदियाँ थीं। तीसरा खोला, लेकिन तभी उनकी आवाज़ सुनाई दी, "वह खोलो, जहाँ मैंने निशान लगाया है।"

तब मुझे काग़ज़ की लम्बी कतरन दिखाई दी जो अफ्रीका और आस्ट्रेलिया के कहीं बहुत पीछे लटक रही थी...और जब मैंने वह पन्ना खोला, तो आँखें उस पर ठिठक गईं...जो पहचाने देश से कहीं बड़ा और भरा-पूरा दिखाई देता था—बर्मा से अफ़गानिस्तान तक फैला, लाल, सफ़ेद और पीले रंगों में टिमकता हुआ...अरब सागर और बंगाल की खाड़ी के तटों के सागर में उठा हुआ—उज्ज्वल, स्वर्ण-फूल...ब्रिटिश इंडिया, जो प्राचीन भारत से भी कहीं प्राचीन दिखाई दे रहा था। और तब बिना कुछ सोचे-समझे मैंने एटलस को पलटकर उसका पहला पन्ना देखा—World Atlas, मेकमिलन पब्लिशर्स, 1935।

1935! वह कल रात यहीं तो अटके थे। अजीब बात यह थी कि उन्हें अपने विगत जीवन की तिथियाँ याद रहती थीं—दिन, महीना, साल...लेकिन शहरों के नाम वह भूल जाते। ऐसा कोई कोना नहीं था, जहाँ उनकी स्मृति अपने चिमटे से बीती हुई घटना को बाहर न निकाल सके, लेकिन जगह, स्पेस, शहर...वहाँ कुछ ऐसी कीचड़ थी...कि पैर टिकाते ही वह फिसलने लगता था। इसका कारण शायद उनका अफ़सरी जीवन रहा होगा, जिसमें उन्हें लगातार यात्राएँ करनी पड़ती थीं—एक मरियल शहर से दूसरे मुफ़स्सिल शहर, जहाँ चलती हुई ट्रेन से देखने का लैंडस्केप तो याद रहता है, बीच में ठहरे स्टेशनों के नाम नहीं। तभी मेरी नज़र इस उद्धरण पर पड़ी, जो मैंने कहीं बीच में टाँक दिया था :

Space doesn't live in pure time, where we are now. But the objects of space...trees, houses, weather, sky, even the colour of the earth.... do have time, because they are supported by memory, which is a temporal fact....

पढ़ते-पढ़ते मैं रुक गया।

"जिन्द?" मैंने उनकी ओर देखा।

'जिन्दल!" उन्होंने कहा, "नक़्शे में 'एल' दिखाई नहीं देता। वह दरिया में डूब गया है।"

मैंने भी उस शहर का नाम नहीं सुना था...नक़्शे में भी पहली बार देखा...जहाँ सचमुच दरिया की नीली रेखा बह रही थी...।

मैंने एक बार फिर नक़्शे को ध्यान से देखा...जहाँ दरिया की रेखा खिंची थी, लेकिन उसका नाम कहीं शहर के हिज्जों के पीछे छिप गया था...वह काफ़ी ख़ुश दिखाई दे रहे थे।

"आप वहाँ काफ़ी अरसा रहे?"

"अगर बाढ़ न आती तो हमें कोई जल्दी नहीं थी। जिस सर्किट हाउस में मैं ठहरा था, वह तो आधे से ज़्यादा डूब गया था—उसी दरिया में, जो तुमने नक़्शे में देखा था।"

"वही जिसके नीचे जिन्दल का 'एल' डूबा था?"

वह मुस्कराने लगे। मेरी ओर देखा।

"'क्या करते रहे आज?" वह जब ख़ुश होते थे, तो समझते थे कि मेरा दिन भी अच्छा बीता है। हम दिन में कई बार मिलते थे, लेकिन इस तरह के निजी प्रश्न वह सिर्फ़ रात की घरेलू घड़ियों के लिए रखते थे, जब मैं अपने क्वार्टर से उतरकर उनकी कॉटेज में आता था।

"क्या तुम उसे दुबारा पढ़ सकते हो, जो तुमने कल रात लिखा था?"

मैंने वह नोटबुक खोली, जो मैं अपने साथ दिल्ली से लाया था। किसी राजस्थानी बही में उनके अतीत का जमा-खाता दर्ज किया जाएगा, यह शायद

हममें से किसी ने नहीं सोचा था। यह उनकी इच्छा नहीं थी, लेकिन जब उन्हें मेरी चोरी पता चली, तो काफ़ी सहानुभूति से मेरा साथ देने लगे। कहने लगे, "अगर इससे तुम्हारा मन लगता है, तो मुझे भी अच्छा लगेगा। जब तक तुम यहाँ हो, तुम जो चाहे कर सकते हो। सिर्फ़ मेरे सामने नहीं..."

और इस तरह पोथियाँ इकट्ठा होने लगीं, एक के बाद एक। न जर्नल, न डायरी, सिर्फ़ तिथियाँ, शहरों के नाम, यात्राएँ, डाक-बँगले, नदियाँ, नहरें, मानसून के महीने और बाढ़ के दिन...एक तरह की रेफ़रेंस बुक...कुछ स्मृतियों का मानचित्र, पीले काग़ज़ पर बिखरे शरणार्थी शहर, जिन्हें आपस में जोड़कर मैं उन पड़ावों के शरणस्थल अंकित करता था, जहाँ उनका जीवन बीता था। जब वह कुछ कहते-कहते रुक जाते, भटक जाते, भूल जाते, तो मैं उनके सहारे उन्हें दुबारा लीक पर ले आता—कुछ वैसे ही, जैसे बड़े शहर में अन्धे को रास्ता पार करते हुए लोग हाथ पकड़कर पटरी पर पहुँचा देते हैं...।

लेकिन नहीं, यह ग़लत है। यह मुझे बाद में पता चला। देखते वह सब कुछ थे, पर एक ऐसी अवस्था में पहुँच गए थे, जहाँ एक पटरी से दूसरी पटरी तक पहुँचने में समय लगता है। एक को पार करके ही दूसरे में जाना पड़ता था। जब तक वह किसी खाई या गड़हे को लाँघते, मेरी पेंसिल हवा में ठिठकी रहती। मैं सोचता था, शायद वह किसी भूली हुई घटना को याद कर रहे हैं, जबकि अक्सर होता यह था, वह किसी याद आई घटना को भुला देने की कोशिश कर रहे होते थे। याद आने और भूलने के बीच जो खाई आती थी, उससे बचने के लिए मुझसे पूछते थे, "क्यों साहब, मैं कहाँ ठहरा था?"

"बाढ़ पर," मैंने कहा।

"बाढ़? हाँ, याद आया। छोटी-सी नदी और इतना पानी! यह तो अच्छा हुआ कि मेरी पत्नी मेरे साथ नहीं थीं, वरना कोई ऐसी जगह नहीं थी, जहाँ वह मेरे साथ नहीं जाती थीं। अगर वह मेरे साथ आतीं, तो मुझे ही

तिया को उनके पेट से बाहर निकालना पड़ता!" वह हँसने लगे, "तुमने तो बिटिया को देखा है...उन दिनों वह उनके पेट में थी। मैं ऊपर की मंज़िल में था, जहाँ पानी की पहुँच नहीं थी। तीन दिनों तक मैं अपने कमरे में ही बैठा रहा। खाना-पानी सब बन्द! लेकिन मुझे इसकी चिन्ता नहीं थी। मृत्यु कोई समस्या नहीं है, अगर तुमने अपनी ज़िन्दगी शुरू न की हो। लगता है, तुम कितनी आसानी से वहाँ लौट सकते हो, जहाँ से तुम आए हो। तुमने देखा होगा, जितनी आसानी से युवा लोग आत्महत्या कर लेते हैं, बूढ़े लोग नहीं...वे जीने के इतने अभ्यस्त हो चुके होते हैं कि उससे बाहर निकलना दूभर जान पड़ता है। मौत से ज़्यादा खौफ़नाक यह बात है कि तुम कभी मरोगे नहीं, हमेशा के लिए जीते जाओगे! है न भयानक चीज़?"

"आप क्या करते रहे उन दिनों?" मैंने उन्हें पटरी पर खींचते हुए कहा।

"फ़ाइलें!" उन्होंने कहा।

"कैसी फ़ाइलें?"

"तुम सोच नहीं सकते, जिन सरकारी अफ़सरों को एक शहर से दूसरे शहर जाना पड़ता है, उन्हें कितने फ़ज़ीतों को ढोना पड़ता है। फ़ीतों के फ़ज़ीते!" वह अपनी ही बात पर हँसने लगे। "इसलिए जो दुर्घटनाएँ साधारण लोगों के लिए विपत्ति होती हैं, वे हमारे लिए वरदान। भूकम्प, बाढ़, महामारी—ये अगर न आएँ, तो हमारे अधूरे काम कभी पूरे न हों! तुम्हें विश्वास नहीं होगा कि उन तीन दिनों में मैंने अपनी सारी फ़ाइलें निपटा डालीं। जब डूबते लोग तिनके का सहारा खोजते हैं, हम फ़ीतों के सहारे सात समुद्र पार कर लेते हैं...। चौथे दिन जब मैंने खिड़की से बाहर झाँका तो पानी उतरने लगा था। सूरज निकल आया था, रेल की पटरियाँ ऐसी साफ़-धुली चमक रही थीं, जैसे दो साँप पानी से निकलकर धूप सेंक रहे हों! डाक बँगले का चौकीदार जब ऊपर आया

तो मुझे जीवित देखकर उसे उतना ही आश्चर्य हुआ, जितना मुझे उसे देखकर...। जानते हो, उसके हाथ में क्या था? टेलीग्राम...जो उसे तीन दिन पहले मिला था। ज़रा सोचो, जब बिटिया इस दुनिया में आई थी, मैं दुनिया के कगार पर बैठा था...बाढ़ की बात कहाँ से शुरू हुई थी?"

मैंने नोटबुक खोली, सोचा, शायद छूटी बात याद करवाकर मैं उन्हें डाक बँगले और बाढ़ की दलदल से बाहर निकाल सकूँगा, लेकिन उन्होंने बीच में ही रोक दिया, "वह फिर कभी बाद में...आज यहीं तक।"

कुछ देर तक हम चुप बैठे रहे। फिर मैंने उनकी ओर देखा, "चलूँ?"

"अच्छा, ठीक है...लेकिन ठहरो, मुरलीधर अभी आता ही होगा।"

"उसकी ज़रूरत नहीं है," मैंने कहा, "मैं अपनी टॉर्च साथ ले आया हूँ। कोई काम हो तो बताइए।"

वह कुछ देर चुप बैठे रहे, फिर मेरी ओर देखा, "तुम्हें यहाँ अकेलापन तो नहीं लगता?"

"आप क्या सोचते हैं?"

वह चुप बैठे रहे...कुछ नहीं बोले। मैं उनके पास आया, उनके कन्धे पर हाथ रखा...उसे धीरे से दबाया। वह न हिले, न डुले और मैं दरवाज़ा खोलकर बाहर चला आया।

अपने कमरे में लौटने से पहले मैं कुछ देर टहलने के लिए निकल पड़ता। हवा में खुनकी होती और आकाश खुला होता। तारे इतने ज़्यादा होते...और इतने चमकीले...कि लगता, हाथ उठाकर उन्हें छुआ जा सकता है। पेड़ों के ऊपर सफ़ेद धुंध के फाये तिरते रहते, शान्त, निश्चल, निस्तब्ध। उनके नीचे चलता हुआ मैं भूल जाता, कि मैं वहाँ किसलिए

हूँ, अपने घर से इतनी दूर क्या कर रहा हूँ? हवा में साँस लेते हुए देह हल्की-सी जान पड़ती और आशा बँधने लगती। किस चीज़ की आशा और किसके लिए...यह कुछ समझ में नहीं आता था। मन ख़ाली रहता तो उसमें कुछ भी आ सकता था।

पगडंडी पर चलते-चलते मैं रुक गया। पीछे मुड़कर देखा। अँधेरे में उनकी कॉटेज एक चमचमाती डिबिया-सी दिखाई देती थी, जिसे कोई भूले से बीच जंगल में छोड़ गया था। हर कमरे की बत्ती जल रही थी, तीन बरस पहले की तरह...जब मैं वहाँ पहली बार आया था। उसमें कोई परिवर्तन नहीं हुआ था, वही हरी काठ की खिड़कियाँ, बैडमिंटन का लॉन, पत्थर की बेंचें...सबकुछ वैसा ही था, सिर्फ़ अब वहाँ वह नहीं थीं...वही जिन्होंने मुझे यहाँ बुलाया था...क्या वह इसीलिए क़ब्र में जाते हुए हँस रही थीं, जैसे मुझसे कह रही हों, देखो, तुम्हें बुलाकर मैं जा रही हूँ! या उन्हें डर था कि कहीं मैं अकेले पहाड़ पर ऊब तो नहीं रहा? ऊबने का सवाल नहीं था। दिन कैसे शुरू होता था, कब रात चली आती थी, मुझे पता नहीं चलता था। जब सुबह मुरलीधर का लड़का चाय लाता था, तो मुझे पता चलता था, यह दिन है और शाम को जब स्वयं मुरलीधर लालटेन लेकर आता, तो यह नहीं लगता था कि कोई नया दिन शुरू हुआ है। सिर्फ़ यह लगता था कि पुराने दिन की यह एक नई शुरुआत है। जैसे दिन एक ही है और मैं उसे कभी ऊपर से, कभी नीचे से नई-नई तरफ़ों से देख रहा हूँ।

जब कुछ लोग कहते हैं कि वे एक दिन के बाद दूसरे दिन में रहते हैं...तो शायद असल में उनका मतलब होता है कि वे एक ही दिन में रहते हैं, जो चलता रहता है। जब मैं छोटा था, तो एक बार मैंने अपनी गर्मी की छुट्टियाँ एक छोटे-से क़स्बाती स्टेशन में गुज़ारी थीं। वहाँ मेरे चाचा स्टेशन मास्टर थे। मैं देखा करता था कि रेल के डिब्बे जो पुराने हो जाते थे, उन्हें एक छोटी लाइन पर खड़ा कर दिया जाता

था। रेलगाड़ियाँ आतीं और उन्हें छोड़कर धड़धड़ाती हुई आगे बढ़ जातीं। उन ख़ाली डिब्बों में हम लुकाछिपी का खेल खेलते थे। कभी-कभी वहाँ हमें अनोखी चीज़ें मिल जातीं—किसी आदमी का मफ़लर, सीट के नीचे दुबकी किसी लड़की का सेंडिल...। एक बार तो मुझे एक मुसाफ़िर की फ़टी-पुरानी नोटबुक भी मिली थी, जिसमें पाँच रुपये का चीकट नोट दबा था...लेकिन सबसे विस्मयकारी स्मृति स्वयं रेल के उस डिब्बे की थी, जो रेल की पटरी पर खड़ा हुआ भी कहीं नहीं जाता था। अगर उन्होंने वह विज्ञापन नहीं दिया होता, तो आज भी मेरा डिब्बा उस पहाड़ी क़स्बे की ब्रांच लाइन पर लगा रहता। कभी-कभी कितनी छोटी चीज़ आदमी की ज़िन्दगी बदल देती है...!

मैंने दिल्ली के 'स्टेट्समैन' में वह विज्ञापन देखा था, जिसकी कतरन आज भी कहीं मेरे काग़ज़ों में पड़ी होगी। मुझे अब उसकी भाषा ठीक से याद नहीं। अगर कोई चीज़ याद रह गई है, तो अपने भीतर का विस्मयकारी कौतूहल, जो उस छोटे-से विज्ञापन ने मेरे भीतर जगाया था।

पहली चीज़ तो यही थी कि वह विज्ञापन एक महिला ने दिया था, जिसमें किसी पढ़े-लिखे युवक की माँग की गई थी, जो उनके रिटायर्ड पति के साथ हर रोज़ कुछ घंटे बिता सके और उनकी छोटी-छोटी ज़रूरतों को पूरा कर सके...वे 'ज़रूरतें' क्या होंगी, इसका कोई हवाला विज्ञापन में नहीं दिया गया था। इसके एवज़ में आवेदनकर्ता को (उसकी नियुक्ति पर) मुफ़्त की बोर्डिंग और लाजिंग ही दी जा सकेगी...।

मेरे कौतूहल का एक कारण यह भी था कि पत्र-व्यवहार के लिए उन्होंने घर के पते की जगह बहादुरगंज के पोस्ट ऑफ़िस का पता दिया था।

बाद में जब मैंने उनसे इसका भेद जानना चाहा, तो वह खिलखिलाकर हँसने लगीं, जैसी कि उनकी आदत थी...कहने लगीं, "आप क्या सोचते हैं, अगर मैं इन्हें (मेहरा साहब को) पहले से बता देती, तो वह आपको यहाँ अपने घर में पैर रखने देते? मैं उन्हें आख़ीर तक अँधेरे में रखना चाहती थी!"

अँधेरे में? मैं उनके बारे में नहीं जानता, सिर्फ़ अपने बारे में कह सकता हूँ...कि जिस दिन मैंने वह विज्ञापन पढ़ा, मैं अँधेरे से बाहर निकल आया था। मैं जीवन के एक ऐसे दौर से गुज़र रहा था, जिसे कुछ लोग 'क्राइसिस ऑफ़ मिडल एज' कहते हैं। यह मैं अब सोचता हूँ। मैं उससे बाहर निकलना चाहता था। अब हँसी आती है, क्या कोई अपने तन की त्वचा और मन की मैल से बाहर आ सकता है? कहीं भी जाओ, ये दोनों चीज़ें पीछा नहीं छोड़तीं। लेकिन एक बात मैं जानता हूँ, यहाँ आने का मतलब एक दुनिया को छोड़कर दूसरी दुनिया में जाना नहीं था, यह अपनी ही दुनिया में अपने को दुबारा पाने का प्रयत्न था...।

मुझे नहीं मालूम, मैं इसमें कितना सफल हो पाया हूँ...लेकिन कभी मैं अपनी कोठरी में बरामदे में बैठा हुआ बारिश की बौछार देवदारों पर गिरती हुई देखता हूँ, तो लगता है कि मेरी 'मिडल एज' का संताप पहाड़ की अविरल शान्ति में घुल गया है...अगर शान्ति का मतलब लगी-बँधी लीक के साथ जीना है, जहाँ न किसी अचानक ख़ुशी का झटका लगता है, न किसी ख़तरे का झोंका आता है।

काम भी ज़्यादा नहीं है...हफ़्ते में दो बार मेहरा साहब की कॉटेज में जाता हूँ। वह जो कुछ कहते हैं, याद करते हैं, सोचते हैं, उसे नोट कर लेता हूँ। बीच के ख़ाली दिनों में उन्हीं नोट्स में ज़रूरी काट-छाँट करता रहता हूँ, ताकि जब कोई तीसरा आदमी उन्हें पढ़े, तो वे बिलकुल ही अनर्गल न जान पड़ें! भला इस जगह तीसरा आदमी और कौन हो सकता है—सिवा उनकी बेटी के, जो महीने में कभी-कभार एक वीक-एंड गुज़ारने के लिए यहाँ आ जाती हैं? यह

वही हैं, जिनसे पहली बार मिलना उनकी माँ की क़ब्र पर हुआ था। सिमिट्री में, खुली क़ब्र के आगे।

वही जिसके मृत खोखल से मैंने उनकी हँसी सुनी थी, जिन्हें दफ़नाया जा रहा था।

जैसे वह कह रही हों—देखो, मैंने तुम्हें यहाँ बुलाया था, और मैं जा रही हूँ।

क्या वह सचमुच चली गई हैं? मैं ख़ाली कमरे में बाहर हवा का चलना सुनता रहता हूँ। मुझे उनका याद आना एक प्रेत जैसा लगता है, घर के भीतर-बाहर कोई भटकती-सी चीज़...नहीं, आत्मा नहीं, इतनी भरी, साफ़ चहचहाती देह अपने में सम्पूर्ण जान पड़ती थी...?

वह मेहरा साहब की दूसरी पत्नी थीं, उम्र में उनसे बहुत छोटी।

जब मैं पहली बार आया था, तो मैं समझा था कि वह उनकी बेटी हैं। क्या पता था कि वह पहले से ही एक बेटी की माँ बनकर आई हैं। जिस दिन मैं आया था, वह बैडमिंटन खेल रही थीं। उनके साथ एक दूसरी महिला थीं और मेहरा साहब कोर्ट के बाहर बैठे थे। उनके आगे मेज़ लगी थी, जिस पर पानी का जग और शीशे के गिलास रखे थे। कुली सामान लिये मेरे साथ खड़ा था। बारह घंटे की बस-यात्रा के बाद—धूल, गर्द, पसीने में लदा-फँदा मैं—पहाड़ी कॉटेज के उस दृश्य को एक फ़िल्म की तरह देख रहा था।

उस दिन भी हवा वैसे ही चल रही थी, जैसे आज। हवा में बहती हुई शटल-कॉक कोर्ट की बाउंड्री को लाँघकर वहाँ चली आई...जहाँ मैं खड़ा था। वह बिलकुल मेरे पैरों के सामने आकर गिर गई थी। सफ़ेद चिड़िया! वह

भागती हुई मेरे पास आईं, और मैंने चिड़िया उठाकर उनके हाथ में पकड़ा दी।

वह एक क्षण अपलक मुझे घूरती रहीं...फिर मेरे कुली की तरफ़ देखा, फिर दोबारा मेरी तरफ़...और तब उन्होंने कुछ हैरत में कहा, "क्या तुम वही हो, स्टेट्समैनवाले उम्मीदवार...?"

उन्होंने अपना वाक्य पूरा नहीं किया, उनके पीछे मेहरा साहब खड़े थे और मुझे देखकर मुस्करा रहे थे। अपनी पत्नी के अधूरे वाक्य और अपनी मुस्कराहट के बीच उन्होंने मेरे परिचय को पूरा कर दिया था। हाथ पकड़कर वह कुछ आगे चले आए जहाँ बैडमिंटन का कोर्ट था, वहाँ एक विदेशी महिला अब भी रैकेट हाथ में लिये खड़ी थीं—बहुत छोटे क़द की, लेकिन सख़्त, चौड़ी काठी, सफ़ेद बाल और बड़ी, बनैली, नीली आँखें। "यह अन्ना जी हैं, लेकिन यह अभी आपसे हाथ नहीं मिलाएँगी, जब तक अपना गेम पूरा नहीं कर लेंगी..."

जब तक गेम पूरा नहीं हो गया, मैं कोर्ट के किनारे बैठा रहा था। मिसेज़ मेहरा एक तरफ़ और दूसरी तरफ़ मेहरा साहब और वह विदेशी महिला। कोर्ट के पीछे पेड़ों की तिरछी लाइन, जो पहाड़ पर खिंचती हुई आकाश तक चली गई थी, सूरज की आख़िरी रोशनी में सुलगती हुई।

शाम का वह धुँधलका बहुत चमकीला-सा हो गया था। तारे निकल आए थे। उनके शटल-कॉक की खर-खर आवाज़ कभी एक तरफ़, कभी दूसरी तरफ़ से मेरे पास चली आती थी। मिसेज़ मेहरा अकेली होकर भी जीत गई थीं...मेरे पास आकर कुर्सी पर बैठ गईं, तो तारों के उजास में उनके सुन्दर, तपे हुए चेहरे को देखकर कौन कह सकता था कि दो साल बाद मैं उनकी क़ब्र के सामने खड़ा होऊँगा...?

2

यह मेरी छुट्टी की शाम है। मुझे उनके पास नहीं जाना। कोई और दिन होता तो मैं कमरे में बैठकर उनकी डायरी के नोट्स को नये काग़ज़ों पर टीपने बैठ जाता, लेकिन बत्ती चली गई थी, और कमरे में एक म्लान-सा अँधेरा चला आया था। बाहर बरामदे में आया, तो मेज़ पर चाय की ट्रे दिखाई दी, जो मुरलीधर छोड़ गया था, जब मैं भीतर सो रहा था। मैं कुछ चौंक-सा गया, जब मैंने देखा, ट्रे के नीचे काग़ज़ का पुर्ज़ा दबा था। खोलकर देखा, तो उसमें अन्ना जी के साफ़-सुथरे अक्षर चमक रहे थे :

Please come this evening. A surprise is waiting for you! A.

अन्ना जी वही महिला थीं, जिन्होंने पहले दिन कोर्ट में मुझसे गेम समाप्त हो जाने के बाद ही हाथ मिलाया था। वह जर्मन थीं, और दूसरी लड़ाई से पहले यहाँ आई थीं। उन्होंने अपना बचपन ब्लैक फ़ॉरेस्ट में बिताया था,

जिसके बारे में वह अनेक क़िस्से-कहानियाँ सुनाती थीं...लेकिन हिन्दुस्तान आने के बाद उनकी कहानी पटरी से उतरकर अनेक पहेलियों के बीच एक साथ चलती थी...जिनके बीच किसी तरह का तारतम्य बिठाना असम्भव लगता था। कुछ वर्ष फ़रीदकोट के राज-परिवार की गवर्नेस भी रही थीं...फिर राजस्थान चली गई थीं, जहाँ थार के मरु में उनकी जीवन-धारा कई वर्षों तक अगोचर रहकर आख़िर हिमालय के इस डेरे पर दिखाई दी, जहाँ वह पिछले कई वर्षों से अकेली रह रही थीं। उनके बारे में जानकारी की कमी हो, अफ़वाहों की कमी नहीं थी। सुना जाता था कि जर्मन होने के कारण लड़ाई के दिनों में उन पर कड़ी निगाह रखी जाती थी, यह बात मिसेज़ मेहरा हँसते हुए बताती थीं, "क्या तुम्हें हमारी अन्ना जी जासूस जान पड़ती हैं? हमारी मेमसाहब माताहारी जी?"

जब कभी मुझे उनका नोट मिलता, काग़ज़ के पुर्ज़े पर उनके हाथों से लिखा हुआ गोपनीय सन्देश, तो मुझे लगता कि वह जासूस न भी रही हों, शायद उनकी ऐसी सनकों के कारण ही अंग्रेज़ों ने उन पर सन्देह किया होगा। कुछ भी हो, लेकिन उस शाम चाय की टीकोज़ी पर उनके हाथ का ब्राउन काग़ज़ देखकर मुझे गहरी राहत मिली...कहीं बाहर जाने का बहाना मिला। लेकिन 'सरप्राइज़' की बात से थोड़ी हैरानी हुई। उस तरफ़ पहाड़ी नगर में सरप्राइज़ की बात तभी होती थी, जब कोई भूखा बघेड़ा अपनी माँद से निकलकर कंटोनमेंट की सड़क पर चहलक़दमी करता हुआ पाया जाता था या कहीं जंगल में आग की लपटें दिखाई देती थीं। मैंने अपने कपड़े बदले और टॉर्च लेकर बाहर निकल आया।

बाहर अब भी बादल छाए थे। लगता था, मैं जब सो रहा था, तब बारिश की कोई बौछार भटकी हुई आई थी और सारे शहर को एक शॉवर में भिगोकर किसी दूसरे पहाड़ पर चली गई थी। पानी में छत की कन्दीलों से निकली घास चमक रही थी। अन्ना जी के घर एक छोटी पगडंडी ऊपर जाती थी, जिसके दोनों ओर बाँज के पेड़ रहते थे।

ऊपर जाते हुए वे सन्तरी-से दिखाई देते थे और लौटते हुए जब रात हो जाती थी, तो वे संन्यासियों में परिणत हो जाते थे।

पगडंडी ख़त्म होते ही एक चौड़ी, चौकोर-सी चौकी आती थी, जहाँ अब भी दो लम्बे तराज़ू टाँगनेवाला बाँस दो पेड़ों के बीच लगा था...अंग्रेज़ों के ज़माने में यह चुंगीख़ाना रही होगी...नीचे गाँव के लोग जब ऊपर शहर आते होंगे, तो यहीं अपना सामान तुलवाकर चुंगी देते थे। तराज़ू अब नहीं था...लेकिन बाँस अब भी लगा था और चौकीदार की वह कुटिया भी वहीं थी, जहाँ कभी सरकारी अफ़सर बैठते होंगे।

गर्मी की दुपहर में कभी-कभी टहलते हुए मैं घड़ी-दो घड़ी साँस लेने वहाँ बैठ जाता था। भीतर वह बहुत ठंडी होती थी। पीछे पहाड़ी सोता बहता था, जिसकी झर-झर सुनाई देती थी। चुंगी की चौकी के नीचे सिमिट्री का मैदान था—पत्थर की दीवार और चीड़ के पेड़ों से घिरा हुआ। वहाँ से गुज़रते हुए मुझे हमेशा मिसेज़ मेहरा का ध्यान आ जाता था, जैसे मैं उन्हें अकेला पीछे छोड़कर अन्ना जी के घर जा रहा हूँ। मेरे क़दम अपने-आप तेज़ हो जाते। बारिश के चहबच्चों से अपने को बचाता हुआ मैं चढ़ाई पार कर जाता, जो अन्ना जी के घर की फेंस पर आकर कंटोनमेंट की सड़क में बदल जाती...और मैं फाटक खोलकर सीधा अपने को उस बाग़ में पाता, जहाँ से अन्ना जी के बाग़ की सीमा शुरू होती थी...।

कुछ देर तक मैं उनके फाटक के आगे खड़ा रहा। छत की चिमनी से धुआँ उठ रहा था। फाटक पर हरी झंडी फहरा रही थी—कुछ वैसे ही, जैसे पहाड़ी लोग अपने मन्दिरों पर मनोकामनाओं की पताकाएँ लगा देते हैं।

पहली बार जब अन्ना जी के घर आया था, तो उसे देखकर मैं आश्चर्य में पड़ गया था। सोचा, शायद यह जर्मन लोगों का कोई टोटका रहा हो—शैतान आत्माओं को अपने घर से दूर भगाने का। बाद में पता चला, ऐसा कुछ नहीं है। उनके घर के दरवाज़े और फाटक के बीच काफ़ी ऊबड़-खाबड़ चढ़ाई थी...वह नहीं चाहती थीं कि जब वह घर में न हों, तो उनके मेहमान इतना दूर चलकर आएँ और निराश होकर लौट जाएँ। हरी झंडी सिग्नल था—प्रेतात्माओं को भगाने का नहीं, आत्मीय आत्माओं को बुलाने का...।

क्या मैं उन 'आत्माओं' में शामिल था? पायदान पर जूते रगड़ते हुए एक गहरे सन्देह ने मुझे जकड़ लिया। उनसे अकेले मिलते हुए मुझे डर-सा लगता था। जैसे मैं किसी ऐसे पानी में कूदने जा रहा हूँ, जो उथला होने पर भी हड्डी-पसली तोड़ेगा, और अगर गहरा होगा तो इतना भी पता नहीं चलेगा, मैं कितना नीचे हूँ...।

क्या इसलिए कि वह 'ब्लैक फ़ॉरेस्ट' से आई थीं? तभी वह जर्मन उतनी नहीं, जितनी 'वनदेवी' जैसी जान पड़ती थीं—सफ़ेद बाल, नीली साफ़ आँखें, जिनके नीचे उम्र की झुर्रियाँ फैली थीं, पर उम्र का कोई पता नहीं चलता था। वह बरसों किसी राजा की रियासत में गवर्नेस बनकर रही थीं, यह मेरा अनुमान था, विश्वास नहीं। विश्वास तभी होता है, जब कोई अपने बारे में बताता है (और तब भी पूरा नहीं, जैसा मेहरा साहब की 'आपबीती' सुनकर लगता था)। अन्ना जी कभी अपनी तरफ़ से कुछ नहीं बतातीं। वह बोलती थीं तो अपनी रौ में बहने लगतीं। उनके जीवन की घटनाएँ पानी पर बहते लट्ठों की तरह आती थीं—इक्का-दुक्का। जो किनारे पर लग जातीं, वह पकड़ में आ जातीं, बाकी बहती धारा में बह जातीं।

झंडी को न देखता, तो पता भी नहीं चलता कि वह घर में ही हैं। आग जलाकर बैठी होंगी, इसीलिए तो चिमनी से धुआँ बाहर निकल रहा था। दरवाज़ा खटखटाया, तो भीतर गुर्राने की आवाज़ सुनाई दी...मैं ठिठक गया।

दूसरे क्षण पुस्की पूँछ हिलाता मुझ पर कूद रहा था! निरंजन बाबू सोफ़े पर बैठे थे, उनकी मुस्कराहट आँखों से उतरकर उनकी दाढ़ी से खेल रही थी।

सो यह था, अन्ना जी का सरप्राइज़...जिसकी मैंने कल्पना भी नहीं की थी।

"आप कब आए?"

"एक हफ़्ता पहले..."

उनकी जगह अन्ना जी ने कहा, "ज़रा इनसे पूछिए, इतने दिन कहाँ रहे?"

निरंजन बाबू को देखकर मेरा मन उतना ही अस्थिर हो जाता था, जितना वह शान्त और निर्लिप्त दिखाई देते थे। अन्ना जी की कॉटेज से दो किलोमीटर ऊपर निरंजन बाबू का सेबों का बग़ीचा था...मई का महीना शुरू होते ही वह आ जाते थे और नवम्बर के आख़िरी दिनों तक रहते थे। लेकिन इस बार उन्हें देर हो गई थी...सिर्फ़ उनके माली से उनकी ख़बरें मिलती रहती थीं...जब मैंने उन्हें पहली बार देखा था, तो वह हैट पहने हुए कोई विदेशी सैलानी जान पड़े थे—आधे हिप्पी, आधे अरिस्टोक्रेट। उनके और भी गुण थे, जो बाद में पता चले...।

पुस्की अब भी मेरे पैरों पर लोट रहा था।

"अन्ना जी से पता चला, तुम अब भी यहीं हो?"

निरंजन बाबू के स्वर में हल्का-सा मज़ाक था...लेकिन ख़ुशी ने उसे उजला बना दिया था। क्या उन्हें याद है, पिछले साल भी उन्होंने यही सवाल पूछा था, इतने ही आश्चर्य से...जितना इन्हें आज है?

अन्ना जी की पहाड़िन नौकरानी जमना चाय की ट्रे लेकर आई... केक की ख़ुशबू से पुस्की की लाल ज़ुबान बाहर निकल आई और मैं बाहर देखने लगा। अन्ना जी अपनी ऊनी स्कर्ट में खड़ी हम सबको एक व्यंग्य-भरी मुद्रा में देख रही थीं...।

"आप आते नहीं...मैंने सोचा, इन्हें देखने ज़रूर आएँगे।" उन्होंने निरंजन बाबू की ओर देखा, जैसे अपना ग़ुस्सा उन पर निकाल रही हों, "मेहरा साहब आजकल अपनी बायोग्राफ़ी इन्हें डिक्टेट करवा रहे हैं... आप उसमें नहीं हैं?"

निरंजन बाबू, जो अपनी दाढ़ी की आड़ में पाइप सुलगाने की कोशिश कर रहे थे, सहसा ठिठक गए। मुस्कराकर कहा, "मैं, आख़िर क्यों?"

"सब लोग हैं...तो आप नहीं होंगे?"

"यह तो पढ़कर ही पता चलेगा...क्या वे उसे कहीं पब्लिश करवाएँगे?"

वे दोनों मेरी तरफ़ देख रहे थे, जैसे मेहरा साहब के विगत जीवन के आर्काइव्ज़ की चाभी मेरे पास हो।

मैं क्या उत्तर देता...सिवा हँसने के! वे इस तरह मेरी नौकरी को नहीं छीन सकते थे। पर हमला करना चाहते थे।

अँगीठी की लकड़ियाँ अब धू-धू करती हुई सुलग रही थीं और उनकी लपटों की छाया दीवारों पर साँपों की तरह डोल रही थी। निरंजन बाबू जो अब तक चुप बैठे थे, जैसे अपने ही प्रश्न से छुटकारा पाने के लिए बोले, "मेरे घर कब आना होगा? तुम लोगों ने मेरा गेस्ट हाउस भी नहीं देखा?"

"क्या वह तैयार हो गया?" अन्ना जी ने उनकी ओर देखा।

"बस, मलबा साफ़ करना बाक़ी है...पिछली बार तुम आए थे, तब तो उसका एक विंग ही बना था!"

बात पटरी से उतरकर फिर पटरी पर चली आई थी। ऐसे ही होता था। निरंजन बाबू जब हमारे निर्जन बीहड़ में अचानक प्रकट हो जाते थे, तो हरियाली भी दिखाई देती थी और हरारत भी...हम सबका टेम्प्रेचर एक बित्ता डिग्री ऊपर हो जाता था...अन्ना जी कुछ ज़्यादा ही उत्तेजित दिखाई देती थीं...जिसकी गन्ध पुस्की को मिल जाती थी

और वह हकबकाया-सा बात-बात पर भौंकने लगता था, लेकिन निरंजन बाबू पर इसका कोई असर नहीं पड़ता था। वह निर्विकार होकर धुर-चोटी पर बैठे रहते थे। हमें लगता था, वह नीचे की दुनिया से कोई घटना अपने साथ लाए हैं...हालाँकि वह कुछ कहते नहीं थे। हमारे बीच उनका होना ही एक घटना बन जाता था। वह कभी कॉलेज में मेरे साथ रहे थे...इतनी ऊँचाई पर उन्हें देखते हुए मैं यह भी भूल जाता था।

उन्होंने पाइप मुँह से निकाली, कुछ क्षण आग की तरफ़ देखते रहे, "मेहरा साहब कैसे हैं?"

"तुम उनसे मिले नहीं?..." अन्ना जी ने कहा, "मिलोगे तो पहचानोगे नहीं—हर शाम ये दोनों पता नहीं, कौन-से अनजान स्थानों की खोज में निकल जाते हैं...क्यों, हँसते क्यों हो? मैं क्या ग़लत कह रही हूँ?" उन्होंने ग़ुस्से में मेरी ओर देखा।

"मुझे कुछ याद आ गया था," मैंने कहा।

"क्या याद आ गया था तुम्हें?"

"कहते थे...जब बिटिया दुनिया में आई, वह दुनिया के कगार पर बैठे थे...पोस्टमैन पानी में तैरता हुआ उनके लिए टेलीग्राम लाया था।"

"क्या वह तुम्हें सारी बातें लिखवाते हैं, जो उनके जीवन में घटा है?" अन्ना जी की नीली आँखें रोशनी में तैर रही थीं।

"कितना घटा है, कितना लिखवाते हैं, यह मैं कैसे कह सकता हूँ?"

"हो सकता है, वह लिखवाते समय एक दूसरी ज़िन्दगी जी रहे हों!" निरंजन बाबू ने कुछ सोचते हुए कहा।

"दूसरी ज़िन्दगी—क्या मतलब?" अन्ना जी ने उन्हें ग़ुस्से में देखा।

"वह जो हम जीते नहीं, पर अपने भीतर लेकर चलते हैं," निरंजन बाबू ने कहा।

कुछ देर तक कोई कुछ नहीं बोला, फिर अन्ना जी ने मेरी ओर देखा, "मैं उनकी बात तो समझ सकती हूँ...उनकी उम्र में कौन शख़्स ख़ब्ती नहीं हो जाता...लेकिन तुम, तुम्हारा मुझे समझ में नहीं आता...वह कौन-सी ज़िन्दगी जी रहे हैं, मुझे नहीं मालूम, लेकिन तुम अपनी ज़िन्दगी बर्बाद कर रहे हो।" उन्होंने मेरे कन्धे को थपथपाया और उठ खड़ी हुईं।

प्लेट में पेस्ट्री ख़त्म हो चुकी थी और आग की लकड़ियाँ मुरझाने लगी थीं। अन्ना जी ऐसी ही घड़ी की प्रतीक्षा करती थीं। क्या यह उनकी जर्मन आदत थी कि जब तक अँधेरा न हो जाए, हमें प्रतीक्षा में लटकाए रखना चाहती थीं?

"क्या लेंगे?" वह एक सन्तरी की तरह उठ खड़ी हुईं, जिसे अचानक अपनी ड्यूटी की याद आ जाती है, "आज तो आपके आने की ख़ुशी मनानी है..."

अन्ना जी भीतर गईं और एक काले रंग की चौकोर बोतल ले आईं, जिसे मैंने पहले कभी नहीं देखा था, हालाँकि मैंने उनके घर तरह-तरह की शराबें चखी थीं। इस बोतल की बनावट कुछ अनोखी थी...वह एक किताब की शक्ल में बन्द थी और उसकी स्पाइन पर उसका नाम लिखा था...जो दूर से पढ़ा नहीं जाता था। 'वॉटर ऑफ़ लाइफ़'—संजीवनी जल।

"सरप्राइज़..." उन्होंने मुस्कराते हुए कहा, "तुम क्या निरंजन बाबू को सरप्राइज़ समझे थे? वह तो आते ही रहते हैं, लेकिन यह तुमने कभी न देखी होगी!"

कट-ग्लास के तीन नन्हे गिलास...जब वह ऊपर तक लबालब भर गए, तो उन्होंने अपने गिलास को ऊपर उठाया, "निरंजन बाबू, आपके आने की ख़ुशी में।"

"नहीं, उन सबके लिए, जो यहाँ हैं।"

"और उनके लिए भी, तो यहाँ नहीं हैं!" अन्ना जी ने कहा।

सबने अपने गिलास ऊपर उठाए, तो मेरी निगाहें अन्ना जी के चेहरे पर टिक गईं...क्या मतलब था उनका? मैंने पूछा नहीं, लेकिन वह समझ गईं। उनके चेहरे पर हल्की-सी छाया उतर आई। उन्होंने एक लम्बा घूँट लिया और मेरी तरफ़ देखा...।

"क्या वह कभी दीवा की बात करते हैं?"

"मिसेज़ मेहरा की?" मैंने कुछ चौंककर उन्हें देखा, "कभी-कभी तो करते हैं, लेकिन..." मैं रुक गया। समझ में नहीं आया, वह क्या जानना चाहती हैं?

"लेकिन क्या?" मुझे लगा, जैसे निरंजन बाबू की आँखें भी मुझ पर उठी हैं।

"कभी-कभी उन्हें याद नहीं रहता कि वह नहीं हैं!" मैंने कुछ हिचकते हुए कहा।

"क्या मतलब?" अँधेरे में उनकी आवाज़ की चमक दिखाई दी, "क्या वह उसे इतनी जल्दी भूल गए हैं?"

"नहीं, नहीं," मैंने उनकी ग़लती को सुधारा, "वह भूल जाते हैं कि वह अब इस दुनिया में नहीं हैं।"

कुछ देर हम चुप बैठे रहे। निरंजन बाबू ने माचिस जलाई, लेकिन पाइप को जलाने की बजाय उसे बुझ जाने दिया...और बुझी हुई तीली को फ़ायर-प्लेस में फेंक दिया, जहाँ वह दुबारा से जलने लगी।

"क्या वह उसे अब भी जीवित समझते हैं?"

"नहीं...जब वे मुझे नोट्स लिखवाते हैं...तो मुझे लगता है, वह जैसे कहीं दूसरे कमरे में बैठी हैं और वह अपनी आपबीती मुझे नहीं, उन्हें सुना रहे हैं।"

कुछ देर तक बाहर लॉन से झींगुरों का आतुर, अनवरत आलाप सुनाई देता रहा।

"वह कभी जब यहाँ आती थीं, तो इसी कुर्सी पर बैठती थीं, जिस पर निरंजन बाबू बैठे हैं।"

अन्ना जी ने डनहिल पैकेट से एक सिगरेट निकाली, जो वह हमेशा दूसरे गिलास के शुरू होने पर लेती थीं। निरंजन बाबू ने झुककर उनकी सिगरेट सुलगाई और वह आराम से कुर्सी के कुशन पर पीठ टिकाकर बैठ गईं।

"इतनी सुन्दर औरत मैंने बहुत कम देखी है। जब वह मेहरा साहब के साथ यहाँ पहली बार आई थीं, तो मैंने समझा था, वह उनकी बेटी हैं! बाद में पता चला, वह उनकी दूसरी पत्नी थीं। आपको तो मालूम होगा?"

"कुछ रिश्ते ऊपर से दिखाई नहीं देते!" निरंजन बाबू ने कहा, "मैंने सोचा भी नहीं था कि तिया उनकी कोई लगती है!"

"आप क्या सोचते थे?"

"मैंने उन्हें मेहरा साहब के घर में देखा, तो सोचा, गर्मियों के लिए आई हैं...समर टूरिस्ट की तरह। वह उन दिनों उसी कमरे में रहती थीं, जिसमें आप रहते हैं।" उन्होंने मेरी ओर देखा।

मुझे लगा, हम सब कहीं-न-कहीं उन जगहों पर बैठे थे, जिन पर हमारा कोई अधिकार नहीं...।

अन्ना जी ने हमारे गिलास भरने के लिए अपनी किताबनुमा बोतल उठाई, तो निरंजन बाबू ने हाथ आगे कर दिया...।

"अब नहीं...मुझे जाना है।"

"अरे, आपका आना ही तो सेलीब्रेट कर रहे हैं...इतनी जल्दी क्या है?"

अँगीठी की आग बुझ चली थी, लेकिन अन्ना जी ने जो आग गिलास में डाली थी, वह कहीं देह के भीतर अब भी सुलग रही थी।

"क्या उन्हें अपनी बीमारी के बारे में मालूम था?" मैंने पूछा।

"मालूम नहीं होगा?" अन्ना जी के सफ़ेद चेहरे पर स्मृति की पुरानी छाया उतर आई, "एक बार अकेले मेरे घर आई थीं...तब उनका पहला ऑपरेशन हुआ था। फिर अचानक मुझसे पूछा, 'अन्ना, तुम्हें मालूम है, मैं क्रिश्चियन हूँ?' मैंने हँसकर कहा, 'इससे क्या फ़र्क पड़ता है।'....'फ़र्क़ पड़ता है', उन्होंने कहा, 'मुझे कभी-कभी डर लगता है...'...'क्रिश्चियन होने से?' मैंने पूछा। 'नहीं', वह बोलीं, 'अगर उन्होंने मुझे क़ब्र में दफ़ना दिया और मेरे भीतर जान बची हो? मैं चाहती हूँ कि मुझे ज़मीन में गाड़ने से पहले थोड़ा-सा जलाया जाए, ताकि अगर जीवित हूँ, तो थोड़ी-सी जलन लगते ही उठ खड़ी होऊँ...एक बार क़ब्र के भीतर गई, तो कोई मेरी आवाज़ भी नहीं सुन सकेगा...' कैसी पागल थीं...?"

"आपको क्या लगता है?"

"मेरी ज़मीन होती, तो कहती, ज़मीन से कोई आवाज़ बाहर आती है क्या? आती होगी तो भी कौन सुनता होगा? किसमें इतना धीरज है...मैं कितनी बार सिमिट्री के पास से गुज़र जाती हूँ, और याद भी नहीं रहता कि वह वहाँ कहीं पेड़ों के पीछे लेटी है...मैं हमेशा दीवा से कहती थी कि वह बहुत सौभाग्यवान है...कम-से-कम अपनी धरती के नीचे तो लेटी है...।"

अन्ना जी ने अपनी सिगरेट ऐश-ट्रे में मसल दी...और इस बार केवल निरंजन बाबू के गिलास को देखा, वह अभी भरा था...। उन्होंने फिर बोतल मेज़ पर रख दी।

"क्या कभी आपका मन नहीं होता घर लौटने का?"

"मन?" वह मुझे देखकर हँसने लगीं, "मन की बात मैंने मुद्दत से सुनना बन्द कर दी...उसकी बात सुनती तो क्या आज आपके सामने बैठी होती...इस बियावान जंगल में? नहीं, इन बातों में मन नकारा रह जाता है..."

"मैं जब आज आपके घर आ रहा था..." निरंजन बाबू ने कहा, "तो सोचकर अचानक बहुत ख़ुशी हुई कि मैं कितनी मुद्दत बाद इस शहर में क्यों न लौटूँ...हमेशा आपके पास आ सकता हूँ...आप हमेशा यहाँ रहेंगी...जब मैं जयपुर जाता हूँ, तो वहाँ ऐसा नहीं लगता...हालाँकि वहाँ मेरा परिवार है, मेरी पत्नी, बच्चे सब!"

"यह मेरे लिए नहीं है..." अन्ना जी ने कुछ सोचते हुए कहा, "यह जगह की बात है। मैं जब लम्बी सैर के बाद अपनी कॉटिज के दरवाज़े के आगे खड़ी होती हूँ...तो मुझे भी यही लगता है कि कोई भीतर है, जिसके पास मैं जा सकती हूँ...हालाँकि भीतर सारे कमरे ख़ाली रहते हैं...क्या कभी-कभी घर आदमियों की जगह नहीं ले लेते?"

मेरे गिलास में ब्रांडी डालते हुए वह सहसा ठिठक गईं। मेरी तरफ़ देखा, "तुमने पूछा था, तो कहती हूँ—हाँ, मैं गई थी, कोलोन में, जहाँ मेरे माता-पिता रहते थे...वे तब भी जीवित थे...लेकिन हमारा घर, वह कहीं नहीं था...पड़ोस के सारे मकान लड़ाई में ढह गए थे...और तब मुझे पहली बार पता चला कि जिन स्थानों में हम रहते हैं, अगर वे न रहें... तो उनमें रहनेवाले प्राणी, वह तुम्हारे माँ-बाप ही क्यों न हों...बेगाने हो जाते हैं...जैसे उनकी पहचान भी कहीं ईंटों के मलबे में दब जाती हो..."

"लेकिन यहाँ इतनी दूर हिन्दुस्तान में?"

"हिन्दुस्तान आपके लिए होगा...मेरे लिए तो यह पहाड़ी शहर ही सब कुछ है...यह मेरा घर है...आपका हिन्दुस्तान मुझे यहाँ से उतना ही दूर लगता है, जितना अपना जर्मनी!"

मैं उनकी ओर देखता रहा। वह चुपचाप सिगरेट पी रही थीं। आँखें बाहर अँधेरे पर टिकी थीं। पैरों पर पुस्की सोया पड़ा था। कौन थीं वह? हम उनके बारे में क्या जानते थे? उन्होंने जैसे सब देशों के जंजाल से छुटकारा पाकर अपनी ज़मीन पा ली थी...वही ज़मीन, जिसके नीचे दीवा लेटी थीं?

उन्होंने सिर उठाया, तो आँखें चमक रही थीं...झुर्रियों के जाले पर टिमटिमाती हुई मुस्कराहट चली आई।

"जिस साल मैं यहाँ आई थी...तुम दोनों में से यहाँ कोई नहीं था... मैं एक बार सैर करते हुए जा रही थी, तो मेहरा साहब दिखाई दिये...वह पैदल जा रहे थे और डॉक्टर सिंह घोड़े पर...मुझे देखकर डॉक्टर सिंह घोड़े से नीचे उतर आए और कहने लगे, घोड़े पर बैठिए...हम पैदल चलेंगे...लेकिन मैं तो आपको जानती नहीं? मैंने कहा...कोई बात नहीं... घोड़ा आपको जानता है...इसके बाप-दादा जर्मनी से यहाँ आए थे...देखिए, आपको कैसे देख रहा है? क्या आप विश्वास करेंगे, उस रोज़ मैं सचमुच उनके घोड़े पर बैठकर उनके साथ क्लब गई थी...मुझे मालूम भी नहीं था कि इस उजाड़ बस्ती में कोई अंग्रेज़ों के ज़माने की क्लब भी हो सकती है...बाद में पता चला, वह कई दिनों तक मुझे जर्मन जासूस समझते थे, तभी क्लब की लाइब्रेरी से मुझे चुन-चुनकर डिटेक्टिव नावेल देते थे..."

निरंजन बाबू ने हँसकर कहा, "मैं तो अब भी समझता हूँ...यहाँ कौन आदमी है, जिसके भेद आपसे छिपे हैं..."

अन्ना जी ने उनकी ओर देखा...वह हँस नहीं रही थीं, "आपके बारे में नहीं...अच्छा, निरंजन बाबू...आप यहाँ किसलिए आए थे? यूनिवर्सिटी की इतनी अच्छी नौकरी छोड़कर...क्या सेब के बाग़ लगाने के लिए?"

"यही समझ लीजिए।"

"सिर्फ़ यही कारण था?"

"हर चीज़ का कोई कारण होता है?"

"मुझे मालूम है!" वह ठहाका मारकर हँसने लगीं, "लेकिन मैं बताऊँगी नहीं!"

ऐसे मौक़ों पर वह सचमुच कोई बूढ़ी जादूगरनी-जैसी दिखाई देती थीं...प्राचीन जर्मन, जंगली क़बीलों की कोई सम्राज्ञी, जिसके इशारे मात्र से समूचे वन्य-स्थल के जीव-जन्तु, प्रकृति का कण-कण हिलने लगते हैं...।

मैं चकित होकर उन्हें देखता रहा, "मैंने कहा था न, आपको सबकुछ मालूम है।"

निरंजन बाबू उठ खड़े हुए, "देर हो गई, मैं चलता हूँ।"

"अरे बैठिए..." अन्ना जी ने अचानक चिन्तित होकर कहा, "अभी तो शाम शुरू हुई है...नाइट इज़ स्टिल यंग! नहीं?" उन्होंने समर्थन के लिए मेरी ओर देखा।

"आप कब आएँगी?" निरंजन बाबू ने अपनी पाइप और लाइटर मेज़ से उठाया...वह अचानक उखड़-से गए थे।

"इतनी चढ़ाई बाबा..." अन्ना जी ने उठते हुए कहा, "मैं अब चल नहीं सकती...डॉक्टर सिंह को भी बुला लो, तो उनके घोड़े पर आ सकती हूँ..."

"यह पक्का रहा," उन्होंने मेरी ओर देखा, "तुम अभी बैठोगे?"

"नहीं, मैं भी आता हूँ।" मुझे कोई जल्दी नहीं थी, लेकिन निरंजन बाबू जिस तरह हड़बड़ाकर उठे थे, उसके बाद वहाँ बैठना उनके प्रति विश्वासघात-सा जान पड़ा। मैंने अन्ना जी से क्षमा माँगी और बाहर चला आया।

निरंजन बाबू का रास्ता ऊपर जाता था, मुझे नीचे उतरना था...लेकिन कुछ देर तक हम सीधी सड़क पर साथ चलने लगे। ऊपर तारों का जाल बिछा था और चारों तरफ़ एक रुपहली-सी रोशनी फैली थी, जिसके पीछे हर चीज़...मकान, पेड़, झाड़ियाँ...भुतैली प्रेत-छायाओं से दिखाई देते थे। निरंजन बाबू की छाया कभी बहुत ही लम्बी दिखाई देती और मैं सोचने लगता, असली ज़िन्दगी में जो आदमी इतने अधूरे

दिखाई देते हैं, उनकी छाया हमेशा बहुत साबुत और सुडौल दिखाई देती है, जैसे हमारी देह वहाँ कहीं मुकम्मिल बनाने का स्वप्न देखती है...लेकिन निरंजन बाबू? वह तो कहीं से टूटे दिखाई नहीं देते थे। साल के कुछ महीने यहाँ बिताते थे...फिर नीचे की दुनिया में चले जाते थे, जहाँ उनकी पत्नी थी, बड़ी लड़की दिल्ली के किसी अख़बार में काम करती थी...एक लड़का रुड़की के इंजीनियरिंग कॉलेज में था...एक भरा-पूरा परिवार, उनके सेब के बग़ीचे की तरह...जो उनके बिना भी फल-फूल रहा था...।

क्या यही एक बोध था, जो उन्हें छीलता रहता था?

"तुम्हारी उम्र क्या होगी?" निरंजन बाबू ने अचानक पूछा, जैसे मेरा ख़याल उन्हें भी छू गया हो।

"क्यों, क्यों पूछते हैं?"

"ऐसे ही...न बताना चाहो, तो रहने दो।"

"सैंतीस साल!"

"यह तो ज़्यादा नहीं!" उन्होंने कहा और फिर चलने लगे।

सड़क का अन्तिम सिरा देवदारों से ढका था और उन पर जुगनू मँडरा रहे थे...झींगुर अचानक शान्त हो गए थे, थककर शायद सो गए थे। इसीलिए हमें एक-दूसरे की पदचाप इतनी साफ़ सुनाई दे रही थी।

"आपने मेरी उम्र के बारे में क्यों पूछा था?"

"कोई ख़ास वजह नहीं थी। सिर्फ़ ख़याल आया था।" उन्हें चलते हुए बोलना अखरता था, इसलिए बोलते हुए खड़े हो जाते थे। सड़क इतनी सँकरी थी कि हम एक साथ नहीं खड़े हो सकते थे...वह आगे देखते हुए बोलते थे, मैं पीछे खड़ा हुआ सुनता था। इससे कुछ ऐसा भ्रम होता था कि वह अपने से बोल रहे हैं और मैं चोरी-चुपके उन्हें सुन रहा हूँ।

"ख़याल कैसा?" मैंने पूछा।

"यहाँ सब लोग अपनी ज़िन्दगी के अन्तिम सिरे पर आते हैं... तुम शुरू में ही आ गए।"

"शुरू तो मेरा बहुत पहले ख़त्म हो गया," मैंने कहा।

"क्या कहा?" वह खड़े हो गए।

"मैंने कहा, सैंतीस साल कोई शुरुआत है?"

"कुछ लोगों की शुरुआत इसी उम्र के आसपास हुई थी...जीसस क्राइस्ट, गौतम बुद्ध, विट्गेंश्टाइन..."

वह फिर चलने लगे। मैं उनके पीछे-पीछे। ओस टपकने लगी थी, पत्ते छू जाते, तो हाथ गीले होकर लौट आते थे।

"कैसा चल रहा है तुम्हारा काम?"

"आपको तो मालूम है..."

"क्या हर रोज़ लिखवाते हैं?"

"नहीं, लिखवाते नहीं..." मैंने कहा, "जब मन करता है, तो... मैं बाद में नोट कर लेता हूँ।"

"क्या यह उनकी इच्छा से करते हो या अपने शौक़ के लिए?"

"शुरू में कुछ भी नहीं था...शुरू में जब यहाँ आया था, तो मिसेज़ मेहरा ने कहा था कि वह हर शाम मुझसे इतनी बातें करते हैं, मैं लिखता क्यों नहीं?...इससे उनका वक़्त भी कट जाएगा और मेरा मन भी बहल जाएगा।"

"तुम्हारा मन बहल जाता है?"

"एक रुटीन तो है...उनके जाने के बाद अब उसे छोड़ना ठीक नहीं लगता।"

उनके जाने के बाद? मुझे लगा, जैसे वह अभी टहलने गई हैं, लौटकर पूछेंगी, आज कितना काम हुआ? हम क्या आसपास भटककर उन्हीं के पास अटक जाते हैं, अन्ना जी की ख़ाली कुर्सी के सामने?

"निरंजन बाबू, क्या आप पढ़ना चाहेंगे?"

वह हठात् रुक गए, "क्या कहते हो? क्या पढ़ना है?"

"वही सब, जो मेहरा साहब लिखवाते हैं?"

"नहीं, नहीं, यह तुम क्या कहते हो...मेरा कोई अधिकार नहीं..."

"ऐसा उसमें कुछ भी नहीं जो सिर्फ़ उनका हो...कभी-कभी तो उनकी बातें सुनते हुए लगता है कि वह अपनी नहीं, किसी दूसरे की ज़िन्दगी के बारे में बता रहे हैं?"

"किसी दूसरे की ज़िन्दगी...क्या मतलब है तुम्हारा?"

"मैं जब अपने कमरे में लौटकर अपने नोट्स टीपता हूँ, तो लगता है, मैं जैसे कोई नॉवेल पढ़ रहा हूँ..."

"तुम्हारा मतलब है, वह सब काल्पनिक कथा है?"

"यह मैं कैसे कह सकता हूँ...काल्पनिक भी हो, तो उससे क्या अन्तर पड़ता है...है तो वह उनकी ही कथा।"

"परी-कथा...फ़ेयरी टेल!...किपलिंग ने जंगल स्टोरीज़ लिखी थीं...तुम पहाड़ों की परी-कथाएँ लिखते हो।...मेरे एक दोस्त हैं...लेखक हैं...बहुत-से उपन्यास लिखे हैं...एक बार मैंने पूछा, तुम कैसे एक के बाद एक उपन्यास लिख लेते हो? कहने लगे, अपनी ज़िन्दगी की ऊब मिटाने के लिए लिखता हूँ, कोई हर्ज़ है?"

वह खड़े हो गए। हम देवदारों के झुंड से निकल आए थे...यहाँ से उनकी चढ़ाई शुरू होती थी, मेरी उतराई। बाज़ार की दुकानें बन्द थीं। कहीं होटल के नीचे कुत्तों के भौंकने की आवाज़ें सुनाई दे रही थीं।

"आप चाहें, तो मैं आपके साथ कुछ दूर तक आ सकता हूँ... मेरी भी सैर हो जाएगी," मैंने कहा।

वह कुछ हिचकिचाते-से खड़े रहे, "मैं अभी सीधा घर नहीं जा रहा हूँ।"

मैंने कुछ विस्मय से उन्हें देखा, "क्या डॉक्टर साहब के यहाँ जाना है?"

डॉक्टर सिंह थे, जिनके घर वह जब चाहें, जा सकते थे...।

"उनके घर नहीं...आज उन्होंने मुझे क्लब खाने पर बुलाया है। चलो, तुम भी चलो। वह तुम्हें देखकर ख़ुश होंगे। मैं जैसे तुम्हारे लिए सरप्राइज़ था, तुम उनके लिए सरप्राइज़ हो सकते हो!"

कोई और दिन होता, तो मैं चला जाता, लेकिन आज उनका पहला दिन था और डॉक्टर सिंह उनके पुराने मित्र थे। आज मैं उनके निजी एकान्त के बीच नहीं आना चाहता था। मैं वहीं उनसे विदा लेकर नीचे शॉर्ट कट पगडंडी की ढलान पर उतरने लगा।

3

पेड़ों के बीच उसकी पगड़ी दिखाई दी। वह नीचे उतर रहा था। हर मोड़ पर थोड़ा-सा बड़ा हो जाता था, जब वह पेड़ों के झुरमुट से निकलकर बाहर आता, तो उसकी बेल्ट पर अटका ताँबे का हुक भक् से धूप में चमकने लगता। पिछली किसी शताब्दी में डाकिये इसी तरह घंटी बजाते हुए आते होंगे...अब घंटी की बजाय उसकी सीटी थी... उसके पीले दाँतों और भूरी मूँछों के बीच एक लम्बी उसाँस की तरह बाहर निकलती हुई...।

मुझे पता भी न चला, कब से वह फ़ाटक के आगे खड़ा है।

"आपकी चिट्ठी है," हीरालाल ने कुछ ऐसे असमंजस में कहा, जैसे चिट्ठी न होकर वह कोई समन लाया है। वह पहली बार आया था। अक्सर वह मेरे घर से नीचे उतरकर मेहरा साहब के घर चला जाता था।

"भीतर आ जाओ, हीरालाल...फ़ाटक खुला है।"

उसने डाक का थैला फ़ाटक के पास रख दिया...ख़ाकी काग़ज़ में लिपटा एक पैकेट था, जिसे लेकर वह बरामदे की सीढ़ियों में चला आया था, जहाँ मैं बैठा था। शायद मेरी तरह उसे भी आश्चर्य हुआ था कि बाहर की दुनिया से मेरे लिए कोई सन्देश आ सकता है।

"क्या मैं यह स्टैंप रख सकता हूँ?" उसने मेरी ओर देखा...भूरी मूँछों के बीच उसकी मुस्कराहट दिखाई दी।

पैकेट कलकत्ते के एक पब्लिशर ने भेजा था...जिस पर बहुत-से टिकट आड़ी-तिरछी रेखाओं में लगे थे...।

"क्या तुम टिकट जमा करते हो?" मैंने टिकट उखाड़ने की बजाय सारा रैपर निकालकर उसे दे दिया।

"जी...मेहरा साहब ने एक अलबम दी है...उसी में चिपकाता हूँ।"

हीरालाल की आँखें किताब पर लगी थीं, जो रैपर से बाहर आकर धूप में नंग-धड़ंग चमक रही थीं। कवर पर एक आदिम देवता की सिन्दूरी आँखें किसी सुदूर क्षितिज पर टिकी थीं...।

"क्या मैं देख सकता हूँ?"

मैंने किताब उसे दे दी। वह वहीं सीढ़ियों पर बैठ गया और तसवीरें देखने लगा। कलकत्ता का वह सेकेंड हैंड बुकसेलर मुझे अक्सर ऐसी किताबें भेजा करता था, जिनमें उसे मालूम था, मेरी दिलचस्पी है...जो मुझे पसन्द आ जातीं, मैं अपने पास रख लेता, बाकी पढ़कर वापस भेज देता था। वह मुझसे यह भी जानना चाहता था कि कोई पुस्तक कितनी पुरानी है और दुर्लभ है, जिसे ऊँचे दामों पर बेचा जा सके।

"आप क्या काम करते हैं बाबू जी?" हीरालाल पोस्टमैन ने हिताइत देवता से ध्यान हटाकर मेरी ओर देखा...जैसे तीन हज़ार वर्ष पूर्व के देवता को देखकर उसे मेरी याद आ गई हो।

"साहब का काम करता हूँ।"

"हमारे साहब का?" उसने मेहरा साहब की कॉटेज की ओर इशारा किया, जो धूप में शान्त और निस्पन्द चमक रही थी।

"क्यों, उन्होंने ही आपको बुलाया है?"

"नहीं हीरालाल, बुलाया उन्होंने नहीं था...लेकिन अब मैं यहाँ हूँ। जब तक चाहेंगे, यहीं रहूँगा।"

"ठीक है, मैं भी यही सोचता था," उसने सिर हिलाया, "इस उजाड़ में यहाँ और कौन आकर रह सकता है?"

उसने किताब मुझे वापस कर दी। पेटी का बकसुआ सीधा किया। "बाबू जी, आपके बाल-बच्चे?"

"अभी तो कुछ भी नहीं, हीरालाल!"

उसने सर्वज्ञाता की तरह अपना सिर हिलाया, जैसे यह भी ठीक है। सीटी बजाने के लिए होंठ अर्द्धाकार में खोले, लेकिन फिर कुछ सोचकर उन्हें खुला छोड़ दिया, जिनके बीच बीड़ी से सने दाँत दिखाई दिये। "आपकी एक चिट्ठी भी है!" अचानक उसे याद आया। उसने एक लिफ़ाफ़ा मेरे आगे कर दिया, "पैकेट के साथ यह भी आई थी।"

मेरी आँखें पते पर पड़ीं। पता ठीक था, नाम भी मेरा ही था, सिर्फ़ नीले अक्षरों की लिखावट अजानी थी।

"हीरालाल, चाय पिओगे?"

वह ठिठक गया, "क्या आप बनाएँगे?"

"हाँ, बस कुछ देर में तैयार हो जाएगी।"

"नहीं, आज नहीं...मैं फिर कभी आऊँगा..."

चिट्ठी मेहरा साहब की बेटी, तिया की थी। मुझसे मेहरा साहब के बारे में पूछा था। कोई चिन्ता की बात तो नहीं है? कुछ भी हो, मैं उन्हें लिखना न भूलूँ...और अगर हर महीने उनके स्वास्थ्य के बारे में एक छोटी-सी रिपोर्ट भेज सकूँ, तो वह आभारी होंगी...वैसे वह स्वयं क्रिसमस की छुट्टियों में आने की कोशिश करेंगी, अगर अस्पताल में कोई इमर्जेंसी न आन पड़ी।

सिर्फ़ सत्रह लाइनें, मैंने गिनी थीं...फिर उनका नाम। सरकारी अस्पताल के पैड पर ही ये सतरें हड़बड़ी में लिखी गई थीं...मैं कुछ आश्चर्य में पड़ गया। उन्हें मालूम था, मैं यहाँ हूँ, उनके पिता के पास! फिर अचानक इतनी चिन्ता क्यों? परेशानी में भीगे अक्षरों पर उनका चेहरा डबडबा गया।

मैंने उन्हें सिर्फ़ दो बार देखा था...एक सिमिट्री में, जब मैं उनके पीछे खड़ा था और वह मेहरा साहब का हाथ पकड़कर ताबूत को क़ब्र में ले जाते हुए देख रही थीं। और दूसरी बार सिरसा गाँव में, दिल्ली से आते हुए...जहाँ मैं सिर्फ़ एक घंटा ठहरा था।

वह भी कैसी मुलाक़ात थी! मेहरा साहब ने मुझे उनसे कुछ दवाएँ लाने के लिए लिखा था। मैं उनसे ठीक से मिल भी नहीं सका था। सीधा बस-स्टेशन से मैं उनके अस्पताल गया था। वहाँ पता चला कि वह पासवाले गाँव की किसी डिस्पेंसरी में दवाइयाँ लेकर गई हैं। लम्बी प्रतीक्षा के बाद जब मैं आख़िरी बस पकड़नेवाला ही था कि गेट के सामने अस्पताल की वैन में वह दिखाई दीं।

वैन की सीट पर उनके धूप में तपे चेहरे की थकी-सी मुसकान में सिर्फ़ एक छाया ही थी, जो सिमिट्री में मेरे आगे अपने को हवा से बचाते आँखों को पल्लू से ढके खड़ी थीं। मैंने जल्दी से उनसे दवाएँ लीं और फलों और पेस्ट्री का लिफ़ाफ़ा...जो मेहरा साहब के लिए था। क्या मैं खाने के लिए रुक नहीं सकता, वह अस्पताल की कैंटीन में ही लंच लेने जा रही थीं, उन्होंने पूछा। जब मैंने उन्हें बताया कि मेरी आख़िरी बस बीस मिनट में ही छूटनेवाली है, तो फिर शायद मेरे चेहरे को देखकर हँस दीं...वह आपके इन्तज़ार में होंगे! "आप कब आएँगी?" मैंने पूछा। "अभी कुछ मालूम नहीं, मानसून के मौसम में यहाँ बीमारियाँ फैलती हैं...सितम्बर में हो सका तो...मैं चिट्ठी लिखूँगी। चलिए, मैं आगे से आपको बस-स्टैंड तक छोड़ देती हूँ..."

वह अपनी वैन में मुझे काठगोदाम तक ले आई थीं...वहीं के बस-स्टेशन पर उन्होंने मुझे छोड़ा था। जब तक बस छूट नहीं गई थी, वह वहीं बाहर खड़ी रहीं। छोटे क़स्बाती शहर के उस ऊँघते, धूप में चमकते हुए स्टेशन पर...।

अब सोचता हूँ, तो अचम्भा होता है कि उन्होंने उस दिन सिमिट्रीवाली मुलाक़ात का ज़िक्र नहीं किया था जब वह मेरे आगे खड़ी थीं, खुली हुई क़ब्र के सामने...और उनकी माँ दीवा...धीरे-धीरे नीचे जा रही थीं... क्या वह उसके बारे में याद नहीं करना चाहती थीं...या भूल गई थीं कि मैं भी वहाँ खड़ा था...?

वह भी कोई दिन था? पता नहीं चलता, कितना समय बीत गया। हवा की तरह...चिरन्तन। ज़मीन के नीचे। अँधेरे में। उन्हें अब तो क्या डर लगता होगा?

मैं शायद सो गया। पहाड़ी धूप की अलसाई नींद। कुछ भी सुनाई नहीं देता। पैरों की आवाज़ पास आई, तो आँख खुली। सामने मुरलीधर, मूँछों में मुस्कराहट खेल रही थी, "साहब ने बुलाया है।"

"इस वक़्त?"

ऐसा कम होता था। सुबह वह शायद ही कभी बुलाते थे, जैसे पिछली रात के क़िस्सों का दिन की रोशनी से कोई सम्बन्ध नहीं था। वह उन्हें मेरी आँखों में नहीं देखना चाहते थे। बाढ़ का पानी सुबह होते ही उतर जाता था।

फिर आज क्यों?

भीतर के दरवाज़े बन्द थे, इसलिए मैं बाहर बरामदे में ही बैठ गया। जँगले के पार देवदारों की क़तार तिरछी लाइन में उठ आई थी। भीतर सन्नाटा था। अकेले में क्या करते होंगे, कोई ऐसे आस्थावान भी नहीं कि पूजा-पाठ करते हों। ईश्वर, मृत्यु, पुनर्जन्म...कभी तो सोचते होंगे? शायद सोचते हों...मुझसे कभी चर्चा नहीं करते थे। बाउंडरी के बाहर छोड़ देते होंगे, जैसे कुछ घरों के बाहर पुरानी चिट्ठियाँ फेंकी जाती हैं, जिनमें घर के भेद और मन की व्यथाएँ दबी होती हैं। एक दिन कोई आता है, सब बुहारकर ले जाता है। कुछ भी बचा नहीं रहता। बढ़ती उम्र के ख़ाली पिछवाड़े...।

पता भी नहीं चला, कब पीछे से आए...मेरे कन्धे पर हाथ रखा। मैं खड़ा हो गया। वह बैठ गए। मुझे भी पास बिठा लिया। उनकी छाती से खँखारती-सी आवाज़ आ रही थी...जब साँस लेते थे, तो लगता था, फेफड़ों के भीतर से कोई सीटी बजा रहा हो।

"तुम आज कहीं बाहर निकलोगे?"

"आप बताइए..."

"अगर निकलो तो यह चिट्ठी रजिस्टर करवा सकते हो?"

उन्होंने मुझे एक लम्बा, चौकोर लिफ़ाफ़ा हाथ में पकड़ा दिया, जैसे सरकारी दफ़्तरों के होते हैं...ऊपर से भारी, भीतर से भरा हुआ। मुझे कुछ अचम्भा हुआ...यह काम तो वह मुरलीधर से भी करवा सकते थे, कहा कुछ नहीं। लिफ़ाफ़ा लेकर उठने लगा, तो चेहरा पास से दिखाई दिया...दाढ़ी नहीं बनाई थी, सफ़ेद बाल रुई के धागों-से होंठों पर, ठुड्डी पर, गालों पर उग आए थे। आँखों में पीली-सी रोशनी तैर रही थी।

मैंने धीरे से कहा, "डॉक्टर सिंह से कह आऊँ?"

"किसलिए?" उन्होंने कहा।

"वह देख जाएँगे...दूसरा महीना हो गया।"

महीने बाद डॉक्टर सिंह चेक-अप के लिए आते थे। मिसेज़ मेहरा के ज़माने से यह नियम चला आता था।

"उन्हें परेशान करने का क्या फ़ायदा? जब उन्हें समय मिलेगा, वह ख़ुद आ जाएँगे।"

वह जाने लगे, तो मैंने कहा, "बिटिया की चिट्ठी आई है..."

"तिया की?" वह दरवाज़े पर ठिठक गए, "क्या लिखा है?"

"आपके बारे में पूछा है..."

"मेरे बारे में?" एक शुष्क-सी हँसी चेहरे पर चली आई। दाढ़ी नहीं बनाई थी, शायद इसलिए सफ़ेदी के बीच चेहरा अजीब-सा जान पड़ता था, जैसे शेव का साबुन लगाया है, और उसे धोना भूल गए हों!

"रात को आओगे, तो साथ ले आना।" कुछ और नहीं पूछा। दरवाज़ा खोलकर भीतर चले गए।

मैं कुछ देर उनका लिफ़ाफ़ा हाथ में लिये बन्द दरवाज़े के आगे खड़ा रहा। सन्नाटे में घर डूबा था। दुपहर की कुम्हलाई धूप में देवदार चमक रहे थे। मैं अपनी कोठरी में लौट आया, भीतर जाने की हिम्मत नहीं हुई, वहीं बरामदे की कुर्सी पर पसर गया। बाहर बग़ीचे में गंगू माली की खुरपी पौधों के बीच मिट्टी खोद रही थी...किरिच, किरिच, किरिच। गुलाबी रंग का अँगोछा सिर पर लपेटे वह क्यारियों पर झुका था, जो बैडमिंटन कोर्ट के चारों तरफ़ लगी थीं। पाइप से उठती पानी की धार साँप की तरह बल खाती हुई घास में फूत्कारती हुई बह रही थी... मकान चुप खड़ा था। पता नहीं, दरवाज़ों के भीतर वह कहाँ बैठे थे?

मैं बाहर आ गया।

जब कभी मेरा मन भटका होता था, तो मैं पगडंडी का सहारा पकड़कर ऊपर चढ़ता जाता था। दोनों तरफ़ बाँज के पेड़, बीच टुकड़ों में चलता आकाश, उखड़ी हुई साँसों के बीच कुछ देर के लिए अपने को भूल जाता। पसीने में लथपथ, हाँफती देह के भीतर मन ठहर जाता है। शान्त। भीतर की घड़ी चलना बन्द हो जाती थी। दिल की धड़कन कहीं दूर से आती सुनाई देती थी। यह भी भूल गया कि कौन-सी फाँस

मन को टीस रही थी। सिर्फ़ लहू का शोर धमनियों में सुनाई देता रहा...। जंगल के भीतर शोर-जैसा, जिसे केवल उसके भीतर रहकर ही सुना जा सकता है। दुनिया के शोर से परे, अपनी रौ में बहता हुआ। अपने शहर में था, तो वह सुनाई भी नहीं देता था, सिर्फ़ मन का लट्टू घूमता था, दिन-रात, रात-दिन, उसकी घुर्र-घुर्र गुर्राहट तले सब आवाज़ें पिस जाती थीं, चूरा बन जाती थीं। जिस दिन पिता की अस्थियों को गंगा में बहाकर लौटा, तो लगा बाहर की आवाज़ों की पोटली भी डुबो आया हूँ...तभी से अपने को सुनना शुरू किया। लोग यहाँ ज़िन्दगी के कगार पर आते हैं...निरंजन बाबू कहते थे...तुम यहाँ ज़िन्दगी के शुरू में ही आ गए...अगर वह जानते, मैं अपने शुरू को कितना पीछे छोड़ आया हूँ...पर सबकुछ कहाँ पीछे छूट जाता है...कुछ अवशेष तो बचे ही रहते हैं...छोड़ी हुई जूठन। माँ-बाप का होना-न होना एक जैसा ही लगता था, बाबू की मृत्यु के बाद माँ छोटे भाई के पास आस्ट्रेलिया चली गई थीं...पीछे उनका घर मेरे पास रह गया था, जो अब ख़ाली था। ख़ाली तब भी जान पड़ता था, जब वे साथ रहते थे। जब अन्ना जी ने मुझसे मुस्कराकर पूछा था कि मेहरा साहब के साथ रहकर तुम्हें ख़ालीपन नहीं लगता, तो मुझे अचरज हुआ था। पता नहीं चला, वह कौन-से ख़ालीपन की बात कर रही हैं। साथ रहने का ख़ालीपन क्या साथ रहते हुए पता चलता है?

"आप यहाँ?"

मैं चौंक गया। पहले उनका घोड़ा दिखाई दिया, जैसे मुझे वहाँ देखकर मुस्करा रहा हो। फिर डॉक्टर सिंह की मुस्कराहट दिखाई दी। मैं बैंच से उठ खड़ा हुआ, "आपकी लम्बी उम्र है, आपसे मिलने ही आ रहा था।"

"चलिए फिर मेरे साथ...सिर्फ़ एक मरीज़ रहता है, फिर क्लब चलेंगे!"

"आप चलिए, जब तक आप अपने मरीज़ से निपटते हैं, मैं अपना काम कर आता हूँ।"

"कैसा काम?"

"यह चिट्ठी पोस्ट करनी है।" मैंने उन्हें मेहरा साहब का लिफ़ाफ़ा दिखाया।

"क्लब में भी तो लेटरबॉक्स है।"

"यह ख़ास चिट्ठी है...रजिस्टर्ड पोस्ट से जाएगी।"

मैंने सेंट सेबास्टिन की गर्दन थपथपाई, वह अपनी पूँछ से मक्खियाँ उड़ा रहा था, चढ़ाई चढ़ने के बाद नथुने फूल आए थे, मुँह पर हल्का-सा सफ़ेद झाग चमक रहा था। उसकी भाव-मुद्रा समय के साथ डॉक्टर सिंह से मिलने लगी थी, लम्बा चेहरा, जिस पर सफ़ेद निशान का टीका लगा था, सोचती हुई आँखें, अच्छे-बुरे को स्वीकार करने की समझदारी। शायद यही कारण था कि अन्ना जी ने उसे 'सेंट' की उपाधि दी थी। यहीं डॉक्टर सिंह अपने घोड़े से थोड़ा छोटा पड़ जाते थे, क्योंकि उनमें अपनी समूची सूझ-बूझ और समझदारी के बावजूद संत भाव कहीं दिखाई नहीं देता था।

"जल्दी आइएगा," उन्होंने घोड़े को एड़ी लगाई, "मेहरा साहब ठीक तो हैं?"

मैं कुछ कह पाता कि सेंट सेबास्टिन उन्हें आगे ले जा चुका था। पहाड़ी मोड़ पर सिर्फ़ उनकी फुदकती हुई देह दिखाई दे रही थी।

वह ऐसे ही थे—डॉक्टर सिंह। दुनिया के आदमी थे, लेकिन उसके साथ नहीं थे—अपनी दुनिया अपने साथ लेकर चलते थे। वह यहाँ न होते, तो मैं मेहरा परिवार का बन्धक बनकर रह जाता। उन्होंने ही मुझे अपने से बाहर निकाला था। आर्मी के डॉक्टर होने के नाते उनकी पोस्टिंग बहुत-से शहरों में होती थी...रिटायर होने के बाद उन्होंने अपनी प्रैक्टिस इस शहर में शुरू की थी। क्लीनिक नीचे बाज़ार में थी, लेकिन घर ऊपर था, घोड़े पर चढ़कर वह रोज़ ऊपर-नीचे जाया करते थे।

महीने में एक बार मेहरा जी से मिलने बराबर आते थे। मिलने भी, देखने भी...उम्र में बड़े होने पर भी मेहरा साहब उनसे डरते थे। जिस दिन डॉक्टर बाबू को आना होता था, घर की सफ़ाई तो कराते ही थे, ख़ुद भी साफ़ कपड़े पहनते थे। टाई लगाकर बैठते थे, जैसे कहीं बाहर जाना हो। गेट पर सेंट सेबास्टिन को देखते ही मुरलीधर को आवाज़ लगाते थे...वह एक हाथ में घोड़े की लगाम और दूसरे में डॉक्टर सिंह का बैग पकड़ लेता था। डॉक्टर सिंह नीचे कूद जाते, क्यारियों के बीच चाबुक हिलाते हुए आते थे।

दोनों भीतर काफ़ी देर तक बैठे रहते। देह का परीक्षण होता, या बीते हुए का लेखा-जोखा—कहना मुश्किल था। एक-डेढ़ घंटे बाद जब वह बाहर आते, तो मेहरा साहब कहीं दिखाई न देते। सिर्फ़ मुरलीधर भागता हुआ आता—उनके घोड़े के साथ...किन्तु वह तत्काल उस पर बैठते नहीं थे। बाग़ को लाँघकर सीधे मेरी कोठरी की देहरी पर आकर रुक जाते, गेट को अपनी छड़ी से खटखटाने लगते।

मैं खिड़की से उन्हें आता हुआ देखता था। पहले से ही मालूम होता था, उनके साथ क्लब जाना है। हर महीने ऐसा ही होता था। लगा-बँधा डॉक्टरी नियम था...जिसे तोड़ा नहीं जा सकता था। जब आते, हमेशा अपने साथ क्लब ले जाते। वह घोड़े पर, मुरलीधर उनका बक्सा लिये पीछे-पीछे, मैं सेंट सेबास्टिन के साथ क़दम मिलाता हुआ...।

एक छोटा-सा काफ़िला पहाड़ पर चढ़ता था।

चढ़ाई तीखी नहीं थी, थोड़ी-सी उठान के बाद उतराई आती, चीड़ के झुरमुट के पीछे क्लब की हरी छत दिखाई देती—खिड़कियों के लम्बे शीशे धूप में झिलमिलाते। यहाँ सेंट सेबास्टिन के पैर सँभल जाते। चीड़ की सुइयों पर धीरे-धीरे चलते, मुरलीधर भागता हुआ नीचे जाता और क्लब के पुराने फाटक के पल्लों को खोल देता और थोड़ा-सा पीछे हटकर अटेंशन की मुद्रा में खड़ा हो जाता, मानो हमारी अगवानी के लिए वह बहुत पहले से ही गेट पर खड़ा हो।

मुरलीधर आज वहाँ नहीं था। दुपहर की उस घड़ी में क्लब उजाड़ दिखाई देती थी। दुपहर के समय सिर्फ़ बिलियर्ड खेलने कुछ लोग आते थे, लाइब्रेरी के रीडिंग रूम में कुछ रिटायर्ड अफ़सर दिखाई दे जाते... अख़बारों और पत्रिकाओं पर झुके हुए...पीछे बार थी, जिसके दरवाज़े लॉन की तरफ़ खुलते थे। धूप में चमकती हुई पहाड़ियाँ हर खिड़की से दिखाई दे जाती थीं।

वहीं एक कोने की मेज़ पर डॉक्टर सिंह बैठे थे। हर दुपहर, एक ही टेबल पर। "दूसरों को क्लीनिक में देखता हूँ, अपने को यहाँ!" वह कहा करते थे।

मुझे देखकर हाथ हिलाया, ख़ाली कुर्सी को पीछे धकेल दिया, कहा कुछ नहीं, मुँह में दबी सैंडविच चबाते रहे...मैं बैठ गया।

"पोस्ट ऑफ़िस हो आए?"

"जी।"

"कुछ खाओगे?"

मैंने सिर हिलाया। उन्होंने मेरे लिए बियर मँगाई...उनका गिलास मेज़ पर रखा था। बियर और सैंडविच...यही उनका दुपहर का लंच था।

बार ख़ाली थी। दुपहर की धूप ख़ाली कुर्सियों, मेज़ों पर गिर रही थी।

उन्होंने सिर उठाया, "तुम कहते थे, मुझसे कुछ काम था?"

"आप बहुत दिन से आए नहीं...एक बार उन्हें देख लेते।"

"देख लूँगा..." इस बार मुझे ध्यान से देखा, "कोई फ़िक्र की बात है?"

"आप जानते हैं, वह अपनी बात किसी से कहते नहीं।"

वह चुपचाप खाते रहे—बियर का घूँट लिया।

"तुम्हें जो लिखाते हैं, वह अपने बारे में नहीं है?"

क्या वह हँस रहे हैं? उन्हें देखकर पता नहीं चलता। उनका स्वर एक जैसा रहता है—पीने के बाद भी कोई अन्तर नहीं आता। मुझे उनसे हमेशा ईर्ष्या होती है।

"उन्हें कोई तकलीफ़ है?" उन्होंने मेरी ओर देखा।

"तकलीफ़? नहीं, तकलीफ़ नहीं...हो सकता है, वह आपसे कुछ कहना चाहें, जो और किसी से नहीं कह सकते हों...आप उन्हें बरसों से जानते हैं।"

"डॉक्टरी पेशा ही ऐसा है...वहाँ जानने का मतलब कुछ नहीं, दो और दो चार, बस इतना ही। जब कभी पाँच हो जाता है, तो हम उसे चमत्कार कहते हैं...तुम चमत्कारों में विश्वास करते हो?"

उनके साथ ऐसा होता था...बात पटरी से उतरकर कहीं की कहीं चली जाती थी। मैं एक जगह रुका रहता था, वह हर जगह दिखाई देते थे।

"आप करते हैं?"

"क्यों नहीं...तुम्हें याद है, जब तुम पहली बार मुझसे मिलने आए थे?"

"मैं नहीं...मिसेज़ मेहरा लाई थीं," मैंने कहा।

"हाँ, वही तो!" वह हँसने लगे, "वह असाधारण औरत थीं। अपने साथ अजीब जीव-जन्तुओं को लेकर मेरे पास आती थीं...लेकिन तुम सबसे निराले थे!"

"आपने मुझे मुश्किल से दस मिनट देखा होगा।"

"मेरे लिए वे काफ़ी थे। जानते हो, पुराने ज़माने के वैद्यराज सिर्फ़ चेहरे का रंग देखकर देह का रोग पहचान लेते थे!"

"मुझे नहीं मालूम था, आप आयुर्वेद में विश्वास रखते हैं।"

"चेहरों को तो पहचानता हूँ..."

"मुझमें आपने क्या देखा?"

"मैंने सोचा था, तुम महीना ख़त्म होते ही इस बियावान से भाग निकलोगे..."

"आपका अनुमान ग़लत निकला—देखिए, मैं यहीं हूँ..."

"यही तो चमत्कार है।"

उन्होंने सिगरेट सुलगाई, कुर्सी के सिरहाने सिर टिकाकर बैठ गए। खिड़की के बाहर पेड़ों पर छाया उतरने लगी थी।

"जानते हो, मेहरा साहब ने मुझे क्यों बुलाया है?" उन्होंने आँखें मूँदे-मूँदे ही पूछा।

"किसलिए?"

"वह जानना चाहते हैं, कितना समय और बचा है।"

"कैसा समय?"

"जीने का..." उनकी मुँदी आँखें खुल गईं, "कितने दिन, महीने, साल?"

मुझे हल्का-सा झटका लगा।

"उनकी उम्र में शायद सबको ऐसा होता है।"

"उम्र की बात नहीं...क्या चौबीस घंटे हमें अपनी उम्र याद रहती है? जो चीज़ याद रहनी चाहिए, उसे हम भूल जाते हैं।"

"कौन-सी चीज़?"

"जैसे यह..." उन्होंने हल्के-से मेरी छाती को थपथपाया, "दिल, देह, बीमारी, शोक...सब! तुम्हें क्या यह अजीब नहीं लगता कि जो चीज़ हमेशा हमारे साथ रहती है—उसी के बारे में हम डॉक्टरों से पूछने जाते हैं...या ज्योतिषियों से।"

"आप पर उनका भरोसा जो है," मैंने कहा।

"भरोसा होता तो मेरी बात नहीं सुनते? कितनी बार उनसे कहा, अपनी बेटी के पास जाकर क्यों नहीं रहते? आख़िर डॉक्टरी तो वह भी करती है।"

"फिर?"

"फिर क्या—कहते हैं, मैं उस पर बोझ नहीं बनना चाहता।" उन्होंने सिगरेट को ऐश-ट्रे में मसल दिया, जैसे बहुत गुस्से में हों, "सच बात तो यह है, वह यहाँ से जाना नहीं चाहते!"

"यहाँ आख़िर उनका है कौन—जो जाना नहीं चाहते?"

"क्यों, मिसेज़ मेहरा नहीं हैं?"

मैंने उन्हें देखा। वह नशे में तो नहीं बहक रहे!

"नहीं, मैं सिमिट्री की बात नहीं कर रहा, जहाँ वह दबी हैं...मैं घर की बात कर रहा हूँ, जहाँ कभी वह रहती थीं...उस घर को छोड़ना आसान है?"

वह खिड़की से बाहर देख रहे थे, सूरज पर कोई बादल अटका था, एक थकी-सी छाँह शहर पर चली आई थी।

"मैं चलता हूँ..." उन्होंने वेटर को बुलाकर बिल पर दस्तख़त किये, फिर मेरी ओर देखा।

"तुम्हें मेरी बात अजीब लगी?" उन्होंने कहा, "लेकिन ऐसा होता है। आदमी की काया उसे छोड़कर चली जाती है, तो इसका मतलब यह नहीं कि वह अपने घर को छोड़ देता है, जहाँ उसके प्राण बसे हैं।... मेहरा साहब क्या उन्हें पीछे अकेला छोड़कर जा सकते हैं?"

उन्होंने अपने गिलास से बियर का अन्तिम घूँट लिया और उठ खड़े हुए।

"मुझे तो जल्दी है—आप बैठिए—और उनसे कहिएगा, घबराएँ नहीं—मैं एक-दो दिन में आऊँगा..."

कुछ देर बाद मैं क्लब से बाहर चला आया। पीछे की तरफ़ एक कच्चा रास्ता था, जो फॉरेस्ट रेस्ट हाउस की तरफ़ जाता था। कुछ दूर चलकर एक छोटी-सी उठान आती थी, चारों तरफ़ चीड़ के ऊँचे पेड़ और बीच में धूप में नहाती झिलमिलाती घास। किसी ने उसका नाम 'पाइन ग्रोव' ठीक ही रखा था। गर्मियों में यहाँ टूरिस्ट पिकनिक के लिए आते थे,

लेकिन इन दिनों वह जगह उजाड़ पड़ी रहती थी। चीड़ की सुइयों पर पाँव बार-बार फिसल जाते थे। मेरी घर लौटने की कोई इच्छा नहीं थी, इसलिए कुछ देर के लिए मैं वहीं बैठ गया। बियर का हल्का-सा नशा रहा होगा या पाइन की पत्तियों की सूखी, नशीली गन्ध कि बैठते ही लेटने को मन हुआ और लेटते ही नींद के हल्के झोंके ने एक चादर की तरह मुझे ढक लिया। कुछ देर तक पलकों पर धूप की रंग-बिरंगी बुँदकियाँ नाचती रहीं, फिर वे धीरे-धीरे हवा की आहटों में बदल गईं, जो ऊपर फरफराती फुनगियों से नीचे आ रही थी। एक सूनी-सी सरसराहट जो सिर्फ़ बीच जंगल में सुनाई देती है, पहाड़ के एक छोर से दूसरे पहाड़ की ओर भागती हुई। अचानक घंटियों की आवाज़ सुनकर मेरी आँख खुल गई। सूरज कहीं कोने में चला गया था। एक पहाड़ी लड़की सिर पर सूखी टहनियों और घास का गट्ठर लेकर जा रही थी। उसके आगे एक छोटा-सा लड़का डंडी घुमाता हुआ उन भेड़-बकरियों को हाँक रहा था, जो घंटियाँ बजाते हुए इधर-उधर दौड़ने लगती थीं। मैं उठ खड़ा हुआ और पगडंडी की राह से नीचे उतरने लगा।

4

घर लौटा तो अँधेरे में मुरलीधर की लालटेन दिखाई दी। वह मेरी कोठरी की सीढ़ियों पर बैठा बीड़ी पी रहा था। मुझे देखते ही तपाक से उठ खड़ा हुआ।

"आप कहाँ थे? साहिब जी आपको कब से बुला रहे हैं।"

"आज इतनी जल्दी!" मेरा दिल धक्-से हो गया, "सब ठीक तो है?"

"आइए मेरे साथ," उसने मेरा हाथ पकड़ा, "वरना वह ख़ुद चले आएँगे?"

नहीं, ऐसी कोई आशंका दिखाई नहीं दी। उनकी कॉटेज अँधेरे में निस्तब्ध खड़ी थी। कोई हलचल नहीं। बरामदे की बत्ती जल रही थी। खिड़की के पर्दों के पीछे पीली रोशनी का आभास था। सबकुछ शान्त था—निस्तब्ध।

मैं अपनी कोठरी के भीतर गया। हाथ-मुँह धोकर बाहर आया।

पेंसिल और नोटबुक साथ थी। पता नहीं, इतने दिनों बाद किसी गुज़रे हुए मोड़ पर क्या दिखाई दिया हो, जो मुझे बताना चाहते हों! वह अपनी ईज़ी चेयर पर बैठे थे। आँखें मुँदी थीं—जैसे कुछ सोचते हुए सो गए हों। टेबल-लैम्प मेज़ पर था, पर उसकी रोशनी उनके चेहरे पर न पड़कर अपने ही दायरे में सिमट गई थी।

"आ गए...मैं तुम्हारी बाट जोह रहा था।"

उन्होंने आँखें खोलीं, शॉल से हाथ निकाला और टेबल-लैम्प का शेड थोड़ा-सा उठा दिया, "चिट्ठी पोस्ट कर दी थी?"

"जी..." मैं थोड़ा-सा उनके पास सरक आया, "क्लब गया था—डॉक्टर सिंह मिले थे। वह जल्दी ही आएँगे!"

उन्होंने कोई उत्सुकता नहीं दिखाई। राहत-सी मिली। कोई और दिन होता, तो मुझे सारे दिन का हिसाब-खाता उन्हें देना पड़ता। कुछ देर कमरे में सन्नाटा खिंचा रहा। बाहर से कभी-कभी किसी कुत्ते के भौंकने की आवाज़ सुनाई दे जाती थी।

"आज अन्ना जी आई थीं...बहुत देर तक बैठी रहीं," उन्होंने कहा।

"कोई काम था?"

"नहीं, काम क्या होगा? दीवा की क़ब्र पर ताज़े फूल रखने जाती हैं, लौटते हुए यहाँ रुक जाती हैं...कह रही थीं, तुम उनके घर गए थे।"

"उन्होंने बुलाया था—निरंजन बाबू से मिलने।"

"वह लौट आए?"

"कुछ दिन पहले ही आए थे..."

"क्या तुम एक काम करोगे?...अगली बार अन्ना जी के घर जाओ, तो वे सब किताबें ले आना, जो वह दीवा से ले गई थीं...आज मैं अलमारी में एक किताब ढूँढ़ रहा था, तब पता चला कि उसे तो अन्ना जी ले गई थीं।"

"कोई ख़ास किताब थी?"

"ख़ास तो ऐसी नहीं थी, लेकिन काफ़ी अजीब किताब थी... शायद तुमने पढ़ी हो : 'Confessions of a country priest' कभी एक जेसुइट फ़ादर ने मुझे पढ़ने को दी थी...आज उनकी याद आई तो वह किताब भी याद हो आई। कुछ किताबों के साथ अजीब लोगों की याद जुड़ जाती है...तुम्हारे साथ कभी ऐसा होता है?"

"कहाँ मिले थे वह आपसे?"

"वह केरल के थे, लेकिन मैं उन्हें राँची में मिला था, जहाँ उन दिनों मेरी नई-नई कलेक्टर की पोस्टिंग हुई थी। वह वहाँ किसी बहुत पिछड़े आदिवासी इलाके में स्कूल चलाया करते थे...कभी कोई मुश्किल आती, तो मेरे पास आया करते थे। उनका काम निपटाकर मैं उन्हें अक्सर घर पर ही रोक लेता था। हम रात-भर बातें करते रहते थे...मेरा तब विवाह नहीं हुआ था...और वह तो खैर, विवाह कर नहीं सकते थे...हम दोनों के पास न विषयों की कमी थी...न समय की...न महुआ की शराब की, जो वह अपने साथ ख़ास मेरे लिए लाते थे...जेसुइट पादरी और महुआ की शराब—इससे ज़्यादा पोटेंट मिक्सचर और क्या हो सकता है?"

वह हँसने लगे।

कुछ देर चुप रहने के बाद उन्होंने कहा, "वह मुझसे बहुत छोटे थे, लेकिन मैं उनका बहुत आदर करता था...और इससे मुझे शान्ति भी मिलती थी...एक रात हम इसी तरह बैठे थे, मैंने उनसे ईश्वर के बारे में पूछा...क्या है वह? फ़ादर कुछ देर चुप रहे थे, फिर अचानक उन्होंने मुझसे कहा, क्या इससे मुझे कोई कष्ट होता है...कष्ट कैसा? मैंने उनसे पूछा और तब उन्होंने कहा, ईश्वर के न होने का अभाव...जैसे कोई सगा-सम्बन्धी हमें छोड़कर चला जाता है, वैसा अभाव नहीं...बल्कि किसी ऐसी चीज़ का अभाव, जिसे कभी देखा ही नहीं—जैसे निस्सन्तान माँ का बच्चे न होने का कष्ट होता है!"

"तब आपने क्या कहा?"

"कुछ नहीं...मैं भूल गया। बरसों पहले हम जो पीने की धुन में दोस्तों से बातें करते हैं, वे क्या याद रहती हैं?" वह कुछ देर चुप बैठे रहे। "ईश्वर के न होने का कष्ट? पता नहीं, वह मुझसे क्या पूछना चाहते थे। तुम जानते हो, दीवा क्रिश्चियन थीं?"

"जी।"

"कैसे?" उन्होंने कुछ सन्देह से मुझे देखा।

"अन्ना जी ने बताया था।"

"ओह, उन्होंने यह नहीं बताया, वह कितने कष्ट में मरी थीं। पेट में ट्यूमर था...मरने के बाद जब उसे पेट से निकाला तो इतना बड़ा, जैसे टेनिस की गेंद होती है—लेकिन जब तक वह जीती थीं, दर्द की इतनी-सी हाय भी उनके मुँह से नहीं निकलती थी। उलटे वह मुझे दिलासा देती थीं, जब मैं उन्हें देखकर बेहाल हो जाता था। जब तुम आए, तो वह थोड़ा-बहुत ठीक हो चली थीं। हमने सोचा था, तुम्हें उनके बारे में कुछ नहीं बताएँगे...उन्हीं दिनों उन्होंने तुम्हें बुलाने का निर्णय लिया था, ताकि उनके जाने के बाद..."

मेहरा साहब कुछ पीछे हट गए, जैसे याद का कोई बगूला धूल से उठकर आँखों के सामने आ गया हो, जिससे अपने को बचाना असम्भव हो। वह उससे बचना भी नहीं चाहते थे, जैसे बवंडर के पीछे कोई 'ख़बर' लानेवाले हरकारे की छाया दिखाई दे गई हो...वह 'ख़बर' क्या मुझे पहली बार सुना रहे थे?

"मुझमें उन दिनों एक अजीब परिवर्तन हुआ..." उनका स्वर कुछ धीमा-सा हो आया, "परिवर्तन अब कहता हूँ, लेकिन उन दिनों मैं एक दिन से दूसरे दिन में रहता था...बिना यह जाने कि मुझे हो क्या रहा है...मुझे सिर्फ़ यह लगता था, अगर कोई यातना को इतनी ग्रेस के साथ बरदाश्त कर सकता है, तो कोई चीज़ इस पीड़ा से कहीं ऊँची है, बहुत ऊँची नहीं...सिर्फ़ इतनी ऊँची कि उस पर पाँव टिकाकर अपने शरीर

को सुरक्षित छोड़ा जा सकता है—और जब मैं यातना की बात कह रहा हूँ, तो बिलकुल फ़िज़िकल पीड़ा की—कैंसर की बात तो अलग रही, तुमने कभी माइग्रेन के मरीज़ों को देखा है, या दमा से पीड़ित अभागों को, जिन्हें एक साँस से दूसरी साँस तक जाने में कितना कष्ट होता है, वह क्या हमारे पुराने ज़माने के तीर्थ-यात्रियों की यातना से कम है जो एक-एक क़दम चढ़ते हुए बद्रीनाथ और केदार की चढ़ाई पार कर लेते थे। यातना भी एक यात्रा है...क्यों, नहीं?"

उन्होंने एक लम्बी साँस ली, जैसे किसी अँधेरे गढ़हे को लाँघने से पहले वह अपने को तौल रहे हों, "एक रात मेरी आँख खुली, तो मैंने देखा, उनका पलंग ख़ाली पड़ा है। मैंने सोचा, वह बाथरूम गई होंगी। मैं फिर सोने चला गया। दुबारा आँख खुली, तो उनका बिस्तर फिर वैसा ही ख़ाली पड़ा था। मैंने एक-दो बार नाम लेकर बुलाया, लेकिन जब कोई जवाब नहीं आया, तो भागकर बाथरूम का दरवाज़ा खोला। वहाँ भी कोई न था। घर के सारे कमरे ख़ाली पड़े थे। गोदाम, किचन, दालान का कोई कोना ऐसा नहीं था, जिसे मैंने न छान डाला हो, जैसे मैं अपनी बीमार पत्नी को नहीं, खोई हुई चाभी को ढूँढ़ रहा हूँ। मैं उन्हें दिल्ली के एक नर्सिंग होम में ले गया था...वहीं अपने एक मित्र के सरकारी बँगले में ठहरा था। तुमने कभी नई दिल्ली के सरकारी बँगले देखे हैं? ज़रूर देखे होंगे...तुम तो दिल्ली से ही आए हो...चारों तरफ़ हरे लॉन्स के समुद्र के बीच वे सफ़ेद स्टीमर की तरह खड़े रहते हैं। अँधेरे में पता नहीं चलता कि आप उसमें चल रहे हैं या वे आपको बहाते हुए कहीं ले जा रहे हैं। अगर तुम आधी नींद में हो, तो यह भी पता नहीं चलता—कि दरवाज़ा खोलते ही तुम्हारे पैर आगे के लॉन की तरफ़ जाएँगे या पीछे के किचन गार्डन में। मैं वहाँ हूँ, इसका अन्दाज़ा मुझे तब चला जब मैंने अचानक अपने को क्यारियों के परे कुएँ की जगत पर पाया, जहाँ से हमारे आउट हाउस में रहनेवाले माली और नौकर-चाकर पानी भरा करते थे।

"मेरे पाँव वहाँ ख़ुद अपने-आप रुक गए, हालाँकि अँधेरे में दिखाई कुछ भी नहीं दिया था...लेकिन आँखें ही सबकुछ नहीं देखतीं। जिस औरत के साथ तुम बरसों से रह रहे हो, उसके होने की गन्ध किसी भी अँधेरे कोने को चीरकर तुम्हारे पास आ जाती है। अगर मैं वहाँ पाँच मिनट देरी से पहुँचता, तो शायद मैं उस कुत्ते की तरह सारी रात भटकता रहता, जो एक बार सुराग पा लेने के बाद उसे खो देता है लेकिन मैंने उसे पा लिया था, उसे पकड़ लिया था और उसके इशारे पर खिंचता हुआ वहाँ पहुँच गया था, जहाँ वह थीं, कुएँ की जगत के ऊपर बैठी हुई, और जैसे मुझे पता चल गया था कि वह वहाँ हैं, उन्हें भी पता चल गया था कि मैं वहाँ हूँ...यहाँ क्या कर रही हो? मैंने उन्हें उठाने की कोशिश की, लेकिन उन्होंने मेरा हाथ पकड़कर मुझे अपने पास बिठा लिया—'तुम मेरा सुख चाहते हो?' मुझे लगा, यह उनकी आवाज़ न होकर कहीं कुएँ के तल से आ रही है, 'अगर तुम मुझे चाहते हो, तो मुझे धक्का दे दो, बस हल्का-सा, बाकी मैं कर लूँगी!' वह जो आज तक मुझे अपनी पीड़ा से बचाती आई थीं, अब उससे छुटकारा पाने के लिए मुझसे भीख माँग रही थीं।

"मैं उन्हें घसीटते हुए घर लाया था। उनकी पेट की नली कुएँ की मिट्टी और पानी में लिथड़ी मेरे साथ घिसट रही थी। बिस्तर पर लिटाया, तो वह बराबर मेरी तरफ़ देख रही थीं—मुझे नहीं मालूम, उन आँखों में क्या था, कभी कुछ नहीं बोलीं। तुमने तो देखा है। हम यहाँ बरामदे में उन्हें कुर्सी पर लिटा देते थे और शाम होते ही उठा देते थे। जानते हो, जब मैं उन्हें आख़िरी दिनों में देखता था, तो क्या सोचता था?"

मैं उन्हें चुपचाप देखता रहा।

"मैंने उन्हें रोका क्यों—जाने क्यों नहीं दिया?"

"आप क्या कह रहे हैं?"

"सुनो, जिसे हम पीड़ा कहते हैं, उसका जीने या मरने से कोई सम्बन्ध नहीं। उसका धागा प्रेम से जुड़ा होता है। वह खिंचता है, तो दर्द की लहर उठती है, 'अगर तुम मुझे चाहते हो', उसने कहा था। मुझे लगता है, उसका विश्वास ईश्वर में नहीं, मुझमें था और मैंने उसे धोखा दिया!"

रात बहुत गुज़र चुकी थी और हमें पता नहीं चला था। दरवाज़े पर हल्का-सा खटका हुआ—और हम दोनों चौंक गए। मुरलीधर लालटेन लेकर चौखट पर खड़ा था। मैं उठ खड़ा हुआ। जाने से पहले एक बेतुका-सा ख़याल आया, उनसे पूछूँ—आज जो बातचीत हुई है, क्या उसे भी नोटबुक में नोट करना होगा?

उस रात मुझे एक अजीब-सा सपना आया। सुबह उठा तो ठीक से याद भी नहीं रहा। सपने के कुछ सिकुड़े टुकड़े ही बचे रह गए थे...।

मैंने देखा, हम सिमिट्री में खड़े हैं। वह नीचे उतर रही हैं, कोई मेरे कानों में कह रहा है—देखो, उस रात तो बच गई, लेकिन अब मैं जा रही हूँ। उनकी देह बक्से में बन्द नहीं है, वह खुली हवा में नीचे उतर रही हैं। आप यहीं रहेंगे? तिया, उनकी बेटी मुझसे पूछती है। आप उनके साथ क्यों नहीं चले जाते? वे आपको ठीक जगह पहुँचा देंगे।

वे कौन? मैं देखता हूँ, पाईन के पेड़ों के पीछे कोई खड़ा है, निरंजन बाबू। मैं उनके पास जाता हूँ, तो अपनी ग़लती पता चलती है, वह कोई लम्बा चोगा पहने बूढ़े सज्जन हैं, लम्बी दाढ़ी, सफ़ेद बाल? 'क्या आप ही वह जेसुइट फ़ादर हैं, राँची में रहनेवाले?'...'हाँ, लेकिन मेहरा साहब कहाँ हैं, मैं उनसे मिलने आया था।'

मेहरा साहब कहीं दिखाई नहीं देते...सपने में भी नहीं!

5

दो मील की खड़ी चढ़ाई, दम उखड़ जाता है, तो मैं साँस लेने खड़ा हो जाता हूँ। चीड़ और बाँज के पेड़ नीचे छूट गए। सिर्फ़ देवदार के पेड़ हवा में लहराते हैं। अन्ना जी के भाग्य को सराहता हूँ, जिन्होंने मेरे साथ आने से साफ़ इनकार कर दिया, "निरंजन बाबू से कहना, आपका बुलावा आपको मुबारक। मैं तो एक बार ही ऊपर जाऊँगी, जब ईश्वर बुलाएगा।"

ईश्वर मुझे कब बुलाएगा, मुझे नहीं मालूम, लेकिन निरंजन बाबू की चोटी तक पहुँचते हुए मुझे लगा कि अब धरती पर लौटना शायद सम्भव न हो पाएगा।

लौटना क्यों ज़रूरी है?

निरंजन बाबू यहाँ न होते, तो मैं इस निर्जन में इतने दिन रहने का धैर्य बटोर सकता था? वह रहते भी कितने दिन थे—पाँच महीने, चार महीने...लेकिन जब तक रहते थे, एक भरोसा बना रहता था, जैसे आनेवाली सर्दियों से बचने के लिए वह गरमाई का गुदमा छोड़ जाते थे,

ओढ़ने के लिए, बिछाने के लिए, मुँह पर ढककर सोने के लिए...रोने के लिए!

मैं कुछ नहीं करता था। उसे अपने पास खज़ाने की तरह रखे रहता था। जब चाहा, तब उसमें से कुछ निकाल लिया करता था। दोस्ती के तारों से सिला ख़ज़ाना—कभी कुछ, कभी कुछ—जीने का पागलपन, परायों का प्रेम, अपनों की मृत्यु...क्या उसका हिसाब किसी भी खाते में दर्ज किया जा सकता है? सारे इम्तहानों को पार करते हुए हम इस स्टेशन पर आ पहुँचे थे। यूनिवर्सिटी में थे, तो परीक्षाओं के शुरू होने से पहले होनेवाली छुट्टियों को हम 'तैयारी के दिन' कहते थे। अब किसकी तैयारी? कहाँ जाने की परीक्षा? मेरी बात तो अलग थी—कुछ भी निश्चित नहीं था, लेकिन निरंजन बाबू? सब जानते थे, उनकी फ़िलॉसफ़ी उनके एम.ए.—करने के बाद बहुत दूर तक जाएगी, कहीं बहुत ऊँचे ओहदे पर...वह गए भी थे, लेकिन वहाँ नहीं, जहाँ हमने सोचा था। वह अपने ओहदे को पाँच हज़ार फ़ीट की ऊँचाई पर लाकर सेब के बाग़ीचों के बीच रोपेंगे, यह कौन जानता था? क्या वह भी जानते थे?

उम्र में मुझसे कुछ बड़े होने पर भी गुज़री हुई उम्र हमारे बीच नहीं आती थी। हर बार हम वहीं मिलते थे, जहाँ से जुदा हुए थे। जुदाई के दिन बीच में झर जाते थे। लगता था कि वह वहीं हैं...यूनिवर्सिटी के लॉन पर...जैसा बीस साल पहले मैंने उन्हें कॉफ़ी हाउस के पास छोड़ा था। किताबों के गट्ठर के साथ, जो वह लाइब्रेरी से लाते थे। तब कौन जानता था कि हम अपने रास्तों पर इतनी दूर निकल जाएँगे और जब मिलेंगे...तो बिलकुल अकस्मात्...एक ऐसी जगह जो न उनकी थी, न मेरी। अगर मैंने 'स्टेट्समैन' में मिसेज़ मेहरा का गोपनीय आमंत्रण न देखा होता, तो आख़िर तक पता नहीं चलता, वह यहाँ हैं...इस निर्जन उजाड़ में...जहाँ कभी मुझे आना था। कौन वह दैवी हरकारा था, जो संयोगों की भूल-भुलैया से गुज़रता हुआ एक की ख़बर दूसरे तक पहुँचा आया था?

आख़िर जब पहाड़ की चोटी पर पहुँचा, तो वह दिखाई दिये। उनकी पीठ मेरी तरफ़ थी। वह झूले पर बैठे थे। हवा में धीरे-धीरे डोल रहे थे। मेरी आहट सुनाई दी, तो ज़मीन पर पैरों की ब्रेक लगाई। मुड़कर मेरी ओर देखा। मैं हाँफ रहा था।

"अन्ना जी कहाँ हैं?" उन्होंने मेरे पीछे झाँककर देखा, जैसे वह झाड़ियों में छिपी हों।

"मेरा तो यह हाल है, वह आतीं, तो बेचारी बेहाल हो जातीं। यह फाँसी किसके लिए टाँगी है?"

मैंने पेड़ पर लटकी रस्सी को झटका दिया, तो झोंटा खाकर वह ऊपर चले गए। उनकी दाढ़ी हवा में लहरा रही थी।

नीचे आए तो बोले, "यह गुड़िया के लिए लगाया था, जब वह छोटी थी। अब मैं इस पर झूलता हूँ...भीतर चलोगे?"

"नहीं, यहीं अच्छा है," मैंने कहा, "कुछ देर यहीं बैठते हैं।"

पेड़ के चारों तरफ़ ईंटों की गोलाकार चौकी थी...मैं उसी पर बैठ गया। कुछ फ़ासले पर उनकी कॉटेज का बरामदा था, जहाँ कुर्सियाँ और मेज़ रखे थे। दरवाज़ों के शीशों पर शाम की पीली धूप चमक रही थी। खिड़कियाँ, ढलुआँ छत, चिमनियाँ—सब एक सुर्ख़ आग में सुलगती-सी दिखाई दे रही थीं। उनकी कॉटेज अँधेरा होने से पहले धूप का आख़िरी स्टेशन जान पड़ती थी...लेकिन जहाँ हम बैठे थे, वहाँ कीकर की छाया इतनी घनी थी कि टहनियों के बीच से रोशनी की सिर्फ़ छोटी-छोटी बुँदकियाँ झर रही थीं...कुछ भी नहीं हिल रहा था, सिवा उनके झूले के, जिस पर वह अविचलित बैठे थे।

कुछ देर चुप्पी रही। यह अच्छा ही था। मेरी उखड़ी साँसें धीरे-धीरे पटरी पर लग रही थीं। मैं अब बिना हाँफते हुए उनसे बात कर रहा था।...सामने पूरी शाम पड़ी थी। और शायद रात का एक टुकड़ा भी... अगर मैं वहाँ रुक जाता हूँ।

"गेस्ट हाउस कहाँ बनाया है?" मैंने पूछा।

वह झूले पर डोल रहे थे। क्या सो रहे थे?

"चलेंगे!" उन्होंने कहा, "अभी पूरा तैयार नहीं हुआ, लेकिन रहने लायक ठीक है...थोड़ा चलना पड़ता है।"

"यह ख़याल कैसे आया...गेस्ट हाउस का?"

"मेरा नहीं...यह बिज्जू की इच्छा थी, यहाँ स्कूल चलाने की... सेबों का बाग़ीचा तो तुमने देखा है? उसके ऊपरवाली ज़मीन ख़ाली पड़ी थी...झाड़-झंखाड़ और पत्थर...वहाँ कुछ भी नहीं था। सिर्फ़ लकड़ी का शेड था, जो बरसों से ख़ाली पड़ा था।"

"फिर गेस्ट हाउस कहाँ से आया?"

"उसी शेड को देखकर ख़याल आया था," वह हँसने लगे, "अगर वह वहाँ नहीं होता, तो किसी को याद भी नहीं आता कि वहाँ कुछ बन सकता है।"

"और स्कूल का क्या हुआ?"

वह चुप हो रहे। झूले की पटरी पर स्थिर होकर बैठे रहे। हल्की-सी हवा में सिर्फ़ रस्सी धीरे-धीरे डोल रही थी।

"अब वह यहाँ नहीं आना चाहतीं।"

मैंने उनकी ओर देखा, "नहीं आना चाहतीं, क्या मतलब?"

"कहना मुश्किल है, जानना उससे भी ज़्यादा।" एक उदास-सी मुस्कराहट उनके चेहरे पर चली आई, "क्या फ़िलॉसफ़ी मैंने यूँ ही छोड़ दी...जितना वह देती है, क्या उससे ज़्यादा ख़ाली नहीं छोड़ देती?"

मैं चुप बैठा रहा। दोस्ती में चुप्पी का अपना किनारा होता है, बातों के बीच वह विराम की तरह चली आती है। हम उसमें उसे सुन लेते हैं, जो कहा नहीं जाता। एक-आधी साँस, जो किनारे को गीला कर अपने सूखे में लौट आती है...।

"तब क्या आप यहाँ अकेले रहेंगे?"

"अकेला कैसे? पहले भी तो मैं कुछ महीनों के लिए ही आता था। सेबों का सीज़न कितने दिन चलता है?"

"स्कूल खोलने का इरादा क्यों बदल दिया?"

"क्योंकि जिनका इरादा था...वह ख़ुद इसे छोड़कर चली गईं।"

मैं उन्हें देखता रहा, "मैं समझा नहीं?"

उन्होंने धीरे से मेरे कन्धे पर हाथ रखा, "तुम कैसे समझोगे? तुम इस जगह तब आए हो, जब सबकुछ बीत चुका है।" कुछ देर बाद बोले तो उनका स्वर सहज हो आया था, "मिसेज़ मेहरा यहाँ बहुत अकेला महसूस करती थीं। स्कूल खोलने का इरादा उन्हीं का था, यह जगह उन्हें बहुत अच्छी भी लगती थी। उन्होंने ही यह बात बिज्जू से कही, तो वह मान गईं। पढ़ाने का काम जैसा यहाँ, वैसा जयपुर में...बल्कि यहाँ उन्हें ज़्यादा सुविधा होती। आने-जाने के झंझट से छुटकारा मिल जाता..."

वह कुछ देर अँधेरे में देखते रहे। "जिस दिन मिसेज़ मेहरा ने स्कूल की पहली ईंट लगाई थी...सब लोग यहाँ आए थे—अन्ना जी, डॉक्टर सिंह, मेहरा साहब। उनकी बेटी तिया भी अस्पताल से छुट्टी लेकर आई थी, यहीं पर बैठकर हमने पिकनिक की थी। उस दिन पहली बार मैंने मिसेज़ मेहरा के चेहरे पर ख़ुशी देखी थी—सचमुच की ख़ुशी, जैसे उन्हें यहाँ रहने का कोई जस्टीफ़िकेशन मिल गया हो! तब किसे मालूम था, उनकी देह के भीतर कौन-सी बीमारी पल रही थी! क्या तुम्हें यह अजीब नहीं लगता—उस दिन जब यहाँ सब मित्र जमा थे, हमने उस अतिथि को नहीं देखा, जो उनके भीतर था, जिसके साथ उन्हें जाना था?"

एक अँधेरी-सी कम्पन मेरे भीतर दौड़ गई—मृत्यु, क्या वह इस तरह आती है, मेहमानों के बीच बैठी मुस्कराती मेहमान? उन्होंने मेरी कँपकँपाहट को देखा तो बोले, "भीतर चलें? सर्दी तो नहीं लग रही है?"

"नहीं, सर्दी कैसी? यहाँ अच्छा है, कुछ देर यहीं बैठते हैं।"

"तो ठहरो, मैं अभी ननकू को बुलाता हूँ।"

वह भीतर चले गए। मैं बैठा रहा। जब यहाँ आता था, तो सब यहीं बैठते थे—उनकी पत्नी बिज्जू, बेटी जो अब दिल्ली में थी, अन्ना जी, जो कभी मिसेज़ मेहरा के साथ सैर करते हुए यहाँ आ जाती थीं। निरंजन बाबू के बाग़ीचे में सब लोग अपने-अपने घरों से छुटकारा पा लेते थे...।

कॉटेज से कोई छाया बाहर निकलती दिखाई दी। बूढ़े चौकीदार ननकू का चेहरा तारों की रोशनी में चमक रहा था। वह अपने साथ एक लम्बी ट्रे में गिलास, पानी का जग और नमकीन की प्लेटें लाया था। तिपाई पर रखने के बाद उसने मेरी ओर देखा, "इस बार तो आप बहुत दिनों में आए, साहब!"

"क्या करें? तुम्हारे साहब ने इतने ऊँच पहाड़ की चोटी पर धूनी रमाई है कि यहाँ तक आने में सबके प्राण सूख जाते हैं।"

वह मुस्करा रहा था। मेहमान आते थे, तो उसकी बाछें खिल जाती थीं। चेहरे की झुर्रियाँ किसी लम्बी नींद से जागकर एक-दूसरे के पीछे भागने लगती थीं।

"अन्ना जी भी यही कहती थीं—उनको आए भी मुद्दत हो गई।"

ननकू विशेष लगाव से अन्ना जी को याद करता था। वह जब यहाँ आती थीं तो हमेशा कोई सौगात उसके लिए लाती थीं।

"तुम ही कभी उनसे मिलने क्यों नहीं चले जाते?"

"मैं?" उसने कानों को हाथ लगाया, जैसे मैंने कोई अनहोनी बात कह दी हो, "इन दिनों मरने की फ़ुर्सत नहीं," उसने ऊपर की ओर इशारा किया, "नीचे जाने की बात तो बहुत दूर की रही।"

यह सच भी था। ननकू के बिना निरंजन बाबू कैसे सब सँभाल पाते? वह उतना ही पुरातन था, जितना सेबों का बाग़ीचा, मैनेजर, चौकीदार, सेक्रेटरी, सब। सेबों के सीज़न के बाद जब निरंजन बाबू जयपुर चले जाते, तो साल के बाक़ी बचे महीनों में मकान-बाग़ीचे की सुपरवाइज़री भी वही करता। जब ख़ाली समय मिलता, तो मुरलीधर से मिलने चला आता। ननकू की बेटी मुरलीधर से ब्याही गई थी।

अपनी बेटी से मिलने जब कभी नीचे आता, तो मेरी कोठरी के आगे हालचाल पूछने के लिए रुकता ज़रूर था।

"साहब, एक बात पूछूँ?" टोहती आँखों से कॉटेज की ओर देखा, फिर मेरी ओर।

"क्या बात है, ननकू?"

"इस बार साहब के साथ बीबी नहीं आईं?"

मैं संकोच में पड़ गया। मालिकों के निजी जीवन के रहस्य उनके कर्मचारियों के साथ बाँटना क्या ठीक है? "कोई काम पड़ गया होगा ननकू। तुमसे कुछ नहीं कहा?"

"मुझसे कभी कुछ कहते हैं? बस, आने से पहले एक चिट्ठी भेज देते हैं..."

"हो सकता है, बाद में आएँ।"

उसने एक लम्बी साँस खींची, "कुछ और चीज़ की ज़रूरत है, तो लाऊँ?"

"नहीं ननकू, साहब कहाँ चले गए?"

"बस, आते होंगे।"

निरंजन बाबू जब आए, तो शाम की रोशनी बुझने लगी थी। वह अपने साथ लालटेन लाए थे, लेकिन उसे तिपाई से थोड़ी दूर रख दिया था। रोशनी देखते ही पतिंगों का बवंडर टूटने लगता था।

"अभी खाने में कुछ देर है—कुछ पियोगे?"

"क्या है?"

"रम है, व्हिस्की है...थोड़ी ब्रांडी भी पड़ी है। पिछले साल जो कुछ साथ लाया था, सबकुछ वैसा ही पड़ा है।"

वह कपड़े बदलकर आए थे—कुर्ता-पाजामा और ऊपर से शॉल। आँखों में अजीब-सी शान्ति थी, जैसे दिन-भर की खोदाखादी के बाद अब छुटकारा मिला था। दाढ़ी के सफ़ेद-काले बालों पर एक धुली हुई चमक थी,

कॉलेज के दिनों की खुली ताज़गी मन्द पड़ गई थी, किन्तु उसकी जगह बड़प्पन का सम्मोहन आ गया था—एक तपा हुआ आलोक, जो देह के भीतर नहीं, उसके साथ अलग से जुड़ा जान पड़ता था।

हम कुछ देर चुपचाप पीते रहे। हम सिर्फ़ हवा को सुन सकते थे, जो पेड़ों से छनते हुए हमारे पास आती थी। इतनी ऊँचाई पर रहने का यह सुख था। ऊपर की आवाज़ें सुनाई देती थीं, भीतर सब चुप रहता था। धीरे-धीरे सारा आकाश तारों से भर आया था, एक हल्का-सा आलोक चारों ओर फैला था—पेड़ों पर, लॉन पर, कॉटेज पर। हवा में झूला अपने-आप, अपनी ही ख़ुमारी में झूल रहा था।

"इस बार तो कुछ दिन रहोगे?" मैंने उनकी ओर देखा।

"देखो, सोचकर तो यही आया था।"

"यहाँ आकर वापस लौटना कैसा लगता है?" मैंने पूछा।

वह कुछ देर चुप बैठे रहे।

"वहाँ मेरा घर है...गृहस्थी के साथ चलने में समय का पता नहीं चलता," वह हँसने लगे, "यहाँ आकर पता चलता है, हम अपने से कितनी दूर निकल आए!"

"यह शायद सबके साथ होता है," मैंने कहा।

"हाँ, लेकिन वह आदमी, जो दो स्थानों पर रहता है, उसके साथ शायद सबसे ज़्यादा। यहाँ आते ही मुझे जयपुर की ज़िन्दगी बिलकुल परायी जैसी जान पड़ती है, जैसे उसे कोई दूसरा आदमी जी रहा था। और जब मैं वहाँ जाता हूँ, तो कुछ दिनों बाद यह सोचना भी अजीब लगता है कि यहाँ भी कोई सेबों का बाग़ीचा है, कोई ऐसी जगह है जहाँ तुम और अन्ना जी और डॉक्टर सिंह और मेहरा साहब रहते हैं..." उन्होंने रम का घूँट लिया, मेज़ की तिपाई पर रखते हुए मेरी ओर देखा, "कभी तो समझ में नहीं आता, कौन-सी ज़िन्दगी असली है—यह या वह..." कुछ देर चुप रहे, फिर धीरे से कहा, "या दोनों में से कोई नहीं।"

उनके कथन में कोई अस्थिरता नहीं थी। वह शान्त थे। दोनों शहरों के बीच आते-जाते एक यात्री। तीर्थयात्री? उनकी यह नि:संगता ही मुझे उद्वेलित कर देती थी।

"क्या यहाँ आना आपको अच्छा लगता है?"

"वापसी का टिकट जेब में हो, तब आदमी कहीं भी रह सकता है। लेकिन यह असली रहना नहीं है।"

"असली रहना क्या है?"

"यह तो तुम्हें मालूम होना चाहिए। तुम सबकुछ छोड़कर यहाँ आए हो। कम-से-कम तुम्हारे मन में तो कोई सन्देह नहीं होना चाहिए!"

"पीछे छोड़ने के लिए अगर कुछ न हो तो?"

"फिर यहाँ क्यों रहते हो? आख़िर यहाँ रहने का निर्णय भी तो तुमने लिया था?"

"सिर्फ़ संयोग से!" मैंने कहा, "अगर 'स्टेट्समैन' में मैंने मिसेज़ मेहरा का विज्ञापन न देखा होता, तो मैं आज यहाँ न बैठा होता!"

"जो भी हो, तुम्हें यहाँ देखकर मुझे हमेशा हैरानी होती है।"

"हैरानी कैसी?"

"तुम्हारा मेहरा साहब के साथ रहना...तुम्हारी कभी नीचे जाकर रहने की इच्छा नहीं होती?"

"नीचे?"

"नीचे दुनिया में!"

"और यह दुनिया नहीं है?"

वह हँसने लगे, "हाँ...है तो! एक रिटायर्ड अफ़सर, एक बूढ़ी जर्मन जादूगरनी, एक जोकर क़िस्म के डॉक्टर...एक मैं, एबसेंटी लैंडलॉर्ड! ऐसी दुनिया कहाँ मिलेगी?"

"और आप? आपने कभी यूनिवर्सिटी में सोचा था, फ़िलॉसफ़ी छोड़कर सेब का बाग़ीचा लगाएँगे?"

"क्यों, सेब अच्छे नहीं लगते? जिसने पहली बार सेब खाया था, ज्ञान उसे ही मिला था। सारी फ़िलॉसफ़ी क्या वहीं से शुरू नहीं होती?"

अगर वह हँसे थे, तो अँधेरे में हँसी दिखाई नहीं दी, लेकिन आवाज़ वही थी, जिसे मैं यूनिवर्सिटी के कॉफ़ी हाउस में सुना करता था—एक रूखी-सी विनोदप्रियता में ढकी हुई, उदास उतनी नहीं, जितनी उदासीन, दुनिया की लालसाओं के बीच अपने को अलग रखती हुई...।

"अगर ज्ञान ऐसे आता है, तो यहाँ रह क्यों नहीं जाते?" मैंने कहा।

"मैं तुम्हारी तरह अकेला नहीं हूँ, न पत्नी, न बच्चे—हर सुख का मूल्य चुकाना पड़ता है!"

"आप किस सुख की बात कर रहे हैं?"

"परिवार का सुख, दुनिया में रहने का सुख—आदमी क्या सारी मारकाट इन सुखों के लिए नहीं करता?"

"जिसे आप ज्ञान कहते हैं, वह भी क्या इसी मारकाट के भीतर से नहीं आता?"

"जब आता है, तब तक बहुत देर हो चुकी होती है। तब आदमी उसके क़ाबिल नहीं रहता! वह अपने चिमटे से सुख नहीं, उसकी राख उठाने आता है..."

मैंने गिलास से सिर उठाया। क्या वह अपनी बात कर रहे थे? या हम सबकी? लेकिन इससे क्या कोई फ़र्क़ पड़ता था कि राख किसकी है? कहाँ से आकर किस पर बैठ जाती है?

हवा चली, तो पेड़ की पत्तियाँ खड़खड़ाने लगीं। एक ठंडी-सी ठिठुरन अन्दर सिहरने लगी। मेरे भीतर एक अजीब-सा विषाद आ जमा था। लगता था, जैसे बीच के बरसों की एक अदृश्य छाया-सी हम दोनों के बीच आकर बैठ गई है...और हम उसका कुछ नहीं कर सकते।

"एक बात बताओ...तुमने विवाह क्यों नहीं किया?" उनका प्रश्न इतना अचानक था कि मैं कुछ हकबका-सा गया।

"मुझे ख़ुद नहीं मालूम...कुछ चीज़ें नहीं होतीं, बस!"

"कभी सोचा भी नहीं?"

"नहीं।"

"क्या कोई कमी महसूस नहीं होती, कोई अभाव?"

"जो चीज़ कभी हुई नहीं, उसका अभाव कैसा? ईर्ष्या-सी ज़रूर महसूस होती है..."

"ईर्ष्या कैसी? दूसरों के सुख से?"

"नहीं, सुख से नहीं...कुछ लोग सुखी नहीं होते, लेकिन उनमें कुछ ऐसा होता है, जिसे देखकर हम अपने को बहुत छोटा-सा महसूस करते हैं। वे किसी दूसरे ग्रह के जीव जान पड़ते हैं...। पहले जब मैं मिसेज़ मेहरा को देखता था, तो मुझे लगता था, उन्होंने मुझे यही देखने के लिए बुलाया था।"

"क्या देखने के लिए?"

"अपने को..." मैंने अँधेरे में कुछ टटोलते हुए कहा, "उन्हें देखकर मुझे अपने पर ही कुछ शर्म-सी आने लगती थी..." मुझे नहीं मालूम, मैं क्या कहना चाह रहा था, किन्तु मुझे इसकी चिन्ता नहीं थी, बल्कि ख़ुशी थी कि जो धुंध मेरे भीतर थी, उसे काटा जा सकता है, अटपटे शब्दों से ही भेदा जा सकता है। "कुछ लोग शायद ऐसे ही होते हैं... उन्हें देखकर अपना किया—गुज़रा सबकुछ बंजर-सा जान पड़ता है।"

वह चुप बैठे रहे। गिलास उठाया, फिर उसे रख दिया।

"तुम जानते हो...आख़िरी बार वह यहाँ आई थीं?"

मैंने कुछ चौंककर उन्हें देखा, "मिसेज़ मेहरा आई थीं...अकेली? कब की बात है?"

"तब उनके सिर्फ़ टेस्ट हुए थे, बीमारी का कुछ पता नहीं था... या शायद उन्हें मालूम था, लेकिन मुझे बताया नहीं था। हाँ, अकेली ही आई थीं, वह अक्सर अन्ना जी के साथ आती थीं...। उस दिन उन्हें अकेला देखकर मुझे कुछ अचम्भा ज़रूर हुआ था।"

"कुछ बताया था उन्होंने आपको?"

"पहले तो हँसती रहीं, जैसी उनकी आदत थी...कहने लगीं, 'एक बार मैं स्कूल देखना चाहती थी, कितना बन गया है...' तब सिर्फ़ उसका एक कमरा बनकर तैयार हुआ था।"

"क्या उन्हें कुछ शुबहा हो गया था?"

"किस बारे में?"

"अपनी बीमारी के..."

"हो सकता है...लेकिन उनके चेहरे से कुछ पता नहीं चलता था...मैंने उन्हें भीतर आने के लिए कहा, लेकिन वह बाहर खड़े-खड़े बातें करती रहीं...इधर-उधर की छिटपुट बातें, लेकिन उनका ध्यान कहीं और था। जब जाने लगीं, तो उन्होंने मुझे कुछ अजीब निगाहों से देखा...जैसे इतनी दूर मुझसे कुछ पूछने आई थीं, लेकिन आख़िरी क़दम ले नहीं पा रही थीं।"

"क्या जानना चाहती थीं?"

"मुझे नहीं मालूम...लेकिन जब किसी आदमी को पता चल जाए, उसके साथ क्या होनेवाला है, तो वह दूसरों की आँखों से अपने को देखने लगता है...शायद वह कुछ भी जानना नहीं चाहती थीं, मेरे पास सिर्फ़ इसलिए आई थीं, क्योंकि मैं उन्हें बरसों से जानता था...। क्या तुमसे कुछ नहीं कहा? तुम तो उन्हीं के पास रहते थे?"

"हाँ...लेकिन जब मैं आया, तो वह ज़्यादा समय तिया के साथ बिताने लगी थीं—अपनी बिटिया के पास! आज जब मैं उन दिनों के बारे में सोचता हूँ तो लगता है कि उन्होंने मुझे इसीलिए बुलाया था कि मेहरा साहब को मेरे सुपुर्द करके वह ज़्यादा-से-ज़्यादा दिन अपनी बिटिया के साथ बिता सकें।"

"लेकिन क्यों?"

इसका कोई उत्तर था? आख़िरी दिनों में हम क्या करते हैं, किससे बचना चाहते हैं, इसका रहस्य क्या वे अपने साथ नहीं ले जाते ज़मीन के नीचे—जहाँ उन्हें सुननेवाला कोई नहीं?

चारों ओर सन्नाटा था। तारों की सफ़ेद, तलछटी-सी रोशनी पेड़ों पर गिर रही थी, जो निस्तब्ध खड़े थे। कभी कोई पक्षी हुड़ककर ऊपर हवा में चक्कर लगाता हुआ नीचे घाटी की तरफ़ उड़ जाता। झींगुरों की अनवरत तान के अलावा कुछ भी सुनाई नहीं देता था।

अचानक एक छोटा-सा प्रकाश-वृत्त धीरे-धीरे पास आया, तब दोनों का ध्यान भंग हुआ। सामने लालटेन लिये ननकू खड़ा था।

"खाना लगा दूँ, या अभी देर है?"

"बस, आते हैं!" निरंजन बाबू कुछ देर खोए-से बैठे रहे, फिर एक लम्बी साँस ली। कुछ कहना चाहा, फिर बीच में रुक गए, "चलो, भीतर चलते हैं, बातें बाद में होंगी।"

भीतर कमरे में आग जल रही थी। सूखी लकड़ियों से लपलपाती लपटें उठ रही थीं। ननकू ने खाना पहले से ही परोस दिया था...रसोईघर वहाँ से कुछ दूर था। जब अँधेरे में भागता हुआ वह रोटी लेकर आता था, तो लगता था, हम दुनिया के किसी छोर पर टिकी आदिम गुफ़ा में बैठे हैं। निरंजन बाबू अपने बाग़ीचे के बारे में बताते रहे। सेबों की अलग-अलग क़िस्में, उनके पेड़ों की रखवाली, पहाड़ी चौकीदारों का आलस्य, मालियों की शराबख़ोरी...।

"शुरू के वर्षों में तो मैं इतना निराश हो जाता था कि सबकुछ छोड़-फेंककर अपने शहर लौट जाने का मन करता था, लेकिन फिर सोचता था—वहाँ जाकर भी क्या करूँगा? यूनिवर्सिटी की हालत को देखते ही दिल दहलने लगता...क्या सारी ज़िन्दगी वहाँ पढ़ाते हुए गुज़ार सकूँगा, जिसमें मेरा ख़ुद विश्वास नहीं...?"

"लेकिन यहाँ? यहाँ आपको वह विश्वास मिल गया, जो आप चाहते थे?"

"यहाँ कम-से-कम यह सन्तोष तो रहता है कि मैं अपने को धोखा नहीं दे रहा। वैसे भी सुबह से शाम तक इतना काम रहता है कि अपने बारे में सोचने को एक पल नहीं मिल पाता। रात को जब बिस्तर पर लेटता हूँ, तो यह एक बड़ी नियामत जान पड़ती है।"

आग की पीली लपटों में उनका चेहरा थका, क्लान्त-सा जान पड़ता था, हालाँकि उम्र में वह मुझसे कुछ ही साल बड़े थे। पुराने दोस्तों के चेहरे ख़ुद हमें अपने होने के खँडहरों की याद दिलाते हैं—चेहरे की झुर्रियाँ, सफ़ेद होते बाल, माथे पर खिंची त्योरियों के गली-कूचे...जिनके चौराहों पर हम उन्हें नहीं, ख़ुद अपनी गुज़री हुई ज़िन्दगी के प्रेतों से मुलाक़ात कर लेते हैं...।

कुछ देर हम चुपचाप दीवार में धँसी अँगीठी पर लकड़ियों को सुलगता देखते रहे। लपटों की लम्बी छायाएँ दीवार पर नाच रही थीं... बाहर हवा के चलने से अँगीठी की चिमनी से अजीब सी-सी की भुतैली-सी गूँज सुनाई दे रही थी। अचानक कुछ सोचते हुए उन्होंने मेरी ओर देखा, "मुझे एक ख़याल आया है, पता नहीं, तुम उसके बारे में क्या सोचोगे?"

मैंने मुस्कराते हुए उनकी ओर देखा, "पीने के बाद हमेशा मौलिक ख़याल दिमाग़ में आते हैं...बताइए, क्या कहना चाहते हैं?"

"तुम यहाँ आकर क्यों नहीं रह जाते? मैं तो आठ-नौ महीने नीचे ही रहता हूँ।"

मैंने कौतूहल से उनकी ओर देखा, "और मेहरा साहब...उनका क्या होगा?"

"तुम उनकी रखवाली करने थोड़े ही आए हो?"

"ऐसा ही समझ लीजिए...मिसेज़ मेहरा ने मुझे यहाँ इसीलिए बुलाया था।"

"और जब वह नहीं रहेंगे...तब?"

"तब की बात और है...फिर जो उनकी बेटी तय करेंगी, वैसा होगा...हो सकता है, वह यहाँ आकर रहें?"

उन्होंने सिर हिलाया, "अब नहीं आईं तो बाद में आकर क्या करेंगी, जब यहाँ उनका कोई नहीं होगा?"

"वह यहाँ आकर क्यों नहीं रहना चाहतीं? यहाँ पर भी तो प्रैक्टिस कर सकती हैं?"

मैंने उनकी ओर देखा, वह थिर आँखों से अँगीठी पर जलती लकड़ियों को देख रहे थे।

"मुझे नहीं मालूम," उन्होंने सिर हिलाया, "जब कोई एक बार घर छोड़ देता है, तो वापस लौटना आसान नहीं होता।"

कुछ देर हम चुपचाप अपनी प्लेटों के आगे बैठे रहे। अचानक वह बहुत व्यस्त भाव से उठे, "काफ़ी देर हो गई, चलो, मैं तुम्हें गेस्ट हाउस दिखा देता हूँ। आज तुम वापस नहीं जाओगे।"

वह मुझे गेस्ट हाउस तक छोड़ने आए थे। मैंने उन्हें मना किया, पर वह नहीं माने। वह टॉर्च जलाकर रास्ता दिखाते हुए आगे-आगे चल रहे थे। उसकी ज़रूरत नहीं थी। हल्की पीली चाँदनी में सबकुछ दिखाई दे रहा था—देवदार की समाधिलीन शाखें, बाँज की छतनार तले झूलती रस्सी का झूला, झाड़ियों की फेंस, जिसके पार पूरी घाटी फैली थी। कुछ भी सुनाई नहीं देता था—सबकुछ निस्तब्ध। रात की नीरवता को तोड़ती दूर कहीं कुत्तों की चीख़ें ही सुनाई दे जाती थीं।

गेस्ट हाउस के गेट के सामने आकर मैं रुक गया। बरामदे में एक धुँधली-सी बत्ती जल रही थी। "अब आप लौटिए...मैं चला जाऊँगा।"

वह असमंजस में खड़े रहे। वह शायद मुझसे कुछ कहना चाहते थे—बीती हुई शाम को किसी किनारे तक लाने के लिए, लेकिन यह होता कहाँ है?

"अच्छा हुआ, तुम आ गए!" उन्होंने कुछ संकोच में कहा, जैसे तसलीम करने में कोई शर्म हो! फिर जल्दी से अपनी बात को मोड़ दिया।

"दो कम्बल और रज़ाई रख दी हैं...और ज़रूरत तो नहीं पड़ेगी?"

"बर्फ़ तो नहीं गिरनेवाली?"

वह हँसने लगे, "तो मैं चलता हूँ...सुबह ननकू चाय ले आएगा।"

उनके जाने के बाद भी मैं देर तक बरामदे में खड़ा रहा। हवा में पेड़ों की सरसराहट सुनाई दे रही थी। कभी कोई पक्षी उड़ता, तो अँधेरे में उसकी फड़फड़ाहट एक चरखी-सी घूमने लगती, फिर सबकुछ शान्त हो जाता।

कमरे में आया, तो सबसे पहले नज़र पलंग पर पड़ी। वह कुछ इतना स्वच्छ और कुँवारा-सा जान पड़ा, जैसे अब तक उसे किसी ने छुआ न हो, लेटने की बात तो दूर रही। सिरहाने पर साफ़-सुथरा तौलिया, पैताने पर कम्बल, पास में एक तिपाई पर पानी का जग और गिलास रखे थे। साथ में सटा हुआ बाथरूम था, जिसमें ताज़े फ़िनाइल की गन्ध आ रही थी। उसके परे दूसरा कमरा, जो बन्द पड़ा था। गेस्ट हाउस से कहीं अधिक सारी इमारत एक लॉग केबिन जैसी जान पड़ती थी—लकड़ी के तख़्तों से बनी हुई, सफ़ेद और संक्षिप्त, जहाँ एक भी चीज़ अनावश्यक नहीं लगती थी...।

सिवा मेरे...मेरा अपना वहाँ होना ही कुछ अनावश्यक-सा जान पड़ रहा था मुझे। मैं लेट गया। नींद देर तक नहीं आई...कोई फाँस-सी भीतर लरक रही थी। यह उनका स्कूल था, याद आया, जिसे अधूरा छोड़कर वह चली गई थीं। वह आख़िरी बारी यहाँ आई थीं—क्या देखने? मुझे यहाँ देखतीं, तो देखकर हँसने लगतीं, 'तुम वहीं आते हो, जहाँ से मैं चली जाती हूँ...' वह हँसी थी या उलाहना? जैसे हम उनके समय की तलछट पर अपनी बची हुई ज़िन्दगी को कुतर रहे हों, समय को चख रहे हों, पैरासाइट, परजीवी, जिनका अपना होना दूसरे के न होने की दीवार पर टँगा रहता है।

मैं और अधिक कमरे में नहीं रह सका, बाहर चला आया।

बरामदे के बाहर हल्की पीली-सी चाँदनी फैली थी। झाड़ियों पर जुगनू उड़ रहे थे—टिमकते तारों से हवा में तिरते हुए। निरंजन बाबू की कॉटेज बहती हुई धुंध में स्तब्ध-सी खड़ी थी—खुलती हुई, छिपती हुई, किसी प्रागैतिहासिक गुहा-सी ग़मग़ीन, समय की छाती पर अधर में टिकी हुई। जंगल की जड़ी-बूटियों के बीहड़ में पेड़ निस्तब्ध खड़े थे...सिर्फ़ रस्सी का झूला धीरे-धीरे झोंटे ले रहा था—अपने ख़ालीपन में ख़ुद को झुलाता हुआ...।

मैं भीतर आकर कम्बल लपेटकर सो गया। इस बार नींद की प्रतीक्षा नहीं करनी पड़ी, वह ख़ुद चली आई थी। सुबह आँख खुली, तो चारों तरफ़ धूप खिली थी। घास, झाड़ियाँ, पेड़ों की पत्तियाँ ओस में चमक रहे थे। पता नहीं कब, ननकू चाय की केतली टीकोज़ी में दबाकर मेज़ पर छोड़ गया था। चाय पीकर मैं बाहर चला आया, निरंजन बाबू शायद बहुत पहले अपने सेबों के बाग़ीचे में चले गए थे।

सारा घर सूना पड़ा था।

देवदार के नीचे एक पत्थर की बेंच थी। मैं कुछ देर वहीं बैठा रहा। पिछली रात की बातें धीरे-धीरे पास आने लगीं। बातों के बीच कितनी वीरान ख़ामोशियाँ छिपी थीं! निरंजन बाबू उनके पीछे रहते थे। मैं उस दीवार को कभी नहीं लाँघ पाता था। पर उसके पीछे वह कैसे रहते होंगे—इसकी उत्सुकता बनी रहती थी।

वह कोई संत, संन्यासी नहीं थे। पूरी हरी-भरी गृहस्थी थी। मेरी तरह अकेले नहीं थे...यूनिवर्सिटी में मनचाही नौकरी कर सकते थे। फिर कैसे यहाँ आने का निर्णय ले लिया, यह अभी तक मेरे लिए रहस्य बना था। क्या कोई भीतर ऐसा कष्ट था, जो किसी को नहीं बताते थे, जिसे चुपचाप झेलते यहाँ चले आए थे? पर ऊपर से तो दिखाई नहीं देता था? सिर्फ़ चेहरे पर कभी-कभी छाया-सी चली आती थी।

क्या कुछ ऐसा था, जिसे वह पीछे छोड़ आए?...बीच की दुनिया में—जिसके बारे में मुझे कुछ भी मालूम नहीं था? मुझे डॉक्टर सिंह की बात याद हो आई—तुम यहाँ ऐसी उम्र में आए हो, जब सबका सबकुछ बीत चुका है और जो शेष बचा है, वह...वह क्या है?

क्या उसी की थाह पाने लोग इतने ऊपर चले आते हैं, जहाँ खड़े होकर अपनी बीती हुई ज़िन्दगी के खँडहरों को देख सकें?

सूरज धीरे-धीरे आकाश पर चला आया था। नीचे की सारी घाटियाँ धूप में झिलमिला रही थीं। गाँव के झोंपड़ों से धुएँ की नीली धारियाँ ऊपर उठ रही थीं—सफ़ेद बादलों में घुलती हुईं, जो लावारिस-से घाटी के ऊपर मँडरा रहे थे।

मैं धीरे-धीरे अपने को गढ़हों से बचाता हुआ उसी ढलान से नीचे उतरने लगा, जिस पर चढ़कर मैं कल शाम ऊपर आया था।

6

घर लौटा तो पता चला, डॉक्टर सिंह मेरी अनुपस्थिति में आए थे। मुरलीधर ने बताया कि वह बहुत देर मेहरा साहब के कमरे में बैठे रहे। 'कितनी देर?' मैंने पूछा, तो उसने कुछ नहीं कहा। सिर्फ़ चिन्ता में सिर हिला दिया। 'मेरे लिए कोई सन्देश छोड़ गए थे?' मैंने पूछा, तो उसे कुछ याद आया। जेब से एक मुड़ा-तुड़ा काग़ज़ का टुकड़ा निकाला। उस पर जो लिखा था—वह डॉक्टर सिंह का नाम था, और कुछ नहीं, बाक़ी काग़ज़ ख़ाली पड़ा था।

मेहरा साहब का भी कोई निशान दिखाई नहीं दिया। कॉटेज के दरवाज़े बन्द थे। बरामदे की कुर्सियाँ ख़ाली पड़ी थीं। अपने क्वार्टर की ओर लौटा, तो बजरी के फ़ुटपाथ पर लीद का लौंदा दिखाई दिया—धूप में सूखता हुआ। सेंट सेबास्टिन ही वहाँ अपने होने का सन्देश पीछे छोड़ गया था।

मैं सोचने लगा, डॉक्टर सिंह के पास कैसे पहुँचा जाए? मुरलीधर को भेजकर ख़बर ली जा सकती थी। इसका कोई फ़ायदा था?

अगर कहने लायक़ कोई ख़बर होती, तो वह पर्ची पर न लिख जाते? लेकिन अगर कोई ख़बर नहीं थी, तो पर्ची पर अपना नाम छोड़कर जाने की क्या ज़रूरत थी? शायद वह मुझे कुछ बताना चाहते थे, लेकिन डराना नहीं चाहते थे...।

कैसा डर? किससे?

उनकी कोठी धूप में चमचमा रही थी। वहाँ सब दरवाज़े बन्द पड़े थे। खिड़कियों के शीशे चमक रहे थे। पीछे की तरफ़—लगभग जंगल की माँद में—मुरलीधर के क्वार्टर से धुआँ निकल रहा था। उसके नीचे खड्ड की खोड़ में कहीं भेड़ों, बकरियों की मिमियाती चीख़ें सुनाई दे जाती थीं। जब बाहर सबकुछ इतना साफ़ हो, तो भीतर डर की धुकधुकी अजीब सुनाई देती है—एक टिमकते टोटके की तरह, जो कुछ भी हो सकता है।

मैंने हौसला बटोरकर दरवाज़ा खटखटाया। भीतर कोई आवाज़ नहीं थी। बीच के बड़े कमरे की बत्ती जल रही थी। दिन के समय में भी उनकी आधी कॉटेज धूप में नहाती थी, बाक़ी कमरे अँधेरे में डूबे रहते थे। मैं कभी दिन के समय उनके साथ नहीं बैठा था। कभी-कभी जब वह किसी काम से बुलवा भेजते थे, तो बाहर बरामदे में बैठकर बात होती थी...। मुझे पता भी नहीं चलता था कि मेरे आने से पहले वह क्या कर रहे थे, मेरे जाने के बाद क्या करेंगे? मेरे लिए वह रात के प्राणी थे, जो दिन के उजाले में अजनबी नहीं तो अजाने-से जान पड़ते थे। यह पहली बार था, जब मैं बिना बुलाए उनकी दिन की दुनिया के बन्द दरवाज़े को खटखटा रहा था।

कोई बाहर नहीं आया। किसी ने दरवाज़ा नहीं खोला। जैसे ख़ाली घर के दरवाज़े बन्द रहते हैं, वैसे ही मैं ख़ाली बाहर खड़ा रहा। मैं पीछे मुड़कर बरामदे की सीढ़ियाँ उतरा ही था कि मुझे लगा, जैसे कोई दरवाज़े के पीछे खड़ा है, जिसे मैं नहीं देख सका था, किन्तु जो मुझे जाता हुआ देख रहा था।

या यह सिर्फ़ मेरा भ्रम था? उस भय की छाया, जिसे डॉक्टर सिंह की पर्ची ख़ाली जगह पर पीछे छोड़ गई थी? मैं रुका नहीं। सीधा चलता गया, जैसे अपशगुन की छाया से छुटकारा पाने का यही सबसे बेहतर शॉर्ट-कट हो।

बैडमिंटन कोर्ट पहुँचकर मैं ठिठक गया। याद आया, यह वही जगह है, जहाँ मैं उन सबसे पहली बार मिला था। उस शहर में मेरा पहला दिन, जहाँ एक अटैची में मैं अपना सारा अतीत साथ ले आया था, उससे छुटकारा पाने के लिए नहीं, सिर्फ़ एक पड़ाव पाने के लिए, एक ख़ाली बेंच पर बैठकर जैसे कोई यात्री अपनी बीती हुई राह का जायज़ा लेने के लिए रुक जाता है। कोर्ट के किनारे वह बेंच भी ख़ाली पड़ी थी। कुछ पुराने, पीले पत्ते हवा में उड़कर उस पर आ बैठे थे। सबकुछ इतना शान्त, इतना नीरव था कि नीचे फैले हुए जंगल के नीले, श्यामल रन्ध्रों से निकली हुई सुन्न, सन्नाटे की आहटें ही सुनाई देती थीं—उनकी कॉटिज और मेरे क्वार्टर के बीच हवा के अदृश्य पुल से गुज़रती हुई। वह जगह, जहाँ कुछ देर पहले भय की छाँह गिरी थी, वह कहीं बहुत दूर निकल गई थी। मेरा 'मैं' धीरे-धीरे मुझसे बचकर वहाँ चला आया, जहाँ बैडमिंटन का कोर्ट था—दुपहर की ढलती धूप में डूबा हुआ। कोर्ट के बाहर गिरी हुई चिड़िया को मैंने पहले दिन उनके हाथ में रखा था—और वह मुझे हकबकाकर देख रही थीं, जैसे मृत वह नहीं, मैं था, जो पीछे रह गया था—एक सर्वाइवर, जो खाता है, पीता है, देखता है, लेकिन जीता नहीं। नहीं, जीता है, लेकिन जीवित प्राणी की तरह नहीं। नहीं, मृत नहीं, पर एक ऐसी शंका में डूबा हुआ, जिसे एक दिन मिसेज़ मेहरा ने अन्ना जी के सामने प्रगट किया था। वह ज़मीन में दबने से पहले एक टेस्ट लेना चाहती थीं, यह जाँचने के लिए कि वह सचमुच मृत हैं या थोड़ी-सी जीवित अथवा थोड़ी-सी मृत हैं पर सचमुच जीवित...या कुछ भी नहीं।

क्या वह मेरा टेस्ट ले रही थीं, यह जानने के लिए कि मैं उनके पास कितना मृत होकर आया हूँ? कितना जीवित? शायद उन्हें मालूम था कि उनके पति के पास वही आदमी रह सकता है, जो अपने को छोड़कर, ख़ाली होकर आया हो। उन्होंने ज़रूर मुझमें कुछ देखा होगा कि यह आदमी परीक्षा में सही उतर सकता है—एक ऐसा उम्मीदवार, जिसके पीछे लौटने की कोई उम्मीद नहीं दिखाई देती थी।

मुझे पता नहीं चला, मैं कब अपनी कोठरी के बरामदे में बैठ गया। मैं शायद काफ़ी देर तक बैठा रहा था। धूप में आँख लगी थी, दुपहर की झिनझिनाती नींद, सोने-न सोने के दो किनारों के बीच बहती हुई, मुझे दो ग्रह-लोकों के बीच बहाती हुई। एक वह जो यहाँ आने से पहले मेरी ज़िन्दगी थी—जिनकी छायाएँ अपना किनारा छोड़कर मेरे किनारे आ लगती थीं—और तब मुझे लगता कि यह धूप, यह हवा, यह बैडमिंटन का कोर्ट एक दूसरा ग्रह-लोक हैं—दोनों एक साथ बह रहे हैं—नदी पर बर्फ़ के लौंदों की तरह—जब वे एक-दूसरे से टकराते हैं, तो झटके से मेरी नींद खुल जाती। मुझे लगता, जिसे मैं जागते हुए जी रहा था, वह नींद में उलटा बहता हुआ मेरे पास आ रहा था, कुछ मेरे जैसा, पर हू-ब-हू मेरे जैसा नहीं, मुझसे अलग, लेकिन मेरे भीतर के हर अँधेरे कोने को—जहाँ मैं छिपकर बैठा था—चींथता हुआ, चुआता हुआ, ऊपर सतह पर खींचता हुआ, बैडमिंटन कोर्ट की बेंच पर, जहाँ उड़ते हुए पत्तों के बीच में बैठा था।

मैं अपनी कोठरी में लौट आया। जैसा था, वैसे ही पलंग पर लेट गया। कुछ देर बाद किसी ने घर का दरवाज़ा खटखटाया। मैंने जल्दी से अपनी नोटबुक और पेंसिल निकाली, सोचा, उन्होंने बुलाया है। लेकिन जब दरवाज़ा खोला, तो मुरलीधर का लड़का बंसी दिखाई दिया। वह खाने की थाली लाया था।

"बाहर खाएँगे, या भीतर लगा दूँ?"

"तुम्हारे बाबू कहाँ हैं?"

"वह साहब के पास हैं।"

मैंने सन्देह से उसकी ओर देखा; मैले, पहाड़ी, गोल-मटोल चेहरे पर कुछ दिखाई नहीं दिया, जिससे उनके बारे में कुछ अनुमान लग सके।

मैंने बत्ती खोली और उसे भीतर आने दिया। खाना मेज़ पर लगाकर जब वह जाने लगा, तो मैंने उसे रोक लिया, "देखो, जब मुरलीधर आए, तो उससे कहना, मैंने बुलाया है।"

उसके जाने के बाद भी देर तक मैं बरामदे में बैठा रहा। कॉटेज की बत्तियाँ जली थीं, लेकिन कहीं कोई आवाज़ सुनाई नहीं देती थी। एक बार इच्छा हुई, डॉक्टर सिंह के घर जाकर उनसे पूछूँ, लेकिन मैं गया नहीं। कोई चिन्ताजनक बात होती, तो वह ज़रूर ख़बर करते। मैं देर तक मुरलीधर की प्रतीक्षा में बैठा रहा। उस रात वह नहीं आया।

दूसरे दिन भी नहीं, न तीसरे दिन। मुझे लगा, वे दोनों ही मुझे भूल गए हैं, जैसे वहाँ मैं हूँ ही नहीं। नोटबुक के पन्ने ख़ाली पड़े रहे। मैं उनमें तारीख़ें डालता जाता, जिन पर ख़ाली दिनों की सफ़ेदी मन्थर गति में सरकती जाती। पहली बार अपने प्रवास में मुझे एक अजीब डर ने पकड़ लिया, जैसे कोई ऐसा भेद है, जो मेरे सिवा सबको मालूम है। मैं बाहर टहलने निकलता तो लगता, जैसे खड्ड की खोह, जंगल की साँय-साँय, पहाड़ों की निश्चलता से कोई चीज़ सिर उठाकर मुझे देख रही हो, हँस रही हो...मेरे पीछे पाँव पर पाँव रखकर आ रही हो। पर ज्यों ही मैं मुड़कर देखता—तो कोई नहीं, कुछ भी नहीं...झट से कोई पीछे हट जाता और ख़ाली तारीख़ों के बीच ठिठका समय पूर्ववत बहने लगता।

शायद यह चौथा दिन रहा होगा कि मैंने अचानक निर्णय ले लिया।

कोठरी की सीलन और सन्नाटे से बाहर निकल आया। अपनी कोठरी से उतरनेवाली पगडंडी से नीचे उतरने लगा, जो झाड़-झंखाड़

के बीच बल खाती हुई सीधी बाज़ार के बीच गुज़रकर नीचे गाँव की ओर जाती थी।

डॉक्टर सिंह की क्लीनिक बाज़ार के बीच होते हुए भी उससे अलग जान पड़ती थी। बाज़ार की समतल सड़क से सीढ़ियाँ उतरकर जाना पड़ता था, ऊपर से देखकर ऐसा लगता था, जैसे किसी भूचाल या लैंडस्लाइड से मेन रोड का एक हिस्सा नीचे धँस गया हो, जबकि ऐसा कुछ नहीं था। दो दुकानों के बीच अपनी क्लीनिक बनाने की बजाय डॉक्टर सिंह ने लोहे की रेलिंग लगवा ली थी, जिसके नीचे सीढ़ियाँ उतरकर जब मरीज़ उनके 'वेटिंग रूम' में जाते थे, तो लगता था, जैसे वे बाज़ार के नीचे किसी बेसमेंट में चले आए हों। वहीं कुछ कुर्सियाँ, बेंचें और टेबल लगे रहते थे। सामने एक पर्दा लगा था, जिसके पीछे डॉक्टर सिंह अपनी केबिन में छिपे बैठे रहते थे, और उसके आगे रावत जी।

रावत जी स्टूल पर आलथी-पालथी बैठे रहते थे। जब पहली बार मिसेज़ मेहरा मुझे डॉक्टर सिंह के पास लाई थीं, तब भी वह वैसे ही बैठे थे—उनकी धोती के फैलाव में स्टूल ढका रहता था, इसलिए पता नहीं चलता कि वह स्टूल पर बैठे हैं, या फ़र्श पर। मैं उन्हें वहाँ देखने का इतना अभ्यस्त हो गया था कि जब कभी वह बाज़ार में मिलते, तो लगता, जैसे वह स्टूल पर बैठे चले आ रहे हैं। उनकी जैसी छोटी क़द-काठी थी, वैसा ही लगा-बँधा काम था। पर्दे के पीछे से जैसे ही मरीज़ बाहर निकलता, वैसे ही वह नये मरीज़ का नम्बर बोलते। कोई लाइन से बाहर नहीं निकल सकता था। उनके माथे पर तिलक और कन्धे पर पड़ी पीली शॉल से लगता, जैसे पर्दे के पीछे कोई डॉक्टर नहीं,

देवता बैठे हों, जिनका दर्शन केवल उनकी कृपा से किया जा सकता है। पर्दे पर उन्होंने एक तख़्ती से अपने सुलेख से नियम भी लिखे थे—Rules and Regulations...पूरे दस हिन्दी में, लेकिन आख़िरी लाइन अंग्रेज़ी में—Please bear with us...नीचे उन्होंने अपने हस्ताक्षर एक ऐसी लिपि में किये थे कि उसमें सामन्त सिंह रावत का नाम एक ऐसी बिल्ली की तरह दिखाई देता था, जो दो चूहों के पीछे भाग रही हो!

मुझे देखते ही उन्होंने सारे नियम भंग कर डाले...मुझे हाथ के इशारे से पर्दे के पीछे जाने के लिए कहा। मैंने हाथ से ही मना कर दिया... पर वह कहाँ माननेवाले थे। काफ़ी देर तक हम दोनों के बीच—मरीज़ों के आर-पार—मूक इशारों का पैंटोमिम चलता रहा। आख़िर हारकर वह अपनी जगह बैठे रहे, मैं अपनी जगह पर। मरीज़ों में अधिकांश ग्राम निवासी जान पड़ते थे। पुरुषों के कपड़े लगभग एक जैसे थे—तंग मोहरे का पाजामा, लम्बी कमीज़ या बुश्शर्ट, ऊपर छाती पर लिपटी हुई चद्दर। कुछ समृद्ध-से लगनेवाले मरीज़ों ने चौकोर साइज़ की भूरी टोपी भी पहन रखी थी। सबके जूतों पर धूल की तहें जमा थीं, जिनके नीचे उनका असली रंग छिप गया था। वे तलहटी में बसे गाँवों से यहाँ आए थे। कुछ लोगों ने यहाँ आने से पहले बाज़ार से ख़रीदारी की थी। उन्होंने अपने भरे हुए झोलों को बगल में दबा रखा था। बोर्ड पर लिखे नियमों में से शायद सबसे यातनादायी नियम धूम्रपान की मनाही थी, शायद इसीलिए हर तीसरा आदमी बाहर छज्जे पर सिगरेट-बीड़ी पीने निकल जाता था।

वह छज्जा ही मेरा असली वेटिंग-रूम था। भीतर के दम घुटते वातावरण से छुटकारा पाने के लिए मैं अक्सर वहीं आकर बैठ जाता था। बाज़ार के बाहर निकला हुआ वह छज्जा झूले का खटोला-सा जान पड़ता था—ठीक हवा के बीच ठिठका हुआ। नीचे घाटी का हरा चमकीला विस्तार दिखाई देता था। लम्बे देवदारों के झुरमुट।

गाँव की झोंपड़ियाँ, खेत। मोटर रोड पर उड़ती हुई ट्रकों की धूल। जब कभी बाज़ार के बीच से कोई धड़धड़ाता ट्रक या लॉरी या रोडवेज़ की बस निकलती, तो ऐसा लगता, जैसे झूले का डिब्बा ऊपर उठनेवाला हो, जिसमें डॉक्टर सिंह, उनके मरीज़ और रावत जी, सब बैठे हों... हवा में उड़ती हुई एक ओपन एयर क्लीनिक—बाज़ार और पहाड़ी के बीच अधर में लटकी हुई।

"क्या सब मरीज़ चले गए?" रावत जी मेरे सामने खड़े थे। मैंने उनकी ओर देखा।

"कब के...मैंने सोचा, आप भी चले गए। आइए, मेरे साथ!"

मैं उनके साथ भीतर चला आया। पर्दे के पीछे से आख़िरी मरीज़ बाहर निकल रहा था। सारी बेंचें, कुर्सियाँ ख़ाली पड़ी थीं, जैसे फ़िल्म शो के बाद सिनेमा का हॉल दिखाई देता है—ख़ाली और उजाड़। रावत जी ने पर्दा उठाया। दूसरे क्षण मैं डॉक्टर सिंह के सामने खड़ा था। मुझे देखकर वह न हँसे, न मुस्कराए...कुछ सोचने लगे, जैसे मेरे यहाँ आने का कारण खोज रहे हों।

"बैठो," उन्होंने कहा, मानो मैं भी उनका मरीज़ हूँ। कुछ देर तक वह चुप रहे। फिर कहा, "यहाँ कैसे?"

"आप कुछ दिन पहले मेहरा साहब को देखने आए थे?"

"आया तो था। तुम वहाँ नहीं थे।"

"मैं निरंजन बाबू के घर रह गया था...लौटकर पता चला, आप आए थे।"

वह चुप बैठे रहे। हाथ में काला फ़ाउंटेन पेन अपने पैड पर घुमाते रहे, जिस पर वह नुस्ख़े लिखते थे। फिर कुछ याद आया। पेन को वहीं पैड पर रखकर उठ खड़े हुए...।

मेज़ के पीछे एक कोने की दीवार पर स्विच दबाया...नीचे बेसिनी थी—उसके ऊपर तिकोनी शक्ल का शीशा था, जिसमें उनका चेहरा

झाँक रहा था—सुबह की दाढ़ी की नीली छाँह धीरे-धीरे बढ़ती हुई दोनों गालों पर सरक आई थी। उन्होंने बेसिनी की टोंटी खोली और साबुन से अपने हाथ धोने लगे—एक बार, दो बार, खूब रगड़-रगड़कर। मुझे हमेशा हैरानी होती थी कि हर डॉक्टर अपने हाथों को इतनी मुस्तैदी से क्यों धोता है। मरीज़ को छुआ नहीं कि हाथ धोने की जल्दी रहती है... क्या कीटाणुओं से छुटकारा पाने के लिए वे ऐसा करते हैं?

तौलिए से हाथ पोंछते हुए वह बोले, "घर से ही आ रहे हो?"

मैं चौंक गया, जैसे वह अपने से ही बोल रहे हों, लेकिन नहीं... शीशे में कहीं उन्हें मैं भी दिखाई दे रहा हूँगा, वह उसी से पूछ रहे थे।

"हाँ, सीधा घर से..." मैंने जेब से पुरज़ा बाहर निकाला, जैसे वह उनका प्रेस्क्रिप्शन रहा हो, "आप इसे मुरलीधर के पास छोड़ गए थे।"

"मुझसे क्या पूछने आए हो?"

"उनके बारे में...क्या सोचते हैं आप?"

वह मुड़ गए लेकिन बैठने की बजाय अपने कमरे की खिड़की खोल दी। मुझे हैरानी हुई कि खिड़की के बाहर एक चबूतरा था, जिसके चारों तरफ़ लोहे की एक रेलिंग लगी थी। पीछे आकाश में पहाड़ियाँ सिर उठाए खड़ी थीं, जिन पर गुज़री हुई धूप की एक पीली आभा चमक रही थी।

"यह मेरी आरामगाह है," उन्होंने कहा, "यहाँ बैठते हैं।"

वह सचमुच एक हवाई हिंडोला-सा जान पड़ता था—एक झरोखे की तरह बाहर निकला हुआ। हरे शेड से ढका हुआ। नीचे एक चौकी थी और बेंत की कुर्सियाँ।

"मरीज़ों के जाने के बाद मैं यहीं बैठता हूँ..."

वह मेरे साथ बैठे थे...सामने नहीं। यह अच्छा ही था कि मैं उन्हें देख नहीं सकता था।

"अब बताओ, क्या पूछना चाहते हो?"

"कैसे हैं मेहरा साहब?"

"एक रुटीन चेक-अप...और कुछ नहीं..."

मैं ध्यान से डॉक्टर सिंह के चेहरे की ओर देखने लगा। वहाँ कुछ भी नहीं था। अगर कुछ था, तो मैं उसे पढ़ नहीं सकता था।

"आपको कोई चिन्ता की बात दिखाई देती है?"

"कैसी चिन्ता? मुझे कुछ भी ऐसा दिखाई नहीं देता, जिसके लिए तुम चिन्ता करो।"

"आपको उनमें कोई तब्दीली नहीं दिखाई देती...कुछ ऐसा, जो पहले नहीं था?"

"मैं शरीर को देखता हूँ। नंगी आँख से न दिखाई दे, तो एक्स-रे से देखा जा सकता है...लेकिन मन के भीतर जो होता है, उसे देखने का कोई यंत्र अभी ईजाद नहीं हुआ...तुम जान सकते हो?"

डॉक्टर सिंह कुर्सी से उठ खड़े हुए, चबूतरे की रेलिंग के पास चले आए।

"यहाँ आओ।"

मैं उनके पास चला आया। ठंडी हवा में चीड़ों की फुनगियाँ काँप रही थीं। बाज़ार की आवाज़ें एक अजीब गुनगुनाहट में नीचे से उठ रही थीं...आधी धूप, अँधेरे के डाँवाँडोल उजाले में चट्टानें किसी मिथकीय काल के पक्षी-सी जान पड़ती थीं, अपने पथरीले पंखों के साथ हवा में अचल जमी हुई...।

"देखते हो..." उन्होंने धीरे-से मेरे कन्धे पर हाथ रखा..."इन चट्टानों को...यह पठार, जो पहाड़ों के बीच चला गया है? जानते हो, ये सब समुद्र के नीचे था, और जहाँ हम खड़े हैं, वहाँ पता नहीं कितने जल-जन्तु मेरी क्लीनिक के चारों तरफ़ दौड़ते फिरते थे...कहाँ हैं अब वे सब? क्या तुम उनके जीने, उनके होने का एक भी सुराग देख सकते हो? कहाँ चले गए सब...कहाँ हैं वे?"

वह एक क्षण रुके...फिर एक हिचकती-सी आवाज़ ऊपर उठी, "वे सब यहाँ हैं...लेकिन हम उन्हें देख नहीं सकते! तुम्हें मालूम है, इन चट्टानों की अन्दरूनी परतों में कितनी फ़ॉसिल जमा हैं; मरे हुए जानवरों के अस्थि-पिंजर ही मुद्दत बाद चट्टानों का रूप धारण कर लेते हैं—जीव और जड़ में कोई अन्तर नहीं...एक विराट कायाकल्प, मेटामोरफ़ॉसिस, हर चीज़ बदल जाती है, लेकिन रहती वही है, जैसी लाखों साल पहले थी...शेक्सपियर के नाटक देखे हैं...कैसे एक एक्टर स्टेज पर अलग-अलग रूप धारण करके आता है...हमें लगता है, वह कोई दूसरा है, जिसे हम देख रहे हैं, जबकि दूसरा वही है जो पहले एक्ट में आया था। जिसे तुम तब्दीली कहते हो...वह सबकुछ के भीतर बहती हुई लीला है...रामलीला!"

वह हँस रहे थे या सिर्फ़ मुझे चिढ़ा रहे थे, जैसी उनकी आदत थी। मैं उन्हें देख भी नहीं सकता था...जब वह बोल रहे थे—पहाड़ अँधेरे में छिप गए थे। जंगल के आर-पार एक धुंध-भरा विस्तार फैला था, जहाँ दो-चार बत्तियाँ जुगनुओं-सी टिमटिमा रही थीं। चीड़ों की सुइयाँ एक चमकीली-सी धुंध में किसी अकेले साम्राज्य का हिस्सा जान पड़ती थीं...इस तरह झुकी हुई—जैसे वे भी डॉक्टर सिंह की आवाज़ को अपने ध्यान में सुन रही हैं...!

जिस क्षण डॉक्टर सिंह 'चिरन्तनता' की बात कर रहे थे—ठीक उसी क्षण सारा जंगल एक अलग वेश बदलकर विचित्र आकारों में ढल गया था। वहाँ न पत्थर थे, न पहाड़, न पेड़ों के झुरमुट—सिर्फ़ अँधेरा, अँधेरे का निविड़, नीला विस्तार!

"कुछ दिखाई देता है?" डॉक्टर सिंह की आवाज़ सुनाई दी, "जहाँ कुछ दिखाई नहीं देता, उसी के भीतर कुछ हो रहा है। कल सुबह उठकर देखोगे, तो तुम्हें हैरानी होगी। जंगल के भीतर तुम्हारी आँखों से ओझल कितना कुछ हो रहा था, जिसकी तुम कल्पना भी नहीं कर सकते!

यह ड्रामा हर रोज़ होता है...सिर्फ़ बाहर नहीं, बल्कि मनुष्य की देह के भीतर....बल्कि वहाँ सबसे ज़्यादा...ग़लती हुई हड्डियाँ, सतह बदलता हुआ रक्तचाप, दिल के कोटर में धड़कता हुआ कोलाहल...एक काया के भीतर कितनी साँसों के साँप फूत्कारते हुए भागते हैं, कोई अनुमान लगा सकता है...और आप मुझसे पूछते हैं, मेहरा साहब के साथ क्या हो रहा है?"

वह चुप हो गए...फिर एक लम्बे विराम के बाद बोले, "सत्तर बरस के ढाँचे में कितना कुछ सूख गया है, बदल गया है, बह गया है...यह मैं आपको बता सकता हूँ? शायद बता सकता, यदि उन्हें कोई बीमारी होती, कोई बुख़ार, किसी तरह का दुख-दर्द, कोई टीस, कोई ट्यूमर... तब उनमें से किसी को पकड़कर उनके भीतर झाँक सकता था...कौन-सी जगह है, जहाँ रोड़ा अटक गया है, कैसे उसे निकाला जा सकता है... लेकिन अगर ऐसा कुछ न हो, सबकुछ शान्त और समतल हो...तब कोई दरवाज़ा नहीं, जिसे खोलकर आप उनके भीतर प्रवेश कर सकें... क्या आप सोचते हैं कि एक्स-रे की तसवीरें देह के भेदों को भेद सकती हैं? नहीं जी, यह सबसे बड़ा इल्यूज़न है...आपको लगता है, सबकुछ नॉर्मल है, और यह सबसे बड़ी छलना है...क्योंकि सच बात यह है...कि नॉर्मल कुछ भी नहीं होता...पैदा होने के बाद के क्षण से ही मनुष्य उस अवस्था से दूर होता जाता है, जिसे हम 'नॉर्मल' कहते हैं...नॉर्मल होना देह की आकांक्षा है, असलियत नहीं। देह का अन्तिम सन्देश सिर्फ़ मृत्यु के सामने खुलता है, जिसे वह बिल्ली की तरह जबड़ों में दबाकर शून्य में अन्तर्ध्यान हो जाती है...जैसे एलिस के सामने चैशायर बिल्ली ग़ायब हो जाती थी—सिर्फ़ उसकी मुस्कराहट दिखाई देती रहती है..." डॉक्टर सिंह हँसने लगे...और तब भी हँसते रहे, जब उसी क्षण रावत जी पर्दा खोलकर प्रगट हो गए, जैसे वह भी किसी विस्मयलोक के प्राणी हों!

"जी, मैं जाऊँ, या अभी..." रावत जी ने कुछ असमंजस में कहा।

"आप अभी तक गए नहीं?" डॉक्टर सिंह ने कुछ अपराध-भाव से रावत जी को देखा, जिसमें एक हल्की-सी खीज भी दबी थी, "आप चलिए, क्लीनिक मैं बन्द कर दूँगा। और देखिए...आप घोड़े पर बैठकर ही जाइए...आज मैं पैदल ही घर जाऊँगा।"

रावत जी ने अपनी टोपी को ठीक से सिर पर जमा दिया। जाने से पहले पूछा, "कुछ नमकीन चाहिए, तो बाज़ार से ले आऊँ?"

"नहीं...अब कुछ नहीं। हम भी कुछ देर बाद चलते हैं।"

रावत जी के जाने के बाद सबकुछ हल्का-सा हो गया। चबूतरे के बाहर हवा में धुंध छँट चली थी...बाज़ार की आवाज़ें बहुत पहले अँधेरे में डूब गई थीं...सिर्फ़ झींगुरों की अनवरत तान जंगल के किसी हृत-स्थल से ऊपर उठ रही थीं, सन्नाटे को और भी अधिक घोर, घना बनाती हुई।

डॉक्टर सिंह ने अपनी मेज़ की दराज़ से एक फ़्लास्क बाहर निकाला। दो गिलास।

उन्होंने फ़्लास्क से ब्रांडी मेरे गिलास में डाली...जो थोड़ी-सी बची रह गई थी, उसे अपने गिलास में डालते हुए मेरी ओर देखा..."अब तो ठीक हो? जब तुम मेरी क्लीनिक आए, तो तुम्हारा चेहरा देखकर मैं डर गया था..." उन्होंने गिलास में से एक लम्बा गहरा घूँट लिया...एक गहरी-सी साँस ऊपर आई, "तुमने बहुत बड़ी ग़लती की।"

मैंने आश्चर्य से उन्हें देखा, "कैसी ग़लती?"

"तुम यहाँ आए, सो तो ठीक था...लेकिन जब मिसेज़ मेहरा ही नहीं रहीं, तब उसके बाद तुम चले जाते—इस सबसे बच जाते।"

"किससे बच जाता?"

"वह जो पीछे छोड़ गई हैं..." उन्होंने फिर एक लम्बा घूँट लिया, रूमाल से मुँह पोंछा, "मैंने तुमसे कहा था न, उन्होंने क्यों बुलाया था? वह जानना चाहते हैं, उन्हें यहाँ और कितने दिन रहना है?"

मैंने उनकी ओर देखा, "क्या वह कहीं जा रहे हैं?"

वह हँसने लगे, "यहाँ से कोई और कहाँ जा सकता है?"

"अपनी बेटी के पास!" मैंने कहा।

"बेटी भी तो यहीं रहती है...इसी दुनिया में!" उन्होंने ऊपर आकाश में देखा, जहाँ चारों तरफ़ तारों के टिमटिमाते झुरमुट, नक्षत्र-मंडल, ग्रह-लोक चमक रहे थे, "नहीं, उनका मतलब इस दुनिया से नहीं था!"

एक अजीब आशंका ने मुझे पकड़ लिया, "फिर किससे था?"

"शायद अपनी आख़िरी चीज़ों से," उनका स्वर बहुत कोमल-सा हो आया, "होटल का कमरा छोड़ने से पहले जैसे हम एक बार टटोल लेते हैं, वार्डरोब में, कोई कपड़ा तो नहीं छूट गया, कोई अंडरवियर, मैला-कुचैला रूमाल...बाथरूम में शेव का सामान...कुछ भी ऐसा पीछे नहीं छोड़ देना चाहते, जिसके लिए बाद में शर्म महसूस हो। तुमसे कभी कुछ कहा है?"

"नहीं, इस बारे में कुछ भी नहीं।"

"हो सकता है—उन्होंने अपने काम अलग-अलग लोगों को सौंप दिये हैं...तुम्हें जैसे अपना अतीत लिखाते हैं, वैसे मुझसे अपने भविष्य के बारे में पूछना चाहते हैं...जिसके पन्ने कोरे पड़े हैं।"

"लेकिन क्यों?"

"पैटर्न!" डॉक्टर सिंह मुस्कराए, "तरतीब! वह एक तरतीब देखना चाहते हैं, अपने बीते और अनबीते के बीच। तुम तो जानते हो, वह एक ऊँचे अफ़सर रहे हैं...जब तक किसी फ़ाइल पर उसके हस्ताक्षर नहीं हो जाते, वह वैलिड नहीं होती...वह यह भी भूल जाते हैं कि आख़िरी फ़ाइल पर उनके नहीं, किसी और के दस्तख़त होते हैं...जिसके बिना हर पैटर्न अधूरा रहता है!"

वह उठ खड़े हुए। फ़्लास्क और दोनों गिलास बेसिनी के नीचे रखकर नल की धार छोड़ दी...उन्हें वैसा ही रगड़-रगड़कर धोने लगे, जैसे कुछ देर पहले अपने हाथ धो रहे थे।

मैं उठ खड़ा हुआ।

"अच्छा, मैं चलता हूँ।"

उन्होंने तौलिए से हाथ पोंछते हुए मुझे देखा।

"कहाँ जाओगे?"

"घर," मैंने कहा।

वह कुछ सोचते रहे, फिर मेरे पास आए, कन्धे पर धीरे से हाथ रखा...।

"तुम्हें कुछ दिखाना चाहता था।"

वह मेरा हाथ पकड़कर मुझे चबूतरे पर ले आए।

"देखो, सामने क्या दिखाई देता है?"

धुंध सचमुच छँट गई थी, हर पहाड़ी से अलग सिर उठाए खड़ी थी। अन्ना जी की कॉटेज अँधेरे में टिमटिमा रही थी, जैसे कोई तारा अन्तरिक्ष से गिरता हुआ टीले पर आ अटका था। उसके ऊपर पहाड़ी की बाज़ू पर कहीं निरंजन बाबू का बाग़ीचा धुंध में लिपटा था...और उन दोनों के बीच कहीं मेहरा साहब का घर था...जिसके होने का आभास सिर्फ़ उन तीन चिमनियों से लगता था, जो मेरी कोठरी से इतनी विशालकाय जान पड़ती थीं, किन्तु यहाँ से सिर्फ़ माचिस की तीलियों-सी दिखाई देती थीं, जिन्हें हवा का झोंका अपने साथ कभी भी उड़ाकर ले जा सकता था...।

अचानक मेरी घूमती निगाहें एक ख़ाली जगह पर ठिठक गईं, जिसके चारों तरफ़ सिर्फ़ पेड़ों का फ़ेंस दिखाई देता था...एक चौकोर-सा सफ़ेद, संगमरमरी चकत्ता...तारों की निस्पन्द रोशनी में चमकता हुआ...।

"वह क्या है?" मैंने पूछा।

"सिमिट्री," डॉक्टर सिंह की आवाज़ पीछे से सुनाई दी, "यही एक ऐसी जगह है, जो हर तरफ़ से दिखाई देती है। शहर की सबसे पुरानी आरामगाह।"

वह हँस रहे थे। मैं उन्हें नहीं सुन रहा था। मैं किसी और दिन में चला गया था। वह मेरे आगे खड़ी थीं। वह अपने रूमाल से आँखें पोंछ रही थीं...।

"क्या बात है, चुप क्यों खड़े हो?"

"कुछ नहीं...मुझे कुछ याद आ गया था।"

"सिमिट्री को देखकर? तुम्हारा यहाँ कौन है, जिसे याद करते हो?"

कोई नहीं...सिर्फ़ उनकी हँसी, जो नीचे जा रही थी।

कुछ देर बाद उन्होंने कहा, "चलें?"

"चलिए," मैंने कहा।

7

पिछली रात देर तक नींद नहीं आई। अँधेरे में धाँय-धाँय की आवाज़ सुनाई देती रही, जैसे कोई दूर पहाड़ी पर चाँदमारी कर रहा हो। बाहर बरामदे में आया, तो पाया कि आवाज़ अन्ना जी की कॉटिज की ओर से आ रही है। क्या वह बन्दूक़ लेकर किसी बघेड़े को भगा रही थीं, जो कभी-कभार अपने आहार की खोज में पहाड़ी से नीचे उतर आते थे?

अन्ना जी अकेली रहती थीं। अकेले घरों के अपने डर होते हैं, उनकी कोई हदबन्दी नहीं होती। कोई बाउंडरी नहीं जो उन्हें रोक सके। कोई कभी भी कुलाँचें मारता हुआ कमरे में आ सकता था, अन्ना जी की नींद को झिंझोड़ सकता था, बिस्तर से उठाकर ख़ुद बिस्तर पर लेट सकता था, जैसे वह सारे घर का मालिक हो! अन्ना जी बन्दूक़ लेकर जानवरों को तो डरा सकती थीं, लेकिन क्या डर को भगा सकती थीं, जो बाहर नहीं, घर के ख़ाली कोनों में दुबका रहता था?

किससे डरती थीं अन्ना जी?

बहुत साल पहले उन्होंने यह कॉटेज एक बंगाली आई.सी.एस. अफ़सर से ख़रीदी थी, वह पूजा की छुट्टियों में यहाँ आकर रहते थे। उनकी कोई सन्तान नहीं थी, इसलिए जब उनकी पत्नी की मृत्यु हुई, तो उन्होंने कॉटेज को बेचकर कलकत्ता में ही रहने का निश्चय किया। मेरी ही तरह अन्ना जी भी विज्ञापन पढ़कर इस शहर में आई थीं, अन्तर इतना ही था कि मैं किसी पराये की सुरक्षा के लिए बुलाया गया था, वह अपनी सुरक्षा के लिए आई थीं।

"जानते हो, मैं जब बंगाली बाबू से मिली, उन्होंने क्या कहा?" अन्ना जी हँसकर बताती हैं..."मुझसे पूछने लगा, 'मैडम, क्या आप भूत-प्रेतों में विश्वास करती हैं?' मैंने कहा, 'नो बाबा, आई लेफ़्ट देम बैक होम!'" वह ठहाका मारकर हँस पड़ीं।

बंगाली बाबू क्या सचमुच अन्ना जी को कुछ बताना चाहते थे और बुढ़िया की पागलों की-सी हँसी देखकर चुप्पी साध गए थे।

उस बात को बरसों बीत गए...और आज? आज तो अन्ना जी ख़ुद एक जीती-जागती 'स्पिरिट' जान पड़ती हैं।

हाथ में बन्दूक़, पैरों पर पुस्की, सिर पर स्कार्फ़, जो दूर से साफ़े जैसा दिखाई देता था—उन महाराजाओं की याद दिलाता हुआ, जिनके महलों में वह रह चुकी थीं।

गवर्नेस? रखैल? या सिर्फ़ एक चतुर, चालाक जर्मन महिला, जिसने अपने सफ़ेद रंग के जौहर से कच्चे-कुँआरे युवराजों को काम-कला में ट्रेनिंग दी होगी। ट्रेनर, मिस्ट्रेस, शायद दोनों ही। सिर्फ़ अनुमान लगाया जा सकता था। वह ख़ुद किसी को कुछ नहीं बताती थीं, उनके अतीत के दरवाज़ों पर लाल झंडी लगी रहती थी, वहाँ कोई नहीं जा सकता था। अगर कोई जा सकता था, तो शायद सिर्फ़ मिसेज़ मेहरा, जो सब दरवाज़ों को पार करके सिमिट्री में लेटी थीं।

मैं बरामदे से निकलकर बाहर चला आया। चारों तरफ़ चाँदनी फैली थी—निरभ्र, शीतल, शान्त। घने उजले जंगल के अन्त:स्थल से एक नशीली, मांसल उसाँस-सी उठ रही थी। मुझे पता भी नहीं चला, कब चलते-चलते मैं मेहरा साहब की कॉटिज के नीचे चला आया, जहाँ से मुरलीधर का क्वार्टर दिखाई देता था। वहाँ अब भी रोशनी जल रही थी। हँसी और बातों का स्वर इस सन्नाटे को तोड़ता हुआ पास आ रहा था। मैं कोठरी के पास आया, तो भीतर की आवाज़ें कुछ मन्द पड़ गईं। अधखुले दरवाज़े से किसी ने बाहर झाँका और जल्दी से मुँह पीछे कर लिया। मैं उलटे पाँव लौटने ही वाला था कि मुरलीधर दरवाज़ा खोलकर बाहर निकल आया। मुझे देखकर कुछ हकबका-सा गया।

"बाबू, आप?"

"ऐसे ही मुरलीधर..." मैंने अपनी झेंप मिटाने के लिए कहा, "बाहर सैर करने निकल आया था। तुमने कुछ सुना?"

उसके अबोध चेहरे पर हल्की-सी चमक आई।

"यह बन्दूक़ की आवाज़? यह अन्ना बाई चलाती हैं। पिछले साल बन्दरों ने उनका सारा बाग़ उजाड़ डाला था...गोली नहीं है बाबू जी, अन्ना जी फ़ोकी बन्दूक़ चलाती हैं। डराने के लिए। भीतर आइए, देखिए, कौन आया है?"

इससे पहले कि मैं कुछ कहता, वह नशे की ख़ुशी में मेरा हाथ खींचकर भीतर डेरे में ले आया। लालटेन की धूमिल रोशनी में हुक्का, बीड़ी, चिलम के मिले-जुले धुएँ के पीछे ननकू का चेहरा दिखाई दिया। मुझे देखकर वह उतना ही हैरान हुआ, जितना मैं उसे देखकर।

"ननकू, तुम यहाँ कैसे?"

"जी, आज ही गाँव से लौटा हूँ...बेटी ने आज यहीं रुका लिया!"

"दामाद ने नहीं?" मैंने मुरलीधर की ओर देखा। उसके पीले, पहाड़ी दाँत एक प्रसन्न मुसकान में चमक रहे थे।

"अच्छा हुआ, आप आ गए," उसने कहा, "मैं तो कल ख़ुद आपके पास आनेवाला था।"

"किसलिए मुरलीधर?"

"आप बैठिए, मैं बताता हूँ..."

मुरलीधर कोई भी बात कहने से पहले उसका रंगमंच तैयार करता था। शायद यह बात उसने अपने मालिक मेहरा साहब से सीखी थी। मेहरा साहब कहानियाँ सुनाते थे, मुरलीधर उन्हें मंचित करता था। वह भीतर जाकर एक धुला हुआ गिलास और पीतल की थाली ले आया, जिस पर छोटी-छोटी बालिश्त जितनी भुनी हुई मछलियाँ रखी थीं।

"यह मैं अपने गाँव से लाया था...इन लोगों को यहाँ नसीब नहीं होतीं। साहब के लिए भी लाया हूँ..." ननकू ने कहा।

"निरंजन बाबू खाते हैं?"

"जी, उनको बहुत पसन्द हैं। जब गाँव से लौटता हूँ, तो सबसे पहले पूछते हैं, 'मछलियाँ और सन्तरे की बोतल लाया है?'"

"सन्तरा?" मैंने उसकी ओर देखा।

मुरलीधर हँस पड़ा, लेकिन ननकू भगत की मुस्कराहट उसकी सफ़ेद मूँछों में बिल्ली की तरह दुबकी थी।

"सन्तरे का रस बाबूजी!" मुरलीधर ने अपने पलंग के नीचे से बोतल निकाली और मेरे गिलास को आधा भर दिया।

"पीकर देखिए...तब आपको इसके ज़ोर का पता चलेगा।"

मेरे अप्रत्याशित आगमन से पहले वे शायद इसी का ज़ोर आज़मा रहे थे। मैंने गिलास को उठाया, सूँघने की नौबत ही नहीं आई, उसकी तीखी तेज़ गन्ध को नकारते हुए मैंने छोटा-सा घूँट लिया। वे दोनों चमकती आँखों से मेरे चेहरे को ऐसे ताक रहे थे, जैसे किसी बम-विस्फोट की प्रतीक्षा कर रहे हैं! बड़ी मुश्किल से मैं एक मरी हुई मुस्कराहट चेहरे पर ला पाया, "ज़ोर तो काफ़ी है, मुरलीधर..." मैंने कहा।

"आपने क्या सोचा था, अन्ना जी की बन्दूक़ की तरह फ़ोकी होगी?"

पर्दे के पीछे से एक चमकीली खिलखिलाहट सुनाई दी...मुरलीधर की औरत राधा खी-खी करके हँस रही थी।

कुछ ही देर बाद मैं भूल गया, मैं कहाँ बैठा हूँ। क्वार्टर के धुएँ और गन्ध और बोझिल साँसों के बीच मैं धीरे-धीरे उस दुनिया को पीछे छोड़ आया जो चौबीस घंटे मेरे साथ रहती थी। वह कहीं अँधेरे नाले में जा लुढ़की थी। उसकी जगह जंगल के अँधेरे गर्भ-स्थल से कोई प्राचीन जीवात्मा बाहर निकल आई थी...मेरा अपना ही भग्नावशेष...जिसके सिर, पैर, धड़ के अलग-अलग हिस्सों को देखकर क्या कोई अनुमान लगाया जा सकता था कि उसकी असली शक्ल कैसी रही होगी? कौन हूँ मैं, इन सबके बीच बैठा हुआ, लालटेन की मद्धिम रोशनी में शराब पीता हुआ, अपने को खोकर नये सिरे से अपने को खोजता हुआ...क्या मैं वहीं हूँ, जो कुछ दिन पहले डॉक्टर सिंह की क्लिनिक से डूबते सूरज को अँधेरे में डूबता हुआ देख रहा था? इससे पहले कि मैं सन्तरे की सतरंगी रंगों के सैलाब में बह निकलूँ, मैंने सिर उठाया।

"मुझसे कुछ पूछना था, मुरलीधर?"

मुरलीधर चुप बैठा रहा। ननकू ने उसकी ओर देखा, "जो कहना है, बाबू से कह दे...छिपाने से क्या फ़ायदा?"

मुरलीधर ने अपना एक हाथ फ़र्श पर रखा, उसके सहारे मेरे निकट झुक आया, "साहब जी को कुछ हो रहा है।" वह अपनी चमकती आँखों से मुझे घूर रहा था।

मैं कुछ हतप्रभ-सा हो गया, "क्या हो रहा है मुरलीधर?"

"उन्हें पहले कभी ऐसे नहीं देखा था।"

"कैसे नहीं देखा था?" मैंने कुछ खिजलाहट में आकर कहा, "साफ़ क्यों नहीं कहते?"

"बाबू, मैं उन्हें बचपन से जानता हूँ, लेकिन जैसे वह अब हैं,

वैसा कभी नहीं देखा था...। मेम साहब के मरने के बाद भी वह ऐसे नहीं थे। आधी रात को उठकर मुझे बुलाते हैं...कहते हैं, बाहर जाकर देखूँ, कौन दरवाज़ा खटखटा रहा है...। मैं सारे अहाते का चक्कर लगाकर आता हूँ, तो देखता हूँ, वह बरामदे की कुर्सी पर बैठे हैं...मुझे देखकर हैरान-से होकर पूछते हैं, इतनी रात में उनके पास क्यों आया हूँ? भूल जाते हैं कि उन्होंने ही मुझे बुलाया था..."

लालटेन की रोशनी में उसका चेहरा भोले, भयभीत बच्चे-सा मेरी ओर ताक रहा था।

"यह उनकी उम्र है, मुरलीधर...घबराने की कोई बात नहीं।"

"मैं घबराता नहीं बाबूजी, सारी ज़िन्दगी उनके साथ गुज़ार डाली... उनको नहीं जानूँगा? लेकिन इस बार बात कुछ और है...मुझे लगता है...वह कहीं और चले गए हैं।"

"क्या कहते हो मुरलीधर...कहाँ चले गए हैं?"

ननकू ने एक लम्बी उसाँस लेकर गिलास से घूँट लिया। दोनों की आँखें मुझे देख रही थीं।

"वह अब यहाँ नहीं हैं, बाबूजी!" मुरलीधर का स्वर रुआँसा हो गया।

मुझे कुछ समझ में नहीं आया, वह क्या कह रहा है, किस रौ में बह रहा है!

"यहाँ नहीं हैं...तो कहाँ हैं?"

"मुझे मालूम नहीं...कभी-कभी मेरे पास से ऐसे गुज़र जाते हैं, जैसे मैं कोई खम्भा या खूँटा हूँ! मुझे अनदेखा करके एक सीध में चलते जाते हैं, जैसे उन्हें पहले से मालूम है, कहाँ जाना है, लेकिन यह भूल गए हों कि वहाँ कैसे पहुँचा जा सकता है।"

मुरलीधर चुप हो गया...जैसे नेपथ्य में चला गया हो। जब कुछ देर बाद लौटा, तो स्वर एकदम धीमा पड़ गया था, "एक बात कहता हूँ बाबूजी...हमारे गाँव में नवरात्र के दिनों में एक साधु आते थे...दिन-रात

बड़ की घनी छाया में बैठे रहते थे। गाँव के लोग बारी-बारी से शाम की बेला में सूखा-सीधा ले जाते थे। एक रात मेरी बारी थी...। जब मैं आटा, दाल, नमक, तेल की थाली उनके पास लाया तो मैंने देखा..." मुरलीधर अचानक चुप हो गया।

ननकू ने भभककर आँखें खोलीं, "क्या देखा तूने?"

"मैं थाली वहीं छोड़कर चला आया...कुछ दूर चलकर पीछे मुड़कर देखा तो बड़ की टहनियों और आग की लपटों के बीच जो धुआँ उठ रहा था, उसकी रूप-काया बिलकुल बाबा की तरह दिखाई दे रही थी...लेकिन बाबाजी वहाँ कहीं नहीं थे।"

कुछ देर सन्नाटा रहा, फिर ननकू बोला, "ऐसा होता है...लोग चले जाते हैं, लेकिन अपना रूप पीछे छोड़ जाते हैं...हमें पता भी नहीं चलता, वे हैं भी या नहीं। जब मरने की घड़ी आती है, तो वे एक बार फिर भभककर उठते हैं, बिलकुल राख तले दबे कोयले की तरह। हमारे दादा तो सड़क पर चलते आदमी को देखकर ही भाँप लेते थे कि वह ज़िन्दा है या सिर्फ़ उसकी ठठ्ठर-छाया चली जा रही है..."

हवा से कोठरी का दरवाज़ा बार-बार हुड़क जाता था, जैसे उसकी काठ की काया काँप रही हो! दूर झाड़ियों में झींगुरों की स्वर-लहरी चाँदनी के उजले परिसर में बहती हुई सुनाई दे जाती थी...।

"मुझे तो अन्ना बाई को देखकर भी कुछ ऐसा ही लगता है... उनके सामने से गुज़रते ही मेरे भीतर एक कँपकँपी-सी छूटने लगती है।" मुरलीधर ने कान से बीड़ी निकाली और उसे दियासलाई की जलती नोक में झुलसाने लगा...जब तक वह तिड़-तिड़ करके जलने नहीं लगी। "जब मैं छोटा था, तो उनके घर के सामने से दौड़ता हुआ निकल जाता था, इस डर से कि कहीं वह मुझे बुला न लें!"

"क्यों, ऐसा क्या देखते थे उनमें?"

"उनकी सफ़ेद चमड़ी तो नहीं?" ननकू ने मुस्कराते हुए कहा,

"भला उससे क्या डरना? वह तो पैदा होते ही उनके साथ आई थी... असली डर तो तब लगता है, जब माँ के पेट से हम एक रूप में निकलते हैं और धरती माता पर पैर रखते ही दूसरा रूप धारण कर लेते हैं...बरसों बाद हमें याद भी नहीं रहता कि पैदा होने पर हम कैसे लगते थे..और अब कैसे बन गए हैं।"

"क्या आदमी इतना बदल जाता है?" मैंने हँसते हुए ननकू को देखा।

"जी, क्यों नहीं। जो आदमी पैदा होता है, वह क्या वही होता है, जो मरता है? नहीं बाबूजी...वह कोई दूसरा होता है, जिसके लिए हम रोते हैं!"

मृत्यु—एकमात्र चीज़ जिसके बारे में हम निश्चिन्त होते हैं...क्या वह भी आदमी को आख़िरी मौक़े पर धोखा दे सकती है? हम यह भी नहीं जान पाते, वह अपने साथ किसे ले गई है...क्या उसे जिसे हम जानते थे या किसी और को, जिसे जानने की कभी मुहलत नहीं मिली?

"क्या तुम्हारी बीबीजी भी इसी तरह गई थीं, मुरलीधर?"

"मेम साहब?"

उसके चेहरे पर एक अजीब-सी मुस्कराहट चली आई, जैसे मिसेज़ मेहरा का नाम कोई जादू-मन्तर था, जिसने ज़ुबान पर आते ही भीतर के कौन-से बन्द दरवाज़े भड़भड़ाकर खोल दिये थे...।

"वह अलग थीं। मैंने उनके जैसा कोई नहीं देखा। आपको मालूम है कि जब मैं यहाँ आया था, तो इतना ही छोटा था, जितना यह..." उसने अपने बेटे के धूसरित बालों को सहलाते हुए कहा, जो ननकू भगत की गोद में सिर टिकाकर सो रहा था, "उन दिनों मेरे बाबा साहब की कोठी में काम करने आते थे...गाँव से दो कोस की दूरी से यहाँ आते थे। तब नौकरों के लिए यह क्वार्टर नहीं बना था, जहाँ आज आप बैठे हैं। एक बार वे बीमार पड़े और कई दिनों तक कोठी नहीं जा सके। एक दिन गाँव में अचानक खलबल-सी मच गई...सब अपने-अपने

झोंपड़ों से बाहर निकल आए...एक छोटी-सी भीड़ हमारे घर के आगे खड़ी थी। जब पुलिस का छापा पड़ता था, तभी ऐसा होता था...लेकिन वहाँ पुलिस का नामोनिशान नहीं...भीड़ के बीचोबीच मेम साहब घोड़े पर बैठी थीं। मैं आज भी उनका चेहरा वैसे ही याद कर सकता हूँ... जैसे आपको देख रहा हूँ...बाबा का हाल पूछने आई थीं। जब उन्हें पता चला, वह बीमार हैं, तो हमारी कोठरी में गईं और कुछ देर बाद हमने देखा, वह उन्हें अपने साथ ले जा रही हैं..."

"कहाँ अपने साथ?"

"अपने साथ नहीं...अपने घोड़े पर...लगाम पकड़कर मेम साहब आगे-आगे और घोड़े की पीठ पर बैठे बाबा पीछे-पीछे..."

"घोड़ा नहीं...प्यारा-सा टट्टू था।" ननकू के पीले, बीड़ी से सने दाँत बाहर निकल आए, "सब उसे पोनी प्यारा कहकर बुलाते थे। गाढ़ा, भूरा रंग, बड़ी-बड़ी-सी भोली आँखें, माथे पर सफ़ेद-चिट्टी बिन्दी, जैसे मन्दिर से तिलक का टीका लगवाकर आया हो! मेम साहब जब उस पर बैठकर हमारे साहब के घर आती थीं, तो उसकी सारी देह पसीने से चकाडुब्ब होती थी...इतनी चढ़ाई के बाद उसकी बोटी-बोटी थिरकने लगती थी...आते ही वह उसकी लगाम मेरे हाथों में पकड़ा देतीं। मुझे देखते ही वह प्यार से हिनहिनाता था। उसे पता चल जाता था कि अब उसको ठंडा पानी और गुड़ की डेलियाँ मिलेंगी..."

ननकू एक तान में बोले जा रहा था, जैसे आँखें खोले कोई सपना देख रहा हो!

"ननकू, क्या वह निरंजन बाबू से मिलने अक्सर आती थीं?"

मुझे लगा, मेरे सवाल का उसके सपने से कोई दूर का वास्ता भी नहीं बैठता था। लेकिन हुआ इससे उलटा ही...मेरी बात को सुनकर उसका सपना टूटा नहीं, सिर्फ़ दूसरी दिशा में चलने लगा।

"पोनी से उतरते ही वह झूले पर चढ़ जाती थीं...आपने तो झूला

देखा है, इतने ऊँचे झोंटे लिया करती थीं कि बेचारा बड़ का पेड़ थर-थर काँपने लगता था...बिलकुल ऐसे..." ननकू ने अपनी देह पेड़ की मुद्रा में एक ऐसे कोण में मोड़ कुछ इतनी ज़ोर से हिलाई कि उसकी गोद में लेटा बंसी फ़र्श पर नीचे लुढ़क गया और ज़ोर से चीख़ने लगा। लेकिन जब उसने आँख खोलकर नानाजी को पेड़ की तरह झूलते देखा, तो चुप हो गया, जैसे उसने किसी प्रेत को देख लिया हो! पेड़, पेड़ पर झूलता झूला, झूले पर बैठी मिसेज़ मेहरा। ननकू की चमकती, नशे में डूबी आँखों में वे सब एक जुलूस की तरह गुज़र रहे थे...।

तभी हम होश में आए। हवा में घंटी की आवाज़ खन-खन करती हुई पास आ रही थी। यह वही घंटी थी, जिसे मेहरा साहब तब बजाया करते थे, जब मुरलीधर अपने क्वार्टर में होता था।

हम हड़बड़ाकर उठ बैठे। बाहर कुछ भी न था। कोई हलचल नहीं। घास का मैदान, फूलों की क्यारियाँ, झाड़ियाँ—सब एक निस्तब्ध नीरवता में सोए जान पड़ते थे। सिर्फ़ मेहरा साहब की कॉटेज की सारी बत्तियाँ जल रही थीं।

मुरलीधर ने जल्दी से अपनी कमीज़ पहनी और लालटेन लेकर लम्बे क़दमों से कॉटेज की तरफ़ जाने लगा।

हम सब खुले दरवाज़े की देहरी पर साँस रोके खड़े थे—मैं, ननकू, बंसी का हाथ पकड़े राधा, हर कोई अपनी दुश्चिन्ताओं से घिरा, प्रतीक्षारत।

कुछ देर बाद जब मुरलीधर लौटा, तो उसके चेहरे पर विस्मय था—हम सबको देखकर, जो दरवाज़े की चौखट पर मूर्तियों की तरह खड़े थे। फिर एक छोटी-सी मुसकान उसके ताँबई चेहरे पर चली आई...।

"डर की कोई बात नहीं...तिया बीबी आई हैं..."

मुरलीधर कुछ देर तक मुस्कराता रहा, फिर हमारी उत्सुकता पर तरस खाकर बोला, "बस लेट थी, इसीलिए इतनी देर हो गई। अभी कुली के साथ बस-स्टैंड से आ रही हैं।"

8

उनका इस तरह अचानक हमारे शहर में आना सबको याद रह गया—क्योंकि तभी से गर्मी के दिन शुरू हुए, हालाँकि गर्मियों का सीज़न कब का बीत चुका था। सारा शहर दिन-भर धूप के बुख़ार से तपता रहता। नीचे घाटी के चरागाह सूखने लगे, जिसके कारण गाँवों से भेड़-बकरियाँ घास चरने ऊपर आ जाती थीं। उनके गले में बँधी घंटियों का उनींदा स्वर पहाड़ियों के बीच गूँजता रहता। कभी-कभी वे झाड़ियों के बीच चोरी-चुपके से घुस जातीं और मुरलीधर को उन्हें अपनी लाठी से बाहर खदेड़ना पड़ता।

वे दिन इसलिए भी याद रह गए हैं, क्योंकि उन्हीं दिनों शहर पर पानी का भीषण संकट पड़ा था। नल की पाइपें सूख गई थीं। क्यारियों में लगे फूल-पौधे सूख गए थे और लॉन की घास को देखकर ऐसा लगता था, जैसे वहाँ आग के अंगारे बरसे हों। जगह-जगह काले, झुलसे चकत्ते दिखाई देते थे। भूखे हंगर भीतर भी आ जाते, तो शायद ही उनकी भूख हमारे लॉन की मरी, बुसी घास से मिट पाती।

लेकिन शायद हर विपदा अपने में वरदान लेकर आती है...'उन्हीं दिनों मैं तिया को जानने लगा, हालाँकि मैं उनसे पहले भी मिल चुका था, पर असली जानने की शुरुआत पानी की इमर्जेंसी का सामना करने से हुई।...हम सबको बाल्टियाँ लेकर नीचे नाले पर जाना पड़ता था, जो सौभाग्य से अब भी बह रहा था, हालाँकि उसकी धार थर्मामीटर के पारे-सी बिलकुल पतली और क्षीण दिखाई देती थी। यह नाला कॉटिज के नीचे खड्ड के भीतर चट्टानों के बीच से बहता हुआ नीचे जाता था। तेज़ धार की रगड़न से उसके आस-पास के पत्थर बिलकुल चिकने और चमकीले हो आए थे। बहुत पहले वहाँ जंगल के बनैले जन्तु अपनी प्यास बुझाने आया करते थे। आज भी वहाँ लकड़हारों और चरवाहों को किसी पैंथर या लकड़बग्घे के निशान दिखाई दे जाते थे। कहते हैं, किसी अंग्रेज़ गॉडविन ने इस नाले को खोजा था...तब इस नाले का नाम गॉडविन फॉल—और बाद में समय की रगड़न से 'गुडबी नाला' बनकर रह गया था।

इसी गुडबी नाले से हम सबको बाल्टियों, पीपों, बटलोइयों में पानी भरकर ऊपर ले जाना पड़ता था। इसमें कॉटिज, आउट हाउस, गेस्ट हाउस—सभी के निवासियों को एकजुट होकर काम करना पड़ता था। अन्ना जी को पानी अलग बाल्टी से भिजवाया जाता था, जिसकी ड्यूटी बिटिया ने मुरलीधर को सौंपी थी।

सब लोग उन्हें 'तिया' या 'तिया बिटिया' कहकर ही बुलाते थे। शायद बचपन से ही उनका यह नाम आज तक उनके साथ चला आया था। वह कभी बाग़ में माली के साथ दिखाई देतीं—पौधों की क्यारियों से वीड्स छाँटती हुई, कभी बैडमिंटन कोर्ट की बेंच पर कुछ पढ़ती हुई, या शाम के समय मेहरा साहब के साथ सैर के लिए जाती हुई। जब कभी वह मेरे कमरे के सामने से निकलतीं, दो-चार मिनट के लिए पास रुक जातीं। हमेशा कहतीं कि कभी वह फ़ुर्सत से आकर बैठेंगी...।

फ़ुर्सत की घड़ी तब आई, जब पानी आना बन्द हो गया। वह सुबह ही दोनों हाथों में बाल्टियाँ लेकर मेरे दरवाज़े को खटखटातीं—चलिए, वे सब आपके इन्तज़ार में खड़े हैं।

मैं आधी नींद में उन्हें देखता—सलेटी रंग की सलवार-कमीज़ और रबड़ के जूते, और सिर पर सफ़ेद कैनवस की कैप—वह उन गर्ल-गाइडों की तरह दिखाई देतीं, जिन्हें मैं अपने स्कूल में देखता था। बाहर देखता तो मुरलीधर, उसकी बीवी राधा, लड़का बंसीधर और पूँछ हिलाती काली दिखाई देते। मैं भी जल्दी से कपड़े बदलकर बाथरूम से अपने हिस्से की ख़ाली बाल्टियाँ, जग और लोटे लेकर उनके साथ जुलूस में शामिल हो जाता।

हम एक टोली बनाकर पगडंडी से गुज़रते हुए नीचे सुनसान बीहड़ में उतरते जाते, जैसे हम किसी पहाड़ी अभियान पर जा रहे हों। जंगल के सन्नाटे में हमारे बर्तनों की आवाज़ कुछ वैसे ही डरावनी सुनाई देती, जैसे गाँववाले वन में छिपे आदमख़ोर बाघ को बाहर निकालने के लिए नगाड़ा बजाते हैं। चलते-चलते मुरलीधर उनसे हँसी में कहता, "बिटिया, यह आपकी करामात है।"

"मेरी कैसी?" वह कुर्ते की आस्तीन से मुँह का पसीना पोंछते हुए कहतीं।

"आप अपने साथ नीचे से गर्मी लाई हैं...आपसे पहले तो मौसम बहुत अच्छा था..."

"फिर मैं चली जाऊँ, मुरलीधर?"

वह हँसने लगतीं...चलती जातीं और हँसती जातीं—और तब उनके चेहरे को देखकर मुझे लगता कि वह अपने साथ नीचे से गर्मी ही नहीं, वही मिसेज़ मेहरा की हँसी भी ले आई हैं और तब मुझे कुछ हैरानी-सी होती कि यद्यपि मिसेज़ मेहरा उनकी सगी माँ नहीं थीं, तिया की हँसी में उन्हीं का ख़ून मिला दिखाई देता था—वही भोला,

भुलक्कड़ी का-सा भाव जो बाद के दिनों में विषाद की सूखी पपड़ी में जम गया था। वह अपने और उनके चेहरे को साथ लेकर चलती थीं, जैसे मिसेज़ मेहरा के अन्तिम दिनों की दहशत तिया के चेहरे पर पहले से ही मौजूद हो, किन्तु हँसते हुए उन्हें पता भी नहीं चलता था कि कोई दूसरा चेहरा उनके चेहरे पर बैठा है—जिसे सब देखते हैं, सिर्फ़ वही नहीं। शुरू के दिनों में मुझे यह कुछ विचित्र-सा लगता था—एक चेहरे को दो प्रदेशों में बँटा हुआ देखना, जैसे एक हिस्से में धूप चमक रही हो, दूसरा अँधेरे में पड़ा हो...न पूरा अँधेरा हो, न पूरी रोशनी, दोनों के बीच एक छितरी-सी छाँह, लेकिन बाद के दिनों में मैं उसका आदी हो गया—जैसे उनकी दूसरी चीज़ों का भी—जिसमें उनका 'बोलना' मुझे सबसे अनोखा जान पड़ता था।

क्या इसलिए कि शुरू के दिनों में वह हमेशा मुझसे चलते हुए बोलती थीं? जब मुरलीधर की फ़ौज आगे निकल जाती और हम पीछे छूट जाते, तब वह अपनी धुन में मुझे कुछ बताने लगतीं...उखड़ी हुई साँसों के बीच कभी उनका एक शब्द सुनाई देता, कभी दूसरा...धुनी हुई रुई के फ़ाहों-सा—इससे पहले कि मैं एक को पकड़ पाता, दूसरा सामने से निकल जाता—फ़िल्मों के उन सब-टाइटल्स की तरह, जो पढ़ने के बीच ही आँखों से ओझल हो जाते हैं लेकिन आवाज़ फिर भी सुनाई देती रहती है, जिसे सुनते हुए मैं यह भी भूल जाता कि वह मुझसे क्या कह रही हैं। एक-दो बार तो मैं उनके पास आकर पूछ लेता, 'आप क्या कह रही हैं,' लेकिन जब मैंने देखा कि वह मेरे 'क्या'-'क्या' से खीज जाती हैं, तब मुझे लगा, वहाँ समझना इतना ज़रूरी नहीं है, जितना सुनना, क्योंकि जब हम किसी को इतना कम जानते हों, तब शब्दों के अर्थ इतना महत्त्व नहीं रखते, जितनी उनकी आवाज़...।

इसीलिए जब वह बोलते-बोलते आगे निकल जातीं, तो भी मुझे लगता रहता कि जब तक उनकी आवाज़ का सिरा मेरे हाथ में है,

मैं उनके साथ हूँ, हालाँकि हवा और बर्तनों की खनखनाहट और साँसों की बदहवासी के बीच मैं कुछ भी न समझ पाता, वह मुझसे क्या कह रही हैं और शायद उन्हें भी यह मालूम था, क्योंकि जब वह ठिठककर पीछे देखतीं, तो उन्हें पता चलता कि अब तक वह अपने से ही बोल रही थीं, और इससे उन्हें कोई खिसियाहट नहीं होती थी...वह शान्त भाव से खड़ी हो जातीं, और जब मैं उनके पास पहुँचता तो वह मुझे देखने लगतीं...।

उनका देखना...यह एक और चीज़ थी, जो मुझे समझ में नहीं आती थी। क्या उनकी आँखें हमेशा से ऐसी ही थीं—देखती हुई, न देखती हुई? मेरे पास पहुँचते ही उनकी आँखें झिपझिपाने लगतीं, जैसे वह मुझे पूरा नहीं देख पा रही हों! जैसे उनकी निगाहों के फ़ोकस में जितना मैं घिरता हूँ, उससे ज़्यादा बाहर छिटक जाता हूँ, किसी खराब फ़ोटो की तरह, जिसके फ्रेम से बाहर कोई-न-कोई अंग छूट जाता है—आधी बाँह, एक चौथाई सिर, कटा हुआ कन्धा।

लेकिन शायद यह उनकी आँखों का दोष नहीं, मेरे मन का ही भ्रम था—वह मुझे पूरा ही देखती थीं, जैसा मैं था, मैं ही उनके सामने अपने को छूटा हुआ पाता था...यह नहीं कि जैसा वह मुझे देख रही हैं, वैसा मैं नहीं था, बल्कि उनके देखते ही मैं वह हो जाता था, जो मैं कहीं पीछे छोड़ आया था...जिसके बारे में वह कुछ भी नहीं जानती थीं। इसीलिए उनकी आँखें मुझे इतनी कष्टदायी जान पड़ती थीं। मुझे लगता, वह मुझे देख उतना नहीं रहीं, जितना सोख रही हैं, जिसका उससे कोई सम्बन्ध नहीं, जो वह बोल रही हैं।

लेकिन क्यों? इससे उन्हें क्या मिलता था? क्या वह अपने से कोई प्रयोग, कोई परीक्षण कर रही थीं, जिसका मुझे कोई पता नहीं था? क्या यह एक तरह का टेस्ट था? जब कोई कूदने से पहले नदी में अपना पैर रखता है, यह जाँचने के लिए कि वह कितना गहरा है, उसके भीतर कितनी दूर तक जा सकता है, बिना कोई आहट किये,

एक-एक क़दम आगे बढ़ता हुआ, जबकि मैं उससे बिलकुल बेख़बर रहता कि वह कितना पास आ गई हैं, कितने पास से मुझे टोह रही हैं, मुझे यानी उस आदमी को, जो सिमिट्री में उनके साथ खड़ा था, मिसेज़ मेहरा को नीचे जाता हुआ देख रहा था।

कौन है यह आदमी?...और मुझे अपने पर शर्म-सी आने लगती, जैसे वह मुझे नहीं, मेरे किसी लुंज-पुंज अंग को देख रही हैं...और पूछना चाहती हों—आपको क्या हुआ? लेकिन आख़िरी क़दम लेने से पहले पीछे हट जातीं।

मैं नाले पर पहुँचते ही राहत की साँस लेता, जब वह मुझसे अलग हो जातीं। मुरलीधर सबके बर्तन, बाल्टियाँ जमा करके झरने के नीचे रख देता, वे गुड़-गुड़ करके भरते जाते और कुछ देर बाद जब लबालब भर जाते, तो वह और बंसी और राधा उन्हें उठाकर ऊपर चले जाते। हम झरने के पास बैठे उनके लौटने की प्रतीक्षा करते रहते थे। उनके लौटने की प्रतीक्षा की एक ऐसी ही घड़ी में एक दिन उन्होंने मुझसे एक अजीब बात पूछी। उन्होंने मेरी ओर देखा भी नहीं, झरने के पानी में अपना हाथ छपछपाते हुए बोलीं, "आप क्या सोचते हैं, मेहरा साहब की तबीयत उतनी ही सीरियस है, जितना डॉक्टर सिंह बताते हैं?"

उन्होंने 'मेहरा साहब' कहा, बाबूजी नहीं, जिसमें रिश्ते की आर्द्रता नहीं, एक क्लीनिकल क़िस्म का सूखापन था...।

"डॉक्टर सिंह ने आपको क्या बताया था?"

"उनकी बात छोड़िए, आप क्या सोचते हैं? आप तो उनके साथ दिन-रात रहते हैं।"

वह अब भी सिर झुकाए बहते पानी में हाथ बिलो रही थीं। नाले की गड़गड़ाहट के अलावा कुछ भी सुनाई नहीं देता था।...मुझे लगा, वह धीरे-धीरे मुझे किसी अँधेरे गढ़हे की तरफ़ धकेल रही हैं।

"मुझे नहीं मालूम, सीरियस से उनका क्या मतलब है?"

"उन्हें छोड़िए, आपको क्या लगता है?"

भीतर के गुस्से को दबाकर मैंने कहा, "आप इतने दिनों बाद आई हैं, क्या आपको उनमें कोई अन्तर नहीं दिखाई देता?"

उनके हाथ पत्थर के नीचे थिर हो गए। पानी ऊपर से बहता रहा, भारी हवा में गड़-गड़ की आवाज़ सुनाई देती रही।

"मेरे आते ही वह ख़ुश दिखाई देने लगते हैं, इसलिए यह जानना मुश्किल हो जाता है कि मेरे आने से पहले कैसे थे..." उनकी आवाज़ बहुत धीमी हो आई, "मुझे पता भी नहीं चलता, बीच के दिनों में उनके साथ क्या गया-बीता है!"

"आप यहाँ कुछ दिन रह क्यों नहीं जातीं?" मैंने साहस बटोरकर पूछा, "उन्हें भी अच्छा लगेगा।"

इस बार उन्होंने सिर उठाया। सूरज उनके बालों पर गिर रहा था, जिससे सारा चेहरा सुलगता-सा जान पड़ता था।

"आप तो यहाँ हैं..." एक क्षण रुककर कहा, "आपको चाची ने इसीलिए तो बुलाया था।"

उनके स्वर में एक हल्का-सा व्यंग्य था, लेकिन मिसेज़ मेहरा के लिए उनके मुँह से 'चाची' का शब्द सुनकर मैं उन्हें देखने लगा।

"मेरी बात अलग है...आप जो उनके लिए हो सकती हैं, दूसरा कोई नहीं!"

उन्होंने सिर हिलाया, असहमति में, लेकिन कहा कुछ नहीं।

यही चीज़ मुझे अखरती थी...वह कभी नहीं बताती थीं, कौन-सी चीज़ उन्हें ठीक नहीं लगी, सिर्फ़ उनके चेहरे से पता चल जाता था कि जो मैंने कहा, वह उससे बहुत दूर है, जो उन्होंने मुझसे पूछा था। उन्हें मेरी सलाह की ज़रूरत नहीं थी...फिर वह मुझसे क्या जानना चाहती थीं?

"आपको यहाँ कोई तकलीफ़ तो नहीं है?" उन्होंने मेरी ओर देखा।

"नहीं...तकलीफ़ कैसी?" मैं कुछ हैरत में पड़ गया।

"मैं इतनी दूर रहती हूँ, इसलिए कुछ पता नहीं चलता। आप अपनी चिट्ठियों में भी कुछ नहीं लिखते। सिर्फ़ बाबूजी का हेल्थ बुलेटिन भेजते हैं..."

"इस शहर में कुछ ऐसा नहीं होता, जो आपको लिखा जा सके," मैंने हँसकर कहा।

"बाबूजी आपको बहुत तंग तो नहीं करते?" एक सलज्ज-सी मुसकान उनके चेहरे पर तैर रही थी।

"करते तो हैं..." मैंने कहा, "जब यह भूल जाते हैं कि मैं भी यहाँ रहता हूँ...दिन पर दिन बीतते चले जाते हैं और मुझसे मिलना भी उन्हें याद नहीं रहता।"

एक काली-सी छाया उनके चेहरे पर उतर आई।

"क्यों...चाची तो कहती थीं, आपसे बाबू घंटों बातें करते रहते हैं?"

"यह उनके मूड पर निर्भर करता है...कभी-कभी तो बहुत-से दिन गुज़र जाते हैं और मुझे बुलाते भी नहीं।"

"क्या करते हैं?"

"दिन में क्या करते हैं, यह तो मुरलीधर ही जानता है...शाम को बाग़ की सैर कर लेते हैं...कभी किसी दिन डॉक्टर सिंह आ जाते हैं..."

"और आप..."

"मैं?" मैंने उनकी ओर देखा।

"आप ऐसे ख़ाली दिनों में क्या करते हैं?"

मैं क्या करता हूँ, क्या उन्हें बता सकता हूँ...हर ख़ाली दोपहर का लेखा-जोखा? इसके लिए मुझे आधी ज़िन्दगी का ब्योरा देना होगा जो बिना उनके देखे कहीं और बीती थी। यह आसान नहीं था। दूसरों के मामूली प्रश्नों का उत्तर देते समय हम अचानक दूसरे की आँखों में अपने को देखने लगते हैं, जहाँ हर चीज़ ग़ैर-मामूली है...और गई-बीती भी...मैं हँसने लगा, "कुछ भी नहीं...वे मेरी छुट्टी के दिन होते हैं।'

कुछ देर तक कोई कुछ नहीं बोला। सिर्फ़ नाले की आवाज़ सुनाई देती रही।

"आपके यहाँ कोई दोस्त नहीं हैं?" उन्होंने मेरी ओर देखा, "चाची कहती थीं, निरंजन बाबू और आप एक साथ कॉलेज में पढ़ते थे!"

"सिर्फ़ एक साल के लिए...जब मैं यूनिवर्सिटी में आया, वह एम.ए. फ़ाइनल में थे...हमारे सब्जेक्ट भी अलग-अलग थे...लेकिन उनसे मिलना बराबर होता रहता था..."

"वह कभी यहाँ नहीं आते?"

उनके स्वर में कुछ ऐसा था—तीखापन! या सिर्फ़ हल्की-सी अकुलाहट कि मैं चौंक-सा गया, "नहीं, यहाँ बहुत दिनों से नहीं आए।"

"आप कभी उनसे मिलते हैं?"

"एक बार मैं उनके घर गया था...वह मुझे अपना गेस्ट हाउस भी दिखाना चाहते थे..."

"गेस्ट हाउस?" उन्होंने मेरी ओर उत्सुकता से देखा।

"वह जो पहले स्कूल बनना था...आपने तो देखा होगा?"

उन्होंने सिर हिलाया, कहा कुछ नहीं...चेहरे पर पसीने की बुँदकियाँ चमक रही थीं। कहीं दूर से कव्वे की काँव-काँव सुनाई दे रही थी—दुपहर के सन्नाटे को भेदती हुई।

"क्या अन्ना जी भी आपके साथ गई थीं?"

"कहाँ?"

"निरंजन बाबू के घर?"

"नहीं...वह अब इतनी चढ़ाई नहीं चढ़ सकतीं।"

"स्कूल का आइडिया अन्ना जी का ही था...वह यहाँ के बच्चों को जर्मन पढ़ाना चाहती थीं।" एक उजली-सी मुस्कराहट में उनका चेहरा दिपदिपाने लगा।

"मैं जब छोटी थी, तो अन्ना जी की छड़ी पकड़कर आगे-आगे चलती थी। हर शाम सैर करते हुए उन्होंने मुझे भी जर्मन सिखाई थी। मैं जब किसी चीज़ का सही जर्मन नाम बता देती, तो वह चीड़ की एक सुई पत्ती अपनी स्कर्ट में रख लेतीं। सैर के बाद हम दोनों उन सुई पत्तियों को गिना करते थे—जितनी पत्तियाँ निकलतीं, उतनी टॉफ़ियाँ मुझे दिया करती थीं...उन दिनों वह मुझे 'टॉफ़ी' कहकर ही बुलाती थीं, चाची अगर रोकतीं नहीं, तो वह नाम मेरा हाई स्कूल तक चला जाता..."

उनके पैरों पर पानी बह रहा था। उसकी झिर-झिर के बीच उनके शब्द भी कहीं पत्थरों पर गिरते-पड़ते सुनाई दे जाते थे।

"आप कभी उनके घर जाते हैं?"

"पहले जितना नहीं। वह कभी-कभी अपने फाटक के सामने दिखाई दे जाती हैं...तो भीतर बुला लेती हैं। किसी दिन जब उनका मूड होता है, तो पियानो बजाती हैं...वे सबसे अच्छे दिन होते हैं। मुझे लगता है, मिसेज़ मेहरा के जाने के बाद वह बहुत अकेली रह गई हैं..."

पहली बार मिसेज़ मेहरा के अभाव की बात मुँह पर आई थी। उनका न होना चुपके-से हमारे बीच आ बैठा था। वह जैसे उसे छिपाने के लिए अपने हाथों से छप-छप करते हुए अपना मुँह धोने लगीं, नीचे झुकने से उनका जूड़ा हल्के-से खुल गया था, गर्दन सीधी करके उन्होंने उसे कसकर बाँध दिया। पहली बार मैंने देखा, उनका माथा कितना ऊँचा है, जिस पर अभी से रेखाएँ पड़ना शुरू हो गई थीं...।

झरने से मुँह ऊपर उठाया, तो भीगे चेहरे पर एक उजली-सी मुस्कराहट चमक रही थी, जैसे उन्हें कोई पुरानी बात याद हो आई हो, "क्या वह अब भी बन्दरों पर गोलियाँ चलाती हैं? शुरू में जब वह यहाँ आई थीं, तो उन्हें जानवरों से बहुत डर लगता था..." वह हँसने लगीं।

उनकी हँसी का ढंग कुछ निराला था। जब उन्हें कोई लम्बी कथा बतानी होती, तो उनके विराम, अर्द्ध-विराम वाक्यों की अवहेलना करते

हुए हँसी के बीच में आ जाते थे। वह रुक जातीं और अपनी याद के भीतर मुस्कराने लगतीं, "आपने पुस्की को तो देखा होगा...उसके एक बूढ़े दादा थे, जिन्हें अन्ना जी बहुत प्यार करती थीं। एक दिन वह उसे अपने साथ सैर पर ले जा रही थीं। कुछ देर बाद पीछे मुड़कर देखा, तो दादा जी ग़ायब। बहुत खोजबीन करने के बाद पता चला कि उसे एक बघेड़ा पकड़कर ले गया था, जो बहुत दिनों से उसकी ताक में था। उन दिनों इस शहर में बघेड़ों के लिए कुत्ते कबाब की तरह होते थे—ज़रा-सी आँख हटी नहीं कि उन्हें निगल जाते थे...एक पल सड़क पर, दूसरे पल नदारद...इसीलिए तो वह उसे कहीं बाहर नहीं निकलने देतीं..."

मैं उनके चेहरे को देखता रहा—धूप-छाँही चेहरा...हवा और पानी में एक अजीब-सी आभा में चमकता हुआ।

"आप जब से आई हैं, उनसे मिलीं नहीं?"

"एक बार गई थी। उनके गेट पर लाल झंडी देखकर लौट आई... लगता है, वह मुझसे कुछ नाराज़ हैं।"

"आपसे?" मैंने उन्हें देखा, "आपको मालूम नहीं, जब आप यहाँ नहीं थीं, कितनी बातें करती थीं आपके बारे में?"

"मुझे मालूम है..." उन्होंने सिर हिलाया, "इससे कुछ बनता नहीं।"

हँसी की जगह उनके चेहरे पर अजीब-सा ख़ालीपन चला आया था। कोई पुरानी फाँस निकल आई थी—पुरानी पीड़ा के भीतर लटकती हुई।

"नाराज़ नहीं...भला मुझसे नाराज़ होकर उन्हें क्या मिलेगा...! मैं ही उनकी ख़ाली जगह को नहीं भर सकती!"

"कैसी ख़ाली जगह..." मैंने उन्हें देखा।

"चाची जो अपने पीछे छोड़ गई हैं...आपको नहीं मालूम, उनके जाने से कितनी जगहें ख़ाली हो गई हैं। क्या मैं उन सबको भर सकती हूँ?"

पीली, म्लान धूप में उनका प्रश्न मँडराता रहा।

"आपने कभी नहीं सोचा कि आप यहाँ रह सकती हैं?"

"यहाँ?" उन्होंने धीरे-धीरे चारों तरफ़ देखा—दुपहर की धूप, बहता हुआ नाला, पानी में भीगती शिलाएँ...आख़िर उनकी निगाहें मुझ पर ठहर गईं। मुझे ऐसे देखने लगीं, जैसे पहले कभी नहीं देखा हो! इस बार उनकी आँखें झिप-झिप नहीं कर रही थीं, एकटक मुझ पर टिकी थीं, "किसके लिए?"

उनका स्वर इतना धीमा था कि मुझे लगा, यह मेरा भ्रम है कि वह बोली हैं। एक साँस थी, जो बोलते ही उनके शब्दों को पोंछ गई थी...।

दूर से बर्तनों की खनखनाहट सुनाई दी...हमारी बात बीच में रह गई।

मुरलीधर ख़ाली बाल्टियों को लेकर आया था।

"तिया बीबी, आपको साहिब जी बुलाते हैं..."

"मुझे?"

"जी!" मुरलीधर ने बिना उनकी ओर देखे ख़ाली बाल्टियाँ पानी में डाल दीं।

वह उठ खड़ी हुईं, कुछ असमंजस में मेरी ओर देखा।

"आप जाइए...मैं मुरलीधर के साथ बर्तन लेकर आता हूँ," मैंने कहा।

वह कुछ नहीं बोलीं। बालों को पीछे समेटा, स्नीकर्स के तस्मे बाँधे, उस पर चिपकी घास और कीचड़ को पत्थर से खुरचकर साफ़ कर दिया और फिर नाले के ऊपर जानेवाली पगडंडी चढ़ने लगीं। उनके पैरों की थप-थप करती सघन आवाज़ सन्नाटे में सुनाई देती रही।

9

वह आवाज़ मुझे रात को भी सुनाई देती थी, जब मैं अपने कमरे में लेटा हुआ नींद की प्रतीक्षा करता था। मुझसे दूर जाती हुई, मेरे पास आती हुई। गर्मी के वे दिन मुझे इसलिए याद रह गए हैं कि मैं अनजाने ही उनकी आँखों से अपने को देखने लगा और मुझे अपने बारे में बहुत कुछ पता लगा, जैसे किसी मेहमान को अपना घर दिखाते समय हम भी अपने घर की चीज़ों को नई आँखों से देखने लगते हैं। वह किसी मूर्ति को छूता है, तो शहर की वह गली खुल जाती है, जहाँ हमने उसे ख़रीदा था, या जब वह हमारी शेल्फ़ से किताब उठाकर पन्ने पलटने लगता है, तो हमारे सामने उस दिन का पन्ना खुल जाता है, जब हमने किसी पेड़ के नीचे उसे पहली बार पढ़ा था। उसकी निगाहों में हमें घर की रसी-बसी चीज़ें नहीं, खोई हुई दुनिया के खँडहर दिखाई देने लगते हैं। उनकी आँखों से अपने को देखना उनके द्वारा देखा जाना नहीं था, बल्कि अपने से छूटकर

अपनी बीती हुई दुनिया में आने जैसा था, जहाँ सबकुछ पहले जैसा था, फिर भी सब बदला-सा जान पड़ता था।

मेहरा साहब मुझे सबसे बदले हुए दिखाई देते थे। मेरी आँखें उनके चेहरे पर पड़ जातीं, तो मुझे वे दिन याद आ जाते, जब मैंने पहली बार उन्हें देखा था, जब मैं यहाँ शुरू में आया था...हँसमुख, हल्के आत्मविश्वास से भरे हुए। वे शाम को अपनी बेटी के साथ सैर के लिए निकलते, तो उन्हें देखकर कोई नहीं कह सकता था कि उन पर उम्र का बोझ है, या बीमारी की कोई आशंका...तिया उनके साथ-साथ चलती थी, लेकिन न तो उनका हाथ पकड़े होती, न ही उनके कन्धे को कोई सहारा देती थी। वह बाग़ का एक चक्कर लगाते, फिर दूसरा, फिर तीसरा...जब तक कॉटेज अँधेरे में न छिप जाती और आकाश में तारे न निकल आते। किसी दिन वह अकेले ही बाहर निकल आते, मेरे क्वार्टर के सामने से गुज़रते, तो अपनी छड़ी से मेरे दरवाज़े को खटखटाते...जब तक मैं बाहर आता, वह बरामदे की सीढ़ियों पर ही बैठ जाते। मैं उन्हें भीतर आने के लिए कहता, तो सिर हिलाकर मना कर देते। मैं उनके लिए कुर्सी लाता, तो वह उसे अनदेखा कर देते। आख़िर हारकर मैं उनसे थोड़ा हटकर सीढ़ी पर ही बैठ जाता।

"क्यों गवर्नर साहब—देखता हूँ, जब से बिटिया आई है, आप मुझे भुला बैठे!"

गवर्नर! मैं हँसने लगा। मुद्दत बाद उन्होंने मुझे इस नाम से बुलाया था...शुरू के दिनों में जब मिसेज़ मेहरा जीवित थीं, वह मुझे इसी नाम से बुलाते थे...इस नाम की शुरुआत भी अजीब ढंग से हुई थी...एक शाम मैं उनसे बातचीत करने के बाद अपनी नोटबुक उठाकर जाने लगा, तो उन्होंने मुझे रोक लिया। उस दिन मेरे काम से कुछ ज़्यादा ही ख़ुश जान पड़ते थे।

"तुम हर शाम मुझसे सवाल पूछते हो, आज मैं तुमसे कुछ पूछना चाहता हूँ...बताओ, उन औरतों को क्या कहा जाता है, जिन्हें बच्चों की देखभाल के लिए रखा जाता है?"

जब मैं सोच नहीं पाया, तब वह बोले, "गवर्नेस...ठीक है न!" वह एक क्षण रुके, बड़े स्नेह से मेरे कन्धे पर हाथ रखकर बोले, "और तुम्हें क्योंकि एक बूढ़े की सेवा करने के लिए रखा गया है...तो क्या बने तुम? गवर्नर! हमारे शहर में दोनों ही हैं—अन्ना जी गवर्नेस, तुम गवर्नर!"

मुद्दत बाद मैंने उन्हें इस तरह हँसते हुए देखा था। पुराने दिनों की हँसी, जिसमें मिसेज़ मेहरा जीवित थीं और मैं नया-नया आया था... और तब मुझे आभास हुआ, हमारा अतीत कोई एक जगह ठहरा हुआ स्टेशन नहीं है, जो एक बार गुज़रने के बाद ग़ायब हो जाता है, वह यात्रा के दौरान हमेशा अपने को अलग-अलग झरोखों से दिखाता रहता है। उन दिनों मेहरा साहब को देखकर लगता था कि जो अतीत उनकी पत्नी के साथ क़ब्र में दब गया था, उसी का एक हिस्सा तिया के साथ लौट आया था। मैं जब कभी उन्हें अपनी खिड़की से बाहर लॉन के पेड़ों के नीचे चलता हुआ देखता, तो लगता, जैसे बाप-बेटी किसी दूसरे ज़माने से उतरकर घड़ी-दो घड़ी के लिए हमारे शहर आ गए हैं...कि वे हमेशा वहाँ नहीं रहेंगे—और जब नहीं रहेंगे...तो मेरे लिए वह शहर कुछ और ख़ाली हो जाएगा।

कैसी विचित्र बात है, सुखी दिनों में हमें अनिष्ट की छाया सबसे साफ़ दिखाई देती है, जैसे हमें विश्वास न हो कि हम सुख के लिए बने हैं। हम उसे छूते हुए भी डरते हैं कि कहीं हमारे स्पर्श से वह मैला न हो जाए और इस डर से उसे भी खो देते हैं, जो विधाता ने हमारे हिस्से के लिए रखा था। दुख से बचना मुश्किल है, पर सुख को खो देना कितना आसान है—यह मैंने उन दिनों जाना था।

जब मेहरा साहब मेरे दरवाज़े की कुंडी खटखटाकर सीढ़ी पर बैठ जाते, तो मुझे लगता, वह भी कोई सुख अपने साथ लाए हैं, जो मेरे साथ बाँटना चाहते हैं। लेकिन सीधे कुछ नहीं कहते थे, उलटे मेरी ज़िन्दगी में प्रवेश करके उसमें थोड़ा-सा उजाला भर देना चाहते थे। हँसकर पूछते, "क्यों गवर्नर साहब, कलकत्ते से कबाड़ी ने इस बार आपको कौन-सी रद्दी भिजवाई है?"

मैं उन्हें वे किताबें दिखाता, तो वे सीढ़ियों पर ही पाँव फैलाकर रॉयल साइज़ की इलेक्ट्रेटेड किताबों के पन्ने उलटते-पलटते रहते। एक बार उनके हाथ में पुरानी माया-सभ्यता की किताब पड़ गई, तो देर तक वह मुझसे एज़टेक लोगों के बारे में पूछते रहे। क्या वे सचमुच मानुष-मांस खाते थे? कैनिबलिज़्म! वह मुँह खोलकर अपने नकली दाँत थोड़ा-सा खिसका देते। नहीं, नहीं, वह रिचुअल था, मैं उन्हें समझाने की कोशिश करता...देवताओं को नरबलि दी जाती थी, और बाद में उसका प्रसाद वैसे ही बाँटा जाता था, जैसे काली देवी पर बकरे की बलि देने के बाद उसका 'भोग' दिया जाता है।

"मानुष-मांस का भोग?" उन्होंने कुछ हैरानी से पूछा।

"नहीं," मैंने कहा, "वे उसे मिर्च-मसालों में पकाते थे, जिससे आदमी के गोश्त की गन्ध उसके नीचे दब सके..."

उन्होंने हामी में सिर हिलाते हुए कहा, "तुम ठीक कहते हो... तभी तो लैटिन-अमरीकी भोजन इतना तेज़ होता है। एक बार मेरे एक मित्र मुझे एक मेक्सिकन रेस्तराँ में ले गए...खाना खाते हुए मेरी आँखों से आँसू टप-टप गिरने लगे। वेटर ने मुझे देखा तो आकर पूछा, 'साहब, आपको कोई सदमा पहुँचा है?'...'अरे भले मानुस, मानुष-मांस का मसाला खाओगे, तो सदमा नहीं पहुँचेगा?'"

उनका सिर अब भी हैरानी में हिल रहा था और आँखें किताब के एक फ़ोटो पर जमी थीं। कुछ देर बाद वह सोचते हुए कहने लगे,

"एक बार मेरी पोस्टिंग बंगाल में हुई थी। जिस ज़िले में मैं मैजिस्ट्रेट था, वहाँ एक नदी बहती थी। किनारे पर ही एक शिव-मन्दिर था, और कुछ फ़ासले पर तांत्रिकों के समाधि-स्थल दिखाई देते थे...मेरे एक बंगाली मित्र ने बताया कि बंकिम चटर्जी ने 'कपाल-कुंडला' उपन्यास वहीं रहते हुए लिखा था। हो सकता है, वह वहीं मैजिस्ट्रेट रहे हों, जहाँ मैं था।" उन्होंने हँसते हुए मेरी ओर देखा, जिसमें थोड़ा-सा आत्म-अभिमान भी छिपा था।

"क्यों नहीं हो सकता," मैंने कहा, "आपने पता नहीं चलाया?"

"अरे पता क्या चलाता? मैंने तो तुम्हारे बंकिम बाबू का नाम भी पहली बार सुना था...उपन्यास भी बहुत बाद में पढ़ा, जो बीबी की किताबों में पड़ा था।"

"बीबी?" मैं उन्हें देखता रहा।

वह धरती पर आए। "तिया की माँ...जब मैं दौरे पर रहता था, वह यही किताबें पढ़ा करती थीं?"

पहली बार उन्होंने अपनी पहली पत्नी का ज़िक्र किया था—वह भी भूले से—अनजाने में—जैसे कोई चलते-चलते अचानक बन्द दरवाज़े के आगे चला आता है और वह मुद्दत बाद खुल जाता है, अपने-आप, बिना कुंडी खटखटाए...जैसे उसे पैरों की आहट पहले से ही मालूम हो। वह पीछे हट गए...मेरी तरफ़ देखा—सूखी-सी मुस्कराहट चेहरे पर चली आई।

"तिया बहुत छोटी थी, जब वह चली गईं। मैंने तुम्हें कभी नहीं बताया?"

"जी नहीं...उनके बारे में कुछ भी नहीं।"

उन्होंने किताब बन्द कर दी और ख़ाली आँखों से अपनी कॉटेज को देखने लगे, जो शाम की धूप में चमक रही थी। देवदार की झुकी शाखाएँ हल्की हवा में डोल रही थीं।

"तुम मेरे साथ बातचीत के जो नोट्स बनाते हो, कहाँ रखते हो?"

मुझे कुछ आश्चर्य हुआ, "अपने मेज़ की दराज़ में...क्यों?"

"नहीं...ऐसे ही।" उनकी आवाज़ में एक काला-सा संशय आ बैठा था।

"क्या आप उन्हें देखना चाहेंगे?" मैंने पूछा।

"नहीं, नहीं, मैं उन्हें देखकर क्या करूँगा?" वह कुछ सकपका-से गए—फिर मेरी ओर देखकर धीरे से पूछा, "तिया ने तो कभी उनके बारे में तुमसे नहीं पूछा?"

"नहीं...लेकिन..."

"लेकिन क्या?"

"उन्हें मालूम तो है," मैंने कहा।

"मालूम होना एक बात है, पढ़ना बिलकुल दूसरी बात...मैं जो मन में आता है, बकता जाता हूँ—इसका मतलब यह नहीं कि दूसरे लोग उसे पढ़ें।"

क्या वह अपनी बेटी को 'दूसरे लोगों' में गिनते हैं...या कोई दूसरी बात है, जो उन्हें सता रही है? क्या वह सोचते थे कि वह जो कुछ मुझे अपनी बीती हुई ज़िन्दगी के बारे में बताते हैं, उसमें दूसरों का साझा नहीं है। अगर ऐसा है तो मुझे क्यों बताते हैं? हो सकता है, कुछ लोग परायों को जितनी आसानी से अपने भेद बताते हैं, उतना अपने लोगों को नहीं। अपने लोगों का जजमेंट दिल को शूल-सा चुभता है। जो लोग तुम्हें प्यार करते हैं, वे तुम्हें कभी माफ़ नहीं करते।

क्या उन्हें अपनी बेटी से इसीलिए इतना डर लगता था?

लेकिन जब मैं खिड़की से उन दोनों को देखता, तो वहाँ मुझे डर की कोई परछाईं नहीं दिखाई देती थी। वे अपनी बातों में इतना लीन दिखाई देते थे कि जब चुप रहते थे, तो भी लगता था, जैसे उनके बीच कुछ बह रहा है, जिसे सिर्फ़ वे ही सुन पाते हैं। तिया के लम्बे, छरहरे शरीर के सामने मेहरा साहब बहुत छोटे दिखाई देते थे, झुकी हुई कमर,

जो ज़मीन के समानान्तर चलती हुई दिखाई देती थी। तिया की बातें सुनने के लिए वह जब अपना सिर उठाकर खड़े हो जाते, तो मुझे वह एक स्कूल के लड़के की तरह दिखाई देते थे—जो दयनीय मुद्रा में किसी बड़े की फटकार सुनता हुआ खड़ा रहता है—पर ये क्षण सौभाग्यवश ज़्यादा टिकते नहीं थे, वे दोनों फिर चलने लगते थे, हिलते हुए होंठों, इशारा करते हुए हाथों और सुननेवाली आँखों के बीच चलता हुआ एक चलचित्र, जिसे देखकर मुझे बहुत पुराने दिन याद आ जाते, जब मेहरा साहब अपनी पत्नी के साथ इसी लॉन पर घूमा करते थे...वह उनका हाथ पकड़कर धीरे-धीरे क्यारियों से बचकर चलतीं कि पता भी नहीं चलता था, कौन उनके साथ चल रहा है, किसका हाथ उनके हाथ में है; वह मुझे उन लोगों की याद दिलाती थीं, जो सोते हुए चलते हैं। फ़र्क़ इतना ही था कि उनकी आँखें फटी-फटी-सी खुली रहती थीं, न जानते हुए, वह क्या देख रही हैं।

उन दिनों मुझे एक अजीब-सी बात पता चली, कोई अनखोजा-सा सत्य, सत्य भी पूरा नहीं, एक अधूरा-सा आभास, जो हमारे भीतर गाँठ की तरह मौजूद रहता है, लेकिन खुलता दूसरों की छुअन से है, यह छुअन ही अनुभव है, जो आविष्कार-सा जान पड़ता है, आविष्कार बड़ा शब्द है, लेकिन खुलता वह एक रहस्य की तरह ही है...। उन दिनों जब मैं मेहरा साहब को तिया के साथ घूमता हुआ देखता और शाम की पीली धूप पेड़ों से छनकर बैडमिंटन कोर्ट पर फैली होती और मेरी खिड़की के सामने से वे धीरे-धीरे गुज़रते हुए दिखाई देते तो मुझे अचानक लगता कि—बीतता कुछ भी नहीं है। सबकुछ वैसा ही है, जैसा कुछ साल पहले लगता था जब मिसेज़ मेहरा इस धरती पर मौजूद थीं, अन्ना जी इतनी बूढ़ी नहीं हुई थीं, मैं किसी दूसरे शहर में जीवन बिता रहा था। एक ऐसा प्रदेश जहाँ सबकुछ पहले से ही हो चुका है, लेकिन अभी हमारे ऊपर से नहीं गुज़रा है। हम जीते नहीं, उसकी कॉपी करते हैं,

जो कहीं पहले से ही किया जा चुका है...जैसे मैं मेहरा साहब के जीवन का उल्था अपनी कॉपी में करता था। फिर समय? वह क्या कुछ भी नहीं है? नहीं, वह है, वह सिर्फ़ एक जगह खड़ा रहता है—वह याद की जगह है—जैसे यह लॉन, यह धूप, कॉटेज की छत पर डोलते हुए देवदार के पेड़...समय वहाँ-वहाँ है, जहाँ-जहाँ हम बीते हैं। हमारे भीतर का साक्षी स्टेशन, जो हमारी हर विदाई का गवाह होने पर भी स्वयं एक जगह स्थिर रहता है...।

दो दिनों से बराबर पानी बरस रहा है। बारिश की झिर-झिर कमरे के भीतर सुनाई देती है—पर दरवाज़ा खोलकर बाहर देखो तो धुंध के पर्दे के पीछे कुछ भी दिखाई नहीं देता। जहाँ पहले चीड़ों, देवदारों की भरी-पूरी क़तार दिखाई देती थी, अब वहाँ उनके सिर्फ़ धुँधले-से प्रेत दिखाई देते हैं, कुहरे के पीछे खड़े कंकाल। अब बाल्टियों, बटलोइयों को लेकर नाले पर नहीं जाना पड़ता था। पानी के नाले अपने आप घरों में घुस आते थे। मेरी कोठरी और कॉटेज के बीच पानी के इतने गहरे चहबच्चे जमा हो गए थे कि बैडमिंटन कोर्ट एक छोटा-सा स्विमिंग पूल दिखाई देता था। बाँज के पत्ते, टूटी टहनियाँ, काई और कभी-कभार कोई जंगली बिच्छू उस पर तैरते दिखाई दे जाते थे।

दूर-दूर तक कोई जीता, जीवित प्राणी नहीं दिखाई देता था। मुझे कभी-कभी लगता कि बाहर की दुनिया से मेरा नाता टूट गया है। कॉटेज की बत्तियाँ दिन में भी जली रहतीं, पर भीतर कोई दिखाई नहीं देता था... सिर्फ़ बत्तियों की छाया बैडमिंटन कोर्ट के गँदले पानी पर दीवों की तरह डबडबाती रहती। फिर कभी अचानक एक दूसरी छाया दिखाई देती—

मुरलीधर पानी में छप-छप करता एक हाथ में छाता, दूसरे में कपड़े से ढकी ट्रे लाता हुआ दिखाई देता—पहले पानी में उसकी दौड़ती छाया दिखाई देती—और उसके तुरन्त बाद वह ख़ुद साक्षात सामने होता...मैं जल्दी से ट्रे उसके हाथ से लेकर कमरे में रख आता और वह बाहर बरामदे में अपने गूदड़ कम्बल को लपेटकर बैठ जाता।

"बाबूजी, आपके कमरे में आग जला दूँ?" वह अपनी बीड़ी सुलगाकर कहता।

मैं मना कर देता। जाड़े के दिन बहुत दूर थे और वैसे भी वह जिस तरह आराम से आलथी-पालथी मारकर बैठा था, उससे यही लगता कि 'आग जलाने' की बात महज़ औपचारिकता है—इस मौसम में खाना ले आया, यही क्या कम है?

हम बरामदे में बैठे हुए शाम के कुहासे में बारिश का गिरना देखते रहते। मुरलीधर के मुँह से कभी-कभी एक पीड़ा-भरी सी-सी जैसी सीटी सुनाई देती।

"तुम्हारी तबियत तो ठीक है, मुरलीधर?"

"कहाँ बाबूजी—इस मौसम में कभी-कभी घुटनों में सूल-सा दर्द उठता है।"

मैं समझ जाता, इस 'सूल-से दर्द' का क्या मतलब है।

"थोड़ी-सी ब्रांडी लोगे...मुरलीधर...शायद उससे कुछ आराम मिले?" मैं थाह लेने की कोशिश करता।

"आराम तो अब क्या मिलेगा...बाबूजी...लेकिन आप लें, तो थोड़ी-सी मैं भी ले लूँगा।"

मैं भीतर गया...और दो गिलासों में ब्रांडी डालकर बरामदे में ले आया।

"आपका खाना ठंडा हो जाएगा—उसे हॉट-प्लेट पर रख आता हूँ।" वह मुस्तैदी से उठकर भीतर गया। उसकी टाँगों का दर्द 'लगता था', कुछ देर के लिए मिट गया था।

जब वह बाहर आया, मैंने उसका गिलास उसके हाथ में थमा दिया। मेरे कहने पर भी वह पासवाली कुर्सी पर नहीं बैठा—वहीं अपने गूदड़ कम्बल को आधा बिछाकर, आधा लपेटकर बैठ गया। बारिश की झड़ी अब अँधेरे में नहीं दिखाई दे रही थी—सिर्फ़ उसके गिरने की आवाज़ सुनाई दे रही थी।

"अब पानी के लिए जुलूस नहीं निकालना पड़ेगा!" मुरलीधर ने हँसते हुए कहा, "अब आप आराम से सुबह सो सकते हैं।"

"देखो, ऐसा कब तक रहता है?"

"आप घबराइए नहीं...एक बार झड़ी शुरू हो जाए, तो जल्दी रुकती नहीं...यहाँ हम लोग इसे हिचकी बारिश कहते हैं...हिचकियों में चलती है—दो दिन बन्द, फिर शुरू, बन्द, फिर शुरू...एक बार जब तिया बीबी जी आई थीं, तो बेचारी इन हिचकियों के बीच में अटकी रहीं...जब जाने को होतीं, हिचकी शुरू हो जाती!" वह हँस रहा था।

"कब की बात है?"

"बहुत साल पहले की...वह जब आती थीं, तो यहीं ठहरती थीं, जहाँ आप रहते हैं।"

"यहाँ—इस कोठरी में?" मैंने कुछ आश्चर्य से उसे देखा।

"जी...साहिब जी बहुत मना करते, लेकिन उन्हें यहाँ अकेले में रहना अच्छा लगता था। कहती थीं, यहाँ सबके साथ रहकर भी अलग रह सकती हैं...मुझे हमेशा उनकी कुछ बातें अजीब जान पड़ती थीं।"

"कैसी बातें?"

"बातें तो ख़ास कुछ नहीं। मुझे सिर्फ़ यह लगता था कि वह यहाँ की नहीं हैं...इस घर की नहीं हैं...मुझसे हमेशा ऐसे बात करतीं, जैसे मैं उनका नहीं—साहिब जी और अम्माँ का आदमी हूँ—और वह बाहर की हैं। मुझसे अपना काम भी नहीं कराती थीं, सब काम ख़ुद करती थीं...लेकिन अब नहीं..."

मुरलीधर की आँखें अँधेरे में गिरती बारिश पर टिक गईं, "अम्माँ जी के जाने के बाद वह कुछ बदल-सी गई हैं। पहले घंटों बाहर घूमा करती थीं, क्लब की लाइब्रेरी में बैठी रहा करती थीं...मुझे जाकर उन्हें बुलाना पड़ता था...अब जब से साहिब जी अकेले रह गए हैं, तो ज़्यादा समय उन्हीं के साथ बिताती हैं..."

"लेकिन वह तो फिर भी अकेले रहते हैं, जब वह चली जाती हैं?" मैंने कहा।

"अकेले कहाँ? आप जो यहाँ रहते हैं? आप पर बहुत भरोसा करती हैं..."

"लेकिन मैं बाहर का आदमी हूँ...साहिब जी को उनसे जो सहारा मिलेगा, मुझसे नहीं।"

"क्या कहते हैं आप!" मुरलीधर का स्वर भर-सा आया, "आप बताइए—क्या अम्माँ जी आपको बाहर का आदमी समझती थीं?"

"वह अब कहाँ रहीं, मुरलीधर!"

"वह यहीं हैं बाबूजी...घर का कोई आदमी घर थोड़े ही छोड़ देता है!"

मैंने उसकी ओर देखा—जहाँ से उसकी आवाज़ आई थी। वहाँ कुछ नहीं था। सिर्फ़ बारिश के भीगे अँधेरे में उसके होने का आभास दिखाई देता था। क्या वह भी ऐसी थीं, सिर्फ़ होने का आभास देती थीं, पर दिखाई कहीं नहीं देती थीं?

अचानक मुरलीधर की आवाज़ ने मुझे चौंका दिया।

"एक बात पूछूँ, बाबू जी? आपका कोई पीछे है?"

"पीछे?"

"मेरा मतलब है...जहाँ से आप आए हैं—जिसकी ज़िम्मेवारी आप पर हो?"

"नहीं...क्यों पूछते हो मुरलीधर?"

"इसलिए कि अगर कोई नहीं है तो आप यहीं क्यों नहीं रह जाते?"

"यहीं तो रह रहा हूँ..."

"मेरा मतलब है—हमेशा के लिए।"

क्या उसने बहुत पी ली है? लेकिन उसकी बात में छलावा नहीं था...सिर्फ़ एक भोली-सी जिज्ञासा थी।

"कोई हमेशा रहता है, मुरलीधर!"

"आप नहीं रहना चाहेंगे?"

"क्या होगा इससे?"

"आप नहीं जानते...बहुत कुछ! इसका पता अभी से नहीं लग सकता..."

मुझे लगा, जैसे अँधेरे में मुरलीधर की आँखें मुझे घूर रही हैं, किसी और अँधेरे को भेदती हुई, जिसे मैं नहीं देख सकता था।

बाहर बारिश का वेग ढीला पड़ गया था, लेकिन पेड़ों की झुकी टहनियों से झरती हुई बूँदों की टिप-टिप-टिप सुनाई दे रही थी।

"आपकी दारू ने दवा का असर किया है...सारी पीर जाती रही।"

मैं समझ गया, वह क्या चाहता है। मैं भी यही चाहता था कि वह कुछ और देर मेरे पास बैठा रहे। बारिश की इस ठिठुरती शाम में मैं अकेले कमरे में उन शब्दों के साथ नहीं रहना चाहता था, जो उसने कहे थे, जो अब भी कहीं हवा में ठहरे थे और जो उसके जाते ही मुझ पर टूट पड़ेंगे।

"थोड़ी-सी और ले लो मुरलीधर...बारिश रुकते ही चले जाना।"

वह कुछ नहीं बोला, सिर्फ़ कहीं छाती के खोखल से एक बीहड़-सी हुंकार बाहर आई। जब मैं उसके पास उसका गिलास देने आया, तो उसने मेरा हाथ पकड़ लिया।

"उधर देखिए ज़रा!"

मुझे पता नहीं चला, वह मुझे क्या दिखाना चाह रहा था, लेकिन मेरी आँखें उस ओर मुड़ गईं, जहाँ उसने हाथ से इशारा किया था।

हवा में उड़ती हुई सफ़ेद दूधिया धुंध के पीछे कॉटेज की रोशनियाँ झिलमिला रही थीं—अपनी अलग, अकेली दुनिया में टिमटिमाती हुई।

"आपने देखा, बाबू जी?" वह रुक गया, मेरा हाथ छोड़ दिया, एक लम्बी-सी साँस नशे में लदी-फँदी, खँखारती हुई बाहर आई, "आप सोच सकते हैं, वहाँ कोई रहता है? कौन रहता है? साहिब जी? और जब साहिब जी नहीं रहेंगे...तब?"

"तब क्या?" एक ठंडी-सी झुरझुरी मेरे भीतर रेंगने लगी।

"आप सोचते हैं, बिटिया यहाँ रहेंगी?" वह हँसने लगा—ऐसी फूत्कारती-सी हँसी, जो कभी नहीं सुनी थी, जो—अपनी देह से अलग छिटककर—कहीं अकेले में अपने आप हँसती दिखाई देती थी। "जिस तरह अम्माँ जी ज़मीन के नीचे दबी हैं...यह मकान भी एक दिन कहीं नीचे दबा रह जाएगा...हमेशा के लिए! क्या आप यह चाहेंगे?"

पहली बार मुझे सचमुच डर-सा लगा—उससे नहीं, जो वह कह रहा था, बल्कि उस बीहड़ स्वर से जो किसी अँधेरे भविष्य की खोज से बाहर आता सुनाई देता है—पहाड़ों की लैंड स्लाइड की तरह, जिसकी गड़गड़ाहट पहले सुनाई देती है, गिरना, टूटना, धँसना बाद में।

उसने आगे कुछ नहीं कहा...इसलिए नहीं कि वह जो कहना चाहता था, चुक गया—बल्कि जो बच गया था, वह बिना कहे ही बह गया। हमें पता भी नहीं चला, बारिश गिरना कब की बन्द हो गई है। ऊपर आकाश में तारे निकल आए थे, बादलों के रुई-से फाहों के बीच हीरों से चमकते हुए। मुरलीधर हठात् उठ खड़ा हुआ...बारिश की गिरती बूँदों की लय टूटने पर मानो उसकी बातों की रौ भी टूट गई।

"मैं चलता हूँ, बाबू जी..." वह झटके से उठ खड़ा हुआ, कम्बल को एक-दो बार झाड़कर अपनी देह में लपेट लिया, और छतरी को हिलाता हुआ, लम्बे डग भरता हुआ अँधेरे में लोप हो गया।

मुरलीधर के जाने के बाद भी देर तक मैं बरामदे में बैठा रहा। कॉटेज की बत्तियाँ बुझ गई थीं। एक अलौकिक-सी रोशनी में सारा जंगल नहा रहा था। चीड़ों की लम्बी फुनगियों पर तारों का झिलमिला-सा टपक रहा था। नीचे घाटी से बरसे हुए बादल हल्के होकर ऊपर उठ रहे थे।

मैं भूल गया, मुरलीधर ने क्या कहा था। मैं यह भी भूल गया कि मैं वही था, जो अभी कुछ देर पहले था। लगता था, जैसे समूची सृष्टि धुले हुए बादलों और तारों की रोशनी में अपने पुराने पहचाने आकारों को छोड़कर किसी नये अवतार में अवतरित हो रही है, जहाँ रूप वही रहता है, पहचान बदल जाती है...क्या आदमियों के साथ भी ऐसा होता है, जैसे-जैसे वे पहचानी दुनिया के आकारों से छूटकर मृत्यु के दूसरे किनारे तक पहुँच जाते हैं?

10

दूसरे दिन बादलों का नाम-निशान नहीं था। धुली-धुली रुपहली रोशनी में सारा जंगल चमक रहा था। चीड़ों के बीच धूप चाँदी के छल्लों-सी बिखरी थी। दुपहर ढलते ही मुरलीधर का बेटा बंसी अपनी काली के साथ भागता हुआ मेरे कमरे में आया—और जोर-जोर से मेरा दरवाज़ा खटखटाने लगा।

"आपको बुलाया है...जल्दी!" उसने हँसते हुए कहा, "मेम साहब आई हैं," यह कहकर वह जैसे आया था, वैसे ही मुड़ गया।

काली को कुछ निराशा हुई। वह मेरे साथ कुछ देर खेलना चाहती थी, लेकिन जब उसने बंसी को उलटे पाँव लौटते देखा, तो वह भी पान-जैसी ज़ुबान हिलाते हुए उसके पीछे भागने लगी।

अन्ना जी का आना एक घटना थी। कोई और दिन होता, तो उनका आना एक त्योहार-सा लगता, मौसम की धूप के साथ एक दूसरी धूप, एक हल्की-सी गरमाई जो वह अपने साथ लाती थीं।

लेकिन उस दिन मुझे उनका आना एक खटका-सा जान पड़ा। पिछली रात मुरलीधर ने जो कहा था—क्या वह सिर्फ़ मेरा भ्रम था?...मेरे अपने मन का डर, जो इस तरह उन्हें अचानक देखकर उभर आया था?

कितने दिनों बाद उन्हें अपने घर के बाहर देखा था। वह एक सजी-सजाई गुड़िया-सी ईज़ी चेयर पर बैठी थीं। उस दिन वह पीले ऊन की बुनी लम्बी स्कर्ट पहनकर आई थीं। उनके गले में काली बुँदकियोंवाला सफ़ेद मफ़लर लिपटा था। चेहरे पर हल्का-सा पाउडर था और होंठों पर बहुत मन्द रंग की गुलाबी लिपस्टिक, जो बीच में छोटी-छोटी लाइनों में कट गई थी। उनके सफ़ेद बाल एक शोख़ क़िस्म के सुर्ख़ स्कार्फ़ से छिपकर माथे पर चले आए थे—चौड़ा माथा—जिस पर खिंची रेखाएँ नक़्शे पर बहती नदियों की याद दिलाती थीं। जब मैं आया, तो उन्होंने मुझे देखा भी नहीं—वह पूरी मगन होकर चाय की प्याली में बिस्कुट डुबो-डुबोकर खा रही थीं। तिया उनके पास ही स्टूल पर बैठी थी। जब कभी चाय में भीगा हुआ बिस्कुट टूटकर उनकी स्कर्ट पर आ गिरता, तो वह चुपचाप उसे रूमाल से पोंछ देतीं।

यह तसवीर है या स्मृति? या स्मृति की पोर्ट्रेट, जिसमें मैं भी बैठा हूँ, सोफ़ा के पास जहाँ मेहरा साहब लेटे हैं; लेटे नहीं, कुशन पर सिर रखकर अधलेटे-से बैठे हैं। उन्होंने मुझे सबसे पहले देखा था। चेहरे पर छोटी-सी मुसकान आई थी, एक तृप्ति का भाव, जैसे मेरे आने से तसवीर का कोई छूटा हुआ हिस्सा पूरा हुआ हो! वह धीरे से मेरे पास झुक आए, कुछ कहने के लिए या सिर्फ़ मेरे वहाँ होने को तसलीम करने के लिए—मुझे सिर्फ़ उनकी खँखारती साँस सुनाई दी।

मैंने धीरे-से अपना हाथ उनके घुटने पर रख दिया।

मेरा यह छोटा-सा संकेत कोई कंकर था, जो सारी तसवीर के शान्त जल को हिला गया...। तिया की आँखें ऊपर उठीं, एक छोटे-से उड़ते क्षण में, जहाँ मैं था, उसे छूकर वापस मुड़ गईं, पर शायद इस

छूने और लौटने के बीच कोई हल्की-सी हलचल हुई होगी कि अन्ना जी बोलते-बोलते रुक गईं, और तिया की आँखों का पीछा करते हुए वहाँ रुक गईं, जहाँ मैं बैठा था...। पहले क्षण उन्होंने मुझे पहचाना नहीं, जैसे उनकी दृष्टि के रास्ते में मैं कोई धब्बा हूँ। वह थोड़ा-सा पास सरक आईं, मिचमिचाती आँखों से मुझे देखा, सिर्फ़ चेहरा, पहचान नहीं। उसके लिए स्मृति की रस्सी को खींचा, ताकि अजनबी होती हुई दुनिया को किसी अँधेरे कुएँ में से बाहर लाया जा सके। 'तुम आ गए?' वह मुसकरा रही थीं, झुर्रियों के बीच उनकी नीली आँखों में मैं आ बैठा था। वह आश्वस्त हो गई थीं। मैं अब उनका था। उनकी पहचान की रोशनी में चला आया था। मेरे आने से जो बात बीच में टूट गई थी, वह फिर चलने लगी।

मुझे अब याद नहीं आता, उस शाम अन्ना जी क्या कह रही थीं। सिर्फ़ इतना याद है, हम सब उनकी आवाज़ के घेरे में बैठे थे, उसकी आँच में हाथ सेंक रहे थे। खिड़कियों पर अभी पर्दे नहीं खींचे गए थे...इसलिए हवा में हिलते पत्तों की छाया दीवार पर दिखाई दे जाती थी। उसके नीचे फ़ायर-प्लेस में कोयले रखे थे...लेकिन मुरलीधर ने उन्हें जलाया नहीं था। बिजली के जलते बल्बों के इर्द-गिर्द पतिंगों का झुंड एक अजीब-सी घुन-घुन आवाज़ करता घूम रहा था...नीचे फ़र्श और सोफ़ा और कुर्सियों पर उनके भस्मीभूत शवों का जाल-सा बिछा दिखाई देता था, जैसे वहाँ किसी ने तिल के सफ़ेद बीजों का ढेर बिखेर दिया हो! वे बल्ब से टकराते थे, और तिड़-तिड़ करते नीचे गिरते जाते थे।

और तब मेरा ध्यान अचानक भटक गया...तिया ने हल्के-से मेरा कन्धा झिंझोड़कर कहा, "अन्ना जी आपसे कुछ पूछ रही हैं।"

मैं जैसे सोता हुआ जाग गया।

"आपने मुझसे कुछ कहा, अन्ना जी?"

"हाँ, तुमसे नहीं तो और किससे...? तिया इतने दिनों से यहाँ आई है, तुमने क्या किया उसके लिए?"

"क्या करना चाहिए, अन्ना जी?"

"उस बेचारी से नाले का पानी भरवाना चाहिए—और क्या?"

मेहरा साहब हँसने लगे।

"मैं हर रोज़ अपने बरामदे में तुम लोगों की बानर-टोली को देखती हूँ...क्या इसीलिए इस लड़की को यहाँ बुलाया था?"

"अन्ना जी, यह तो कुछ नहीं है...जब मैं छोटी थी, आप मुझे कैसे सुबह बिस्तर से खींचकर तारा देवी के मन्दिर ले जाती थीं?" तिया ने हँसते हुए कहा।

"तारा देवी?" अन्ना जी की बूढ़ी आँखों में कोई पुराना सपना सरक आया, "वह भी कोई देवी थीं! उन्हें देखते ही मुझे लगता था कि वह मुझे घूर रही हैं। उनकी आँखों के खोखल में नीली कौड़ियाँ चमकती रहती थीं। उन्हें देखते ही मुझे अपनी बूढ़ी दादी याद आने लगती थीं...बिलकुल नीली, पथरीली आँखें! मुझे अचम्भा होता था, जैसे वह जर्मनी से उड़कर इस मन्दिर में चली आईं! तुम्हें वह बंगाली बाबा याद हैं, जो तुम्हें प्रसाद देते थे?"

"वह तो बहुत पहले मर गए," तिया ने कहा, "अब उनका नाती मन्दिर का पुजारी है।"

"मर गए—कब? तुमने मुझे बताया नहीं?"

"मैं यहाँ नहीं थी, अन्ना जी!"

"लेकिन मैं तो थी...मुझे तो कोई बता सकता था!"

उनका स्वर एकदम भर्रा-सा गया, जैसे किसी ने उन्हें धोखा दिया हो। तिया ने शिकायत-भरी निगाह से मेहरा साहब की ओर देखा...वह चुपचाप ख़ाली आँखों से दीवार को ताक रहे थे।

"प्रसाद बड़े इन्तज़ार के बाद मिलता था..." तिया ने उनका ध्यान हटाने के लिए कहा, "एकदम शुरू में नहीं...मुझसे कहते थे, पहले मैं देवी के चारों तरफ़ परिक्रमा करूँ...और जब मैं पूछती थी, परिक्रमा क्या होती है, तो वह हाथ घुमाकर कहते थे, राउंड एंड राउंड...सातवें राउंड पर वह मुझे गोदी में उठा लेते थे, कन्धे पर बिठाकर घंटा बजवाते थे, और जब आख़िरी घंटे की गूँजती आवाज़ पास आती थी, तो कहते थे, 'सुना तुमने, यह तारा देवी की आवाज़ है। जानती हो, मुझसे क्या कह रही हैं...कह रही हैं, मुन्नी को प्रसाद दो, उसने घंटी बजाकर मुझे बहुत देर से बुलाया है...' मैं सोचती थी, वह सच कह रहे हैं। यह नहीं लगता था, वह मुझसे हँसी में सब कह रहे हैं।"

"हँसी कैसी पागल?" अन्ना जी का चेहरा एकदम गम्भीर-सा हो आया, "वह सच कहते थे। मैं भी तो घंटियों की आवाज़ सुनकर ही पहली बार देवी के पास गई थी! उस दिन न जाती, तो तुम्हारे सामने तुम्हारी अन्ना जी न बैठी होती!"

"क्या कहती हो, अन्ना जी?"

"जो कहती हूँ, ठीक कहती हूँ...उन दिनों यह शहर मुझे खाने को दौड़ता था। दिन-रात अपने को कोसती थी, मैं कैसे यहाँ आ गई। डॉक्टर सिंह मुझे डिप्रेशन की दवा देते थे...लेकिन होता कुछ नहीं था। एक शाम जब मैं उनकी क्लिनिक गई, तो वह मुझे चुपचाप देखते रहे, जैसे उन्होंने मेरे चेहरे पर कुछ देखा हो, जो पहले वहाँ नहीं था..."

कुछ देर कमरे में सन्नाटा रहा।

"क्या देखा उन्होंने आपके चेहरे पर?" मेहरा साहब की आवाज़ सुनाई दी। वह सोफ़ा पर उठकर बैठ गए थे। टेबल-लैम्प की रोशनी सीधी उनकी सिकुड़ी, मुड़ी हुई देह पर गिर रही थी।

"मुझे नहीं मालूम, उन्होंने क्या देखा—लेकिन ज़रूर कुछ देखा होगा कि मेरे काँपते हाथ को अपने हाथ में लेकर बोले,

'अन्ना, क्या तुम जर्मनी लौट जाना चाहोगी?' जर्मनी! मुझे लगा, जैसे उन्होंने कोई थप्पड़ मेरे मुँह पर मारा हो। मैंने अपना हाथ उनके हाथ से निकाल लिया। मैंने उनसे कुछ और नहीं पूछा। मैं बाहर चली आई।"

वह कुछ देर चुप बैठी रहीं...फिर एक छोटी-सी मुसकान उनके चेहरे पर आई...तिया की ओर देखा, "मैं क्या कह रही थी?"

"तारा देवी?"

"ओह, घंटे की बात।" उनकी नीली आँखों में दो चमकीली बुँदकियाँ उतर आईं, "नहीं, वह हँसी नहीं कर रहे थे। घंटे की आवाज़ सुनकर तारा देवी कहीं भी बैठी हो, फौरन नीचे उतरकर आती है। ऐसा होता है। मैंने तो ख़ुद देखा है। उस शाम जब मैं डॉक्टर सिंह की क्लिनिक से बाहर आई, तो मुझे लगा, जैसे किसी धुंध के भँवर में चल रही हूँ। मैं चलती गई। मुझे पता भी नहीं चला, मैं कहाँ जा रही हूँ...दूर हवा में मुझे घंटियों की आवाज़ सुनाई दी, मुझे अपने पास बुलाती हुई, बिलकुल वैसे ही, जैसे बचपन में मैं इतवार के दिन अपनी दादी का हाथ पकड़कर गिरजे जाती थी। अचानक मैंने देखा कि मैं सफ़ेद पत्थर की सीढ़ियों के सामने खड़ी हूँ...लम्बी सीढ़ियाँ, एक के ऊपर दूसरी, ऊपर जाती हुई सीढ़ियों के ऊपर अँधेरे में सिर्फ़ एक रोशनी दिखाई दे रही थी...मैं जितना ऊपर चढ़ती गई, रोशनी का घेरा बढ़ता गया और उसके साथ घंटियों की आवाज़। सीढ़ियाँ ख़त्म होते ही मुझे मन्दिर का गेट दिखाई दिया—कोई और दिन होता, तो मैं भीतर न जाती, लेकिन उस शाम क्लिनिक से निकलने के बाद मेरे लिए भीतर और बाहर का कोई मतलब नहीं रह गया था; बिना कुछ सोचे हुए मैं मन्दिर के आँगन में चली आई...मैंने देखा, आरती के बाद लोग बाहर आ रहे हैं; हर आदमी मन्दिर के बाहर लगे घंटे को बजाता है और फिर गेट से बाहर निकल जाता है। मैं उनसे छिपकर एक किनारे पर खड़ी हो गई। जब मुझे लगा, सब लोग चले गए हैं, तो मैं भीतर चली आई...बिलकुल मन्दिर

के दरवाज़े की देहरी पर...और जब मैंने अपनी आँखें ऊपर उठाईं, तो मैंने देखा...धूप, अगरबत्तियों और कपूर की लपटों से उठते हुए धुएँ के बीच ऊँचे सिंहासन पर मेरी दादी बैठी हैं...बिलकुल वैसी ही, मुझे अपनी स्नेह-भरी आँखों से निहारती हुई, जैसे मैं अब भी बच्ची हूँ और वह अब भी जीवित हैं...और तब मैं वहीं मन्दिर की देहरी पर बैठ गई और—रोने लगी। मुझे लगा, मेरे भीतर का कोई फोड़ा फूट गया है, जो पता नहीं, कितने दिनों से मेरे भीतर पक रहा था।"

अन्ना जी का स्वर एक क्षण के लिए काँपकर थिर हो गया... कुछ देर बाद जब उनकी आवाज़ सुनाई दी, तो वह एकदम साफ़ और उजली थी—हल्की और साफ़ धुली हुई।

"मुझे मालूम नहीं, मैं वहाँ मन्दिर की देहरी पर बैठकर कितनी देर रोती रही। मुझे यह भी नहीं मालूम कि मैं सचमुच रो रही थी या कहीं और चली गई थी, जहाँ मुझे अपना रोना कहीं बाहर से सुनाई दे रहा था। हमारी ज़िन्दगी में ऐसे मौक़े आते हैं, जब हम अपने को ही बाहर से देखने लगते हैं...हम जैसे ख़ुद अपने ही दर्शक बन जाते हैं... अपनी देह के—जो मुझसे अलग होकर मुझे हिला रही थी—अपने रोने में, जिसे मैं अपने से बाहर सुन रही थी। मेरे और मेरे बीच कोई तीसरा भी हो सकता है, मैं इसकी कल्पना भी नहीं कर सकती थी। इसीलिए जब कुछ देर बाद मुझे लगा, कोई धीरे-धीरे मेरा कन्धा हिला रहा है, तो मैंने उस तरफ़ कोई ध्यान नहीं दिया, लेकिन तभी मुझे लगा, किसी हाथ ने मेरा झुका हुआ सिर ऊपर उठा दिया है, और तब आँसुओं के झिलमिले में एक शान्त और शालीन चेहरा दिखाई दिया...जिसे मैंने उस दिन से पहले कभी नहीं देखा था।

"...मेरे सामने तेरी चाची खड़ी थी!"

"दीवा?" मेहरा साहब की साँस पर वह नाम सुई की तरह बिंधा था।

अन्ना जी के मुँह से निकला यह नाम इतना अप्रत्याशित था कि पहले क्षण वह एक चिमगादड़ की तरह हम सबको छूता हुआ निकल गया—एक ठंडी-सी सिहरन में हम सबको झिंझोड़ता हुआ; किन्तु अगले क्षण ही वह वापस लौटा और इस बार नाम न होकर एक चेहरा था, पुराने चेहरे से कहीं अधिक पूरा, मांसल, सजीव, चमकीला, "क्या वह सचमुच चाची थीं?"

अन्ना जी ने एक अजीब निगाह से तिया को देखा, एक भेद भरी मुसकान उनके चेहरे पर तैर रही थी, "जंगल की तारा देवी और मेरी जर्मन दादी के बीच भला और कौन हो सकता था? पता नहीं, वह मन्दिर के किस कोने में खड़ी मुझे देख रही थीं, कब मेरे पास चुपचाप चली आई थीं, कब मेरे छिपे चेहरे के पीछे रोने को सुना था, मेरे कन्धे को हिलाया था? 'आप कौन हैं?' मैंने पूछा, 'तो हँसते हुए बोलीं, 'मैं बिलकुल आपकी कॉटेज के नीचे रहती हूँ...मेरी बेटी आपको जानती है! आपकी बेटी—कौन?' मैंने हैरानी से उन्हें देखा। 'आप उसे टॉफ़ी देती हैं...याद आया आपको...?' मुझे क्या मालूम था कि तेरी चाची के साथ मेरा मिलना ऐसे होगा—मन्दिर के आँगन में एक खोए हुए बच्चे की तरह रोते हुए..."

कुछ देर तक कोई कुछ नहीं बोला। मुझे लगा, जैसे हम सबके बीच कोई चुपचाप आकर बैठ गया है। जीते हुए लोगों के बीच सबसे अधिक जीता हुआ जीव, हम सब उन्हें अपनी-अपनी जगह देख सकते थे, जबकि उनकी अपनी जगह कब की ख़ाली पड़ी थी...मरने के बाद आदमी अपने से छूटकर कितने लोगों के बीच बँट जाता है!

"लेकिन दीवा...वह तो कभी मन्दिर नहीं जाती थी?" मेहरा साहब ने घूरते हुए अन्ना जी को देखा, जैसे उन्हें विश्वास न हो कि वह सच कह रही हैं।

"वह उस शाम शायद वैसे ही चली गई हों, जैसे मैं चली गई थी।

घंटियों में पता नहीं कौन सन्देशे लेकर आता है? भला मुझे वहाँ खींचकर कौन ले गया था? दीवा या देवी—इससे कोई फ़र्क़ पड़ता है?"

मेहरा साहब सूनी आँखों से हवा में ताकते रहे। "मैं इतने साल यहाँ रहा, लेकिन तारा देवी का कोई मन्दिर हो सकता है, यह आज ही मालूम हुआ! आपने देखा है?" उन्होंने मेरी ओर देखा।

"उधर से गुज़रा हूँ, लेकिन भीतर कभी जाना नहीं हुआ।"

"बस, कभी पिकनिक के लिए चलेंगे!" अन्ना जी ने ख़ुशी से ताली बजाई। यह उनकी पुरानी आदत थी। जब वह किसी बात से आह्लादित हो जातीं, तो वह उसका सीधा प्रदर्शन ताली बजाकर करती थीं। "डॉक्टर सिंह को भी कहला भेजेंगे...वह आएँगे, तो साथ में सेंट सेबास्टिन को भी ले आएँ...मैं अब इतनी दूर ऊपर पैदल नहीं चढ़ सकती, चाहे देवी कितनी घंटियाँ क्यों न बजाएँ!"

"कब जाना ठीक होगा?" मेहरा साहब के स्वर में एक अजीब-सा उत्साह छलक रहा था, जैसे अपनी बीमारी को धोखा देकर फिर दुबारा से अपनी पुरानी, खुली दुनिया में लौट पाने को आतुर थे...!

"तुम बताओ," अन्ना जी ने तिया को देखा, जो अब तक चुपचाप सबकी बातें सुन रही थी। अन्ना जी ने कुछ हैरानी से पूछा, "क्या बात है?"

"इस बार मुझे माफ़ करें, अन्ना जी...मुझे जल्दी लौटना है...मेरी छुट्टी के दिन तो कब के ख़त्म हो गए! आप लोग क्यों नहीं चले जाते?"

अन्ना जी का चेहरा बुझ गया।

"तुम भी ख़ूब हो! यह सब हम तुम्हारे आने की ख़ुशी में ही तो कर रहे थे...हम तो यहाँ बारह महीने रहते हैं!"

कुछ देर सन्नाटा छाया रहा...फिर मेहरा साहब की आवाज़ सुनाई दी :

"तुमने यह पहले तो नहीं बताया था?"

"आपको मालूम है, इन दिनों मुझे कितना काम रहता है..."

"फिर तुम्हें नहीं आना चाहिए था..."

मेहरा साहब सोफ़ा से उठ खड़े हुए। उनका चेहरा एकदम भावहीन था, जैसे कुछ देर पहले का उत्साह अचानक एक लपट में जलकर राख हो गया हो! बिना किसी की ओर देखे वह धीमे क़दमों से अपने कमरे में चले गए।

तिया ने उठना चाहा, पर वह उठी नहीं, दरवाज़े को देखती रही, जहाँ से वह गए थे। घने सन्नाटे में झींगुरों के शोर के अलावा कुछ भी सुनाई नहीं देता था...सिवा हमारी साँसों के, जो वहाँ बैठे थे।

"तिया, क्या तुम उनके लिए कुछ दिन रुक नहीं सकतीं?" अन्ना जी ने कहा।

"उनके लिए?" तिया के स्वर में कुछ भयावह-सा भर आया, "वह ही सबकुछ नहीं है...अन्ना जी!"

"तुम्हारी ज़िद—और कुछ नहीं!"

तिया हँसने लगीं—सूखी-सी हँसी, जो अपने पर हँसती है, "मेरी ज़िद होती, तो यहाँ कभी नहीं आती। उन्हें दूसरे लोगों पर छोड़ देती..."

"दूसरे लोग? कौन दूसरे लोग?"

"आप, यह, और...वह चाची सबसे ज़्यादा, जो यहाँ से चली गईं...क्या उनकी कोई ज़िम्मेवारी नहीं, जो अपने पीछे दूसरों को छोड़ जाते हैं?"

"क्या कह रही हो तिया? होश में तो हो?"

तिया उठ खड़ी हुईं, खिड़की के पास जाकर खड़ी हो गईं। उनके बालों का जूड़ा ढीला पड़कर कन्धे पर सरक आया था। दुबली देह की छाया खिड़की के शीशे से हमें दिखाई दे रही थी, जैसे वह बाहर भी हों, भीतर भी, अपने घर में होते हुए भी हमें बाहर से देखती हुई।

"मैं होश में हूँ अन्ना जी...इतना होश में हूँ कि समझ में नहीं आता, मैं यहाँ क्यों हूँ, क्यों बार-बार लौट आती हूँ।"

"क्या बात करती हो...यह तुम्हारा घर है...यहाँ नहीं आओगी, तो और कहाँ जाओगी?"

"मेरा घर?" तिया खिड़की से लौट आईं, अन्ना जी के सामने चली आईं, "कौन-सा घर? यह?" वह हँसने लगीं, "आपको तो मालूम है, मैं यहाँ कैसे आई थी, मुझे यहाँ किसी ने नहीं बुलाया था...मैंने किसी की आवाज़ नहीं सुनी थी...मैंने अपने को पराये घर की सीढ़ियों पर पाया था...उसे आप मेरा घर कहती हैं?"

वह वहीं घुटने टिकाकर बैठ गईं। अपना सिर सोफ़ा के हत्थे पर टिका दिया। जूड़े के बाल बिखरकर नीचे लटक आए। अन्ना जी अपनी सफ़ेद पथराई आँखों से उन्हें देखती रहीं...फिर धीरे-धीरे अपनी मुरझाई अँगुलियों से उनके बालों को सहलाने लगीं...समय कैसे अचानक अपने पाट पलट देता है, पीड़ा के दो कूलों के बीच उलटा बहता जाता है... उस शाम कमरे के कोने में उन दोनों को देखते हुए मन्दिर की वह शाम याद हो आई, जब तिया की जगह अन्ना जी सीढ़ियों पर बैठी थीं और उन्हें सहलाते हुए हाथ किसी ऐसे के थे, जो न जाने कब से सिमिट्री के नीचे दबे हुए गारे-मिट्टी में गल चुके होंगे। क्या ऐसा हमेशा होता रहता है और हममें से हर कोई यह भ्रम पाले रहता है कि उसके साथ पहली बार ऐसा हो रहा है?

"मुझे बहुत देर हो गई, चलती हूँ।" अन्ना जी उठ खड़ी हुईं, लेकिन तिया वैसे ही बैठी रहीं। उनकी झुकी हुई निश्चल देह में ज़रा भी हरकत नहीं हुई। अन्ना जी धीमे क़दमों से मेरे पास आईं, लेकिन रुकी नहीं, चलती गई। जब दरवाज़े की देहरी पर आईं, तो मुड़कर मेरी ओर देखा, "मेरे साथ आओगे?"

बाहर मुरलीधर पहले से ही लालटेन लेकर खड़ा था। ऊपर आकाश में इक्के-दुक्के तारे टिमक रहे थे। बहुत धीमी हवा थी, जो सोते हुए पेड़ों को सिरसिराते हुए निकल जाती थी! हम कुछ क़दम आगे चले

ही होंगे कि पीछे से आवाज़ सुनाई दी...तिया की आवाज़—मुरलीधर दौड़ता हुआ घर की तरफ़ गया। हम वहीं बादल, तारों और हवा के नीचे खड़े रहे। कुछ देर बाद हमें तिया टॉर्च लिये पास आती दिखाई दीं। उन्होंने टॉर्च मुझे पकड़ा दी और ख़ुद अन्ना जी का हाथ पकड़ लिया, "चलिए...आप खड़े क्यों हैं?"

क्या यह भी तसवीर का एक पहलू है? जो अपने में स्थिर होते भी चलायमान है...एक चलती हुई स्टिल लाइफ़, जिसमें चारों तरफ़ जंगली पौधों की गन्ध फैली है। हम तीनों पेड़ों से घिरी पगडंडी पर चल रहे थे...मैं टॉर्च लिये आगे-आगे, सड़क के किनारे पर, वे दोनों मेरे पीछे, रोशनी के चकत्ते में अपनी छायाओं के साथ। कभी-कभी कोई पक्षी झाड़ी से निकलकर हमारे ऊपर से निकल जाता, और उसके पंखों की काली, गर्म आहट हमारे चेहरों को छूकर दूसरी तरफ़ निकल जाती थी।

सड़क के किनारे लोहे की रेलिंग लगी थी, जिस पर छोटे अन्तरालों में पत्थर की चौकियाँ लगी थीं—वहीं अन्ना जी कभी साँस लेने के लिए बैठ जाती थीं। जब तक वह आराम करतीं, मैं और तिया पगडंडी के किनारे खड़े होकर नीचे देखने लगते...लोहे के खम्बों के बीच—जहाँ धुर नीचे की घाटी में गाँवों के घर दिखाई देते...जिनकी रोशनियाँ उतनी ही नीरव और निमग्न दिखाई देतीं—जितने ऊपर आकाश के तारे...।

"सुनो।"

अन्ना जी की आवाज़ सुनाई दी। वह मेरे लिए नहीं थी। जिसे अन्ना जी ने बुलाया था, वह तेज़ क़दमों से वहाँ चली आई, जहाँ अन्ना जी पत्थर की चौकी पर बैठी थीं। तिया पास आईं, तो अन्ना जी ने उनका हाथ खींचकर अपने पास बिठा लिया। वह झिटपुटे स्वर में उनसे कुछ कह रही थीं। मुझे सिर्फ़ यही सुनाई दिया, उनके शब्द नहीं, जो मुझ तक आते-आते जंगल की दूसरी बीहड़ आवाज़ों की तरह ही फुसफुसाहट में घुल जाते थे...जब कुछ देर तक हलचल नहीं हुई, तो मैं डर-सा गया,

धीरे से उनके पास आया—देखा, तिया ने अपना सिर अन्ना जी की गोद में छिपा रखा था—और अन्ना जी अपनी बूढ़ी, ज़र्द आँखों से अँधेरे में ताक रही थीं। आवाज़ अब भी वहीं थी, लेकिन अन्ना जी की नहीं, वह अब उनसे अलग होकर एक प्रेत-प्रतिध्वनि बनकर जंगल के सन्नाटे पर मँडरा रही थी।

देर तक कोई कुछ नहीं बोला—हमें ध्यान तब आया, जब फ़ाटक के पास पहुँचकर पुस्की की चिहुँकती रिरियाती-सी आवाज़ सुनाई दी। मालकिन के पास पहुँचने से पहले ही, उनकी आहट की गन्ध उसके पास पहले पहुँच गई थी। बन्द फ़ाटक के पीछे खड़ा वह न जाने कब से अन्ना जी की प्रतीक्षा में खड़ा था। अन्ना जी ने हमेशा की तरह मेरे गालों को चूमा और फिर तिया को अपनी बाँहों में लपेटकर कुछ देर खड़ी रहीं—फिर फ़ाटक खोला, हमारी तरफ़ ऐसे देखा, जैसे हम अँधेरे बियाबान में खोए दो प्राणी हों, "तुम लोग जाओ, मैं अब चली जाऊँगी!"

उन्होंने कहा और वह खड़ी रहीं; हमने सुना और हम भी खड़े रहे—कुछ देर तक पुस्की की अधीर चीख़ों के अलावा कुछ भी सुनाई नहीं देता था। फिर वह मुड़ गईं और हम नीचे उतरने लगे।

चुपचाप चलते रहे। बीहड़ में आकाश के तारे और भी अधिक उज्ज्वल दिखाई दे रहे थे। पैरों के नीचे सूखे पत्तों की चरमराहट के अलावा कुछ भी सुनाई नहीं देता था। बीच रास्ते में कहीं उनकी देह का कोई अंग मुझसे छू जाता, सिर्फ़ कपड़ों की उड़ती हुई छुई-मुई की छुअन, और तब मुझे लगा—यह वह हैं, जो मेरे साथ चल रही हैं और उस क्षण

मुझे अपने विगत जीवन के चालीस साल याद आ जाते थे जो किसी बनैले जन्तु के रोओं-से अचानक किसी आहट को सुनकर चौकन्ने-से खड़े हो जाते हैं, मुझे चेताते हुए...जैसे आकाश के तारे मेरे साथ चल रहे हैं, वे भी मेरे साथ चल रहे हैं और चलते-चलते मुझसे एक क़दम आगे बढ़ जाते हैं—भविष्य के अँधेरे गढ़हे को पार करते हुए, एक-दूसरे भविष्य में पाँव रखते हुए—जहाँ वह अपनी टॉर्च की रोशनी में चल रही है, रोशनी के उस धब्बे में घुलते हुए, जो उनके पैरों के आगे है... क्या विगत इस तरह चुपचाप हमसे छिटककर कहीं और चला जाता है, जिसका पता बहुत बाद में चलता है...?

पर उस रात नहीं। उस रात मैं यह भी भूल गया, कि वे मेरे साथ चल रही थीं। मुझे तब पता चला, जब वह मेरी कोठरी के आगे खड़ी हो गईं।

अचानक मेरी आँखें चुँधिया गईं। उन्होंने अपनी टॉर्च मेरे चेहरे पर उठाई थी।

"आपको क्या हो गया है?"

वह मेरे पास आईं। मुझे ऐसे देखने लगीं, जैसे अँधेरे में किसी प्रेत को देख लिया है! काश, मैं उनकी आँखों से अपने को देख सकता...!

"मुझे माफ़ कीजिए...पता नहीं, मुझे क्या हो गया था।" उनका स्वर बिलकुल शान्त था।

मैं असमंजस में उन्हें देखता रहा।

"चलिए, अगर आपको देर न हो रही हो, तो थोड़ी सैर कर आते हैं।"

उन्होंने टॉर्च बुझा दी। हम घर की तरफ़ न मुड़कर सीधे तारों के महीन, पीले आलोक में चलने लगे। मेरे भीतर कुछ देर पहले जो बवंडर-सा उठा था, वह धीरे-धीरे बैठने लगा। सिर्फ़ एक सुन्न सन्नाटा-सा भीतर रह गया, जहाँ मुझे अपने पैरों की आवाज़ भी भयभीत करती थी।

जब हम किसी दूसरे के अतीत में झाँकते हैं, तो कोई दूसरा ही चेहरा दिखाई देता है...कौन-सी तिया मेरे साथ चल रही थीं? जो बातें करते हुए मेरे आगे-आगे झरने में पानी लेने जाया करती थीं...या वह जो कुछ देर पहले अन्ना जी और मेहरा साहब के सामने हलाट होकर चीख़ रही थीं...सबकुछ भूलकर एक-दूसरे अतीत में चली गई थीं, जिसके बारे में सब चुप रहते थे, और मुझे कुछ भी मालूम नहीं था...या वह जो अब मेरे साथ थीं, अपने में डूबी हुई, तारों की छाया में ध्यानमग्न?

हम कुछ दूर तक चुपचाप चलते रहे। अचानक वह ठहर गईं... मेरी ओर देखा। वह मेरे सामने मुस्करा रही थीं...ऐसी मुस्कराहट, जो दहशत-सी उत्पन्न करती है।

"आप तो बहुत थके जान पड़ते हैं...चलिए, कुछ देर के लिए यहाँ बैठ जाते हैं।"

सड़क के किनारे एक बेंच थी...लैम्प-पोस्ट के नीचे। उन्होंने धीरे-से मेरी कुहनी को छुआ...और बेंच के किनारे बैठ गईं।

सामने किसी पुराने कॉन्वेंट स्कूल का मैदान था, बीच में बच्चों के खेलने के झूले लगे थे, नीचे फिसलने की काठ की पटरियाँ...मेरी-गो-राउंड का पहिया, बैडमिंटन का जाल जो हवा में धीरे-धीरे डोल रहा था।

"क्या सोच रहे हैं?"

"आप जब अपनी माँ की बात करती हैं, तो मुझे हमेशा दीवा जी की याद आती है...मुझे विश्वास नहीं होता कि उनके अलावा किसी और का आपसे कोई रिश्ता भी था।" उन्होंने कभी इस बारे में नहीं कहा।

वह कुछ देर चुप रहीं। फिर उड़ती हुई धुंध को देखते हुए कहा, "रिश्ते होते नहीं, बनते हैं...जब तक टीस नहीं उठती, पता नहीं चलता, वे कितने पक गए हैं...इतने बरस बीत गए, मुझे मालूम भी नहीं, वह कहाँ हैं।"

मैंने आश्चर्य से उन्हें देखा।

"आपने उनकी कोई ख़बर नहीं ली?"

"मैं तब बहुत छोटी थी, जब वह मुझे यहाँ छोड़ गई थीं। कुछ भी बताकर नहीं गईं, वह कहाँ जा रही हैं।"

"मेहरा साहब से भी नहीं?"

"वह उनसे बहुत पहले अलग हो गई थीं...जब से वह दीवा के साथ रहने लगे थे।"

एक अजीब-सी हँसी उनके चेहरे पर चली आई, "आज भी जब मैं गाँवों की सरकारी डिस्पेंसरियों में दवाइयाँ बाँटने जाती हूँ, तो सोचती हूँ, वह कहीं दिखाई दे जाएँ!"

कुछ देर हम उड़ती हुई धुंध के पीछे पहाड़ियों पर टिमकती बत्तियों को देखते रहे।

"दीवा को सब मालूम था?"

"मालूम नहीं होगा? पर वह क्या कर सकती थीं! मुझे लगता है, वह जो भीतर दबाकर रखती थीं, वही कैंसर के फोड़े की तरह उनके भीतर पक आया था! मुझे नहीं मालूम, वह क्या चाहती थीं?"

"आपको!" मैंने उनकी ओर देखा। "आपको नहीं मालूम?"

वह बेंच पर एक सफ़ेद मूर्ति की तरह निश्चल बैठी थीं। आधे धुँधलके, आधी चाँदनी में एक अजीब-सी मुस्कराहट उनके चेहरे पर चली आई थी।

"आपको कैसे मालूम?"

"मुझसे जब आपके बारे में बात करती थीं, तो लगता था, किसी बहुत नाज़ुक चीज़ के बारे में कह रही हों...बहुत सँभालकर, जैसे उन्हें डर हो कि वह कभी भी टूट सकती है!"

वह कुछ देर चुप बैठी रहीं, फिर कहा, "मुझ पर विश्वास नहीं करती थीं। उन्हें मेरे बारे में बहुत डर लगा रहता था।"

"कैसा डर?"

उन्होंने बहुत सहजता से बेंच पर पड़े मेरे हाथ पर अपना हाथ रख दिया।

"जब आप किसी को बहुत चाहने लगते हैं, वैसा डर!"

उनके ठंडे हाथ के नीचे मेरा हाथ शिथिल-सा पड़ा रहा।

"मेहरा साहब भी तो आपसे बहुत डरते हैं," मैंने कहा।

"वह दूसरा डर है...उससे मैं डरती हूँ!" वह हँसने लगीं। "तभी तो मैं यहाँ ज़्यादा दिन रह नहीं सकती!" उनके स्वर में हल्का-सा विषाद घिर आया था, हँसी के झरोखे से बाहर झाँकता हुआ, "लेकिन अब आप यहाँ हैं, तो मुझे पहले जैसी बेचैनी नहीं होती।"

मेरे भीतर एक हौल-सा उठने लगा।

"उनकी जगह कौन ले सकता है? जब से वह नहीं रहीं, मैं अपने को ग़लत जगह पर पाता हूँ...। कभी-कभी तो मुझे समझ में नहीं आता, मैं यहाँ क्या कर रहा हूँ?"

वह चुप बैठी रहीं...सिर्फ़ अपना हाथ मेरे हाथ से अलग कर दिया। उनकी चुप्पी मुझे घेरने लगी। मैंने कुछ ग़लत कह दिया था, और मैं अब अपने शब्दों को वापस नहीं ले सकता था। आदमी जब अपने जीवन में अनिश्चित होता है, तो दूसरों को इसी तरह कष्ट पहुँचाता है।

"आप ठीक कहते हैं। अब दीवा नहीं रहीं, तो आप कहीं भी जा सकते हैं," उन्होंने कहा, "लेकिन उन्होंने आपको जिनके लिए बुलाया था, वह तो अब भी हैं। क्या आप इनको छोड़कर जा सकते हैं?"

जब मैंने कुछ नहीं कहा, तो वह हँसने लगीं। मेरे चेहरे को अपनी तरफ़ मोड़ लिया।

"आप सोचते हैं, मैं आपको ब्लैकमेल कर रही हूँ?"

उनकी हँसी में वह तनाव बह गया, जो कुछ देर पहले उनकी चुप्पी के साथ आया था, पर अपने पीछे एक कंकर छोड़ गया, जो अब भी कहीं भीतर अटका रह गया था।

"सच बताइए, क्या आपको सचमुच यहाँ रहना अखरने लगा है?"

"नहीं, यहाँ रहना नहीं...अपना कहीं भी रहना...इसलिए मैं अपने को दिलासा देता हूँ कि मैं कहीं भी जाऊँगा, तो भी मेरे साथ ऐसा ही होगा।"

"आपको कोई भी अन्तर महसूस नहीं होगा?"

"यह तो यहाँ से जाने के बाद पता चलेगा," मैंने टालते हुए कुछ हँसी में कहा, लेकिन मुझे मालूम था, हँसी वहाँ नहीं है।

वह भी शायद यही जानने के लिए मुझे देख रही थीं।

"कुछ भी नहीं?" यह उनकी आवाज़ थी, या सिर्फ़ झरे हुए अक्षर, जो मुँह से निकलते ही मर जाते हैं।

"आपने कुछ कहा?"

वह बेंच से उठ खड़ी हुईं, "चलिए, घर लौटते हैं—बहुत देर हो गई!"

हम घर की तरफ़ मुड़ गए। मेरे भीतर—बिलकुल पेट के खोखल में—खोखल के भीतर किसी गढ़हे में एक अजीब-सी धुकधुकी हो रही थी, जिसे मैंने पहली बार सुना था—क्या सचमुच चाहने का डर देह को वसन्त के कुँवारे पत्ते की तरह हिलाता है, जब उस पर सब रंग एक साथ चटखने लगते हैं...।

डर के भीतर से उगता फूल, जिसे मैंने अपनी इतनी ख़ाली, सूनी ज़िन्दगी के मरुस्थल में उगते हुए देखा था। क्या वह रात की उड़ती धुंध में उसे कहीं देख पा रही थीं? वह अपने ध्यान में निमग्न चली जा रही थीं।

दूसरे दिन की सुबह बिलकुल शान्त रही। बाल्टियों की खनखनाहट ने मुझे कमरे की चौखट तक आने के लिए विवश नहीं किया। बारिश होने के कारण सब घरों के पम्प और नलके किसी पुरानी नींद से जागकर अचानक गड़गड़ाने लगे थे। मैं बिस्तर पर लेटा देर तक उनकी आवाज़ सुनता रहा। फिर मुझे लगा कि कोई एक और आवाज़ है, जो भीतर ग़ुसलख़ाने से नहीं, कहीं बाहर की चौखट से आ रही है। जल्दी से कपड़े पहने और बाहर बरामदे में चला आया।

कोई बहुत दबे, धीमे हाथों से दरवाज़ा खटखटा रहा था।

मैंने दरवाज़ा खोला, तो देहरी पर मुरलीधर दिखाई दिया। समझा, और दिनों की तरह वह अब भी मुझे झरने पर जाने के लिए बुलाने आया है।

"आज कहीं जाना नहीं होगा...मुरलीधर!" मैंने हँसकर कहा, "देखा नहीं, आज कितना पानी आ रहा है?"

"जी, मुझे मालूम है।"

वह चुप मेरी ओर देखता खड़ा रहा।

"क्या बात है, मुरलीधर?"

उसने अपनी कमीज़ की जेब से एक तुड़ा-मुड़ा काग़ज़ मेरे हाथ में पकड़ा दिया, "यह छोटी बीबी ने दिया है।"

"क्या है यह?" मैंने उसकी ओर देखा।

"देख लीजिए। जाने से पहले वह मुझे यह आपके लिए दे गई थीं।"

"जाने से पहले...कहाँ?"

"वह आज सुबह की बस से चली गईं। मैं अभी उन्हें बस-स्टैंड पर छोड़कर आ रहा हूँ।"

मैं काग़ज़ के पुर्ज़े को हाथ में लिये खड़ा रहा।

कुछ देर बाद जब कमरे में लौटकर उसे खोला, तो सिर्फ़ तीन-चार लाइनों के अलावा कुछ दिखाई नहीं दिया, जैसे उनके जाने की ख़बर कमरे में आती रोशनी को बीच रास्ते में रोककर खड़ी हो। जल्दी में घसीटे शब्दों के पीछे उनकी आवाज़ सुनाई दी, जैसे अपनी लिखी चिट्ठी ख़ुद पढ़कर सुना रही हों :

आज पानी आ रहा है, जाने के लिए यह शुभ दिन है। मुझे आपको सुबह उठाने नहीं आना होगा। मालूम नहीं था, ये दिन ऐसे बीतेंगे। मुझे आप पर भरोसा है कि जब मेरी

ज़रूरत पड़ेगी, आप मुझे बुला भेजेंगे। आशा है, ज़रूरत जल्दी नहीं पड़ेगी। तारा देवी से माफ़ी माँग लीजिएगा... अगली बार ज़रूर उनसे मिलने जाएँगे।

आगे कुछ और नहीं था...सिवा तिया के। क्या यह उनका नाम हो सकता है, जिनके साथ पिछली रात चलते हुए मैंने अपनी देह पर वह गोपनीय खटखटाहट सुनी थी?

मैं बाहर निकल आया...दुपहर की म्लान धूप कोर्ट पर फैली थी। देवदार के पेड़ किसी पुरानी पीली धूप के स्वप्न में खड़े दिखाई देते थे। नीचे नाले की कल-कल सुनाई दे रही थी...कोई और दिन होता, तो हमारी 'बानर सेना' बरतन खनखनाते हुए एक लाइन में चलती दिखाई देती...लेकिन अब वह पगडंडी बारिश के पानी में कहीं खो गई थी। वहाँ सिर्फ़ धुएँ के बादल थे—झरने के खोखल से ऊपर आकाश की ओर उड़ते हुए...।

कच्ची रोशनी में भीगा हुआ दिन...जब कोई अपना शहर छोड़कर चला जाता है, तो मौसम पहले जैसा नहीं रहता, अभाव-सा रिसता रहता है...मैं चलता-चलता रुक जाता, जैसे कोई पीछे आ रहा है, पीछे मुड़कर देखता, तो जानी-पहचानी इमारतें मुझे अपने पीछे आती दिखाई देतीं... मैं रुक जाता, तो वे भी रुक जातीं—अपनी खिड़कियों के पीछे से मुझे घूरती हुई, फिर अचानक वे उड़ती हुई धुंध में गुम हो जातीं, सिर्फ़ एक पर्दा-सा हिलता रहता—बाक़ी शहर को मुझसे बाँटता हुआ, धूप और हवा में हिलता हुआ।

मुझे आश्चर्य होता, यह वही शहर है, जहाँ मैं तीन साल पहले आया था? उसका मेरी पिछली ज़िन्दगी से कोई वास्ता नहीं था—या उतना ही था—जितना शरीर का पहने हुए कपड़ों से होता था—कभी मुझे ढकता हुआ, कभी अलग-अलग पोटली में रखता हुआ? पराये दिनों के कपड़े मेरी उम्र पर घिसते हुए तार-तार होते जाते थे...

जैसे मैं एक ही जगह खड़ा हूँ और वे बूढ़े होते जाते हैं, धीरे-धीरे मेरी देह को कफ़न में बदलते हुए, जिस तरह जली हुई गुड़िया की राख स्वयं गुड़िया की शक्ल में बदलती जाती है, देखो तो पूरी साबुत, हाथ लगाओ तो भरभराकर झरती हुई...।

पाँव रुके तो आँखें ऊपर उठीं—देखा, मैं सिमिट्री के अधखुले फ़ाटक के आगे खड़ा था; मेरे पैर किसी पालतू कुत्ते की तरह किसी पुरानी स्मृति को सूँघते हुए मुझे यहाँ ले आए थे। पुराने काठ का फ़ाटक, घुन खाया हुआ, अधखुला-सा पानी में भीगा खड़ा था। उसे खोलना भी नहीं पड़ा, छूते ही वह पीछे की तरफ़ ढुरक गया। सामने उठे हुए चौकोर पत्थर दिखाई दिये, जिन पर घास के तिनकों ने अपने घर बना लिये थे...दूर से पता नहीं चलता था, किस पत्थर के नीचे कौन दबा है—किसके नाम कौन-से ढूहों पर खुदे हैं, किन नामों के नीचे कौन-से चेहरे छिपे हैं?

चीड़ की पीली, पकी सुइयाँ हवा में बहते हुए एक क़ब्र से दूसरी तक उड़ती जाती थीं। मैं कुछ देर तक वहीं किसी अनाम पत्थर के ऊपर उसी घास पर बैठा रहा, शहर को सुनता रहा। वह किसी पाताल-लोक से उठता हुआ ऊपर आ रहा था। क़ब्रों के ऊपर प्लेन वृक्षों की घने चमकीले पत्तों की छोटी-छोटी हरी छतें डोल रही थीं। यहीं कहीं उनकी क़ब्र होगी। कुछ साल पहले मैं उनके पीछे खड़ा था। वह मुझे देखतीं, तो वही हैरत-भरी हँसी दिखाई दे जाती, जो पहले दिन दिखाई दी थी...वह मेरा हाथ पकड़कर पूछतीं, 'तुम अब तक यहाँ हो?' और मैं कहता, 'मिसेज़ मेहरा, आपको चले जाना था, तो मुझे यहाँ क्यों बुलाया था?' और तब मुझे लगा, बाहर जो क़ब्रें दिखाई देती हैं, वे हमारे भीतर के मृत हैं। हम जीवन-भर उनके बोलने की प्रतीक्षा में इधर-से-उधर भटकते रहते हैं, बिना यह जाने कि वे अपने उत्तर पहले ही हमारे पास छोड़ गए हैं।

धीरे-धीरे धूप मन्द पड़ने लगी। आकाश पर बादल घिरने लगे। सिर्फ़ हवा चलती थी, ऊँची-नीची क़ब्रों पर उगी घास और फूल और पत्ते फरफरा रहे थे।

मैं जब घर की तरफ़ जाने लगा, तो विश्वास नहीं हुआ कि तिया वहाँ नहीं होंगी। आज कोई मेहरा साहब के साथ टहलता हुआ मेरी कोठरी के आगे से नहीं गुज़रेगा, सुबह बाल्टियाँ खनखनाता हुआ मुझे नहीं जगाएगा।

मैं कॉटेज के सामने वैसे ही भावशून्य-सा खड़ा रहा, जैसे दुपहर की घड़ी में सिमिट्री के गेट के आगे खड़ा था।

दो

1

खिड़की से आती रोशनी में उसकी छाया दिखाई दी। बाहर ठिठकी हुई। इस घड़ी कौन आ सकता है? आया है, तो भीतर आने से क्यों डरता है? बाहर क्यों खड़ा है? वह बिस्तर से उठते हैं, दबे क़दमों से खिड़की के पास जाते हैं और फटाक से उसके पल्ले खींच देते हैं...कोई नहीं? या कोई था और खिड़की खुलते ही भाग गया? एक हल्की-सी खरखराहट उनकी छाती में उठती है, जैसे कहीं खोखल में फँसा पशु गुर्रा रहा हो। वह उसे सुनते रहते हैं। क्या यह लहू की आवाज़ है, जो देह के बीहड़ अँधेरे में दौड़ रहा है, धमनियों में धड़कता हुआ, धधकता हुआ!

ख़ून, कैसा ख़ून? डॉक्टर सिंह उनसे पूछते हैं...क्या सुनाई देता है आपको, जानवरों की गुर्राहट, झाड़ियों में फँसे परिन्दों की फड़फड़ाहट? आपकी देह है या जंगल की सेंक्टुअरी? कुछ तो बोलिए, मेरी बात का जवाब क्यों नहीं देते? अगर कुछ नहीं बोलना, तो मुझे बुलाते क्यों हैं?

वह बेबस, बेचारी आँखों से उन्हें देखते रहते हैं। क्या जवाब दें? उन्हें याद भी नहीं आता, उन्होंने डॉक्टर सिंह को कब बुलाया था। हो सकता है, मुरलीधर उनसे कहने गया हो—या गवर्नर बाबू...क्लब में गए होंगे, वहीं डॉक्टर सिंह के साथ बियर पीते हुए कुछ मेरे बारे में बक दिया होगा...आज रात आएँगे तो पूछूँगा। कितनी बार कहा है, मुझे अलग छोड़ दीजिए, मुझ पर मेहरबानी कीजिए—लीव मी एलोन, प्लीज़, प्लीज़, प्लीज़...!

"आप कुछ कह रहे हैं?" डॉक्टर सिंह उनके पास झुक आए, "कोई तकलीफ़ है, तो बताइए, इस तरह बुड़बुड़ाइए नहीं।"

"देह में कैसी तकलीफ़, डॉक्टर सिंह? देह अपने में तकलीफ़ है...उठता हूँ, तो वह भी उठने लगती है, चलता हूँ, तो मेरे साथ-साथ चलती है; कभी-कभी सोचता हूँ कि उसकी आँख बचाकर कहीं छिप जाऊँ, फिर देखूँ, कैसे मेरा सुराग़ पाती है...कोई अपनी देह की आँखों में धूल झोंककर उससे बच सकता है? कैसे पीछा छुड़ा सकते हैं उससे, जो जन्म से आपके साथ जुड़ी है—तभी तो हम पैदा होते ही रोते हैं। कभी आपने अपने को बाहर से देखा है—जैसे मैं बिस्तर पर भी लेटा हूँ और अपने को खिड़की से भी देख रहा हूँ, मैं बिस्तर से उठकर उसे देखने जाता हूँ जो खिड़की पर खड़ा मुझे बिस्तर पर लेटा देख रहा है...हम एक साथ दो में बँट जाते हैं। एक मैं जो वह है, एक वह जो मैं हूँ...दो ही में क्यों, काटने लगो तो हम कितनों में बँट जाते हैं। बचपन में हम पहाड़ी जोंक को किसी टहनी से काटते जाते थे—और उसका हर कटा हुआ हिस्सा दुबारा से चलने लगता था, एक ज़िन्दा, चलता-फिरता जीव...पता भी चलाना मुश्किल हो जाता था कि इतने कुलबुलाते हिस्सों में उसकी असली देह कौन-सी थी...आदमी के साथ भी ऐसा ही होता है, लेकिन बिलकुल उलटे ढंग से...आदमी की देह एक जैसी रहती है—लेकिन वह ख़ुद अपने में कटता जाता है,

कट-कटकर बँटता जाता है, लेकिन ऊपर से बिलकुल साबुत दिखाई देता है, वही एक माथा, दो कान, एक नाक, दो आँखें, आँखों का रंग भी बचपन से बुढ़ापे तक एक जैसा ही रहता है, भूरी आँखें नीली नहीं होतीं, लेकिन देखने की निगाह—क्या वह एक जैसी ही रहती है? आप ही बताइए, कितने अचरज की बात है कि आँखें एक जैसी रहती हैं और मुद्दत बाद अचानक आपको लगता है कि वे बदल गई हैं...जो रिश्ते आपने पुरानी निगाह के उजाले में बनाए थे, वे अँधेरे में चले जाते हैं, जैसे वे थे ही नहीं, आँखों का धोखा थे, मन का भ्रम, धूल, राख, मिट्टी...आप मेरी बात समझते हैं?"

रोशनी नीचे चली जाती है; नवम्बर की धूप पहाड़ों की पीठ को सहलाती फिसलती जाती है। हवा के साथ चीड़ों की तीखी, नशीली गन्ध भीतर आती है। कुछ जल रहा है? वह आँखें खोलते हैं...नीले धुएँ की लट भीतर आती है। नहीं, कुछ नहीं...सिर्फ़ बंसीधर ने बाग़ में पत्तों की होली जलाई है...सूखे करारे पत्ते किट-किट करते हुए, पटाखों में चिटकते हुए, लपटों में लिपटे हुए हवा में भटकते हैं, जिनके ऊपर उठता हुआ धुआँ दिखाई देता है—नीले साँप-सा हवा में लहराता हुआ...लेकिन लपटें नहीं, सिर्फ़ आग की गोल चमक दिखाई देती है, जैसे डूबते सूरज के नीचे कोई दूसरा सूरज उग रहा है, ऊपर उठ रहा है; पता नहीं चलता, घड़ी की सुइयाँ कहाँ भागे जा रही हैं...क्या सुबह का अँधेरा रोशनी में बदल रहा है, या शाम का उजाला रात की देहरी पर खड़ा है? या सँकरे होते समय के स्क्रीन पर दोनों सूरज एक साथ चमक रहे हैं?

मेहरा साहब कुछ भी नहीं समझ पाते। लगता है, जो अब तक समय था, एक बैसाखी, जिसके सहारे इतनी चढ़ाई पार की थी। अब नीचे झाँककर देखते हैं, तो अपनी कमाई नहीं, दूसरों के कष्ट दिखाई देते हैं...हर कष्ट जैसे पत्थर हो, जिस पर पाँव रखते ही कोई चीख़ सुनाई देती है...और वह जल्दी से पैर उठा लेते हैं...क्या फ़ायदा है,

अपने पैरों के निशानों पर दुबारा चलने का? कितना अजीब है, जो रास्ता मुझे यहाँ तक लाया था, वह मुझे अपने से इतना दूर ले गया है कि वहाँ ख़ुद मैं अपने को नहीं ढूँढ़ पाता!

तभी तो रस्सी खींचकर घंटी बजाते हैं...और जब मुरलीधर हाँफता हुआ सामने आता है, तो पूछते हैं, यह आग कहाँ जल रही है? और जब वह उन्हें बताने लगता है, तो सुनते भी नहीं, वह क्या कह रहा है। कुछ देर बाद जब वह चुप हो जाता है, तो उन्हें पता चलता है कि वह अब भी खड़ा है, जैसे वह बोलते हुए ग़ायब हो गया था और चुप होते ही फिर सामने प्रगट हो गया है, "डॉक्टर सिंह गए?" उन्होंने पूछा।

"जी, कब के..." मुरलीधर मुँह बाए खड़े उन्हें देखता रहा, "आपको नहीं मालूम?"

"लेकिन अभी तो यहाँ थे?"

"जी, उन्हें गए तो दो घंटे हो गए। आप शायद सो गए थे?"

"गवर्नर बाबू?"

"वह बाज़ार गए हैं...डॉक्टर साहब ने कुछ लिखकर दिया था, उसी की दवा लेने। जैसे ही आएँगे, सीधा आपके पास भिजवा दूँगा। आपको अभी कुछ चाहिए?"

"नहीं, कुछ भी नहीं...बस, मेरा सिरहाना थोड़ा ऊँचा कर दो।"

वह बिस्तर के पास आया तो मेहरा साहब ने अपने कपड़ों की उस पुरानी, जीर्ण गन्ध को तुरन्त भाँप लिया, जो बीड़ी के धुएँ और जलती हुई लकड़ियों से आती थी। कितनी पुरानी गन्ध थी वह जो सर्दियाँ शुरू होते ही छिपे कोनों से निकलकर आउट-हाउस के तंग, अँधेरे कमरों—और वहाँ रहनेवाले नौकरों के गूदड़ कपड़ों की सिलवटों में सिमट आती थी...पुराने दिनों की गर्म और प्राचीन गन्ध...जिसके घेरे में आकर वह अपने को सुरक्षित महसूस करते थे, जैसे वहाँ कोई उनका कुछ बिगाड़ नहीं सकेगा...मृत्यु भी नहीं!

"आप ठीक हैं, साहब जी?" मुरलीधर ने उनके सिरहाने को थोड़ा ऊँचा करके उनके सिर को तकिये पर टिका दिया। अब वह सीधा खिड़की के पार चीड़ों की कतार देख सकते थे। पहाड़ के माथे पर एक काली भौंह-सी खिंच आई थी—डूबते सूरज की रक्तिम लालिमा में सुलगती हुई...।

"दीवा, अब क्या यह मेरी बारी है?"

"क्या कह रहे हैं, साहिब जी?" मुरलीधर तकिये पर झुक आया, "किसकी बारी की बात कर रहे हैं?"

उन्होंने आँखें खोलीं, तो चीड़ों की क़तार कहीं न थी...मुरलीधर का घबराया-सा चेहरा तकिये के ऊपर झाँक रहा था।

"मैंने सोचा, तुम चले गए, मुरलीधर।"

"आप कुछ कह रहे थे?"

"नहीं तो..."

"आप बीबी जी को बुला रहे थे।"

वह हँसने लगे, लेकिन कोई आवाज़ ऊपर नहीं आई, सिर्फ़ छाती ऊपर-नीचे होती रही और आख़िर जब थककर ठहर गई, तो थूक की एक लकीर मुँह के कोर से बहती हुई तकिये पर चली आई, जिसे मुरलीधर ने जल्दी से उनके रूमाल से पोंछ दिया, जो तकिये के नीचे दबा था। वह वहीं फ़र्श पर उकड़ूँ बैठ गया, ताकि अगली बार खाँसी का दौरा आए तो वह मौजूद रहे। पर अब शायद उसकी ज़रूरत नहीं थी। अब वह आँखें मूँदे निस्पन्द लेटे थे। निस्पन्द; लेकिन शान्त नहीं। चेहरे पर एक विचित्र-सी आकुलता थी, जैसे भीतर की कोई चीज़ बाहर आने के लिए मचल रही हो, रास्ता न पा रही हो, बीहड़ सूने में भटक रही हो...।

मुरलीधर उनके चेहरे को देखकर सोचने लगा—पता नहीं, इनके भीतर क्या पल रहा है फोड़े की तरह, जो न दबता है, न फूटकर बाहर आता है! ऐसे क्षणों में लगता है कि चिट्ठी लिखकर बिटिया को बुलवा भेजे,

लेकिन हर बार हिम्मत छूट जाती है। उसने आज तक कोई काम साहिब जी से छिपाकर नहीं किया था—और अब आख़िरी बार—जब वह बिस्तर पर इस तरह बेबस लेटे हैं, वह उनके साथ धोखा करेगा? वह उसे माफ़ कर भी दें, अपने को वह कभी माफ़ नहीं कर सकेगा।

"मुरलीधर?" अचानक बिस्तर से उनकी आवाज़ सुनाई दी, "तुम अभी गए नहीं?"

"जी, बस जा रहा था। कुछ काम है?"

"दिल्लीवाले बाबू आ गए?"

"अभी नहीं...मैं देख आता हूँ।"

"नहीं, रहने दो, इतनी जल्दी क्या है? वह अपने टाइम पर आएँगे..."

टाइम का कोई दिखावा था? कमरे में पता भी नहीं चलता था—वह कहाँ दुबका बैठा है? वह है भी या नहीं? खुली खिड़की से बैडमिंटन कोर्ट के ऊपरवाले आकाश में एक-दो तारे टिमटिमाते दिखाई दे जाते थे, लेकिन कमरे में अभी धूप की आख़िरी तलछटी बुँदकियाँ बिस्तर पर रेंग रही थीं...कहीं दूर पहाड़ी चरागाहों से घर लौटते डंगरों की घंटियाँ सुनाई दे जाती थीं।

"क्या अन्ना जी घर आई थीं?" मेहरा साहब ने करवट बदलकर आँखें खोलीं।

"जी, दो दिन पहले...वह और निरंजन बाबू, दोनों आए थे!"

"और मैं कहाँ था?" उन्होंने उठने की कोशिश की, लेकिन मुरलीधर ने उनके कन्धे पकड़कर उन्हें फिर लिटा दिया।

"आप सो रहे थे।"

"मुझे जगाया क्यों नहीं?"

"जगाया था...आपने अन्ना जी से बात भी की थी—देखिए, वह आपके लिए किताबें भी छोड़ गई हैं जो आपने मँगवाई थीं! आपको अब याद आया?"

दीवा की किताबें, जो अन्ना जी ले जाती थीं? उन्हें याद आया—वह नहीं, जो मुरलीधर बताता था, बल्कि वह जिसे वह अर्सा पहले भूल चुके थे...इन दिनों मेहरा साहब के साथ अक्सर ऐसा ही होता था—मुद्दत पहले गुज़री घटनाएँ ऐसे याद आती थीं, जैसे अभी कल हुई हों—और जो 'कल' हुआ था, लगता है, वह कभी हुआ ही नहीं। ज़िन्दगी आगे बढ़ती हुई जो ख़ाली जगह छोड़ती जाती थी, उसमें गुज़री हुई घटनाएँ अपना घर बनाती जाती थीं...क्या एक उम्र के बाद आदमी जीता एक तरफ़ है और जागता दूसरी तरफ़? जब सचमुच जागता है, तब पता चलता है, जीने का अर्थ पता नहीं कहाँ रास्ते में छूट गया...! क्या यह सबके साथ होता है...या सिर्फ़ मेरे साथ हो रहा है?

बाग़ में उठती हुई लपटें मन्द पड़ने लगी थीं, पर धुएँ की तीख़ी गन्ध हवा में तैरती हुई भीतर आ रही थी।

"खिड़की बन्द कर दूँ, साहिब जी?"

"नहीं, अभी नहीं, अभी तो उजाला है...तुम कहाँ बैठे हो?"

"जी यहाँ, आपके सिरहाने के पास..." मुरलीधर ने उनके माथे को सहलाया, जैसे वह सत्तर बरस के बूढ़े नहीं, सात बरस के बच्चे हों—बुख़ार की तपन में भटकते, बहकते हुए। कैसे कोई आदमी अपनी देह को छोड़कर अलग विचरता रहता है, किसी अजाने प्रदेश में, जहाँ हर पीड़ा की अपनी गली है, हर स्मृति का अपना आँगन, हर पछतावे का अपना पिछवाड़ा? मरीज़ के सामने बैठे मेहमान को पता भी नहीं चलता कि वह अपनी देह को उसके सामने छोड़कर ख़ुद कौन-सी यात्रा पर चल निकला है...वहाँ से लौटेगा भी या नहीं...इसी दहशत में आकर मुरलीधर उनकी देह को फिर झिंझोड़ने लगता है...।

"साहिब जी, आप हैं तो यहीं?"

वह मुस्कराते हैं, आँखें खोल देते हैं, "यहाँ नहीं हूँ भला, तो कहाँ हूँ मुरलीधर?" उन्होंने प्यार से मुरलीधर के कन्धे पर हाथ रख दिया।

"एक बात कहूँ, साहिब जी?"

"बोलो मुरलीधर...क्या कहना है?"

"तिया बीबी को बुला दें..."

कुछ देर चुप्पी रही...वह आँखें खोलकर सामने की दीवार को देखते रहे। "क्यों...क्या मेरा वक़्त आ गया है, मुरलीधर...?"

"वक़्त का कुछ नहीं मालूम, साहिब जी...वह घंटा बजाकर थोड़ी आता है..." मुरलीधर ने खीझ में कहा।

"हाँ, आता है...जब बीबी गई थीं, तो क्या सबने उसके आने की आवाज़ नहीं सुनी थी? तुमने कितनी मनौतियाँ माँगी थीं...कुछ बना?"

"जी बना, साहिब जी..."

"क्या वह बच गईं?"

"जी हाँ, बच गईं। कभी-कभी मौत को भी दया आ जाती है, कष्ट से छुटकारा देने आ जाती है...उनका कष्ट मुझसे देखा नहीं जाता था।"

कुछ देर सन्नाटा रहा। फिर साहिब जी का स्वर सुनाई दिया... एक अजीब-सी हिचकिचाहट से भरा हुआ, "तुमने कभी मेरे लिए मनौती माँगी है, मुरलीधर?"

"जी नहीं...कभी सोचा भी नहीं!"

"क्यों, क्यों नहीं?"

"आपको किस बात की कमी—आपके पास सबकुछ है!"

सबकुछ?

मेहरा साहब ने आँखें मूँद लीं, जैसे उस 'सबकुछ' को देखने से बचा जा सके, जो उनके भीतर दबा था।

कमरे में धीरे-धीरे अँधेरा घिर आया...जब कुछ देर तक वह कुछ नहीं बोले, तो मुरलीधर उठ खड़ा हुआ...दबे क़दमों से बाहर चला आया। बैडमिंटन कोर्ट के भीतर जलते हुए पत्तों की लपटें बुझने लगी थीं। सिर्फ़ हवा में धुएँ की कड़वी गन्ध तैर रही थी।

वह अपने क्वार्टर जाने से पहले दिल्लीवाले बाबू की कोठरी जाना चाहता था..अब तक तो उन्हें लौट आना चाहिए था!

इन दिनों मुरलीधर उन्हें अकेले में बहुत कम छोड़ता था...अगर ख़ुद कभी जाना ही पड़े, तो बंसीधर को उनके पास छोड़ जाता था! डर-सा लगा रहता था कि अगर वह जागें, और कमरे में कोई न हो? शाम की तो कोई बात नहीं, दिल्लीवाले बाबू बिला नागा आकर बैठ जाते थे...और कभी-कभी तो रात को भी उनके पासवाले कमरे में सोफ़ा पर सो जाते थे। वह हमेशा उनके लिए वहाँ बिस्तर बिछाकर जाता था...।

कोठरी के बरामदे की बत्ती जल रही थी। लगता है, वह डॉक्टर साहब की दवा लेकर लौट आए हैं...फिर यहाँ क्यों नहीं आते? अपने कमरे में क्यों बैठे हैं?

2

रात, दिन। दिन और रात।

मैं उनके पास बैठा रहता हूँ। मैं नहीं चाहता, वह अचानक जागें और अपने को इतनी बड़ी कॉटिज के साँय-साँय करते कमरों में निपट अकेला पाएँ। इससे ज़्यादा भयानक बात क्या हो सकती है कि कोई आदमी अकेलेपन के अजाने प्रदेश की ओर घिसटता जा रहा हो और उसके साथ कोई न हो! कोई आख़िर तक साथ नहीं जाता, लेकिन कुछ दूर तक तो साथ जा सकता है। हर दिन गुज़रने के साथ मुझे लगता है कि मैं उनके साथ कुछ और आगे निकल आया हूँ। मुझे डर है, एक दिन वह इतने आगे निकल जाएँगे कि मुझे पता भी नहीं चलेगा, वह किस पहाड़ी के पीछे लोप हो गए।

अभी नहीं...अभी जब आँखें खोलते हैं, तो मुझे कुर्सी पर बैठा देखकर उन्हें हमेशा कुछ आश्चर्य-सा होता है—कुछ वैसा ही, जैसे कोई आदमी लम्बी यात्रा करके लौटा हो, तो अपने किसी मित्र को प्लेटफ़ॉर्म की उसी बेंच पर बैठा पाए, जहाँ वह उसे छोड़कर गया था।

"तुम अपना रजिस्टर लाए हो?"

"ठहरिए, अभी लाता हूँ।" मैं उठने लगा, तो उन्होंने मेरा हाथ पकड़कर बिठा लिया।

"ठहरो, मुझे ख़ास कुछ नहीं कहना है। मुझे सिर्फ़ कुछ दिखाई दिया था। पहले मैंने सोचा, कोई सपना है, लेकिन जब आँखें खोलीं, तो भी वह वहाँ था...तुम क्या सोचते हो, यह कोई इशारा है?"

"इशारा कैसा?"

"मैं बीच में आ जाता हूँ और वह आँखों से ओझल हो जाता है; हट जाता हूँ, तो वह फिर दिखाई देने लगता है।"

वह कुछ देर ख़ाली हवा में ताकते रहे...फिर धीरे से करवट ली।

"तुमने कभी इस बारे में सोचा है?"

"किस बारे में? आप किसकी बात कर रहे हैं?"

"अपनी, और किसकी?" उन्होंने आँखें फैला दीं—सफ़ेद पुतलियों पर आख़िरी धूप की बुंदकियाँ चमक रही थीं, "मुझे लगता है, कई चीज़ें इसीलिए आँखों से ओझल हो जाती हैं, क्योंकि हम बीच में आ जाते हैं। तुमने कार्बेट के 'मेमॉयर्स' नहीं पढ़े, उन्होंने यहाँ के जंगलों के बारे में लिखे थे...उन्होंने एक जगह लिखा है कि जब कभी वह बीहड़ जंगल में बन्दूक़ लिये चलते थे तो उन्हें लगता था, बहुत-सी आँखें उन्हें देख रही हैं, जबकि वह किसी को नहीं देख सकते थे। 'मेरी आहट सुनते ही सारा जंगल छिप जाता था'—वह लिखते हैं—और मुझे लगता था, जैसे..." वह एक क्षण रुके, जैसे किसी फाँस को अपने पुराने घाव से बाहर निकाल रहे हों, "जैसे मैं किसी ऐसी जगह आ गया हूँ, जो मेरी नहीं है।"

वह कुछ देर इसकी ओर आँखें टिकाए लेटे रहे। फिर कुछ सोचते हुए कहा, "हो सकता है—हमारी असली जगह कहीं और हो और हम ग़लती से यहाँ चले आए हों?" उनकी आवाज़ में कुछ ऐसा था कि मैं हकबका-सा गया।

"कौन-सी असली जगह?" मैंने कहा, "इस दुनिया के अलावा कोई और जगह है?"

"मुझे नहीं मालूम, लेकिन जहाँ तुम हो, मैं हूँ, निरंजन बाबू हैं, ज़रा सोचो, क्या हम सही जगह पर हैं? निरंजन बाबू ने एक बार मुझे बड़ी अजीब घटना सुनाई...तुम जानते हो, उन्होंने फ़िलॉसफ़ी तो छोड़ दी, लेकिन साधु-संन्यासियों से मिलने की धुन सवार हो गई...जो भी कोई मिलता, उससे बात करने बैठ जाते! एक बार उन्हें पता चला कि कोई बूढ़ा भिक्षुक उनके बग़ीचे के पास ही एक झोंपड़ी में ठहरा है... वह उनसे मिलने गए, तो भिक्षुक ने बहुत देर तक उनके प्रश्नों का कोई जवाब नहीं दिया...फिर भी जब निरंजन बाबू ने उन्हें नहीं छोड़ा, तो उन्होंने कहा—पहले इस कोठरी में जहाँ तुम्हारी जगह है, वहाँ जाकर बैठो... निरंजन बाबू को इसमें कोई कठिनाई नहीं दीखी। वह चुपचाप एक कोने में जाकर बैठ गए। लेकिन कुछ ही देर बाद उन्हें बेचैनी महसूस होने लगी। वह उस जगह से उठकर दूसरी जगह जाकर बैठ गए, लेकिन कुछ देर बाद उन्हें लगा, वहाँ भी कुछ ग़लत है और वह उठकर तीसरी जगह जा बैठे...उनकी बेचैनी बढ़ती गई और वह बराबर एक जगह से दूसरी जगह बदलते रहे...फिर उन्हें लगा, जैसे एक ही जगह उनके लिए बची थी, जिसे उन्होंने पहले नहीं देखा था, दरवाज़े की देहरी के पास, जहाँ पहले अँधेरा था और अब हल्की धूप का चकत्ता चमक रहा था...वहाँ बैठते ही उन्हें लगा, जैसे सिर्फ़ कुछ देर के लिए—कि यह जगह सिर्फ़ उनके लिए थी, जिसे वह अब तक खोज रहे थे...जानते हो—वहाँ बैठकर उन्हें क्या लगा...एक अजीब-सी शान्ति का बोध—उन्हें लगा, उन्हें भिक्षुक से कुछ भी नहीं पूछना, उन्हें सब उत्तर मिल गए हैं, मन की सारी शंकाएँ दूर हो गई हैं—वह जैसे कोठरी में आए थे, वैसे ही बाहर निकल आए..."

उनका चेहरा अँधेरे में छिप गया था, हालाँकि खिड़की के बाहर अब भी चीड़ों की फुनगियों पर शाम की आख़िरी धूप चमक रही थी।

"तुम्हें मालूम है—दीवा ने तुम्हें यहाँ बुलाया था—कभी सोचा है, किसके लिए?"

"मेरे लिए। है न?" उन्होंने गिलाफ़ से अपना हाथ बाहर निकालकर मेरा हाथ पकड़ लिया, "लेकिन जब मैं नहीं रहूँगा, तब? कुछ सोचा है इसके बारे में? जानते हो, इस दुनिया में कितनी दुनियाएँ ख़ाली पड़ी रहती हैं, जबकि लोग ग़लत जगह पर रहकर सारी ज़िन्दगी गँवा देते हैं...मैं नहीं चाहता, तुम्हारे साथ ऐसा हो।"

"और जिन्हें अपनी जगह मिल जाती है—वे सुखी हो जाते हैं?"

"सुख?" एक फूत्कारती-सी आवाज़ हवा में ठहर गई, "मैंने सुख का नाम सुना तो है, देखा कभी नहीं!"

वह तकिये पर सिर मोड़ लेते हैं। मैं धीरे-से खिड़की के पास जाता हूँ—परदा खींच देता हूँ। टेबल-लैम्प की छोटी बत्ती जला देता हूँ—झाँककर नीचे देखता हूँ, तो पता चलता है, वह नींद के दूसरे कगार पर चले गए हैं। कभी भी लौट सकते हैं—नींद जैसे कोई छोटा-सा तालाब है, जहाँ वह डुबकी लगाने गए हैं और—मैं किनारे पर उनके लौट आने की राह देख रहा हूँ।

नहीं, उन्हें कोई ऐसी बीमारी नहीं, जिसे किसी मेडिकल खाते में दर्ज़ किया जा सके। कोई कष्ट ऐसा नहीं जिसकी हूक या हाय उनके मुँह से बाहर निकलती हो। सबकुछ पहले जैसा ही है; सिर्फ़ चेहरे पर च्यूँटी-भर परिवर्तन सरकता दिखाई देता है। आँखें मुँदी हुई भी अधखुली दिखाई देती हैं—आधी भीतर, आधी बाहर। बहुत दिनों से दाढ़ी न बनाने के कारण चेहरा एक जीर्ण सफ़ेदी में ढका रहता है, जिसके बीचोबीच उनकी पतली सुतवाँ नाक एक नंगी हड्डी-सी ऊपर उठी दिखाई देती है... आँखों और नाक के बीच एक कौतूहल-सा चमकता रहता है—क्या वह कुछ देख रहे हैं, जो मैं नहीं देख पाता? सपना तो हो नहीं सकता, क्योंकि सपनाते हुए उनके चेहरे पर एक बच्चे की तल्लीन एकाग्रता चली आती,

मुँह थोड़ा-सा खुल जाता है, जैसे कुछ लोग मुँह खोलकर ही किसी सनसनीख़ेज क़िस्से को सुनते हैं और तब—उन्हें देखते हुए मुझे अजीब-सा भ्रम होता, जैसे उनका शरीर सिर्फ़ वह नहीं है, जो बिस्तर पर लेटा दिखाई देता है, बल्कि वह भी है, जैसा वह बचपन में और जवानी में था...जैसे सारी अवस्थाएँ सिनेमा के स्लाइड्स पर अंकित हैं। जो कभी पहले जी चुके हैं, अब उसे परदे पर देख रहे हैं, हू-ब-हू वैसा नहीं जैसा भोगा था, बल्कि वह भी जो जीने की हड़बड़ी में हाशिए पर छूट गया था, वह अब लौटकर गोंद की चिप्पी में उसके साथ जुड़ गया है, जिसे वह मुझे लिखाते थे, दूसरी ज़िन्दगी के नीचे चिपकी एक तीसरी ज़िन्दगी, जो अब तक किसी तलघर के अँधेरे में कुलबुलाती थी...और अब बरसों बाद मौक़ा पाकर मछली की तरह साँस लेने ऊपर चली आई थी...।

ऐसे मौक़ों पर वह मेरा हाथ पकड़ लेते—विस्फारित आँखों से मुझे चींथने लगते, "देखा तुमने?"

"क्या बाबू जी? आप क्या कह रहे हैं?" ऐसे बदहवास क्षणों में अनजाने ही मेरे मुँह से 'बाबू जी' नाम निकल पड़ता। शायद यह उनके हाथ की पकड़ थी, जो हमारे बीच की दूरी को पाट लेती थी—शरीर का स्पर्श भी कैसा होता है, वह एक अज्ञात रिश्ते को अनिर्वचनीय रहस्य में बदल देता है। कुछ देर बाद उनका हाथ ढीला पड़ जाता—नींद का नीला विस्तार धीरे-धीरे उनकी चेतना को ढकने लगता। जो मछली कुछ देर पहले धूप की कौंध में ऊपर उठती दिखाई दी थी, वह फिर किसी अँधेरे में गुम हो जाती...कुछ भी बाक़ी नहीं रहता, सिर्फ़ समतल, सूखी साँसें, उनका बिस्तर, तकिये पर गिरती टेबल-लैम्प की रोशनी और सिरहाने पर बैठा—मैं।

अगले दिन डॉक्टर सिंह उन्हें देखने आए। काफ़ी देर उनके साथ बैठे रहे। मैं इस दौरान बरामदे में बैठा रहा—बन्द दरवाज़े के पीछे से हल्की आवाज़ें...आवाज़ों के बीच सन्नाटे को सुनता रहा।

और दिनों में जब डॉक्टर सिंह बाहर आते, तो हमेशा मुझे कुछ हिदायतें दे जाते—या कभी कोई दवा मँगवानी होती, तो उसका प्रेस्क्रिप्शन मेरे हाथों में पकड़ा देते...हमेशा व्यस्त-से दिखाई देते, काम की बात के अलावा शायद ही कोई बात उनके मुँह से निकलती। लेकिन उस दिन जब बाहर आए, तो बरामदे की सीढ़ियाँ उतरने से पहले मेरे सामने रुक गए। उन्होंने मेरी तरफ़ देखा...फिर कुछ सोचकर बोले :

"कल कुछ हुआ था?"

"नहीं...मुझसे बातें करते रहे...फिर सो गए..."

"कोई उत्तेजना की बात तो नहीं थी?"

"कुछ ख़ास नहीं...लेकिन आप तो जानते हैं, जब से तिया गई हैं, थोड़ा-बहुत तो नाराज़ रहते ही हैं।"

"नाराज़गी कैसी?" उन्होंने कुछ तीखे स्वर में पूछा।

"उन्हें नहीं मालूम था, बिटिया इतनी जल्दी लौट जाएँगी! क्या आपसे कुछ कह रहे थे?"

वह हँसने लगे। डॉक्टर सिंह जब हँसते थे, तो उनकी सारी देह उसमें हिस्सा बँटाती थी—हाथ, सिर, आँखें एक-दूसरे से अपनी ही किसी प्राइवेट भाषा में इशारे करने लगते थे।

"एक दिन वह क्लब आना चाहते हैं...जानते हो, वह इस क्लब के सबसे पुराने मेम्बर हैं...तुम कभी उन्हें अपने साथ क्यों नहीं ले आते?"

"इस हालत में?" मैंने डॉक्टर सिंह को देखा—क्या वह अब मुझ पर हँस रहे थे?

"क्यों...उनकी हालत को क्या हुआ? वह ठीक हैं। क़ानून की निगाह में हर आदमी निर्दोष है, जब तक दोषी साबित नहीं होता... मेडिकल साइंस में इसका उलटा है...हर आदमी बीमार है, जब तक अपने को स्वस्थ महसूस नहीं करता..."

"तब आपको उनमें कोई अन्तर दिखाई नहीं देता?"

"कहना मुश्किल है...एक पौड़ी से दूसरी पौड़ी...जब तक आख़िरी पौड़ी पर नहीं पहुँचेंगे, कैसे पता चलेगा, पानी कितना पास है?"

वह कभी-कभी इस तरह की पहेलियों में बात करते थे, जब मुझे उनकी असली हालत के बारे में नहीं बताना चाहते थे।

वह सीढ़ियाँ उतरने लगे। आज वह ख़ाकी रंग की बिरजिश पहनकर आए थे—सिर पर हैट था। कोई आर्मी अफ़सर-से जान पड़ते थे...।

मुरलीधर सेंट सेबास्टिन की लगाम पकड़कर धूप सेंक रहा था। डॉक्टर साहब को देखते ही वह उसे बरामदे के सामने ले आया। वह सीढ़ी से ही उचककर घोड़े की काठी पर ऐसे बैठे जैसे सेंट सेबास्टिन असली नहीं, खिलौने का घोड़ा हो, जो उनके बैठते ही चलने लगा। मैं भी उनके साथ-साथ चलने लगा, जैसे कोई बात अधूरी छूट गई हो...कोई बीच की पौड़ी, जिसे पार करना ज़रूरी हो। जब मुरलीधर ने फाटक खोला, तो उन्होंने लगाम खींचकर मेरी ओर मुस्कराते हुए देखा :

"चलो, मेरे साथ क्लब आओगे?"

"अब आपको किसी मरीज़ को देखने नहीं जाना?" मैंने पूछा।

"बस, आख़िरी तुम बचे हो—तुम्हें 'बार' में देख लेंगे!"

उनकी हँसी को देखकर मुझे लगा, बाहर की दुनिया उससे कितनी अलग थी, जिसमें मैं साहिब जी के साथ रहता था, "फिर बताओ—आओगे?"

मन हुआ, चला जाऊँ—कुछ देर के लिए ही सही, छुट्टी तो मिलेगी। फिर किसी ने मुझे खींच दिया, कुत्ते की चेन की तरह, जो भूल जाता है कि वह एक लाइन आगे नहीं जा सकता।

"आज नहीं," मैंने कहा, "फिर कभी आऊँगा। देर तक आपके साथ बैठूँगा।"

सेंट सेबास्टिन हवा में अपनी गज़-भर लम्बी पूँछ लहराता हुआ चढ़ाई चढ़ने लगा। पगडंडी के मोड़ पर वह और डॉक्टर सिंह बादलों में लोप हो गए। गेट बन्द करने में वापस लौटा, तो मेरे पाँव सफ़ेद बजरी पर ठिठक गए। बादलों के भीतर मेहरा साहब की कॉटेज कैसी छुई-मुई दिखाई देती थी। पता भी नहीं चलता था, वहाँ कोई रहता होगा। मिट्टी, पत्थर, गारे का ढूह। समय को अपनी चहारदीवारी के भीतर जोंक की तरह चूसता हुआ।

उसके बाद कहीं जाना न हुआ। मैं इन्तज़ार में बरामदे में बैठा रहता। कभी बुलाते, कभी मुरलीधर के हाथ कोई सन्देश भिजवा देते। एक दोपहर अचानक वह मेरी कोठरी में आए और बरामदे की कुर्सी पर आकर बैठ गए। बहुत दिनों बाद वह कपड़े बदलकर आए थे—कोट, पैंट, पॉलिश में चमचमाते जूते। सिर्फ़ चेहरा बहुत पीला और कमज़ोर दिखाई दे रहा था...शायद इसलिए कि उन्होंने बहुत दिनों बाद दाढ़ी बनाई थी, जिसके कारण हड्डियों का उभार कुछ ज़्यादा ही नंगा और नुकीला दिखाई दे रहा था।

"ठहरिए, चाय बनाकर लाता हूँ," मैंने कुछ हड़बड़ी में कहा।

"बैठो..." उन्होंने दूसरी कुर्सी को पैर से मेरे पास धकेल दिया, "चाय को छोड़ो...पहले यह देखो!" उन्होंने एक लम्बा सफ़ेद लिफ़ाफ़ा मेरी तरफ़ बढ़ा दिया।

मैंने उनकी ओर देखा, फिर लिफ़ाफ़ा खोलकर काग़ज़ के दो पन्ने निकाले...तिया की लिखाई देखते ही पहचान गया।

"पढ़ो!" उनकी आवाज़ सुनाई दी।

मैं पढ़ने लगा। उन्होंने अपनी कुर्सी कुछ पास खिसका ली। जब मैं कहीं बीच में अटक जाता, तो वह अधीर होकर कहते, 'छोड़ो, आगे बढ़ो...' और मैं लफ़्ज़ों को फाँदकर आगे बढ़ जाता...उन क़स्बों और उपनगरों, गाँवों के बीच चलने लगता, जहाँ-जहाँ तिया गई थीं—

ऐसे स्थान, जिनका नाम भी कभी नहीं सुना था। पुराने झगड़े की तनिक मात्र कोई छाया नहीं, जैसे वह मेहरा साहब का ध्यान अपने से हटाकर उस अजीब दुनिया की ओर खींचना चाहती थीं, जहाँ वह इतने वर्षों से रह रही थीं—कम्यूनिटी सेंटर, सरकारी डिस्पेंसरी, प्राइमरी स्कूल...फिर मैं भूल गया, मैं क्या पढ़ रहा हूँ। मुझे सिर्फ़ शब्दों के पीछे वह दिखाई देने लगीं, जिनके जूतों पर कीचड़ के धब्बे दिखाई देते थे, जब वह चुन्नी को कमर से बाँधकर मेरे साथ झरने से पानी लाने जाया करती थीं...और कुछ बोलती जाती थीं...जिन्हें मैं नहीं सुन सकता था...।

मुझे एक अजीब-सा भ्रम हुआ, जैसे मैं उनके पत्र को साहिब जी को नहीं सुना रहा, सिर्फ़ उनकी आवाज़ सुन रहा हूँ, जो ख़त के भीतर से हम दोनों के पास आ रही है और जब मैं अन्तिम वाक्य पर पहुँचा तो अपने मुँह से अपना नाम सुनकर रुक गया। उन्होंने मेरे बारे में पूछा था कि मैं कैसा हूँ, और क्या वह अब भी मुझे अपने बारे में मनघड़न्त क़िस्से सुनाते हैं...? और तब मैंने उनकी ओर देखा...लेकिन वह...कहीं और थे। वह दुपहर की म्लान धूप को पहाड़ों पर सरकता हुआ देख रहे थे। जब मैं चुप हो गया...तो अचानक मेरी ओर देखा।

"आने के बारे में कुछ लिखा है क्या?"

"नहीं, इसमें तो कुछ नहीं है।"

मुझे मालूम था, उन्हें मालूम है, ख़ुद चिट्ठी पढ़ने के बाद मुझसे पढ़वाते हैं, तो उन्हें मालूम नहीं होगा, उसमें क्या लिखा है।

शायद वह सोचते हैं कि जिसे पत्र में वह नहीं पढ़ पाए, उसे मैं देख पाऊँगा।

वह मेरे हाथ से लिफ़ाफ़ा ले लेते हैं...धीरे-से कुर्सी से उठते हैं। धीमे, मन्द क़दमों से अपने कॉटेज की तरफ़ चलने लगते हैं...रोशनी मन्द पड़ने लगती है, सूरज एक दीवे-सा बादलों के पीछे टिमटिमाता रहता है।

3

एक ऐसी ही अवसन्न सूनी दुपहर थी, जब दरवाज़े पर हल्की-सी खड़खड़ाहट सुनाई दी। मैं कोठरी से बाहर आया, तो बरामदे में निरंजन बाबू बैठे दिखाई दिये। दुपहर की धूप में उनका चेहरा म्लान हो आया था, ख़ाकी हैट पर धूल जम गई थी। दाढ़ी पहले से ज़्यादा सफ़ेद दिखाई दे रही थी, जैसे प्राचीन काल का ऋषि लम्बी तपस्या के बाद बाहर आया हो!

"भीतर आइए..." मैंने कहा।

"नहीं, नहीं...यहीं बरामदे में बैठते हैं...थोड़ा-सा पानी पिलाओगे?"

मैं जल्दी से पानी का गिलास लेकर आया, जैसे वह सचमुच कोई पहाड़ लाँघकर आए हैं।

"कहाँ से आ रहे हैं?"

"मंडी से...मेरे हुलिए से नहीं जान पड़ता?"

उन्होंने सेबों के तीन क्रेटों की ओर इशारा किया जो वह अपने साथ लाए थे।

"एक मेहरा साहब के लिए, दूसरा तुम अपने लिए रख लेना।"

"और यह?" मैंने तीसरे क्रेट की ओर देखा।

"अगर मुमकिन हो, तो इसे अन्ना जी के घर भिजवा देना...पता नहीं, मुझसे उनसे मिलने का समय निकल पाएगा।"

सेबों के क्रेट देखकर जो आशंका मन में उगी थी, वह काँटे की तरह गड़ने लगी। क्या उनके जाने के दिन इतने चुपके से पास सरक आए कि मुझे उसकी आहट भी सुनाई नहीं दी?

"तुम घर से कभी बाहर नहीं निकलते?"

"मेहरा साहब के साथ बैठना पड़ता है..."

"कैसे हैं वह?"

"जब से तिया गई हैं, तब से अपने कमरे से बाहर नहीं निकलते। लेटे रहते हैं।"

"डॉक्टर सिंह आते हैं?"

"हाँ...लेकिन कुछ बताते नहीं। कहते हैं कि हमें इन दिनों उन्हें अकेला नहीं छोड़ना चाहिए...मैं और मुरलीधर उनके पास बारी-बारी से बैठते हैं।"

"तुमसे कुछ कहते नहीं?"

"कहते हैं, लेकिन मुझसे नहीं। मुझे कभी-कभी लगता है कि जहाँ वह रहते हैं, वह कोई दूसरी जगह है, वहाँ मेरी पहुँच नहीं है।"

कुछ देर तक हमारे बीच सन्नाटा खिंचा रहा। वह अपनी ठंडी आँखों से सामने कॉटेज को देख रहे थे, जो ढलती दुपहर की धूप में झिलमिला रही थी।

"आप बैठिए—मैं चाय बनाकर लाता हूँ।"

वह जैसे सोते से जाग गए—चारों तरफ़ बरामदे, मेरी कोठरी, कोठरी के भीतर सीलन-भरे अँधेरे को देखकर बोले, "यहाँ तो तुम बैठते ही हो, चलो, थोड़ी देर बाहर की हवा लो...आ सकते हो?"

मैंने घड़ी देखी। समय काफ़ी था। मेहरा साहब के पास मुरलीधर शाम तक बैठता था। मुझे रात को नींद नहीं आती थी, इसीलिए मैंने रात की शिफ़्ट अपने लिए बाँध ली थी...लेकिन कभी-कभी मैं घबरा जाता था—उनके कमरे से, अपनी कोठरी से, कॉटेज के सन्नाटे से...।

"चलिए!" मैंने कहा।

मुझे देखकर वह मुस्कराए, "कहाँ चलोगे?"

"जहाँ आपकी मर्ज़ी!"

"आज के मौसम में चुन्नीलाल का चौबारा सबसे अच्छा रहेगा... बाहर हवा में बैठेंगे!"

चुन्नीलाल की दुकान एक तरह का हवाघर ही थी...चायख़ाना और हवाघर, दोनों एक साथ। निरंजन बाबू उसे उड़नखटोला कहते थे, क्योंकि वह एक बूढ़े पुराने पीपल के चबूतरे पर बनी थी। दूर से देखने पर लगता था, जैसे पेड़ के भीतर से दुकान बाहर निकली है—ज़मीन और आकाश के बीच अधर में लटकी हुई। ढाबे का मालिक चुन्नीलाल अपनी पत्नी के साथ पेड़ के पीछे एक ठठ्ठर में रहता था...ठठ्ठर की ही टीन की छत पर लाल मिर्चें और बड़ियाँ सूखा करती थीं...नीचे दरवाज़े की ओट में उसकी पत्नी अपने लाल लहँगे को फैलाए आलथी-पालथी मारकर बैठी रहती थी—पान की बेगम की तरह। पीपल की चौड़ी पत्तियाँ टीन की छत और ढाबे के मेज़ पर फड़फड़ाया करती थीं।

मेज़ एक ही थी, लेकिन बेंचें दो थीं—पास में ही मिट्टी का चूल्हा था, जिसकी मन्दी आँच में हमेशा चाय की केतली बुड़बुड़ाती रहती थी। चूल्हे के ऊपर लकड़ी की छत्ती थी, जिसका एक सिरा पेड़ की डाल और दूसरा ठठ्ठर की दीवार के बीच अड़ा था। छत्ती के एक छोर पर पीतल के गिलास चम-चम चमका करते थे; दूसरे छोर पर बिस्कुटों, मठरियों और टॉफ़ियों से भरे प्लास्टिक के मर्तबान रहते थे। मर्तबानों के ढक्कनों पर पक्षियों की बीट के सफ़ेद निशान अक्सर दिखाई दे जाते थे।

नीचे सारा शहर दिखाई देता था।

चुन्नीलाल ने हमें दूर से आता देख लिया था। उसकी पत्नी ने जल्दी से अपने दुपट्टे से बेंचों और मेज़ पर झरे पत्तों को झाड़ दिया... और फर्राटे से एक गिलास का पानी देगची में डाल दिया।

बेंच पर बैठकर उन्होंने एक लम्बी साँस खींची।

"जब मैं इस शहर में पहली बार आया था, तो सीधे बस-स्टेशन से उतरकर यहाँ चाय पी थी। तब सोचा भी नहीं था, एक दिन हमेशा के लिए बस जाऊँगा।"

"सेबों का बाग़ीचा आपने तभी ख़रीदा था?"

"नहीं...बहुत वर्षों बाद...पहली बार तो कुछ दिन रहने आया था, फिर सोचा, जब यहीं रहना है, तो कुछ करना चाहिए..."

"मुझे तो अर्से तक पता नहीं चला, आप यहाँ हैं...। हम सब यही सोचते थे, आप किसी बाहर की यूनिवर्सिटी में पढ़ाने गए हैं...जिस तरह आप चुपचाप दोस्तों के बीच ग़ायब हो जाते थे और हम सोचते थे, आप अभी तो यहाँ थे, कहाँ गए?"

वह हँसे नहीं। एक विषाद-सा छाया था, जैसे पुराने दिनों की दुनिया से वह बहुत दूर छिटक गए थे और अब उसे याद नहीं करना चाहते थे।

पेड़ के पीछे ठठ्ठर में चुन्नीलाल की औरत बर्तन धो रही थी और पानी की धार सिर-सिर करती हुई हमारे सामने की नाली से बह रही थी।

जब चुन्नीलाल चाय के दो गिलास मेज़ पर रख गया, तब कहीं सन्नाटा टूटा, "अब कैसे हैं मेहरा साहब?"

"एक ही जैसे हैं...चलना-फिरना बन्द हो गया है। कमरे में ही रहते हैं।"

"क्या करते हैं?"

"लेटे रहते हैं या ताकते रहते हैं—बोलते हैं, तो समझ में नहीं आता। वह अपने बीते का कौन-सा खाता खोलकर बैठ गए हैं, जिसे पहले कभी नहीं देखा था।"

"अपना कुछ लिखाते हैं?"

"पूछते हैं, रजिस्टर लाया हूँ...फिर अपना लिखाया हुआ ख़ुद पढ़ते हुए हँसने लगते हैं।"

"हँसते हैं?"

"हाँ, पढ़ते-पढ़ते हँसने लगते हैं।"

"यह सब कैसे हुआ? कुछ दिन पहले तक तो सब ठीक था। मैं उन्हें हर जगह घूमता देखता था। कुछ हुआ था?"

"बिटिया आई थीं।"

"कब? मुझे किसी ने कोई ख़बर नहीं दी?"

"बहुत कम दिन रहीं...साहिब जी को देखने आई थीं।"

निरंजन बाबू ने चाय का गिलास सरका दिया और कमीज़ की जेब से पाइप निकाल ली। तमाखू भरते हुए कहा, "पता नहीं, क्यों आती है, जब यहाँ रह नहीं सकती! क्या तुमने उसे लिख दिया, उनकी कैसी हालत है?"

"लिखा था...हर हफ़्ते उन्हें चिट्ठी लिख देता हूँ।"

"अजीब लड़की है...अपनी ज़िन्दगी का किया-गुज़रा बाप पर निकालती है।"

"कैसा किया-गुज़रा?" मुझे लगा, वह कुछ छिपा रहे हैं।

वह तीसरी दियासलाई जला रहे थे। पाइप को हठात् मुँह से हटाकर बोले, "मुझे क्या मालूम? एक अकेली लड़की के साथ क्या होता है, कोई जानता है? और दीवा तो उसकी माँ भी नहीं थी!"

'नहीं थी, तो कौन थी?' मैं पूछना चाहता था। 'वह जो तिया को दरवाज़े के बाहर छोड़कर छुट्टी पा गई थी? हमेशा के लिए खो गई थी?'

"आपने कभी उनकी माँ को देखा था?" मैंने पूछा।

"साहिब जी की पहली पत्नी को? एक बार आई थीं...किसी को मालूम नहीं, कब...सिवा दीवा के...वह जानती थी।" एक क्रूर-सी हँसी उनकी दाढ़ी में उफन आई, "उन्हें सब मालूम था। उनकी क़ब्र खोदोगे, तो पता नहीं, कितने कुलबुलाते भेद बाहर आएँगे! तुम ख़ुशक़िस्मत हो, तुम तब आए, जब सबके रोल पूरे हो चुके थे..."

वह क्या कह रहे थे? कैसे रोल? आधी बात कह वह रुक क्यों जाते हैं? पर उनसे पूरी बात जानने का साहस कभी नहीं होता था। मैं जितना जानता था, उससे अधिक जानने की इच्छा नहीं होती थी। कम-से-कम उनसे नहीं।

ऊपर के बादल नीचे उतर रहे थे। बाँज की बूढ़ी बाँहों से उलझ जाते थे। नाली में पानी अब भी छुर्र-छुर्र सीटी बजाता हुआ बह रहा था।

"तुम्हें मालूम है?" उन्होंने पाइप को झाड़कर मेज़ पर रख दिया, "हमारे बाग़ीचे में ऐसे सेब मिलते हैं, जो ऊपर से लाल-सुर्ख़ दिखाई देते हैं—लेकिन काटते ही उनके भीतर कीड़ा दिखाई देता है, जो पता नहीं कब से उसके भीतर पनप रहा होता है। वह कहीं बाहर से नहीं आता, भीतर गूदे से प्राण खींचता है। वह जितना ही बढ़ता जाता है, भीतर का सबकुछ खोखला होता जाता है। कभी तो पूरा-का-पूरा पेड़ इसी तरह ख़त्म हो जाता है...जब मैं मेहरा साहब को देखता हूँ..." उन्होंने आगे कुछ नहीं कहा—पाइप जलाने में जुट गए।

क्या कहना चाहते थे? कितने लोग जीते-जागते, हँसते-घूमते दिखाई देते हैं...हर किसी के भीतर झाँककर देखोगे, कहाँ कीड़ा बैठा है, कितना ज़हर घुला है? इसी से बचने के लिए तो तुम इतनी दूर आए थे—दूसरों से अलग अपना ठौर पाने? और तब सहसा मुझे उस महात्मा की याद हो आई, जिन्होंने निरंजन बाबू को अपनी 'सही जगह' पर बैठने की सलाह दी थी। मिल पाई उन्हें वह जगह या अभी कुछ बाक़ी है?

चुन्नीलाल हमें अलग छोड़कर अपने ठठ्ठर में चला गया। रह गई सिर्फ़ हवा और काँपती टहनियाँ और डूबते सूरज की पीली-निबौली छाया, जो बादलों को भेदकर सारे शहर पर तिर रही थी। पहाड़ियों पर एक अलौकिक-सी आभा फैली थी। सुनहरे, पीले रंगों में रँगी हुई वे किसी देवताओं का लोक जान पड़ती थीं—मनुष्य के हाथों से दूर, अछूती, अपने ही आलोक से आप्लावित।

"ये दिन मुझे अजीब-से लगते हैं..." निरंजन बाबू ने कहा, "सेबों का सीज़न ख़त्म हो जाता है...मैं अपने को अचानक बिलकुल बेकार पाने लगता हूँ। न यहाँ रहने की इच्छा होती है, न नीचे जाने की...कभी-कभी मुझे लगता है, इस शहर में लोग जीने नहीं आते...इन्तज़ार करने आते हैं।"

"किसका इन्तज़ार?" मैंने उन्हें देखा।

वह हँसने लगे—पाइप का जमा तमाखू मेज़ पर खट-खट करते हुए झाड़ने लगे।

"अपना, और किसका? जिस उम्र में लोग यहाँ आते हैं, अपने अलावा और किसका इन्तज़ार किया जा सकता है? इसीलिए उन्हें नीचे जाते हुए डर लगता है।"

"डर? किसका?"

"अपने को खो देने का," निरंजन बाबू ने कहा, "यहाँ रहकर कम-से-कम यह भरोसा तो रहता है कि कुछ भी होगा, तो हम मौजूद तो रहेंगे...नीचे शहरों में तो हम अपने को भुलाए रखते हैं, जब तक कोई धक्का देकर हमें जगा नहीं देता।"

वह चुप हो गए...चुन्नीलाल को बुलाकर चाय के दो गिलास और मँगाए...फिर मेरी ओर आँखें उठाकर बोले, "जब हम बच्चे थे, तो हर साल हमारे पिता का ट्रांसफ़र दूसरे शहरों में होता रहता था। हम भाई-बहनों को हमेशा पुरानी जगहों को छोड़ते हुए बहुत दुख होता था... पता नहीं, वहाँ कभी दुबारा आना होगा या नहीं! स्टेशन जाने से पहले

हम कुछ ख़ास जगहों में अपनी घरेलू चीज़ें दबाकर रख देते थे—किसी बेर की झाड़ी में कोई खिलौना, पानी की टंकी के पीछे पैसों का कोई सिक्का, किसी पेड़ की जड़ में क्लिप या कंचे की गोली, ताकि जब हम वहाँ वापस लौटें, तो देख सकें कि वे चीज़ें वहाँ वैसी ही हैं, जैसी हम उन्हें छोड़ गए थे। वे हमारे वहाँ 'होने' की निशानियाँ थीं, हमारे लौटने का इन्तज़ार करती हुई...कुछ बरसों बाद जब कभी संयोग से उस शहर में दुबारा लौटना होता, तो हमें याद भी नहीं रहता था कि कौन-सी चीज़ हमने कहाँ छिपाकर रखी थी, जबकि वे चुपचाप हमारी वापसी का इन्तज़ार करती रहतीं...हम उनके पास से गुज़र जाते और हमें पल भर के लिए भी ख़याल नहीं आता था कि ख़ुद हमारी ज़िन्दगी का एक टुकड़ा किसी झाड़ी के पीछे, किसी पेड़ की जड़ में, किसी पानी की टंकी के पीछे हमारा इन्तज़ार कर रहा है..."

"क्या यहाँ रहकर वे सब चीज़ें याद आ जाती हैं," मैंने पूछा, "जो आपने खो दी थीं?"

"नहीं...नहीं..." उन्होंने कहा, "हम ख़ुद खोई हुई चीज़ों में शामिल हो जाते हैं...आख़िर हमें भी तो कोई यहाँ छोड़कर भूल गया है कि हम उनके इन्तज़ार में बैठे हैं।

बादलों का एक परदा-सा हमारे बीच खिंच आया था—लगता था, वे कहीं छिप गए हैं, सिर्फ़ उनकी आवाज़ मेरे पास आ रही है।

"क्या आप इसीलिए यहाँ रहते हैं? कहीं नहीं जाते?"

"नहीं, आया इसलिए नहीं था, लेकिन रह इसीलिए रहा हूँ।"

'फिर रह क्यों नहीं जाते, नीचे जाना ज़रूरी है?' मैं उनसे पूछना चाहता था, लेकिन किसी चीज़ ने मुझे रोक लिया। वह बहुत दूर-से जान पड़े। कितने बरसों से जानता आया हूँ, निरंजन बाबू को, पर भीतर कितनी ख़ाली जगहें हैं, जिन्हें कभी नहीं पाट पाया। जिस तरह अचानक फ़िलॉसफ़ी छोड़कर निरंजन बाबू ग़ायब हो गए थे, बरसों बाद दुबारा

उन्हें मिलकर लगता है कि यह जो सामने बैठे हैं, बाग़ीचे के मालिक, यह उनसे कुछ अलग हैं, जिन्हें मैं यूनिवर्सिटी में जानता था...इसीलिए एक क़दम आगे जाकर दो क़दम पीछे मुड़ जाता हूँ, ठीक उस घटना-स्थल पर जहाँ निरंजन बाबू के दोनों सिरे पाए जाते थे—एक वह, जिन्हें बरसों पहले जानता था; दूसरे वह, जो मेरे सामने बैठे थे, चाय के गिलास के आगे, पाइप सुलगाते हुए...।

चुन्नीलाल जब लालटेन जलाकर हमारी मेज़ पर लाया, तब पता चला, बातों के बीच कितना अँधेरा सरक आया था। दूर जंगल के बीहड़ हृतस्थल से झींगुरों और टिटहरियों की तान सुनाई दे रही थी। पीपल के चबूतरे पर किसी ने दीवा जलाकर रख दिया था, जो हवा के झोंके से फड़फड़ा उठता था।

"चाय और लाऊँ?"

"नहीं, अब चलते हैं।" निरंजन बाबू ने चाय के पैसे चुकाए। लेकिन बेंच से नहीं उठे, जैसे अभी कुछ कहना बाक़ी रह गया है।

"तुम्हें याद है, जो एक बार मैंने तुमसे कहा था?"

"किस बारे में निरंजन बाबू?"

"लगता है, इस बार मेरा जल्दी लौटना नहीं होगा...तुम चाहो, मेरी कॉटेज में आकर रह सकते हो...मैंने चाभी ननकू को दे रखी है।"

"यह आपकी मेहरबानी है...लेकिन मुझे नहीं लगता, इसकी कोई ज़रूरत पड़ेगी।"

वह कुछ देर चुपचाप मेरी ओर देखते रहे।

"तुम्हारी मरज़ी...लेकिन देखो..." वह एक क्षण रुके, "कोई भी फ़ैसला लो, तो मुझे लिखना न भूलना..."

फ़ैसला? पेड़ के अँधियारे में उनके मुँह से निकला यह शब्द सहसा मुझे सहमा-सा गया। मुझे तब नहीं मालूम था कि कोई भी फ़ैसला क्यों न लो, अँधेरी सड़क और भाग्य के नक्षत्रों के बीच फ़ासला एक जैसा ही रहता है।

4

उस शाम घर लौटा, तो बरामदे में मुरलीधर को देखकर आश्चर्य में पड़ गया। वह लालटेन लेकर सीढ़ियों पर बैठा था। मुझे देखकर उठ खड़ा हुआ, "क्या आपको साहिब जी मिले थे?"

"अपने कमरे में नहीं हैं?"

उसने 'ना' में सिर हिलाया।

"मैंने सारा घर छान डाला—जब कहीं दिखाई नहीं दिये तो मैंने सोचा, शायद सैर के लिए निकल गए हैं।"

मैं भागता हुआ कॉटेज की तरफ़ गया। सब कमरों के दरवाज़े खुले थे और बत्तियाँ जली थीं...उनका कमरा वैसा ही था, जैसा मैं छोड़कर गया था—तिपाई पर पानी का जग, विटामिन की गोलियों की शीशी, कुर्सी के नीचे उनके चप्पल, अलमारी में तह किये हुए कपड़े—मेज़ पर क़रीने से रखीं उनकी नोटबुक्स। सिर्फ़ बिस्तर ख़ाली पड़ा था।

मुरलीधर भी मेरे साथ घर के हर कमरे, कोने-कोटर, ग़ुसलख़ाने, टॉयलेट, पिछवाड़े के आँगन में झाँक रहा था, जैसे वह कोई लुका-छिपी

का खेल हो, जिसमें साहिब जी सबकी आँख बचाकर किसी दरवाज़े की ओट में खड़े हों।

कहाँ जा सकते हैं इस वक़्त?

"तुमने उनको आख़िरी बार कब देखा था?" मैंने मुरलीधर से पूछा।

"शाम के वक़्त...मुझसे पूछा, आप कहाँ हैं! मैंने बताया, निरंजन बाबू के साथ गए हैं...कुछ देर बाद उठकर बोले, 'तुम क्वार्टर जाओ, जब ज़रूरत पड़ेगी, तो बुला भेजूँगा।'"

"फिर?"

"फिर जब उनका सूप लेकर आया, तो वह कमरे में नहीं थे। लाठी, जूता भी नहीं था, इसलिए सोचा, अन्ना जी के यहाँ न गए हों... वहाँ जाकर देखा तो ताला बन्द था..."

समझ में नहीं आया, यह कैसे हो सकता है? वह जो पिछले दिनों अपने कमरे से बाहर नहीं निकलते थे, अब सहसा सबकी आँखों से ओझल हो गए थे। अपने पर ग़ुस्सा, खीझ, क्षोभ, सब एक साथ उमड़ने लगे। मुझे उन्हें छोड़कर नहीं जाना चाहिए था। कहीं वह इस बात पर तो नाराज़ नहीं हुए कि निरंजन बाबू आए, उनसे नहीं मिले, मुझे अपने साथ ले गए? तिया के जाने के बाद उन्हें हर बात पर ग़ुस्सा आता था। मुझे उनकी वे सब बातें याद आने लगीं, जिनकी ओर मैं ध्यान नहीं देता था, सनक समझकर टाल देता था...कभी किसी रात पूछते थे, 'रजिस्टर लाए हो? (वह हमेशा मेरी नोटबुक को 'रजिस्टर' कहते थे।) मुझे आज तुमसे एक ज़रूरी बात कहनी है...जल्दी करो, नहीं तो भूल जाऊँगा।' मैं नोटबुक लेकर बैठा रहता और वह आँखें मूँदे बैठे रहते।

"चलें, बाबू जी, बाहर चलकर देखते हैं, बहुत दूर नहीं गए होंगे।"

"कहाँ मुरलीधर?" मैंने अवश होकर उसे देखा। उसके चेहरे पर कोई निराशा नहीं थी, मानो ऐसी घटनाएँ रोज़ घटती हों!

"आप ऊपर पोस्ट ऑफ़िसवाली सड़क पर देखिए...हम नीचे बाज़ार की तरफ़ जाते हैं...यह लालटेन आप रखिए। मुझे कोई मुश्किल नहीं पड़ेगी।"

लालटेन की ज़रूरत नहीं पड़ी। ऊपर तारों का जाल बिछा था, सारी पहाड़ियाँ एक सफ़ेद तलछटी रोशनी में चमक रही थीं। सड़कें ख़ाली पड़ी थीं। एक अजीब-सी दहशत ने मुझे पकड़ लिया। यदि वह चलते-चलते किसी खड्ड में जा गिरे, तो पता भी नहीं चलेगा कि वह किस नाले-खाई में जा पड़े हैं...और यदि किसी बाघ-बघेड़े की आँख उन पर जा पड़ी, जो सर्दियाँ शुरू होते ही आहार की तलाश में अपनी वन-गुहाओं से बाहर निकल आते हैं? पर इन सब अन्देशों को भेदता हुआ जो डर सबके ऊपर अपने डैने फैलाकर फड़फड़ा रहा था—वह तिया को लेकर था...मैं उनको कैसे अपना मुँह दिखा सकूँगा?

डाकघर का सूना अहाता, चीड़ों के सर्र-सर्र करते पेड़, तारों के फीके आलोक में गाँव की तरफ़ उतरती हुई पगडंडियाँ—सबको पार करता हुआ मैं चलता गया। वह कहीं दिखाई नहीं दिये। बचे रह गए थे डॉक्टर सिंह और अन्ना जी के घर। अगर वह उनके घर जाते तो वह ज़रूर मुझे ख़बर करते। थक-हारकर मैं पोस्ट-ऑफ़िस के सामनेवाली डिस्पेंसरी की बेंच पर बैठ गया, जहाँ दिन के वक़्त रोगी बैठते थे। पहली बार मुझे लगा, जैसे मैं भी उनकी जमात में ही हूँ—उन दुर्लभ बीमारों में से एक, जिन्हें तब तक अपने रोग का पता नहीं चलता, जब तक उन्हें कोई ठोकर नहीं लगती...और ठोकर भी कैसी—कि जो बाहर से आया था, उन्हें ढूँढ़ने आ निकला था, जो ख़ुद अपने घर के बाहर गुम हो गए थे...।

बहुत पहले कभी मिसेज़ मेहरा ने मुझे उस शहर के एक डाकिये की घटना सुनाई थी...वह रोज़ चिट्ठियों का बैग लेकर निकलता और लोगों को बाँटने की बजाय उन्हें एक घाटी में फेंक देता—वैली ऑफ़ डैड लेटर्स। मरी हुई चिट्ठियों के नाम से वह घाटी जानी जाती थी...।

क्या कुछ लोगों को भी उनका भाग्य उस पोस्टमैन की तरह किसी ऐसी जगह लाकर पटक देता है, जहाँ वे एक-दूसरे के पतों के साथ रहकर भी एक-दूसरे के लिए खो जाते हैं...?

तारों की छाँह में बैठा हुआ उस रात मैं शहर को देखता रहा... मेरे लिए वह शहर भी वह कहाँ था। ऊपर निरंजन बाबू का बाग़ीचा, कुछ नीचे हटकर अन्ना जी की पुरानी कॉटेज, मेहरा साहब का घर, चुंगीख़ाने के पीछे फैली सिमिट्री के यूक्लिप्टस—और इन सबको घेरते जंगल, नदी, नाले, पथरीली चट्टानों में दबे पुराने सागर-जन्तुओं के फ़ॉसिल, कंकाल, जिसके अतल में किसी दूसरे काल-लोक की घड़ी टिक-टिक करती है, उस सबको दुहराती हुई जो कभी पहले से ही घट चुका है, और तब मुझे एक अजीब-सा ख़याल आया कि शायद मेहरा साहब उस रात काल-चक्र के इसी अन्तहीन अन्धड़ से मुक्ति पाने के लिए ही घर छोड़कर बाहर चले गए हैं...।

पर बाहर कहाँ...हर जगह तो बाहर है?

तभी मुझे दूर से पास आती हुई लालटेन दिखाई दी, जैसे वह अँधेरे में ख़ुद अपने पैरों पर चली आ रही हो! उसके पीछे काली की छाया, जो भागती हुई मेरे पास चली आई, मेरी टाँगों पर उछलते हुए चीख़ने लगी।

सामने मुरलीधर खड़ा था।

"...चलिए, साहिब जी आ गए।"

"कहाँ मिले?" मैंने ख़ुशी में उसके दोनों कन्धे पकड़ लिये।

"वह तारा देवी की सीढ़ियों पर बैठे थे।"

"तारा देवी? वहाँ कैसे?"

मुरलीधर चुप खड़ा रहा। एक अजीब-सा भय उसके पहाड़ी चेहरे पर जमा था, जैसे तारा देवी का बुलावा किसी को भी किसी घड़ी भी आ सकता है...।

मैं बेंच से उठ खड़ा हुआ। मुरलीधर की लालटेन, काली की दौड़ती छाया, उसके पीछे मैं—हम एक साथ घर की ओर चलने लगे।

5

उस दिन के बाद उनका रास्ता खुल गया। वह बिना किसी से कुछ कहे-सुने बाहर निकल जाते। मैं उनके कमरे का दरवाज़ा खोलता, तो वह ख़ाली दिखाई देता, कुर्सी-मेज़-बिस्तर एक अजीब शिकायत-भरे ग़ुस्से में मुझे घूरने लगते, मानो उन्हें मालूम भी न हो, कब वह उनके चंगुल से आँखें बचाकर बाहर निकल गए हों। अच्छी बात यह थी कि उन्हें खोजने के लिए कहीं बहुत दूर नहीं भटकना पड़ता था। बुरी बात यह थी कि उनके छिपने का स्थान हमेशा बदलता रहता था—एक दिन नाले के किनारे बैठे दिखाई देते, तो दूसरे दिन फ़ॉरेस्ट हाउस के पीछेवाली ढलान पर लेटे हुए। मुझे देखकर वह हमेशा कुछ हैरान-से हो जाते, जैसे मैं किसी दूसरे ग्रह-लोक का निवासी हूँ जो अचानक उनके सामने प्रगट हो गया हूँ! मैं उनका हाथ पकड़कर उनके पास ही बैठ जाता, वह अपना हाथ मेरे हाथ में पड़ा रहने देते, पर कहते कुछ नहीं थे।

उन दिनों वह कुछ भी नहीं कहते थे। वह चुपके-से कहीं बाहर न निकल जाएँ, इसलिए मैं उनके साथ जाने लगा। रास्ते पर चलते-चलते कभी-कभी उनके होंठ फड़कने लगते, मानो वह अपने से बोल रहे हों! कुछ दिनों बाद मुझे अपनी ग़लती पता चली—वह अपने से नहीं, अपने में बोलते थे, बहुत ही ध्यानावस्थित मुद्रा में, मानो जीवन के कुछ बचे हुए रहस्य-प्रसंग जो उन्होंने किसी से नहीं कहे थे, किसी अदृश्य स्टेनोग्राफ़र को लिखवा रहे हों! मेरा प्रतिस्पर्द्धी, जिसके बारे में मुझे कुछ भी नहीं पता था, लेकिन जो उनके साथ छाया की तरह चलता था। कभी-कभी रास्ते पर चलते हुए मुझे कोई शब्द सुनाई दे जाता, जैसे कोई चोरी-चुपके से उनकी आँख बचाकर बाहर निकल आया हो। 'आपने कुछ कहा?' मैं उनसे पूछता। वह चलते-चलते रुक जाते, जैसे मैंने उनके स्वगत वार्तालाप में कोई कंकड़ डाला हो! वह फिर चलने लगते, जब तक कोई दूसरा शब्द मछली-सा उछलकर ऊपर न आ जाता, कोई भूला हुआ दोस्त, अचानक किसी पुराने शहर का नाम, या कभी सिर्फ़ एक गहरी आह की हूक जो उनकी छाती में ऊपर से नीचे तक एक बिजली की कड़क की तरह चमक जाती। लेकिन किसी दिन एकदम साफ़-सुथरे, सीधे सुनाई दे जानेवाले शब्द—जैसे Great Expectations...मैंने कौतूहल से उनकी ओर देखा, तो बोले, 'पढ़ा है।' मैंने कहा, डिकेंस? तो हँसकर बोले, 'डिकेंस नहीं तो क्या हार्डी... क्लब की लाइब्रेरी में हैं...वहाँ चलकर देखेंगे!'

वह एक निराली जगह थी—क्लब की लाइब्रेरी। अंग्रेज़ों के ज़माने में वह सचमुच क्लब का एक जीवन्त भाग रही होगी और वहाँ उनकी बीवियों ने अपना ख़ाली समय गुज़ारा होगा...रिटायर होने के बाद घर लौटने से पहले वे अपनी निजी किताबें सात समुद्र पार ढोने के बजाय लाइब्रेरी को भेंट कर जाते होंगे, तभी बहुत-सी किताबों के टाइटल पृष्ठ पर उनके नाम देखे जा सकते थे : मिशनरियों के संस्मरण, शिकारियों

की रोमांच कथाएँ, वॉल्टर स्कॉट, आर.एल.—स्टीवन्सन, किपलिंग के उपन्यास। किताब के टाइटल से ही हर अफ़सर या उसकी पत्नी की रुचि और स्वाद का पता चल जाता था। अलमारियों के बीच ख़ाली दीवारों पर बाघ, सिंह या चीते की खालें टँगी रहती थीं...धूल और झरते हुए पलस्तर में सनी हुई उनकी त्वचा किसी प्राचीन गुहा-चित्र की याद दिलाती थी, मानो असली जानवर मरने के बाद स्वयं अपने रेखाचित्रों में बदल गए हों...!

उन दिनों मैंने कितनी दोपहरें साहिब जी के साथ इन किताबों, बाघों, शिकारियों के बीच गुज़ारी थीं। लाइब्रेरी में घुसते ही वह एक ख़ास अलमारी के आगे खड़े हो जाते। उन्हें सब मालूम था, कौन-सी किताब किस कोने में दुबकी है। उनकी छड़ी की नोक धूल-भरे शीशों के भीतर घूमती रहती, जिनके भीतर किताबों पर जड़े मोरक्को चमड़े की पीठ पर सुनहरे टाइटल मकड़ी के जालों में झूलते दिखाई देते थे। कभी कोई वेल्स, कोई कोनराड उनकी छड़ी की नोक से बाहर सरक आता, वह वहीं स्टूल पर बैठकर उसे पढ़ने लगते। एक हल्की-सी मुस्कराहट उनके चेहरे पर चली आती, जैसे कोई भूला हुआ दृश्य समय की झाड़ी से निकलकर उपन्यास के पन्ने पर उतर आया हो! भूल जाते, मैं वहाँ बैठा हूँ।

एक शाम उन्होंने अचानक किताब से सिर उठाया और मेरी तरफ़ देखा, बोले, "तुम अब भी यहाँ बैठे हो?"

"आप पढ़िए...मुझे देर नहीं है।"

"सुनो...तुम एक काम क्यों नहीं करते—जब तक मैं यहाँ बैठा हूँ, तुम बार में जाकर ड्रिंक ले सकते हो...हो सकता है, डॉक्टर सिंह भी वहाँ बैठे हों?"

"आपको मेरा यहाँ बैठना बुरा लगता है?"

एक अजीब-सी उदासी में वह हँस दिये, "बुरा क्यों लगेगा—तुम्हें देखकर मुझे अपना कुछ याद आ जाता है। तिया जब छुट्टियों में आती थी,

तो यहाँ बैठकर अपना काम करती रहती थी...मैं बार में बैठा रहा करता था। जब लाइब्रेरी बन्द हो जाती थी, तो हम साथ घर लौटते थे।"

"आप थोड़ा ठीक हो जाइए..." मैंने कहा, "हम उनसे मिलने जा सकते हैं—बस से सिर्फ़ पाँच घंटे का रास्ता है।"

"तिया से?" उनकी आँखें चमकने लगीं, जैसे उन्हें मेरे शब्दों पर विश्वास न हो रहा हो, "वह हमें देखकर बिलकुल हैरान हो जाएगी... पूछेगी तो हम कहेंगे, इस बार हम क्रिसमस उसके साथ मनाने आए हैं।"

पर दूसरे ही क्षण उनके चेहरे पर छाया-सी उतर आई।

"पता नहीं, उसे बुरा तो नहीं लगेगा?" उन्होंने मेरी तरफ़ एक बच्चे की तरह देखा, जो अपनी आशंका दूर करने के लिए बड़े को देखता है।

"बुरा क्यों लगेगा?"

"हमारा इस तरह अचानक उसके पास पहुँच जाना?"

"आप कहें, तो मैं उन्हें पत्र लिख सकता हूँ..."

वह अनिश्चित-से चुप बैठे रहे। गोद में पड़ी किताब को उठाकर अलमारी में रख दिया, "अच्छा, देखेंगे।" फिर मेरी तरफ़ देखा, "चलें?"

और हम लाइब्रेरी से बाहर चले आए।

फाटक के साथ चीड़ का पेड़ दिखाई देता था, जिसकी पत्तियाँ सुइयों की तरह तारों के बीच फँसी दिखाई दे रही थीं। वह अपनी लकड़ी के सहारे चलते थे, कभी अपना हाथ मुझे नहीं पकड़ने देते थे। अपनी छड़ी की खट-खट और झाड़ियों में झींगुरों की तान...एक-दूसरे की जुगलबन्दी में इतना मस्त हो जाते कि देर तक हमें पता नहीं चलता कि साथ होते हुए भी हम कैसे रात के बनैले, चमकीले मौन में सिर्फ़ वह सुन रहे हैं, जिसका सम्बन्ध हमसे नहीं, किसी आदिम जगत् से है... शायद इसीलिए साहिब जी अचानक रास्ते में खड़े हो जाते, जैसे लाठी की नोक से यदि डिकेंस और हार्डी के रहस्य-जगत को बाहर निकाला जा सकता है, तो प्रकृति के उस वार्तालाप को भी सुना जा सकता है,

जो तारों के नीचे चीड़ों की सरसराहट में सतत बहता रहता था। इस वार्तालाप का आदि-अन्त कुछ भी नहीं था। कभी भी उसे बीच में सुना जा सकता था, पकड़ा जा सकता था।

कुछ दिन बीत जाने के बाद एक रात जब हम क्लब से लौट रहे थे, उन्होंने सहसा मुझसे पूछा, "उस दुपहर तुमने जो लाइब्रेरी में कहा था, क्या सिर्फ़ मुझे बहलाने के लिए कहा था?"

"किस बारे में? आप किस शाम की बात कर रहे हैं?"

वह कुछ खीज-से उठे, "तुम्हें कुछ भी याद नहीं? तो छोड़ो!" वह अपनी लाठी को घुमाते हुए तेज़ क़दमों से चलने लगे। मैं जल्दी से उनके पास आया, "आप बताइए तो...किसकी बात कर रहे हैं आप?"

वह चलते रहे, कुछ भी नहीं बोले। कुछ देर बाद अपने-आप ठहर गए, "मुझे नहीं मालूम था, तुम्हारी मैमरी इतनी छुई-मुई है...मेरी बात छोड़ो, तुम्हें अपना कुछ याद रहता है?"

"...कौन-सी बात आपने कही थी, जो अब मुझे याद नहीं आ रही?"

वह कुछ देर चुप रहे, फिर अचानक बोले, "क्या हम सचमुच तिया से मिलने जा सकते हैं?"

उन्हें अब भी याद था, जिसे मैं हँसी समझकर लगभग भूल चुका था।

"यह तो बहुत ही अच्छा रहेगा, पर क्या उन्हें एक चिट्ठी लिखकर बता देना ठीक नहीं रहेगा?"

"नहीं...नहीं," उन्होंने सिर हिलाया, "पहले से बता देंगे, तो सरप्राइज़ कैसा?"

मैं कुछ असमंजस में खड़ा उन्हें देखता रहा। वह अपने डर को सरप्राइज़ का नाम दे रहे थे...तभी इतना उत्तेजित-सा दिखाई दे रहे थे कि उस समय कुछ भी कहना बेमानी-सा जान पड़ा।

"क्या सोच रहे हो?" उन्होंने स्नेह से मेरे कन्धे पर हाथ रखा।

"ठीक है...लेकिन आप इस हालत में बस का सफ़र कर लेंगे?"

"किस हालत में?"

"क्या जाने से पहले डॉक्टर सिंह को दिखाना ठीक नहीं होगा?"

"वह क्यों?" अभी एक हफ़्ता पहले ही तो वह मुझे देखकर गए थे..."

"नहीं...उनके आने की ज़रूरत नहीं...मैं ख़ुद उनसे पूछ आऊँगा कि आप यात्रा कर सकते हैं?"

"तुम्हीं तो कहते थे, पाँच-छह घंटे का सफ़र है..."

मैंने अधिक बहाना करना ठीक नहीं समझा।

"ठीक है...मैं पता चलाने जाऊँगा, डीलक्स बस कितने बजे जाती है...उस हिसाब से तैयारी कर लेंगे।"

उन्होंने मेरी तरफ़ ऐसे देखा, जैसे आश्वस्त होना चाहते हैं कि मैं उन्हें बहला तो नहीं रहा? बहुत बार सुना था कि बुढ़ापे में लोग बच्चे-से हो जाते हैं, किन्तु उस शहर के बीच सड़क पर मेहरा साहब से बात करते हुए जान पड़ा कि बचपन और बुढ़ापे से परे भी एक स्टेशन होता है—जहाँ मनुष्य उम्र का खूँटा छुड़ाकर सब स्टेज एक साथ पार करता जाता है, आगे-पीछे की दिशाओं का कोई बोध नहीं रहता...कोई भी क़दम कहीं भी पड़ सकता है। पता भी नहीं चलता, किस क्षण वह किस आयु की शिला पर खड़े होकर अपनी दुनिया को देख रहे हैं।

और वह दुनिया भी एक जगह पर स्थिर नहीं रहती। क्लब में बैठे हुए जब मैं साहिब जी को किताब में खोए हुए देखता था, तो लगता था, यह वह दुनिया नहीं, जो बिस्तर पर पड़े उन्हें ख़ाली आँखों से छत पर

दिखाई देती है...और वह उससे भी अलग है, जो अब मेरे साथ सड़क पर चलते हुए तारों के जाल के नीचे खड्ड में गिरते पानी के झरने और झींगुरों को सुनते हुए दिखाई देती है। क्या कभी वह सोचते हैं कि एक दुनिया वह भी है, जहाँ मैं उनके साथ हूँ?

ज़रूर सोचते होंगे, क्योंकि उस रात अपने कमरे के दरवाज़े पर पहुँचकर वह एकदम भीतर नहीं चले गए...मुझसे कहा, क्या मैं उनके साथ कुछ देर बैठ सकता हूँ? मुझे नींद तो नहीं आ रही?

लेकिन वह भीतर भी नहीं गए। जालीदार रेलिंग से घिरे बरामदे के भीतर अपनी आरामकुर्सी पर बैठ गए। मैं उनके सामने था, जहाँ से मुरलीधर के क्वार्टर की रोशनी झाड़ियों पर गिर रही थी। न कोई डेस्क, न मेज़, न रजिस्टर, कुछ भी ऐसा नहीं, जो घर के पुराने दिनों की याद दिला सके, मानो जंगल के बीच किसी पुराने रेस्ट हाउस के बरामदे में बैठे हों। अँधेरा पूरा नहीं था, तारों के फीके उजास में समूचा वन्य-स्थल खुला-सा पड़ा था, एक जंगली गन्ध-सी हवा में घुल रही थी। मेरे अपने कमरे का छज्जा खिड़की की रोशनी में कहीं बीच रात में डोलता-सा जान पड़ता था। मुझे याद आया, मिसेज़ मेहरा अपने आख़िरी दिनों में इसी बरामदे में बैठी रहा करती थीं, और मैं अपनी खिड़की से देखा करता था।

"तुम्हें सर्दी लग रही हो, तो भीतर बैठते हैं।"

"नहीं, मैं ठीक हूँ, लेकिन आप?"

उन्होंने कुछ नहीं कहा। ठंड से दूर वह किसी और ख़याल में डूबे थे। उनके साथ चुप रहने का मतलब चुप रहना ही था, जो मुझे अच्छा

लगता था। ज़बरदस्ती नहीं थी कि साथ बैठने का मतलब एक-दूसरे से बोलना ही हो। कभी-कभी तो हमें याद भी नहीं रहता था कि हम चुप बैठे हैं। मुझे लगता है, जब दो लोग बहुत दिनों तक साथ रहते हैं, तो अक्सर ऐसा भ्रम होता है कि वे एक-दूसरे को सुन रहे हैं, हालाँकि उनमें से बोल कोई भी नहीं रहा होता।

मैंने उनके हाथ को धीरे से छूकर कहा, "कुछ मुझसे कहना है आपको?"

उन्होंने मेरी ओर देखा, सिर हिलाया...फिर जैसे कुछ याद आया, "क्या वे सचमुच आदमियों का मांस खाते थे?"

"कौन?" आश्चर्य से मैंने उन्हें देखा।

"उस दिन तुम जो किताब दिखा रहे थे...मेक्सिको या कौन-सी जगह थी?...मैं सोचता रहा हूँ, उनके बारे में...तुमने बताया था कि जिस आदमी की बलि देते थे, वह उनका सबसे प्रिय आदमी होता था...यह ठीक भी था, हम देवता को वही उपहार देते हैं, जो हमारे बिलकुल पास का होता है, जिसके बिना हम रह नहीं सकते। वह भी कैसी मौत, जिसके बाद हमें अपना जीवन दूभर न जान पड़े! वह किताब हमारे क्लब की लाइब्रेरी में होनी चाहिए।"

वह कुछ देर चुप रहे। बरामदे की झिरझिरी से हवा आती थी, तो पौधे सिहरने लगते थे। किन्तु दूर देवदार के पेड़ एक लाइन में बिलकुल स्तब्ध-से दिखाई देते थे। मानो चलती हवा उन्हें छुए बिना उनके ऊपर से निकल जाती हो, और वे बिलकुल निश्चल-से खड़े थे।

"एक बात पूछूँ..." वह अचानक बोले, "ऐसी किताबें पढ़कर तुम कुछ सीखते हो?"

"किसके बारे में?"

"अपने बारे में और किसके बारे में! तुम सोचते हो, जो लोग हज़ारों साल पहले जीते थे, उनके रीति-रिवाज़ हमारे भीतर जीवित नहीं हैं?"

"आप क्या सोचते हैं?"

"मुझे लगता है...हम अब भी लोगों को बलि पर चढ़ाते हैं... हालाँकि उनका गोश्त नहीं खाते!"

एक झुरझुरी-सी भीतर दौड़ गई। वह कैसी हाँक रहे हैं—कहाँ एज़टेक, कहाँ यह पहाड़ी क़स्बा—इन दोनों के बीच कौन-सा रिश्ता यह ढूँढ़ रहे थे? कौन-सा कीड़ा इनके मस्तिष्क में रेंग रहा है, जो इन्हें चैन नहीं लेने देता?

"आप क्या सोचते हैं," मैंने धीरे-से कहा, "आदमी के स्वभाव में कोई परिवर्तन नहीं हुआ...हज़ारों साल पहले के लोग और आज जो हम हैं—एक जैसे हैं?"

वह चुप बैठे रहे, सिर हिलाया, मेरी तरफ़ देखा।

"तुम बताओ...तुम तो बहुत पढ़ते हो, तुम्हें अपने में कोई फ़र्क़ दिखाई देता है?"

"अपने में?" मैंने आश्चर्य से उन्हें देखा, "मैंने सोचा, आप इतिहास की बात कर रहे हैं।"

वह हँसने लगे।

"अपने इतिहास के बारे में सोचो...तुम्हें क्या लगता है, तुम वही हो, जैसा...जैसा तब थे, जब यूनिवर्सिटी में थे या बचपन में जब माँ-बाप जीवित थे?"

क्या आदमी ख़ुद अपने बीते के बारे में तय कर सकता है, वह क्या था, अब क्या है? जैसे हम बचपन में किवाड़ पर पेंसिल का निशान लगाकर अपनी लम्बाई नापते थे...एक दिन जब हम सचमुच 'बड़े' हो जाते हैं, तो सूखे काठ पर छुटपन के वे निशान कितने बेमानी जान पड़ते हैं!

"जानते हो, जब तुम कभी मुझे वह पढ़कर सुनाते हो, जो मैं तुम्हारे सामने कहता हूँ, तो मुझे हर बार लगता है कि मैं वह आदमी नहीं, जिस

पर यह सबकुछ बीता है...मुझे लगता है, जो लोग अपनी आत्म-जीवनी लिखते होंगे, उन्हें भी कुछ ऐसा शक होता होगा।"

"कैसा शक?" मैंने उनकी ओर देखा। उनके पीछे रात का अँधेरा था, जहाँ उड़ते हुए जुगनुओं की फिसलती हुई बिन्दियाँ दिखाई दे जाती थीं।

"अपने पर...कि वह एक साबुत चीज़ है, या अलग-अलग टुकड़ों से जुड़ी हुई कोई चीज़! मेरे एक दोस्त थे, जिनको कभी विश्वास नहीं होता था कि जो आदमी विवाह करता है, वह वही आदमी होता है, जो एक दिन अचानक अपनी पत्नी छोड़कर किसी दूसरी औरत के साथ चला जाता है...वह कहते थे, वह कोई दूसरा आदमी है, हालाँकि उसके हाथ-पाँव, चेहरा, आँख का रंग एक जैसा ही रहता है...कितनी अचरज की बात है कि जो आदमी अपनी पत्नी से प्रेम करता है, वह उसे मार भी सकता है...और मारने के बाद, अचानक उसे दहशत-सी होती है कि वह पहले जैसा ही है, उसमें और हत्यारे के बीच एक छोटे-से बाल का बँटवारा भी नहीं है!"

वह बोलते जा रहे थे, जैसे उस रात उन्होंने मुझे इसीलिए वहाँ बुलवाया था—एक न्यूट्रल जगह पर—न भीतर, न बाहर—बरामदे की देहरी पर—जहाँ वह निर्भीक होकर मेरे सामने कुछ भी कन्फेस कर सकते थे।

पर यह कैसा कन्फेशन था, जहाँ वह अपने अलावा सबके बारे में बोल रहे थे या शायद वह अपने में ही सबकुछ थे, जहाँ एक एक्टर अपने मोनोलॉग में सबके पार्ट खेलता जाता है—कोई पुराना दोस्त, कोई पागल प्रेमी, कोई हत्यारा पति...?

मैं थोड़ा-सा पीछे हट गया, जैसे इतनी पास से उन्हें सह पाना असम्भव हो।

"क्यों, डर गए?"

एक बीभत्स-सी मुस्कराहट उनके चेहरे की झुर्रियों पर झूलने लगी।

"आपने क्या मुझे इसीलिए यहाँ बुलाया था?"

"तुम्हें..." एक अजीब हिकारत का भाव उनके स्वर में चला आया, "तुमने मेरे बारे में इतनी नोटबुक्स भरी हैं...यह बताओ, जो उन्हें पढ़ेगा, वह मेरे बारे में क्या सोचेगा?"

मैं उनकी ओर देखने लगा।

"हाँ, मेरे...उसे मैं कैसा दिखाई दूँगा? अगर मैं जीवित नहीं रहा... तो कैसी शक्ल-सूरत उसके दिमाग़ में आएगी?...क्या वह कभी सोच पाएगा कि ये एक हत्यारे के नोट्स हैं?"

"आप क्या कह रहे हैं बाबू जी?"

वह हँसने लगे, "नहीं, सचमुच का नहीं...वे नौसिखिए होते हैं, जिनके हाथ ख़ून से रँगे दिखाई देते हैं...देखो, मेरे हाथ तो उनको बिलकुल साफ़, धुले हुए दिखाई देंगे...कहीं कोई दाग़, धब्बा नहीं, जो उन्हें शक में डाल सके..."

उन्होंने दोनों हाथ मेरे सामने फैला दिये, जो मानो उनकी देह से अलग कुर्सी के हत्थे पर मोम की बाँहों से कटे पड़े थे...और तब उन्हें देखते हुए मुझे पहली बार लगा, जैसे उँगलियाँ, हाथ, हथेलियाँ—उनकी शायद निजी, गोपनीय, अँधेरी वासनाएँ होती हैं, जिनका आभास—बाकी देह को तनिक भी नहीं होता। वे अपनी अलग ज़िन्दगी जीते हैं। देह के भीतर होते हुए भी देह से अलग...जैसे उनके हाथ मेरे सामने पड़े थे—किसी हत्यारे के हाथ नहीं, बल्कि अपने बेलौस नंगेपन में दीखते हुए...एक ठंडी-सी झुरझुरी मुझे हिला गई, जब मैंने देखा कि वे दो निर्जीव-से पड़े हाथ किसी जादुई चमत्कार से धीरे-धीरे ऊपर उठ रहे हैं, उनके चेहरे की तरफ़ बढ़ रहे हैं, और हठात अपनी हथेलियों में उनकी आँखों को भींच लिया है, वह स्थिर थे, पर उनकी सारी देह

हिल रही थी और तब मैंने देखा...देह का वह हिलना उनके रोने के साथ जुड़ा है।

वह रो रहे थे, रात के सन्नाटे में और मैं पत्थर-सा बैठा था। कुछ दुख होते हैं, जिनके सामने सिर्फ़ पत्थर हुआ जा सकता है। और तब मुझे याद आया (स्मृति भी किस अँधेरे में अपनी कुंडली खोलती है) कि कभी बहुत पहले उन्होंने कहा था कि वह तिया की माँ के बारे में बताएँगे...वही जो उनके दौरे के दिनों में उपन्यास पढ़ती थीं...कहीं वह तो नहीं उस रात किसी अदृश्य कोने में आकर बरामदे में आकर बैठ गई थीं, उनका रोना सुन रही थीं, जिसका कोई निस्तार नहीं था? क्या आँसुओं का बाँध तभी टूटता है, जब भागने के बाक़ी सब रास्ते बन्द हो जाते हैं?

मैं धीरे-धीरे उनकी बाँहों को सहलाने लगा, जो पतली टहनियों-सी काँप रही थीं...बूढ़े आदमी के आँसू पता नहीं किस खन्दक से बाहर आते हैं। आत्मा की अँतड़ियों को चीरते हुए कि यह सोचना असम्भव लगता है कि उन्हें किसी दिलासे से रोका जा सकता है, फिर भी मैं उनकी बाँहों को सहलाता हुआ कहने लगा :

"बाबू जी, देखिए, आपको याद नहीं, कल हम तिया से मिलने जाएँगे...बिटिया के पास...कल सुबह ही उठेंगे। मैंने डीलक्स बस का टाइम पता चला लिया है...सिर्फ़ पाँच घंटे का रास्ता है। मैं सुबह सात बजे ही आपको जगाने आ जाऊँगा...ठीक है...अब आप उठिए, सोने चलिए..."

मैं बोलता जा रहा था, जादू-मंत्र की तरह यह साधारण, व्यावहारिक

वाक्य दुहरा रहा था, क्योंकि हमारे पास सिर्फ़ यही दुनिया है, जिसका प्रलोभन देकर हम उस आदमी को अपने किनारे खींच लेते हैं, जो दूसरे किनारे पर अँधेरी खाई के कगार पर खड़ा है...।

मैंने उन्हें कुर्सी से उठाया, और उनका हाथ पकड़कर कमरे में ले आया। जब वह बिस्तर पर लेट गए, तो मैंने उन्हें रज़ाई से ढक दिया। पानी का जग, गिलास और घड़ी उनकी तिपाई पर रख दिये।

"लैम्प बुझा दूँ?" मैंने पूछा।

"अभी रहने दो...मैं कुछ देर ऐसे ही लेटूँगा।"

"फिर मैं चलता हूँ...अब आप सो जाइए।"

मैं दरवाज़े तक चला आया, पर देहरी पर आकर मेरे पाँव रुक गए। पीछे मुड़कर देखा, तो वह चुपचाप तकिये पर सिर रखकर लेटे थे। आँसुओं के बवंडर के बाद एक धुली-धुली-सी आभा उनके चेहरे पर झलक रही थी। अचानक उनकी आँखें दरवाज़े की ओर मुड़ गईं, जैसे उन्हें पहले से ही मालूम था, मैं वहाँ खड़ा हूँ। मैं डर-सा गया। शायद ही उन्होंने मुझे कभी इस तरह निहारा हो।

अचानक उन्होंने हाथ के इशारे से मुझे पास बुलाया। मैं दुबारा उनके बिस्तर के पास आया। "कुछ चाहिए?" मैंने पूछा।

उन्होंने कुछ नहीं कहा, सिर्फ़ देखते रहे...धीरे से उनके होंठ फड़फड़ाए। मैं उनके और निकट चला आया, सिरहाने पर उनका चेहरा थोड़ा-सा ऊपर उठ आया, "मैंने अपनी सारी चीज़ें पैक कर ली हैं..." वह जैसे कोई छिपा भेद मुझे बता रहे थे, "तुमने?"

"मैं अभी जाकर करता हूँ..."

"अपनी वे किताबें भी रख लेना जो कलकत्ता से आती हैं..."

उनके चेहरे को देखकर लगा, जैसे वह किसी लम्बी यात्रा पर निकलनेवाले हों।

"तुमने उसको तो ख़बर नहीं की?"

उनके मुँह से तिया का नाम नहीं निकला, पर मैं जान गया, वह क्या कहना चाहते हैं। मैंने ऐसे सिर हिलाया, जैसे मैं उनके षड्यंत्र में शामिल हूँ।

"सुनो..." उनका स्वर अचानक बहुत कोमल हो आया, "वह तुम्हें देखकर बहुत ख़ुश होगी।"

मैं मुस्कराया।

"और आपको देखकर नहीं?"

उन्होंने दोनों हाथों से मेरा सिर नीचे झुका लिया, उनके काँपते होंठों से बाहर आया—'थैंक्स'! किसलिए? क्या मैंने ठीक से सुना था? अंग्रेज़ी के वे हकबकाए-से ढाई अक्षर, हल्की-सी उष्णता में नम, जो उनके मुँह से मेरे लिए पहली बार निकले थे।

तब क्या मालूम था कि वे उनके मुँह से निकले हुए आख़िरी अक्षर भी होंगे!

6

वह सुबह कभी नहीं आई, जिसकी प्रतीक्षा में मैं उस रात मेहरा साहब से अलग हुआ था। सिर्फ़ वह सुख याद है, जिसके सिरहाने हम दोनों सिर रखकर अपने-अपने कमरों में सोए थे। बीते हुए सुखों की तुलना में कभी न आनेवाले सुख हमेशा स्वच्छ और चमकीले दिखाई देते हैं। उन पर समय की धूल नहीं गिरती। वे कभी मैले नहीं पड़ते।

वह काफ़ी लम्बी रात रही होगी, या वह हमारी प्रतीक्षा थी, जिसने उसे इतना लम्बा खींच लिया था? मैं बार-बार उठता था, बत्ती जलाकर घड़ी देखता था, पानी पीता था, फिर सोने लगता था। सोने और जागने के बीच उनका चेहरा दिखाई देता था, कहीं दूर अपने कमरे में सो रही होंगी, बिना यह जाने कि अगले दिन हम उनके दरवाज़े पर खड़े होंगे। हमें देखकर वह क्या सोचेंगी? न ख़बर, न कोई सूचना, पत्र, फ़ोन कुछ भी नहीं। कहीं मैं अपने उतावलेपन में कोई भारी ग़लती तो नहीं कर रहा, जिसके लिए बाद में पछताना पड़े...एक सिरफिरा पागलपन?

पर तभी मुझे उनका चेहरा याद आता, नहीं, एक चेहरा नहीं, वे सब चेहरे, जो वह मेरे पास छोड़ गई थीं—उत्सुक, चिन्तामग्न, बोलते हुए, चुप, चलते हुए, खुला, सुर्ख़, धूप में तपा हुआ, जब वह हमारी टोली के आगे बाल्टी झुलाती हुई झरने की तरफ़ जा रही होती थीं... पर जब मैं उन्हें देखने के लिए करवट बदलता, तो मुझे उनका चेहरा नहीं, अपनी उम्र का दूसरा छोर दिखाई देता—धुंध में छिपा हुआ, पर इतना निकट, जैसे उस रात वह मेरे पास बेंच पर बैठी थीं...और एक अजीब-सी धुकधुकी मेरी छाती से निकल रही थी, तभी मुझे एक दूसरी खटखटाहट सुनाई दी...मैं हड़बड़ाकर उठ बैठा। कुछ देर तक दम साधे अँधेरे में लेटा रहा...और जब दरवाज़े पर फिर खटखटाहट हुई तो कोई सन्देह नहीं रहा।

मैं बिस्तर से उठकर दरवाज़े के पास आया, पर उसे एकदम खोल नहीं सका, कुछ देर तक बिना हिले-डुले खड़ा रहा; 'कौन है?' मैंने पूछा...हल्के धक्के से दरवाज़ा भड़भड़ाकर खुल गया।

देहरी पर लालटेन दिखाई दी। मुरलीधर खड़ा था।

"सुबह हो गई?"

आधी रात को सुबह? वह हकबकाया मुझे देख रहा था।

"मेरे साथ चलिए, बाबूजी!" उसने कहा।

"ठहरो, मैं हाथ-मुँह धोकर तैयार होता हूँ...इतने तुम मेरा सूटकेस लेकर बाहर चलो। साहिब जी तैयार हो गए?"

"वह तो चले गए।" लालटेन की रोशनी में उसका पीला, पहाड़ी चेहरा किसी अज्ञात, अनहोनी का सूचक था।

"चले गए...कहाँ?" मैं उसके पास आया और वह डरकर एक क़दम पीछे हट गया...और तब बाहर बरामदे में आकर मैंने देखा, आकाश तारों से भरा था...सुबह का कहीं पता नहीं था। कॉटेज के कमरे में एक बत्ती जल रही थी, जहाँ वह सोते थे।

"क्या हुआ मुरलीधर?" मैंने पूछा, "क्या वह कमरे में नहीं हैं?"

"हैं बाबूजी...लेकिन उनके भीतर कोई दूसरा आन बैठा है...कुछ समझ में नहीं आता, वह क्या कह रहा है?"

मैं कॉटेज की तरफ़ भागने लगा...जैसा था, वैसे ही...फूलों की क्यारियाँ, बैडमिंटन कोर्ट, बरामदा, उनका कमरा...बाँज और चीड़ के पेड़ों से होता हुआ...।

वह आधे बिस्तर पर थे, आधे नीचे लटक रहे थे, जैसे अचानक किसी ने उन्हें धक्का दिया हो और वह गिरते-गिरते सँभल गए हों...एक आँख खुली थी, मुँह के कोर से थूक की एक लाइन ठुड्डी तक बह आई थी...एक गहरी, घनघोर आवाज़ उनके गले में से निकल रही थी, जैसे उनके भीतर के जंगल में कोई घायल पशु क्रन्दन कर रहा हो...!

मैं अब तक उनकी मृत्यु से डरता हुआ आया था, तब क्या मालूम था कि मनुष्य की असली यात्रा मृत्यु से पहले शुरू होती है, जब वह जीने की पक्की सड़क छोड़कर किसी अनजानी पगडंडी की ओर मुड़ जाता है, जो जीने और मृत्यु से अलग किसी और दिशा की ओर जाती है।

सुबह ही मैं डॉक्टर सिंह को उनकी क्लीनिक से बुला लाया था। वह भीतर गए और कुछ ही देर बाद बाहर आ गए। देह के बाईं तरफ़ लकवे का हल्का-सा आघात हुआ था, जिसका असर ज़ुबान पर भी हुआ था।

चिन्ता की बात नहीं है। उन्होंने इंजेक्शन दे दिया था। वह सो रहे थे।

"बिटिया को ख़बर कर दी थी?" डॉक्टर सिंह ने मेरी ओर देखा...।

"नहीं, हम तो उनके पास जानेवाले थे।"

"कब?"

"आज सुबह।"

उन्होंने मेरे कन्धे पर हाथ रखा, "मैं क्लीनिक से उन्हें फ़ोन कर दूँगा। तुम इनके साथ रहो...शुरू के दिन मुश्किल होते हैं, इन दिनों लापरवाही नहीं बरतनी चाहिए..." फिर कुछ हैरानी से मेरी ओर देखा, "कैसे हो गया यह सब?"

"कैसे?" क्या पिछले दिनों का सिलसिलेवार ब्योरा दूँ, तो डॉक्टर सिंह समझ पाएँगे? लाइब्रेरी में, किताबों के बीच, जब डॉक्टर सिंह क्लब की बार में अपनी शाम की ड्रिंक ले रहे होते थे, तब मैं और साहिब जी शाम के धुँधलके में भीतर के किन वन्य-स्थलों की थाह पाने में लगे रहते थे, क्या कभी उसे साफ़-सुथरे ब्योरे में बाँधा जा सकता है? और वह पिछली रात, जब कोई चीज़ भरभराकर बाहर निकली थी, जैसे लावा उगलने से पहले धरती काँपती है और मैं उनकी हिलती हुई देह को आँखें फाड़े देख रहा था, बिना यह जाने कि अब कुछ नहीं बदला जा सकता।

डॉक्टर सिंह के जाने के बाद मैं देर तक उनके बिस्तर के सामने बैठा रहा। उन्होंने बोलने की कोशिश छोड़ दी थी, सिर्फ़ हाथ के इशारे से मुझे अपनी ज़रूरत बता देते थे। कुछ देर बाद मुरलीधर आया, चिलमची में गर्म पानी और कन्धे पर तौलिया, टैलकम पाउडर का डिब्बा, साबुन, जैसे वह बरसों से इस दूसरे आदमी की प्रतीक्षा में था, जो मेहरा साहब के भीतर था और अब इतने वर्षों बाद बाहर आया था, गूँगा, बेबस, लकवाग्रस्त, निढाल...साहिब जी के इस अचानक परिवर्तन को मुरलीधर ने उसी तरह इतने सहज रूप से स्वीकार कर लिया था, जैसे पहाड़ी लोग प्रकृति में होनेवाले परिवर्तन—आँधी, हवा, बर्फ़ और बारिश—को स्वीकार कर लेते हैं। उसकी आँखों में यह बीमारी नहीं, देह में होनेवाला आलोड़न था, जो अपनी लय और गति पर चलता है—उसे देखकर शोक या आश्चर्य भला किसलिए?

"आप ज़रा बाहर बैठेंगे? मैं इतने में इनका हाथ-मुँह साफ़ कर देता हूँ।"

मुरलीधर उनके कपड़े उतार रहा था। पुराने नौकरों का अपने मालिकों पर वैसा ही अधिकार होता है, जैसा माँ का अपने बच्चे पर। उनके सामने कुछ भी छिपा नहीं होता।

मैं बाहर बरामदे में आकर बैठ गया। नवम्बर का साफ़ उजला दिन, मानो सर्दियाँ आने से पहले अचानक मौसम एक क़दम पीछे हटकर बीती हुई गर्मियों का जायज़ा ले रहा हो। हवा में पतली, छिलके-सी धूप निकल आई थी, बैडमिंटन कोर्ट का पथरीला फ़र्श ओस में ऐसे चमक रहा था, जैसे पिछली रात बारिश गिरी हो...!

पिछली रात? अभी उसे बीते बारह घंटे ही तो हुए थे। क्या घटनाएँ हमारे समय में नहीं, किसी दूसरे काल-लोक में घटती हैं, जहाँ जल्दी और देर का कोई हिसाब नहीं है? क्या कभी मैं सोच सकता था कि इस घड़ी मैं बरामदे में बैठा होऊँगा, उनके साथ बस में नहीं, जिसकी दो सीटें मैं कल बुक करवाकर आया था और जो अब ख़ाली उस शहर की तरफ़ जा रही होंगी, जहाँ उनकी बिटिया रहती थी? यह अच्छा ही हुआ कि उन्हें हमारे आने की कोई ख़बर नहीं थी।

तिया उन्हें मुझ पर छोड़ गई थीं, बिना यह सोचे कि जो आदमी उनकी माँ की शरण में आया था, वह उनके पिता के अन्त की रखवाली कैसे कर पाएगा? बरामदे में बैठे हुए मुझे धूप में चमकता हुआ उनका शहर दिखाई दिया, पहाड़ों के पैरों पर बिछे हुए कुछ घर, एक अस्पताल, प्राइमरी स्कूल, बस-स्टैंड, रेल की लाइन, जो अलग दिशाओं से आकर

वहाँ ख़त्म हो जाती थी, ऊपर चढ़ने के लिए सिर्फ़ मोटर रोड जाती थी, उन क़स्बाती नगरों की तरफ़, जो पहाड़ के ऊपर बसे थे, जंगली नालों, झरनों, सेब और आड़ू के बाग़ीचों के बीच से गुज़रती हुई...हमें जिस रास्त से उतरकर उनके पास जाना था, उसी पर बस में बैठकर वह हमारे पास आ रही थीं।

पर वह नहीं आईं—न उस दिन, न अगले दिन। तीसरे दिन, जब डॉक्टर सिंह साहिब जी को देखने आए, तब मालूम हुआ कि वह अस्पताल की ओर से गाँवों की डिस्पेंसरीज़ का दौरा करने गई हैं। अस्पताल में किसी को नहीं मालूम था, वह कब लौटेंगी।

उनके न आने की ख़बर से एक अजीब-सी राहत महसूस हुई। साहिब जी को इस हालत में देखकर वह पता नहीं क्या कर बैठतीं! उनके सब पुराने डर उन्हें आ घेरते। एक मैं ही था, जिससे वह उनके बारे में पूछ सकती थीं और मैं उन्हें कुछ नहीं बता सकता था।

वह मुझसे कुछ कहना चाहते थे, यह सच है। पर शायद मैं उसके क़ाबिल नहीं था। मैं गवाह ज़रूर था, पर ऐसा जो सच्चे और विश्वसनीय गवाहों के जाने के बाद बच जाता है। जो बच जाता है, क्या उसकी गवाही पर कोई विश्वास कर सकता है?

और तब मुझे लगा, शायद उनकी बीमारी एक संकेत है—होंठों पर दबी हुई उँगली का इशारा...जिसके आगे लिये-दिये का ख़तरा ख़त्म हो जाता है।

क्या इसीलिए वह इतने शान्त दिखाई देते थे, जैसा मैंने उन्हें कभी नहीं देखा था? नहीं, शान्त नहीं, वह सही शब्द नहीं है।

शान्ति में एक तरह की पूर्णता होती है। उनके चेहरे पर एक ठहराव-सा दिखाई देता था—दो स्वरों के बीच एक विराम, अधबीच में ठहरी हुई चीज़, जैसे आधी रात किसी बीहड़ स्थान में कोई भड़भड़ाती-भागती ट्रेन रुक जाती है—न स्टेशन, न टर्मिनल, न सिग्नल। भीतर सोते हुए यात्रियों को पता भी नहीं चलता कि वे कहीं नहीं जा रहे हैं; कि इसके आगे कहीं जाना नहीं है। आशंका ट्रेन के ठहरने पर नहीं, अपनी यात्रा के गन्तव्य पर होने लगती है...।

मैं जब उन दिनों के बारे में सोचता हूँ, तो एक पर्दा-सा खिंच जाता है। बीतते हुए दिनों का सिलसिला बर्फ़ के लौंदे-सा जमा जान पड़ता है—परत-दर-परत बढ़ता हुआ, पर अपनी जगह से एक इंच-भर न हिलता हुआ। ठहरा हुआ समय नहीं, बहते हुए समय का भँवर, जो अपनी गहराई में इतनी तेज़ी से घूमता है कि सतह पर पथराया-सा निस्पन्द जान पड़ता है।

पुराने नोट्स को देखता हूँ, तो आँखें नोटबुक के उस सफ़े पर अटक जाती हैं, जब उन्होंने मुझे बाढ़ का क़िस्सा सुनाया था, जब बरसों पहले वह एक क़स्बाती स्टेशन में फँसे रह गए थे। चढ़ते पानी के सामने कुछ भी दिखाई नहीं देता था। अथाह जल में तैरते हुए पोस्टमैन शहर से टेलीग्राम लाया था...वह बिटिया के दुनिया में आने की ख़बर लेकर आया था, जब वह सारी दुनिया से अलग कटे हुए अपनी फाइलों में खोए बैठे थे। समय भी कैसा चक्कर लेता है! आज हम बिटिया के आने की प्रतीक्षा कर रहे थे, जबकि उन्हें पता भी नहीं था कि बीच में कितना पानी बह निकला है।

दूसरे दिन जब मुरलीधर भीतर साहिब जी के साथ बैठा था और मैं बाहर बरामदे में अपनी पुरानी नोटबुक्स पढ़ रहा था, मुझे अन्ना जी आती दिखाई दीं। मैंने उन्हें दूर से ही फ़ाटक से नीचे उतरते देख लिया था। वह ब्राउन रंग के मखमल की लम्बी मैक्सी स्कर्ट पहने थीं। काले ऊन के टोपे से सिर दबा था, और हाथ में छोटी-सी छड़ी थी। उनके साथ उनकी पहाड़ी नौकरानी भी आ रही थी...उसका पीले रंग का चूड़ीदार पाजामा दूर से ही चमक रहा था। उसने अन्ना जी के ख़ाली हाथ को पकड़ रखा था, दूसरे हाथ से अन्ना जी धीरे-धीरे छड़ी टिकाते हुए आ रही थीं। उतराई ख़त्म होते ही, जैसे ही वे कॉटेज के सामने आए, अन्ना जी ने अपना हाथ छुड़ा लिया और मिचमिचाती आँखों से मुझे देखने लगीं।

"कैसे हैं अब?" उन्होंने तीखे स्वर में पूछा, पर मेरे उत्तर का इन्तज़ार किये बिना बरामदे की सीढ़ियाँ चढ़ने लगीं। ऊपर पहुँचते ही वह कुर्सी पर बैठ गईं और छड़ी को जँगले पर टिका दिया। वह हाँफ रही थीं। कुछ देर बाद जब उनकी साँसें नियमित रूप से चलने लगीं, तब उन्होंने आँखें ऊपर उठाईं।

"कौन है उनके साथ?"

"मुरलीधर," मैंने कहा। "अभी नाश्ता लेकर लेटे हैं।"

"क्या लिया था नाश्ते में?"

"...नाश्ते में दूध और दलिया, दुपहर और शाम को सूप बना देते हैं। आपको डॉक्टर सिंह ने बताया होगा!"

वह बोलीं कुछ नहीं, धूप में झिलमिलाते चीड़ों को देखती रहीं।

"कल निरंजन बाबू से पता चला था।"

"निरंजन बाबू?" मैंने हैरानी से उन्हें देखा, "उन्हें कैसे मालूम हुआ?"

"डॉक्टर सिंह से क्लब में मिले थे। वह यहाँ नहीं आए?"

"नहीं, अभी तो नहीं।"

अपनी नीली आँखों से अन्ना जी धूप में झिलमिलाते पॉपलर पेड़ों की नंगी टहनियों को देखती रहीं। कुछ देर बाद मैंने कहा, "आप भीतर चलकर उन्हें देखना चाहेंगी?"

वह कुछ देर तक चुपचाप बैठी रहीं...फिर अपनी छड़ी के सहारे ऊपर उठीं, मेरी तरफ़ देखा, "वह सो तो नहीं रहे?"

"नहीं, चलकर देख लीजिए।"

वह कुछ देर झिझकती-सी खड़ी रहीं। पिछली बार जब उनसे मिला था, तब से बुढ़ापा कितने धीमे क़दमों से आकर उनकी देह के कोने-कोटर में अपना घर बसा गया था, उन्हें शायद उसका पता भी नहीं था। मुझे भी शायद पता न चलता, अगर वह भयभीत आँखों से मुझे न देखतीं, "क्या मुझे पहचान पाएँगे?"

"क्यों नहीं...कई बार आपके बारे में पूछते हैं।" मैंने झूठ बोला, जो शायद बिलकुल झूठ भी नहीं था; उनकी लड़खड़ाती ज़ुबान से जो आवाज़ निकलती थी, उससे किसी भी नाम की आतुर ध्वनि सुनाई दे सकती थी।

मैंने उनके कमरे का दरवाज़ा खोला, तो उन्होंने मेरा हाथ पकड़ लिया, "नहीं, तुम नहीं...मैं अकेले ही उन्हें देखूँगी।"

मैं बरामदे में आकर बैठ गया। नीचे पेड़ की छाया में अन्ना जी की नेपालिन नौकरानी बंसी की माँ के साथ बैठी थी। दोनों की हँसी और बातें ऊपर तक सुनाई देती थीं। बंसी एक काला स्वेटर पहने हुए काली के साथ बैडमिंटन कोर्ट पर दौड़ रहा था। काली आनन्दविभोर होकर अपनी लम्बी पूँछ हिलाती हुई दो पैरों पर औचक बैठ जाती, फिर लपककर छलाँग लगाकर भौंकते हुए बंसी के पीछे भागने लगती।

नेपालिन कभी-कभी ऊपर देख लेती, फिर बातों में मगन हो जाती।

कमरे में सन्नाटा था। कुछ देर तक जब कोई बाहर नहीं आया, तो मैंने धीरे-से दरवाज़ा खोलकर भीतर झाँका। बाहर की धूप के बाद आँखों को सिर्फ़ धुँधली-सी आकृतियाँ दिखाई दीं...धीरे-धीरे साफ़ होती हुई ऊपर आईं। मुरलीधर बिस्तर के पैताने पर साहिब जी की टाँगों को दबा रहा था...कुर्सी पर अन्ना जी बैठी थीं। उन्होंने मेहरा साहब का हाथ अपने हाथ में ले रखा था और वह खुली, सपाट आँखों से अन्ना जी को देख रहे थे।

मैंने दरवाज़ा बन्द किया और उलटे पाँव बरामदे में लौट आया।

कुछ देर बाद अन्ना जी लाठी टेकते हुए बाहर आईं। मेरी ओर उड़ती निगाहों से देखा, पर ध्यान कहीं और था, जैसे कहीं बहुत दूर जाकर लौटी हों! बहुत देर तक कुछ नहीं बोलीं।

"अन्ना," मैंने उनका हाथ पकड़ा और धीरे-से उन्हें कुर्सी पर बैठा दिया।

वह बैठ गईं, पर उनकी तन्द्रा अभी भी टूटी नहीं थी।

"क्या ऐसे ही लेटे रहते हैं?" उन्होंने मेरी ओर देखा।

"जी।"

"बोलते कुछ नहीं?"

"बोलते हैं, पर क्या कहते हैं, वह सब समझ में नहीं आता, सिर्फ़ आवाज़ सुनाई देती है।"

वह सिर पर हाथ रखकर बैठी रहीं। हताशा की भी क्या एक हद होती है, जिसके आगे नहीं जाया जा सकता। फिर कुछ याद आता है, वह सिर उठा लेती हैं।

"कौन कह सकता था, उनके साथ ऐसा होगा? मैं उनके घर आऊँगी...और वह मुझे पहचानेंगे नहीं?" अन्ना जी निढाल होकर कुर्सी पर बैठ गईं, "क्या अब बहुत देर नहीं हो गई?"

"देर?" मैंने उन्हें देखा।

"तिया आएगी, तो क्या देखेगी..." उन्होंने एक गहरी साँस ली, "वह जो इतना बोलते थे, एक-एक शब्द के लिए तरस जाएँगे।"

नहीं, यह सच नहीं है। मैं उनसे कहना चाहता था। वह उससे मुक्ति पा गए थे, जो बार-बार उनके भीतर एक हौल की तरह उठता था। कुछ भी न कह सकना, शब्दों के बवंडर से बाहर चले आना, इससे बेहतर मुक्ति क्या हो सकती है?

पर मैंने कहा नहीं। मैं उनकी ओर से क्या कह सकता था, जो अपनी ओर से बिलकुल चुप हो गए थे?

"डॉक्टर सिंह क्या बताते थे?"

"कहते थे, हल्का-सा स्ट्रोक है, जो ब्लड-प्रेशर ऊँचा हो जाने से हुआ है। कुछ दिनों तक बहुत सावधानी बरतनी होगी।"

"तुम अकेले उन्हें सँभाल लोगे?"

"बहुत-सा काम मुरलीधर कर लेता है...मुझे तो सिर्फ़ उनके पास बैठना होता है...यह तो मैं पहले भी करता था।"

वह मेरी ओर देखती रहीं।

"पहले मैं सोचती थी, तुम यहाँ आकर अपनी ज़िन्दगी बरबाद कर रहे हो...मुझे नहीं मालूम था, दीवा उनकी ज़िन्दगी तुम्हारे हाथ सौंपकर मरी है।"

मेरे हाथ? मैं उनसे कहना चाहता था, कैसे पिछले दिनों में उन्होंने मुझे अपने हाथों में ले लिया था, उस अँधेरी सुरंग से बाहर ले आए थे, जहाँ से गुज़रने का साहस मैं कभी नहीं बटोर पाता। उन्होंने मुझे वह सिखाया था, जिसे आज तक मैं नोटबुक में टीपता आया था।

उनका हाथ अब मेरे हाथ पर पड़ा था। सुबह की सुनहरी धूप उनके सफ़ेद बालों पर गिर रही थी।

"अब क्या होगा?" उन्होंने मेरी ओर देखा।

"अन्ना जी..." मैं उनका हाथ सहलाने लगा, "सिर्फ़ कुछ दिनों की बात है। वह धीरे-धीरे सँभल जाएँगे।"

"तुम कभी नहीं जानोगे...इस शहर में मैं उन पर कितना निर्भर थी! बहुत साल पहले मैं उन्हें सड़क पर देखा तो करती थी, पर उनसे बात करने का हौसला कभी नहीं हुआ। सैर करते वह मुझे मिल जाते तो मैं मुँह मोड़कर पहाड़ों का नज़ारा देखने लगती, ताकि उनकी नज़रों का सामना न करना पड़े।"

वह भीतर लेटे हैं। क्या अन्ना जी की बातें सुन रहे हैं? लगता है, हम किसी और की बातें कर रहे हैं, जो दो में बँट गया है—एक वह, जिसके बारे में अन्ना जी बता रही हैं; दूसरा वह, जो कमरे में लेटा है; क्या इसी तरह हर आदमी अन्त तक बँटता जाता है? आख़िर तक पता नहीं चलता, उसकी अन्तिम और फ़ाइनल कॉपी क्या है?

अन्ना जी अपने बहाव में बहती जाती हैं।

"मैं जब यहाँ आई थी, तो किसी को नहीं जानती थी। अब तो आदत छूट गई। उन दिनों जब ख़ाली वक़्त मिलता, तो अपने पियानो के सामने बैठ जाती। पियानो बजाते हुए भूल जाती थी कि मैं अपने देश में नहीं, कहीं और हूँ। एक बार हल्की-सी खटखटाहट हुई तो बाहर आई। देखा, मेहरा साहब खड़े हैं। कहने लगे, 'मैं सैर करने के लिए बाहर निकला था कि आपके रेडियो पर बहुत सुन्दर संगीत की आवाज़ सुनाई दी।'...'रेडियो?' मैं हँसने लगी। उन्हें भीतर बुलाया, तो वह पियानो देखकर हैरान हो गए। कहने लगे, 'आप बजाती हैं?' फिर तो हर तीसरे-चौथे दिन वह घर पर आ जाते...चुपचाप कोने में बैठकर सुनते रहते। एक बार कहने लगे, 'जब मैं आपका पियानो सुनता हूँ, तो मन के सारे छिलके उतरने लगते हैं, भीतर कुछ ठिठुरने-सा लगता है...यह कैसा संगीत है, जो आपके पियानो से बाहर निकलता है?'

मैं हँसकर कहती, 'मेहरा साहब, आप ओवरकोट पहनकर पियानो सुना करें।'"

एक अजीब-सी हुंकार ऊपर आती है, दरवाज़े को भेदकर बाहर बरामदे में एक पीले फेनिल ज्वार की तरह गूँजने लगती है—गों, गों, गों, गों, गों... जैसे झाड़ी में पड़ा कोई घायल पशु बाहर आने के लिए तड़प रहा हो!

अन्ना जी ने उठने की कोशिश की, पर मैंने उनके कन्धे पकड़कर बिठा लिया, "आप बैठिए, मैं आता हूँ।"

भीतर गया, तो देखा, साहिब जी बिस्तर से उठने की कोशिश कर रहे हैं और मुरलीधर उन्हें लिटाने की कोशिश कर रहा है। वह बार-बार अपना हाथ छुड़ाकर नीचे आना चाहते हैं और मुरलीधर उन्हें वापस बिस्तर पर खींच लेता है...।

"बाबू जी," मैंने लगभग चीख़ते हुए उनके झपटते हुए हाथों को पकड़ लिया, और वह स्तब्ध-से आँखें फाड़ते हुए मुझे देखने लगे—एक गहरी शर्म और लांछना में भीगे हुए, जैसे मुरलीधर के सामने कोई भी तमाशा कर सकते थे, पर मुझे तमाशबीन की तरह वहाँ नहीं देखना चाहते थे।

वह लेट गए। मेरी तरफ़ से मुँह मोड़ लिया। दोनों कुहनियों से अपना चेहरा छिपा लिया। मैं वहाँ से हट गया। शर्म को क्या ऐसे छिपाया जाता है?

"मेरे साथ बच्चों की ज़िद करते हैं, आपके आते ही सँभल जाते हैं," मुरलीधर ने कहा।

उसे शायद नहीं मालूम था कि बीमार आदमी जो अपनों के साथ ग़ुस्सा-मनुहार कर सकता है, वह बाहर के आदमियों के साथ नहीं!

वहाँ सिर्फ़ शर्म और बेबसी और लांछना की तपन है, जिसे चौबीस घंटे सहना पड़ता है।

मैंने लिहाफ़ से उन्हें ढक दिया और बाहर चला आया।

"क्या कह रहे थे?"

"थोड़ी-सी बेचैनी महसूस कर रहे थे। अब ठीक हैं।"

"कोई इस तरह चिल्लाता है? वह कुछ तो चाहते थे?"

"क्या मालूम अन्ना जी! हममें से कौन जान सकता है, कोई क्या चाहता है! जान भी लें, तो क्या हम कुछ कर सकते हैं?"

पिछले दिनों का गुबार जैसे अचानक मेरे भीतर फूट पड़ा। मेरी आवाज़ उनके जैसी ही हो गई थी, जो भीतर थे। तब मुझे पता चला, बाहर और भीतर का पर्दा कितना झीना है, जो कभी भी फट सकता है।

वह सहमी आँखों से मुझे देखने लगीं। नीली आँखों में धूप की दो गोलियाँ तैर रही थीं।

"मैं तुमसे कुछ कहने आई थी।" उनकी आवाज़ अब बिलकुल संयत थी।

"क्या अन्ना जी?"

"जब तक तिया नहीं आती, मैं यहाँ रह जाती हूँ। तुम्हारी मदद तो क्या कर सकती हूँ, पर उनके साथ बैठ तो सकती हूँ। उनके साथ बैठकर मेरा दिल भी बहल जाएगा। घर में भी तो अकेली पड़ी रहती हूँ।"

"अन्ना जी...अभी नहीं। कल एक बार डॉक्टर सिंह देखने आएँगे, तो मैं आपको ख़बर करूँगा। हो सकता है, उन्हें अस्पताल ले जाना पड़े।"

"अस्पताल! क्या डॉक्टर सिंह कहते थे?"

"फ़िलहाल नहीं...अगले दो-तीन दिनों में उनकी हालत में कोई अन्तर नहीं आया, तो शायद ले जाना पड़े। वह यहाँ मिलिटरी अस्पताल के डॉक्टर को जानते हैं।"

उनके चेहरे पर काली छाया उतर आई। सन्देह, डर, आशंका, भय साथ-साथ उतर आए।

"तुम तो कहते थे, लाइट स्ट्रोक है, जो ब्लड-प्रेशर से कभी-कभी हो जाता है?"

"डॉक्टर सिंह यही कहते थे।"

"फिर?"

"कल एक बार आकर देखेंगे, उसके बाद निर्णय लेंगे।"

वह सूनी आँखों से सामने देखने लगीं—जहाँ पहाड़ों पर तिरते बादलों की छाया उतरने लगी थी।

"मेम साहब, अभी ठहरेंगे?"

हम दोनों चौंक गए। बरामदे के नीचे से नेपालिन नौकरानी की आवाज़ सुनाई दी।

"मैं आती हूँ।"

उन्होंने अपनी छतरी खोली और सीढ़ियाँ उतरने लगीं। मैं उनके साथ गेट तक आया। जाने के पहले वह पीछे मुड़ीं, मेरी ओर देखा। वह एक क्षण तक ठिठकीं, "तिया के आने से पहले कुछ भी मत करना। तुम उसे जानते हो।"

कुछ देर तक मैं उन्हें और नेपालिन को जाता हुआ देखता रहा।

कमरे में वापस लौटा, तो मुरलीधर पहले से ही दरवाज़े पर खड़ा था। मुझे देखकर मुँह पर हाथ रखा, "सो रहे हैं। आप भी अपनी कोठरी में जाकर आराम कीजिए। मैं उनके पास हूँ।"

"कोई ज़रूरत पड़े तो मुझे बुलवा लेना। मैं अपने कमरे में ही रहूँगा।"

अन्ना जी के जाने के बाद मैं अपनी कोठरी में लौट आया। पिछली रात

की नींद, जो बीच-बीच में टूट जाती थी, अब दुबारा से मेरी पलकों को खटखटा रही थी। सारा शरीर भारी था। जैसा था, वैसे ही मैं अपने पलंग पर लेट गया।

पहाड़ी शहर की दुपहर। सर्दियों की म्लान धूप—और सन्नाटा। दूर जंगल के अन्तस्तल से उठती उसाँसें मेरी नींद में रास्ता बनाती हुई चली आती थीं। खुले दरवाज़े से जो चीलें आकाश में उड़ती दिखाई देती थीं, वही किसी सपने के भीतर आकर काले धब्बों में टिमकने लगती थीं, जैसे मैं किसी पुरानी घिसी-पिटी फ़िल्म को देख रहा हूँ। जो दिखाई देता है, उसे सुनने लगता हूँ—चीलों की चोंचों में फँसी आवाज़ों की कतरनें...गों, गों, गों, एक के बाद दूसरी बाहर आने को आतुर, जैसे गँदले पानी का नाला नींद के सुराख़ों से बहता हुआ आ रहा है, बन्द दरवाज़ों के आगे चहबच्चे-सा जमा हो जाता है...और तब आँखें खोलकर पता चलता है कि वह और कोई नहीं, मेरी कोठरी का दरवाज़ा है, और जब मैं पसीने से तर-ब-तर उसे भड़भड़ाकर खोलता हूँ, तो पीछे हट जाता हूँ। आधी नींद के उथले पानी में जो चेहरा दिखाई देता है, वही तो है, जिसे मैं जानता हूँ, पर एकदम पहचान नहीं पाता—सिर पर गोल टोपी, ख़ाकी रंग का तंग मोहरीवाला पाजामा, धूल में सने मुँह उठाए पहाड़ी जूते और होंठों पर खेलती चतुर चमकीली मुस्कराहट...।

"अरे ननकू, तुम? कैसे आए?" मैं हड़बड़ाकर उठ बैठा।

"साहिब जी के बारे में पता चला, अभी मुरलीधर से मिलकर आ रहा हूँ।"

"निरंजन बाबू कैसे हैं?" मैंने खुले दरवाज़े से बाहर झाँका, मानो वह कहीं बाहर खड़े हों।

"उन्होंने ही मुझे भेजा है...वह ख़ुद आते, पर जाने से पहले उन्हें बहुत-से काम निपटाने थे।"

"जाने से पहले?" मैंने ननकू को देखा।

“जी...कल सुबह की बस से...आपसे मिलना चाहते हैं।”

निरंजन बाबू जा रहे हैं, क्या दुपहर के सपनों का सन्देश इसी तरह आता है, ननकू के वेश में, जब उसका अन्देशा दूर-दूर तक दिखाई नहीं देता?

“वह घर में कब मिलेंगे?”

“घर में नहीं...उन्हें बाज़ार से कुछ ख़रीदारी करनी है...वहीं से लौटते हुए कुछ देर क्लब में ठहरेंगे। आपको ऊपर नहीं चढ़ना पड़ेगा। वहीं आपसे मिल लेंगे।”

उनके चले जाने का झटका मैं अभी तक नहीं झेल पाया था। विचार-शून्य-सा ननकू को देखता रहा।

“ननकू, मेरे और मुरली के अलावा साहिब जी के पास कोई नहीं है।”

“बाबू जी, आप चले जाएँ...मैं तो उनके पास रहूँगा ही।” दरवाज़े के पीछे से मुरलीधर की आवाज़ सुनाई दी। वह न जाने कब वहाँ आ गया था।

“आप कुछ देर के लिए हो आएँ, बाबू जी...जाने से पहले वह आपसे मिलना चाहते हैं!”

7

क्लब की ढलुआँ छत शाम की ढलती धूप में चमक रही थी। बिलियर्ड टेबल पर जब गेंदों की गड़ागड़ाहट होती, तो बाँज की चिड़ियों का रेला एक हवाई जहाज़-सा उड़ने लगता। पश्चिम के सुर्ख़ पीले रंग पहाड़ों पर उतर रहे थे, पर नीचे घाटी में अँधेरा था। उसी पर सफ़ेद मोम-सा आधा चाँद धीरे-धीरे ऊपर उठ रहा था।

वहीं मैं बैठा था, अपनी पुरानी जगह पर, लाइब्रेरी के पार्टीशन के पीछे, जहाँ कभी मैं साहिब जी के साथ आया करता था। क्लब की आवाज़ें अब मेरे बीच थीं, जबकि उन दिनों मैं उनके बैकग्राउंड में साहिब जी को टॉमस हार्डी और जॉर्ज एलियट के उपन्यास पढ़कर सुनाया करता था। आधे-आधे चैप्टरों के बाद उनकी छड़ी हिलती दिखाई देती—बस, यह बन्द करो, अब कोई दूसरा पढ़ो।

वह अब अपने कमरे में थे...भीतर की आवाज़ें सुनते हुए, मैं यहाँ दुनिया के शोर के बीच। बाहर की बेंचों पर तीन लोग बैठे थे,

अपने-अपने गिलासों पर ध्यानमग्न। बार-मैन हिम्मत सिंह गिलासों को धो रहा था—हर गिलास को बड़े जतन से अपनी झाड़न से साफ़ करता, फिर एक आँख बन्द करके धुले हुए काँच को देखता, कोई धब्बा तो नहीं रह गया है? टीन की छत पर टहनियों की ठक-ठक सुनाई देती, तब पता चलता, हवा में क्लब का बूढ़ा बाँज धीरे-धीरे डोल रहा है।

निरंजन बाबू दिखाई दिये, तो अचानक सबकुछ चुप-सा हो गया। उन्हें मुझे ढूँढ़ना नहीं पड़ा। हिम्मत सिंह की निगाहों से ही पता चल गया, मैं कहाँ बैठा हूँ। वह तेज़ क़दमों से मेरे पास आए...हाथ के थैलों और पोटलियों को नीचे रखा।

"क्या बहुत देर से बैठे हो?"

"नहीं, अभी कुछ देर पहले ही आया हूँ।"

मैं उन्हें देख रहा था। दाढ़ी के कुछ और बाल सफ़ेद हो गए थे, गले के नीचे मांस की सलवटें और अधिक फैल गई जान पड़ती थीं। पर आँखों में एक अजीब तरह की जीवन्तता थी, जैसे पुतलियों की राख के भीतर कोई ज्वर की चिंगारी बची रह जाती है। वह कुर्सी खिसकाकर बैठ गए। हिम्मत सिंह को इशारे से बुलाया, कुछ देर तक उससे बातचीत करते रहे। फिर मेरी तरफ़ देखा। "आज व्हिस्की मँगवा लें..." और दूसरे क्षण भूल गए, मुझसे क्या कहा है। अपनी पाइप और लाइटर निकालकर बैठे रहे। जब हिम्मत सिंह दो गिलास और आइस-बॉक्स मेज़ पर रख गया, तो उन्होंने गटागट आधा गिलास ख़त्म कर दिया, टिशू पेपर से मुँह पोंछा..."मैं तुमसे माफ़ी माँगने आया था।"

"माफ़ी कैसी?" मैंने उन्हें देखा।

"मुझे मालूम है, तुम पर क्या बीत रही है...पर मैं आ नहीं सकता था। मालूम भी नहीं था, ऐसा होगा, क्या कुछ हुआ था...कोई ऐसी बात, जिससे उन्हें शॉक लगा हो?"

"नहीं, ऐसा कुछ नहीं, लेकिन पिछले दिनों उनका व्यवहार कुछ समझ में नहीं आता था। कभी-कभी वह अकेले बाहर निकल जाते थे, मुरलीधर उन्हें ढूँढ़ने निकलता था, तो देखता था कि वह कभी किसी बेंच पर बैठे हैं, या किसी पेड़ के नीचे सो रहे हैं...उन्हें पता भी नहीं चलता था, कि वह भीतर नहीं...घर के बाहर हैं।"

"कुछ तो बात हुई होगी...ऐसे ही अचानक?"

मैं उनसे क्या कहता...किस घड़ी, या घटना पर उँगली रखकर ठीक-ठीक कहा जा सकता है कि आदमी किसी एक लगी-बँधी पटरी को छोड़कर कब बिलकुल अनजानी दिशा में चलने लगता है?

दो युवक बिलियर्ड रूम से बार में आए और हमारे सामने के कोने की मेज़ पर बैठ गए। इतनी सर्दी में भी वह सिर्फ़ टी-शर्ट पहने थे। हिम्मत सिंह उनकी मेज़ पर बियर की बोतलें और गिलास रख गया।

"क्या यह सच है, आप जा रहे हैं?"

"सेबों का सीज़न ख़त्म हो गया...और वहाँ से बराबर चिट्ठियाँ आती रहती हैं, मैं कब लौटूँगा। मैं अब तक टालता आया था।"

"आप वापस तो आएँगे?"

वह चुप अपने गिलास को देखते रहे।

"इतने दिनों से आप दिखाई नहीं दिये तो मैं समझा, आप चले गए।"

"चला गया?" वह हँसने लगे। गिलास उठाकर छोटा-सा घूँट लिया, "यही कुछ दिन तो यहाँ रहने के होते हैं...जब कुछ करने को नहीं होता। मैं सोचता था, तुम कभी आओगे, तो दिखाऊँगा।" उनकी आँखें चमक रही थीं। जब वह आगे कुछ नहीं बोले, तो मैंने पूछा, "क्या दिखाएँगे?"

"गेस्ट हाउस...जहाँ तुम एक रात ठहरे थे। अब वह पहले जैसा बैरक नहीं है...पूरा एक ऑब्ज़र्वेटरी में बदल गया है। मैंने वहाँ टेलीस्कोप लगवाया है। मेरे एक दोस्त उसे पेरिस से लाए थे...बहुत साल पहले यहाँ आए,

तो मेरे घर की ऊँचाई देखकर कहा...यह उसके लिए सबसे अच्छी जगह है...कहने लगे, यहाँ से तो तुम दिन में भी तारे देख सकते हो।" उन्होंने गिलास ख़ाली किया, फिर हिम्मत सिंह को बुलाया और जब वह दूसरा गिलास भरकर लाया, तो उन्होंने मेरी ओर देखा।

"मैंने ग़लती की...फ़िलॉसफ़ी की जगह मुझे एस्ट्रानॉमी पढ़नी चाहिए थी...जब कभी रात को आकाशगंगा और सप्तर्षि को देखता हूँ, तो उनके सामने कांट और हेगल बिलकुल फीके जान पड़ते हैं।"

मैं समझा नहीं, वह क्या जानना चाह रहे हैं...किसके बारे में? फिर याद आया, यह उसके बारे में है, जिसे जानने के लिए वह बरसों पहले यहाँ आए थे।

कुछ देर तक वह चुपचाप पीते रहे।

"मेहरा साहब को नहीं देख सका...इसका अफसोस रहेगा। अचानक यह सब कैसे हो गया?"

"नहीं, ऐसा कुछ नहीं...बस, एक सुबह बिस्तर से नहीं उठ सके...शरीर के बाएँ हिस्से पर स्ट्रोक हुआ है...बोल भी नहीं पाते।"

"कुछ तो हुआ होगा या ऐसे अचानक ही?"

"नहीं, ऐसा कुछ भी नहीं। तिया के जाने के बाद कुछ चुप से रहते थे। पिछले दिनों वह अपने बारे में मुझसे कुछ नहीं कहते थे...सिर्फ़ एक बार अपनी पहली पत्नी के बारे में बताते हुए बहुत उत्तेजित-से हो गए..."

निरंजन बाबू चुप बैठे थे। क्या वह मेरी बात सुन रहे थे?

कुछ देर बाद उन्होंने पाइप मुँह से निकाली और मेरी तरफ़ देखा।

"हम लोगों में मेहरा साहब सबसे सौभाग्यवान हैं। उन्हें अब तंग करने की ज़रूरत नहीं। वह पहले से ही तैयारी कर चुके हैं।"

"कैसी तैयारी?"

"अपनी दुनिया से बाहर जाने की...कितने लोग ऐसा कर पाते हैं, तुम बता सकते हो?"

मालूम नहीं...क्या यह इतना आसान है? कोई जीते-जी न जीने की तैयारी कर लेता है, जैसे कोई एक दिन किसी लम्बी यात्रा पर निकल जाए और घरवाले यही सोचते रह जाएँ कि वह अपने कमरे में लेटा है...?

"जानते हो, मैं उनसे मिलने क्यों नहीं आया?"

एक विचित्र-सी मुस्कराहट निरंजन बाबू के चेहरे पर चली आती है, विचलित-सी कर देनेवाली, जैसे ज़मीन में गढ़ी कोई छाया बाहर निकली हो।

"मुझे देखकर वह रुक जाते...इतनी आसानी से नहीं खो जाते। उन्हें वह सबकुछ याद आता, जो सुख के दिनों के साथ जुड़ा होता है... मुझे देखकर उन्हें वह सब याद आता, जो अधूरा पड़ा रह गया है।"

"अधूरा कैसे?"

"सुख कभी पूरा होता है?" वह धीरे-से हँसे, "मैं जब यहाँ आया था, तो मैंने सोचा था, मेरी नीचेवाली ज़िन्दगी पूरी हो गई है...मैं सबकुछ नये सिरे से शुरू कर सकता हूँ...नया सिरा?" उन्होंने मेरी ओर देखा, "इससे बड़ा कोई धोखा नहीं...कोई भी सिरा पकड़ो, वह आगे किसी और सिरे से बँधा होता है। और तो और—जब आदमी पैदा होता है, तो भी वह कोई शुरुआत नहीं है। पता नहीं, अपने साथ कितने सारे पुराने किये-गुज़रे की पोटली साथ ले आता है..."

वह क्षण-भर एकटक मुझे देखते रहे—सफ़ेद पुतलियों पर एक झीना-सा पर्दा उतर आया था। पर मुस्कराहट वैसी ही थी, बर्फ़ के कंचे-सी, दाढ़ी में अटकी हुई। पहली बार उन्हें देखकर एक अजीब-सा भय मुझे घेरने लगा। वह गिलास को अलग ठेलकर आगे खिसक आए... बिलकुल मेरे सामने—एक फूत्कारती-सी साँस मुझे छूने लगी। साँस नहीं...यह उनकी आवाज़ थी—धीमी, पर सख़्त, उनकी समूची देह से बाहर निकलती हुई...।

"पोटली...जन्म-जन्मांतर की पोटली जानते हो? हमारे यहाँ किसी आदमी को साधु-संन्यासी बनने से पहले क्या करना पड़ता है? उसे अपने होने की पोटली गंगा में बहा देनी होती है। इससे पहले वह मर जाए, उसे वह सब भुला देना होता है, जो अब तक वह था।" वह चुप हो गए...फिर धीरे-से कहा, "विस्मृति, भूलना हमारे यहाँ पाप माना जाता है...पर इसे एक बड़े वरदान में भी बदला जा सकता है...तुम्हारे मेहरा साहब यही कर रहे हैं। तुम्हें बुरा लगेगा...पर मेरी मानो तो, इस वक़्त उन्हें अकेला छोड़ दो—उन पर सबसे बड़ा उपकार यही होगा।"

"आप क्या कह रहे हैं?"

"तुम कुछ भी नहीं जानते!" उन्होंने हिम्मत सिंह को बुलाया, और हमारे दोनों ख़ाली गिलासों की ओर इशारा किया। मेरी तरफ़ देखकर कहा, "मना मत करो...कल मैं जा रहा हूँ, फिर पता नहीं कब मिलना हो!"

"आप लौटेंगे तो?"

मेरे स्वर में कुछ ऐसी अधीरता थी कि एक क्षण के लिए, वह रूखी, सनकी-सी मुसकान, जो एक छिपकली की तरह उनके चेहरे पर आ टिकी थी, थोड़ा-सा हिली, "क्यों, मेहरा साहब तुम्हारे लिए काफ़ी नहीं हैं?" स्नेह था या सहानुभूति—कहना मुश्किल था पर पुरानी दोस्ती की एक भूली हुई चमक थी, जो उनकी आँखों में चली आई थी। "तुम्हारी तरह मैं स्वतंत्र नहीं हूँ। जब कभी नीचे से बुलावा आता है, मुझे जाना पड़ता है। जब यहाँ रहता हूँ, तो पता भी नहीं रहता, वे कहाँ हैं। फिर वहाँ जाता हूँ और कुछ महीने उनके साथ रहकर हैरानी होती है, कि जीने की क़ाबिलीयत कैसे मेरे हाथ से छूट गई। अपने ही घर में छिपकर रहना पड़ता है कि कहीं कोई पुराना दोस्त, कोई प्रोफेसर मुझसे मिलने न आ जाए। वे मुझसे मिलकर जब दर्शन और विज्ञान की बातें करने लगते हैं, तो मैं उन्हें एक ईडियट की तरह ताकता रहता हूँ। मुझे कुछ समझ में नहीं आता, वे क्यों इतना उत्तेजित होकर ऐसे विषयों पर मुझसे बातें कर रहे हैं, जिनका मेरे जीवन से कोई वास्ता नहीं!"

"आपका जीवन न सही...पर उनका जीवन, जो आपके पास आते हैं?"

"वे कौन?" उन्होंने तितीरी आँखों से मुझे देखा, "वे मैं ही तो हूँ, जो मैं बन जाता, अगर उनसे बचकर मैं यहाँ न चला आया होता।"

वह लौटकर नीचे क्यों जाते हैं? मैं उनसे पूछना चाहता था पर न जाने क्यों शराब का नशा, उनकी आँखें, कमरे में लेटे फ़ालिज के मारे मेहरा साहब—और मैं ख़ुद, जो उनके सामने बैठा था—ये सब मुझे उस सत्य से बाहर जान पड़े, तो निरंजन बाबू मुझसे कहना चाह रहे थे...एक जगह का सत्य किसी दूसरी जगह जाकर कितना फीका पड़ जाता है, वह वहीं ठीक है, जहाँ से उमगता है, हम तक पहुँचते-पहुँचते वह झूठ जान पड़ता है।

उन्होंने बची हुई व्हिस्की ख़त्म की, अपनी जेब से कुछ बाहर निकाला, बँधी हुई मुट्ठी नीली नसों में चमकती हुई ख़ाली गिलास के पास बैठी थी।

"जानते हो, मैंने तुम्हें यहाँ क्यों बुलाया था?" उन्होंने मुट्ठी खोल दी...एक लम्बी चाभी उनकी हथेली के पसीने में लिथड़ी हुई चमक रही थी।

"यह मेरी कोठी की चाभी है...तुम्हें याद है, एक बार मैंने तुमसे क्या कहा था...?"

मैं उन्हें देखता रहा।

"लो...अपने पास रख लो। यह काम आएगी।"

"किसलिए...मैं इसका क्या करूँगा?"

"लोग चाभी का क्या करते हैं..." एक प्रेत-सी मुस्कराहट उनके चेहरे पर चली आई, "जब बाक़ी सब दरवाज़े बन्द हो जाएँ तो कोई तो दरवाज़ा ऐसा होना चाहिए, जिसे तुम खोल सको। तुम समझते हो, तुम हमेशा मेहरा साहब के घर में रह सकते हो?"

"उनके घर में नहीं...उनके पास," मैंने कहा, "वह मुझे उनके पास छोड़ गई थीं।"

"वह कौन?" उन्होंने तिक्त निगाहों से मेरी ओर देखा, "वह जो सिमिट्री में लेटी हैं? तुम एक मरी हुई औरत के कहने पर ऐसे आदमी के साथ रह रहे हो, जो ख़ुद जानेवाले हैं?" वह हँसने लगे, एक भयावह-सी हँसी, जिसके सामने हमें अपने सब निर्णय खोखले-से जान पड़ने लगते हैं।

"और जब वह नहीं रहेंगे, तब?"

"तब क्या? मैं उनके लिए नहीं आया था। निरंजन बाबू, ये लोग मेरे कुछ भी नहीं लगते। मैं सिर्फ़ अख़बार में एक इश्तहार देखकर यहाँ चला आया था...मुझे मालूम भी नहीं था, ये लोग कौन हैं। मैं जिस फ़ेज़ में से गुज़र रहा था, वहाँ यह चीज़ कोई मानी भी नहीं रखती थी...मैं इनके लिए नहीं, अपने लिए यहाँ आया था।"

"अपने लिए? तुम्हें यहाँ किसने रोक रखा है?"

"किसी ने नहीं!"

वह मुझे घूर रहे थे। वह देख रहे थे, मैं अपने से कितना दूर जा चुका हूँ।

"कैसे हो तुम? अगर यहाँ किसी के लिए नहीं आए थे, तो यहाँ रहो—कहीं और चले जाओ, कोई फ़र्क़ पड़ता है!"

फ़र्क़ पड़ता है, मैं कहना चाहता था। वह नहीं, जो वह मुझसे कह रहे थे, बल्कि वह जो वह मेरे पास छोड़ गई थीं, सुख और सुरक्षा से अलग एक दूसरा आँगन, जहाँ पहली बार मैंने अपने को निचोड़कर तार पर टाँगा था। खुले आकाश तले अपने को हिलते हुए देखा था, बूँद-बूँद टपकते हुए देखा था। वही थीं, जो आकाश तले लेटी थीं, मृत हमेशा वही रहते हैं, पर मैं क्या वही था, जो तीन साल पहले यहाँ आया था, अपने अँधेरे अतीत को छोड़कर एक-दूसरे वर्तमान की रोशनी में, जहाँ सब दरवाज़े खुले थे... मैं कहीं भी जा सकता था। मुझे अब किसी चाभी की ज़रूरत नहीं थी।...

"निरंजन बाबू, अब चलें?"

उन्होंने मेरी ओर देखा, "ठहरो, एक और मँगवाते हैं...कल सुबह तो मुझे जाना ही है।" पर जब उन्होंने मेरे चेहरे को देखा तो ज़्यादा ज़िद नहीं की। अपनी पाइप और लाइटर जेब में रखकर उठ खड़े हुए...अपने लड़खड़ाते पैरों को सँभालते हुए बार के काउंटर पर आए, जहाँ अब एक छोटी-सी भीड़ जमा हो गई थी, हिम्मत सिंह को बुलाकर बिल पर दस्तख़त किये। चारों तरफ़ एक बार झिपझिपाती आँखों से देखा—रोशनी, लोग, शोर, शराबा—इन सबको पार करके हम बाहर आ गए...।

बाहर, जहाँ रात फैली थी। नीचे पहाड़ों के पैरों पर चाँदी की कटोरी-सी घाटी चमक रही थी। कुछ दूर तक हम चुपचाप चलते रहे... एक-दूसरे के पैरों को सुनते हुए। पोस्ट ऑफ़िस के पास बाँज के पेड़ के खोखल में चाय का ढाबा बन्द पड़ा था, जहाँ मैं आख़िरी बार उनके साथ बैठा था। सिर्फ़ पास की कोठरी से रोशनी का एक धब्बा बाहर झाड़ियों पर गिर रहा था। मोड़ पर आकर उनके पैर अपने आप रुकने लगे, आकाश, तारे, हवा में सरसराती जंगल की साँय-साँय...कुछ देर तक हम चुप खड़े रहे, फिर उनकी धीमी आवाज़ सुनाई दी।

"जानते हो, मैंने कॉलेज में फ़िलॉसफ़ी को क्यों चुना था...बचपन में मैंने एक किताब पढ़ी थी...याद नहीं, क्या नाम था उसका। 'मिस्टीरियस यूनिवर्स' या कुछ ऐसा ही...तुमने पढ़ी है? आज अब मैं वे फ़िलॉसफ़ी की किताबें भूल चुका हूँ, जो मैंने यूनिवर्सिटी में पढ़ी थीं, वह किताब अब भी याद रह गई है...तब मुझे मालूम नहीं हुआ था कि जिस दुनिया में मैं रहता हूँ, उसका अपना घर है—और उस घर का अपना घर..." वह हँसने लगे, "अजीब बात यह है कि जब मैं नीचे अपने शहर जाता हूँ, तो ये सारे घर जाने कहाँ लोप हो जाते हैं, और मुझे याद भी नहीं रहता कि यह दुनिया किसी हवेली की सिर्फ़ एक मंज़िल है, बाक़ी सारे कमरे किसी ऊपरी मंज़िल पर हैं, जो तभी दिखाई देते हैं, जब हम अपनी मंज़िल से बाहर निकलते हैं...तुमने एक बार मुझसे पूछा था कि

मैं सबकुछ छोड़कर यहाँ कैसे आ गया...यहाँ आकर मुझे लगता है, जैसे मैं इस दुनिया में रहकर भी उसके बाहर चला आया हूँ..."

कुछ देर तक वह कुछ नहीं बोले, फिर मेरी तरफ़ मुड़े, "मुझे नहीं मालूम था, इतने बरसों बाद तुमसे यहाँ भेंट होगी। कोई एस्ट्रॉनॉमर अन्तरिक्ष में नया नक्षत्र खोज लेता है, तो यह बड़ी बात मानी जाती है, पर इस दुनिया में खोए हुए प्राणियों को दुबारा पा लेना, इससे बड़ी मिस्ट्री और क्या हो सकती है...?" उन्होंने मुझे अपने में लपेट लिया...जब मुझसे अलग हुए, तो जल्दी से क़दम बढ़ाते हुए चलने लगे, जैसे उन्हें अपने भाव-विह्वल होने पर शर्म हो। उन्होंने न कुछ कहा, न पीछे देखा।

निरंजन बाबू चले गए। मैं दूर तक उन्हें जाता देखता रहा। कुछ देर मैं वहीं खड़ा रहा—बाहर...तारों का फीका आलोक, हवा में निस्पन्द खड़े देवदार, दूर टीले पर अँधेरे में छिपी सिमिट्री, अन्ना जी की कॉटेज...एक सघन सन्नाटा चारों तरफ़ छाया था, जिसका न कोई अन्त था, न आरम्भ... समय की तरह असीम। एक अजीब-सी आकांक्षा हुई, मैं भी भागता हुआ निरंजन बाबू के पीछे चला जाऊँ, उनसे कहूँ...कहूँ, लेकिन क्या...क्या यह कि वह न जाएँ...या ठहरिए, मैं भी आपके साथ आता हूँ—या... सिर्फ़ यह...कि प्लीज़, प्लीज़, प्लीज़, क्या...मैं क्या कहना चाहता था उनसे? मैंने कुछ नहीं कहा और वह दूसरे मोड़ पर जाकर लोप हो गए।

जब मैं वापस लौटा, तो सारे कॉटेज की बत्तियाँ जल रही थीं। एक भयावह-सी आशंका ने मुझे जकड़ लिया...मैं भागने लगा...बैडमिंटन कोर्ट, दालान, बरामदा...सबको पार करता हुआ...तभी मुरलीधर लालटेन लेकर मेरे पास आया।

"मैं आपके पास ही आ रहा था।"

"मेहरा साहब तो ठीक हैं?" मैंने हाँफते हुए कहा।

"हाँ, वह ठीक हैं...बिटिया आ गईं..."

"तिया..." मैंने उसकी ओर देखा, "वह कब आईं?"

"आपके जाने के कुछ ही देर बाद...साहिब जी के कमरे में बैठी हैं। आप जाकर आराम कीजिए...जब वह कहेंगी, मैं आपको बुला भेजूँगा," मुरलीधर ने कहा।

साहिब जी का कमरा बन्द था। उनकी चप्पलें दरवाज़े की देहरी पर पड़ी थीं। उन्हें देखकर मुझे याद आया, ये वही चप्पलें हैं, जिन्हें पहनकर वह पिछली बार यहाँ आई थीं।

उस रात मैं देर तक अपने कमरे में नहीं जा सका। बाहर बरामदे में बैठा रहा, आधा भीतर, आधा बाहर...झाड़ियों से आती झींगुरों की अनवरत तान सुनता रहा। भीतर से कोई भी आवाज़ सुनाई नहीं दे रही थी...बाप-बेटी जैसे सारा घर मुझ पर और मुरलीधर पर छोड़कर कहीं चले गए थे। या शायद उन्हें याद भी न रहा हो कि मुरलीधर के अलावा कोई और भी है, जो उनके साथ रहता आया है। मैं बाहर का आदमी जो ठहरा। पहली बार मुझे अपनी स्थिति कुछ अजीब बेढब-सी जान पड़ी, जो घर में रहकर भी घर का आदमी नहीं है...इतनी देर से वह यहाँ आई हैं, उन्होंने मुझे बुलाना भी ज़रूरी नहीं समझा?

नहीं, यही ठीक है। इतने दिनों बाद आई हैं, तो कुछ देर उन्हें अकेले में देखेंगी ही, जैसे वह हो गए थे। हो गए थे और नहीं रहे थे। पूछताछ के लिए तो इतने दिन पड़े ही हैं, पर मुठभेड़ की घड़ी को तो अकेले में ही सहना पड़ता है। उसमें भला कौन साँझा कर सकता है? कुछ देर बाद अचानक मुझे रोशनी की शहतीर दिखाई दी—साहिब जी के कमरे से क्यारियों की तरफ़ जाती हुई। दरवाज़ा आधा खुला हुआ था। कोई छाया देहरी पर दिखाई दी। क्या यह वही थीं? जहाँ मैं बैठा था,

वहाँ से सिर्फ़ उनकी शॉल दिखाई देती थी, शरीर नहीं...पर जैसे वह खड़ी थीं, उसमें उनकी देह ही आ सकती थी, कोई और नहीं। दरवाज़े की चौखट पर खड़ी हुई वह अँधेरे को देख रही थीं, वह मुझे नहीं देख सकती थीं, क्योंकि मैं एक-दूसरे अँधेरे में बैठा था, जिसे बरामदे ने घेर रखा था।

सहसा एक चीख़ सुनाई दी...जैसे अपने को ही सुनकर चुप हो गई। बिलकुल चुप नहीं, उसकी प्रतिध्वनि दूर तक उसका पीछा करती रही...इतनी आर्त्त—कि जंगल का बनैला सन्नाटा भी सिहर गया। झाड़ी में छिपे, सोए दो पक्षी अपने पंखों को फड़फड़ाते हुए ऊपर उड़े...उनके डैनों की छाया लालटेन की रोशनी में दिखाई दी, जिसे लेकर मुरलीधर अपने क्वार्टर से बाहर निकला था। मैं बरामदे की सीढ़ियाँ उतरकर उघड़े दरवाज़े पर आया, तो भी वहाँ खड़ी थीं और जब मुरलीधर भागता हुआ आया, तो भी उनका मौन वैसा ही स्थिर था। वह हम दोनों को देख रही थीं...

"बाबूजी चले गए? मेरे आने के पहले ही?"

"क्यों—भीतर नहीं हैं?" मुरलीधर अपनी लालटेन उठाकर उनके चेहरे तक ले आया।

क्या वह तिया थीं, या सिर्फ़ उनका चेहरा लैम्प की चकाचौंध में ही बदल गया था? पर उनके स्वर में कोई अन्तर नहीं आया था, वह वैसा ही शान्त था।

इस बार मैं अपने को नहीं रोक सका...उन्हें दरवाज़े से धकेलकर भीतर गया। वह पलंग पर औंधे लेटे थे...एक हाथ पलंग से नीचे लटक रहा था। पलकें खुली थीं, पर पुतलियाँ थिर थीं।

वह कहीं नहीं गए थे। वह भीतर ही थे, एक ऐसी जगह छिप गए थे, जहाँ से अब कोई उन्हें ढूँढ़कर अपने साथ नहीं ला सकता था।

तीन

1

मैंने कहा, वहाँ नहीं, यहाँ देखिए...गीले में तो सिर्फ़ राख हाथ में चिपक जाएगी।

उनकी उँगलियाँ झिझकते हुए भटक रही थीं। अधजली लकड़ियों के बीच। राख काली पड़ गई थी। कहीं-कहीं पानी के चहबच्चे जमा हो गए थे। पिछली रात बारिश हुई थी। दरअसल हल्की-सी बूँदाबाँदी तो तभी शुरू हो गई थी, जब उनकी देह को लकड़ियों से दबा रहे थे, ऊपर-नीचे सैंडविच की तरह, ताकि कोई अंग ऐसा न छूट पाए, जहाँ आग की लपटें न पहुँच सकें। धुंध इतनी थी कि लकड़ियों से उठता धुआँ सिर्फ़ एक काली लकीर-सी दिखाई देता था। आग की अन्धी उँगलियाँ उनकी देह पर फिसलती हुई जहाँ भी जाती थीं, वहाँ एक बिलबिलाती-सी लपट ऊपर उठ जाती थी, हम सबको भौचक-सा छोड़ वह उनकी देह के किसी और अंग में अपना ठौर ढूँढ़ने लगती थी... क्या यह उनका हाथ है, जिसे मैं सहलाता था? या आँखें, जो हर शाम

मेरे आने पर टोहती हुई ऊपर उठती थीं...क्या वे अलग से उनके शरीर को जलता हुआ देख सकती हैं? हमें देख सकती हैं, जो दस फ़ीट के फ़ासले पर उनकी जलती देह को देख रहे थे?

कितना ठीक नाम दिया था किसी ने, निर्जन के बीच, उस सफ़ेद, समतल भूमिखंड को—मोटर रोड के नीचे वह खुली हथेली-सा लेटा था, जैसे लैंडस्लाइड के कारण कोई पहाड़ी चट्टान लुढ़कते हुए बीच अधर में अटक गई हो। दोनों तरफ़ लम्बी क़तार में सफ़ेद पत्थरों की खुड्डियाँ खड़ी थीं। कहते हैं...सैकड़ों साल पहले वनवासी इस जगह पर अपने देवता को प्रसन्न करने के लिए नरबलि देने आते थे...जब दाह-संस्कार के लिए इन्हीं शिलाखंडों पर मृतकों को लिटाया जाता था। तभी से इसका नाम 'मुर्दों का टीला' पड़ गया था—आकाश और धरती के बीच श्मशान-भूमि; पहले नरबलि के लिए देवता आकाश से नीचे उतरते थे, अब मृतक देहों की लपटों से उठता हुआ धुआँ सीधा देवलोक को जाता था।

पर उस शाम वहाँ धुंध के अलावा कुछ भी दिखाई नहीं देता था; सिर्फ़ सुलगती हुई लकड़ियों से लपलपाती लपटों में आसपास सिमटे हुए चेहरे दिखाई दे जाते थे...अन्ना जी, डॉक्टर सिंह, मुरलीधर...तिया पुरोहित जी के पास बैठी थीं...सिर पर पल्लू था, और चेहरा एक सूखी-सी झुलसन में तप रहा था...वह सूनी आँखों से उठती हुई लपटों को देख रही थीं। धुंध और धुएँ में चमकती आकृतियाँ। और तब मुझे अजीब-सा ख़याल आया। आदमी जीता एक जगह पर है, पर मरने के बाद वह हर व्यक्ति के भीतर अपनी जगह बना लेता है। उसका होना धुँधला पड़ता जाता है, उसका न होना उजला होता जाता है, इतना उजला और साफ़ लगता है कि वह हम सबके बीच बैठा है, एक जैसा नहीं, बल्कि अलग-अलग। आग में जलनेवाला शव एक ही रहता है, पर हममें से हर कोई अपने-अपने साहिब जी को उसमें जलता हुआ देख रहा था...जितना ही वह तिल-तिल भस्मीभूत होते जाते थे...उनके नाख़ून,

उनके बाल, उनकी मांस-मज्जा, उनका माथा...उतने ही वे हमारे भीतर मुकम्मिल होते जाते थे।

लकड़ियाँ खिल-खिल करके जलने लगती थीं। जब कभी ऊपर उठता हुआ धुआँ बहुत गाढ़ा और सघन हो जाता था, तो अग्नि के सामने बैठे पुरोहित जी चौड़े चाँदी के पतीले में चम्मच डालकर घी का सफ़ेद लौंदा बाहर निकालते और धुँधुआती लकड़ियों पर डाल देते। बुझती हुई आग फिर से प्रज्वलित होकर धू-धू जलने लगती। कभी कोई तिड़-तिड़-सी आवाज़ अचानक आग के अन्तस्तल से आती सुनाई देती, एक फूल-सी चिंगारी धुंध और धुएँ को भेदते हुए बाहर आती और तब ऐसा जान पड़ता मानो उनके अस्थि-पिंजर से कोई बेचैन, फड़फड़ाती-सी चीज़ अपने को मुक्त कराने बाहर निकली है, आदमी मृत्यु के बाद दो बार मुक्त होता है, पहली बार दूसरों से, दूसरी बार स्वयं अपने से... मेहरा साहब अपने अस्थि-पिंजर से इस तरह बाहर निकल आए थे—जैसे कोई आदमी अपने जलते घर से बाहर निकल आता है, हल्का, मुक्त, बदहवास...और तब मुझे याद आया, क्यों मिसेज़ मेहरा दफ़न होने से पहले थोड़ा-सा अग्नि का स्पर्श करना चाहती थीं; वह शायद जानना चाहती थीं कि मांस-हड्डियों की ठूँठ गठरी के किसी कोने में जीने की हसरत तो नहीं बची रह गई है...यह हसरत ही तो थी, जो उनकी खिलखिलाती हँसी में बाहर छलकती थी।

अगर वह आज हमारे साथ यहाँ बैठी होतीं? मुझसे न पूछतीं, कहाँ गए वह, जिन्हें मैं तुम्हारे सुपुर्द छोड़ गई थी? तुम्हें मैंने इसीलिए तो बुलाया था...क्या इस दिन के लिए? यह दिन देखने के लिए? क्या वह साहिब जी को देख सकती थीं, पर मुझे नहीं बता सकती थीं, सिर्फ़ मुझ पर हँस सकती थीं, जैसे नीचे ताबूत में जाते हुए वह हँसी थीं...सहसा बरसों पुराने दबे हुए आँसू, जो उनके जाने के बाद रुके रहे थे, वे अब सहसा उमड़ते हुए चले आए थे और तब मैं जान नहीं पाया था कि वे

उनके लिए थे, जिन्होंने मुझे अपने घर बुलाया था, या उनके लिए, जो दस फ़ीट की दूरी पर गीली लकड़ियों के भीतर से उड़ते धुएँ में चले जा रहे थे, आस-पास की नीली धुंध में घुलते जा रहे थे...धुँधली आँखों के सामने मुझे सबकुछ एक अन्तहीन शून्य में डबडबाता-सा दिखाई दे रहा था...लोग, पहाड़ियाँ, धुंध, मांस-हड्डियाँ...और तब अचानक लगा, जैसे कोई इन सबके साथ मुझे ज़ोर-ज़ोर से झिंझोड़ रहा है।

"उठिए...बारिश शुरू हो गई है।"

झरती हुई बूँदों के बीच तिया का भीगा, चमकता चेहरा दिखाई दिया...छाता लिये अन्ना जी, मुरलीधर, बंसी, चूँ-चूँ करती हुई पूँछ दबाए काली।

हम सब भागते हुए शेड के नीचे चले आए। सिर्फ़ पुरोहित जी अब भी छाता खोलकर धुँधुआती लकड़ियों के आगे बैठे थे, और उनके साथ तिया—नीरव आँखों से उड़ते धुएँ को ताकती हुई।

"क्या वह अब भी जल रहे हैं?" अन्ना जी ने मुझे देखा।

मैं एकदम समझ नहीं सका, वह किसके बारे में पूछ रही हैं। वह शायद अपने से बोल रही थीं। उन्होंने ब्राउन ऊन की कैप पहन रखी थी...जिसका रंग पानी में छूट गया था, जिससे दो काली धारियाँ उनकी कनपटियों पर बह रही थीं। वह बहुत बेचैन-सी दिखाई दे रही थीं। वह शेड के नीचे छाता खोलकर बैठी थीं, जिसकी सींकों से बहता बारिश का पानी बूँद-बूँद नीचे टपक रहा था।

मुझे धुँधला-सा ख़याल आया कि अगर साहिब जी का पुत्र होता, तो उसे वहाँ बैठना चाहिए था, जहाँ तिया पुरोहित जी के साथ बैठी हैं। आग के सामने काँपती दो धुँधली आकृतियाँ—बारिश में भीगती हुई...और तब अचानक लकड़ियों के बीच आग की लपटें एक साथ ऊपर लपकने लगीं...शायद पुरोहित जी ने थाली में बचा-खुचा सारा घी लकड़ियों पर उड़ेल दिया था और अब वे उन्मत्त, उत्सवी नशे की हिंस्र मदमाती ज्वार

में लपलपाती हुई अँधेरे को चींथ रही थीं। कैसी थी यह आवाज़, जो आग के नीचे किसी अँधेरे गर्त से बाहर आ रही थी, हर लपट की नोक पर अलग-अलग नोट पर कराहती हुई, एक विदेही बुलाहट?

"तुमने कुछ सुना? क्या है यह?" अन्ना जी ने मेरा हाथ पकड़कर विस्फारित आँखों से मुझे देखा।

डॉक्टर सिंह कुछ नहीं बोले, सिर्फ़ रूमाल से अपने चश्मे के शीशों को पोंछा और चिता के पीछे बादलों में डूबते सूरज की पीली, निबौली रोशनी को देखते रहे, जिसकी महीन क्लान्त छाया पहाड़ियों पर गिर रही थी। क्या था जो जलती लकड़ियों की राख से निकलकर बाहर आया था—कोई इशारा जो मृत आख़िरी बार अपने जीवितों के लिए छोड़ जाता है, सृष्टि में होने का अपना कोई निशान, कोई बीता हुआ सुखी दिन, कोई बचा हुआ दुख, कोई छूटा हुआ पछतावा, जिसे आख़िरी बार लपटें अपने में समेटकर लुप्त हो जाती हैं, राख हो जाती हैं? पता भी नहीं रहता, यह आदमी कभी दुनिया में आया था। आदमी ख़ाली हाथ आता है, पर जाता है तो अपने साथ सबकुछ ले जाता है।

दूसरे दिन जो बचा रह गया था, उसे ही हम इस राख में खोज रहे थे।

अस्थियों को, जो उगते सूरज का स्पर्श पाकर 'फूल' बन गई थीं। सुबह ही उन्होंने मेरी कोठरी का दरवाज़ा खटखटाया था। पता नहीं, वह कितनी देर से बाहर खड़ी थीं...मैंने हड़बड़ाकर साँकल खोली, तो देखा, देहरी पर तिया खड़ी हैं...सफ़ेद सूती साड़ी में उन्हें पहली बार देखा था। वह नहाकर आई थीं, बाल कन्धों पर गिरे थे। हाथ में एक लाल थैली थी।

"मेरे साथ चलेंगे?" उन्होंने धीरे से कहा।

"किसलिए?"

"उनकी अस्थियाँ चुननी थीं। पुरोहित जी ने सुबह ही आने के लिए कहा था।"

मेरा असमंजस सिर्फ़ कुछ क्षणों के लिए ही था, "आप बैठिए... मैं अभी आता हूँ।"

मुझे अपने कपड़ों पर शर्म आ रही थी, कल रात श्मशान-भूमि से आकर मैं सीधा बिस्तर पर आकर पड़ गया था।

"मैं बाहर बरामदे में बैठी हूँ।"

कुछ देर बाद जब मैं बाहर आया, तो सुबह का अँधेरा छँटने लगा। कल के बादल अब सफ़ेद फ़ाहों-से हल्की सुर्ख़ी लिये आकाश में बिखरे थे।

वह बैठी नहीं थीं। बरामदे के खम्भे से सटकर खड़ी थीं। मेरे दरवाज़े बन्द कर देने की आवाज़ सुनकर पीछे मुड़ीं...मेरी ओर देखा, जैसे कुछ परख रही हों, जो लम्बे अन्तराल के बाद दिखाई देता है। "चलें?"

इस बार पक्की सड़क छोड़कर हमने छोटी-सी पगडंडी पकड़ ली, जो एक तरह का शॉर्टकट लेकर गोल मैदान की तरफ़ चली जाती थी। पगडंडी इतनी सँकरी थी कि हम दोनों एक साथ नहीं चल सकते थे..वह हमेशा की तरह लम्बा डग भरती हुई चली जा रही थीं, जैसा मैं उन्हें झरने की तरफ़ जाते हुए देखता था। सफ़ेद स्नीकर्स की जगह उन्होंने चप्पलें पहन रखी थीं। चलते हुए उन्होंने हठात् बिखरे बालों को समेटकर हल्के जूड़े में बाँध लिया था। एक बार उन्होंने पीछे मुड़कर देखा था, फिर सधे क़दमों से चलने लगी थीं। पिछली शाम बारिश से पगडंडी पर जगह-जगह पानी के चहबच्चे जमा हो गए थे...जहाँ मिट्टी गीली थी, वहाँ पाँव बार-बार फिसलते थे।

कुछ ही देर में पगडंडी सूखी उठान पर आकर पक्की सड़क से मिल गई। दूर से ही श्मशान-स्थल दिखाई दिया...सुबह की कच्ची धूप में सफ़ेद पत्थरों के शिलाखंड चमक रहे थे, जहाँ हम कल शाम उन्हें कन्धों पर रखकर लाए थे। कल जो जगह घर से इतनी दूर जान पड़ती थी, आज वहाँ इतनी जल्दी पहुँच जाएँगे कि एक क्षण के लिए भ्रम हुआ कि हम ग़लती से किसी दूसरी जगह पर तो नहीं आ गए? कभी-कभी ऊपर मोटर रोड से कोई बस या लॉरी भड़भड़ाती हुई निकल जाती, तब ख़याल आता कि हम किसी अजाने उजाड़ वन्य प्रदेश में न होकर अपने ही शहर के किनारे पर हैं।

वह वहीं बैठ गई थीं, जहाँ पिछली शाम उनकी देह को लिटाया था। वह कुछ भी नहीं कर रही थीं, निश्चल बैठी थीं। जब मैं उनके पास पहुँचा, तो उन्होंने सिर उठाया। वह जो पूछना चाहती थीं, मुझे मालूम था। मैं पहले भी यह कर चुका था। मुझे ख़ुशी हुई कि मैं घर से नहाकर आया था, फिर भी दाह-स्थल से कुछ दूर रोड के पास नल की टोंटी से अपने हाथ धोए, उन्हें भी यही करने को कहा...जल्दी में अपना रूमाल लाना भूल गया था, इसलिए उन्होंने अपने आँचल का एक सिरा मुझे पकड़ा दिया, जिससे वह अपने हाथ पोंछ रही थीं, उससे मैंने अपने हाथ भी पोंछे...अधजली लकड़ियों को धीरे-धीरे राख-पुंज से अलग किया—और फिर अपने हाथों से उन्हें टटोलने लगा, जिनके अवशेष हम अपने साथ लेने आए थे...।

"यहाँ नहीं, यहाँ देखिए," मैंने कहा, "गीले में तो सिर्फ़ राख हाथ से चिपक जाएगी।"

राख अब भी गर्म थी। बारिश के कारण उसमें एक नम, गुनगुनी-सी ऊष्णता फैल गई थी...जब कभी कोई बड़ी चीज़ अँगुलियों से टकरा जाती, तो मैं उसे राख के ढेर से निकाल लेता, वह देखने लगतीं...जो कभी देह का अस्तित्व था और अब—सफ़ेद सूखी, नम, बुझी हुई आग

की झुलसी हुई अस्थियों में बँट गया था। हम उसे राख से निकालकर उस लाल थैली में रखते जाते थे, जो वह अपने साथ लाई थीं। कभी-कभी राख के भीतर उन्हें टटोलते हुए मेरे हाथ उनके हाथ से छू जाते थे—एक क्षण के लिए रुके रहते थे, मैं आँखें उठाकर देखता, वह खोई-सी नीचे कुछ देख रही हैं, जैसे अस्थियों के बीच किसी जीवित हाथ का स्पर्श कुछ अनहोना-सा मालूम होता, गीली राख के भीतर एक सूखी-सी आतुरता, जिसे वह कुछ देर ढाँपे रहतीं, फिर वह मेरे हाथ से फिसल जाता, और वह थैली अपने हाथ में पकड़ लेतीं और मेरे हाथ राख में ख़ाली भटकते रहते। और तब मुझे अपने पुराने दिन याद हो आए, जब खाक छानते हुए मैंने कितनी मूल्यवान चीज़ों को गँवा दिया और अब—राख में उन्हें टटोल रहा था, जो मुझे इतना कुछ दे गए थे।

"बस...या अभी कुछ और बाक़ी बचा है?" उन्होंने मेरी ओर देखा।

मेरे हाथ ठिठक गए, "आपने ठीक से देख लिया...सब जगह?"

वह पूरे हो गए थे। इतना लम्बा जीवन उस छोटी-सी थैली में समा गया था।

हम उठ खड़े हुए। धूप पहाड़ों से उतरकर सिर पर चली आई थी। शेड के पास आकर हमने दोबारा हाथ धोए...पिछली शाम की जो शुरुआत शवयात्रा से हुई थी, वह जैसे अब, इस सुबह, इस घड़ी अपने अन्तिम पड़ाव पर पहुँच गई थी...।

अन्तिम पड़ाव! नहीं, यह नहीं। यहाँ नहीं। यहाँ उन्होंने अपने आपको छोड़ा था, हमारी ओर से उन्हें छोड़ना अब भी शेष था...।

"क्या कुछ देर यहाँ बैठ सकते हैं?" तिया ने मेरी ओर देखा।

शेड की हरी छत के नीचे बेंच ख़ाली पड़ी थी। हम वहीं चले आए। बैठ गए। उन्होंने अस्थियों की थैली को अपने पास बेंच पर रख दिया। हम दोनों के बीच। हवा चलती तो सफ़ेद खुड्डियों के बीच दबी राख के सफ़ेद कण धूप में चमकते हुए हमारे सामने से निकल जाते।

"आपके लिए तो ये मुश्किल दिन रहे होंगे?"

क्या वह पूछ रही हैं या सिर्फ़ कह रही हैं? मेरे पास कुछ भी कहने को नहीं था।

"क्या वह कभी...?" वह बीच में रुक गईं।

मैंने आँखें उठाकर उन्हें देखा। वह बहुत पीली-सी लग रही थीं, आँखों में गहरी थकान थी, जैसे वह पिछली कई रातों से सोई न हों।

"आप क्या पूछ रही थीं?"

"नहीं, रहने दीजिए।"

"नहीं, बताइए, आप क्या कह रही थीं?"

"आख़िरी दिनों में वह आपको क्या लिखाते थे?"

नहीं, उन्होंने बात बदल दी थी। वह सीधे न आकर दूसरी तरफ़ निकल गई थीं।

"डिकेंस और हार्डी..."

उन्होंने कुछ हैरानी से मुझे देखा।

"मैंने लिखना छोड़ दिया था। वह मुझे पढ़ना सिखा रहे थे।" मैंने कहा, "आपको उन्होंने कभी चिट्ठी में नहीं लिखा?"

"आपने भी तो नहीं।" उनका स्वर बहुत धीमा था, पर फिर भी नीचे से एक रूखी-सी तपिश ऊपर चली आई...।

"आपको लिखा तो था...लाइब्रेरी की शामों के बारे में।"

"उनके स्ट्रोक के बारे में आपने कुछ नहीं लिखा।"

"डॉक्टर सिंह ने मना किया था...वह तब निश्चित नहीं थे... उन्होंने कहा था, वह ख़ुद आपको फ़ोन पर सब बता देंगे—पर शायद तब आप वहाँ नहीं थीं।"

"मैं दौरे पर गई थी। जब लौटी, तब मुझे उनका टेलीग्राम मिला था।"

ऊपर मोटर रोड से एक बस चिंघाड़ती हुई निकल गई। उसकी धुँधुआती गूँज देर तक पहाड़ियों के आर-पार घूमती रही।

"कभी मेरे बारे में पूछते थे?" उनका स्वर समतल था। शान्त। उत्सुक नहीं, सिर्फ़ हल्की-सी जिज्ञासा लिये।

"आपका पत्र आता था, तो ख़ुद पढ़कर मुझसे पढ़वाते थे..." मैंने कहा, "आख़िर में हमेशा पूछते थे, आने के लिए तो कुछ नहीं लिखा, उन्हीं दिनों हमने आपके पास आना तय किया था...बस की सीटें रिज़र्व करवा ली थीं...एक रात पहले से उन्होंने अपना सारा सामान पैक कर लिया था।"

उनका हाथ पास रखी पोटली पर गया...फिर झिझककर वापस लौट आया।

"आप इस तरह क्यों चली गईं?" मैंने उन्हें देखा। पर वह दिखाई नहीं दीं। धूप से बचने के लिए उन्होंने साड़ी के पल्लू से चेहरा छिपा रखा था।

"आपको लिखा तो था। आपको मेरा नोट नहीं मिला?"

"मैं अपने बारे में नहीं, उनके बारे में पूछ रहा हूँ। आपको मालूम नहीं, आपके इस तरह जाने के बाद वह क्या हो गए थे?"

आगे मुझसे कुछ कहा नहीं गया। एक पीला-सा बवंडर उठने लगा, जिसमें एक के बाद एक दिन याद आने लगे जो उनके जाने के बाद हमारे बीच बीते थे। वही तो दिन थे, जब हमने—मैंने—उन्हें खो दिया था। क्या वह यह कभी जान सकेंगी? क्या मैं उनसे कभी कह सकूँगा?

अचानक मुझे उनका हाथ अपने हाथ पर महसूस हुआ। वह उसे धीरे-धीरे सहला रही थीं; जिसने कुछ देर पहले राख के भीतर से उनकी राख को समेटा था। वह मुझे छू रही थीं। जैसे जो उन्होंने कहना था, सिर्फ़ छूने से ही उसका छोर पकड़ा जा सकता था।

हम कुछ देर वैसे ही अवसन्न राख के ढेर के सामने बैठे रहे। कभी कोई चील चक्कर काटते हुए ऊपर से निकल जाती और उसके

डैनों की काली छाँह सफ़ेद शिलाखंडों पर सरकती हुई नीचे घाटी की तरफ़ उतर जाती। धूप पहाड़ियों से उतरकर पुरानी बुझी हुई चिताओं की काली क़तार पर चली आई थी।

"आपसे उन्होंने कुछ कहा था?" उन्होंने बिना सिर उठाए कहा।

"किस बारे में?"

उन्होंने बेंच पर रखी थैली को देखा, "इसका क्या करना होगा?"

क्या करना होगा, जो वह अपने पीछे छोड़ गए हैं?

"नहीं...मुझसे कभी इस बारे में बात नहीं हुई, लेकिन..."

उन्होंने सिर उठाकर मुझे देखा...आँखों पर धूप चमक रही थी।

"आपसे तो कुछ कहा होगा...शायद अपनी कोई इच्छा बताई हो?"

उन्होंने सिर हिलाया, "कुछ भी नहीं।"

वह अपने बारे में इतनी बातें करते थे, पर अपने पीछे जो बचा रह जाएगा, उसके बारे में एक शब्द भी नहीं?

"क्या वह विश्वास करते थे?" मैंने पूछा।

"किस बारे में?"

"अन्तिम संस्कारों के बारे में?"

"मुझे नहीं मालूम, वह अन्त के बारे में क्या सोचते थे। आप तो जानते ही हैं, वह इन मामलों में कैसे थे...दीवा की बरसी पर जब अन्ना जी उन्हें सिमिट्री जाने के लिए कहती थीं, तो हमेशा मना कर देते थे।"

मिसेज़ मेहरा? वह कैसे उस दुपहर सिमिट्री की उचान से उतरकर हमारे पास श्मशान भूमि में चली आई थीं...?

"क्या उनकी अस्थियों को उनके पास क़ब्र में नहीं दबा सकते?" मैंने कहा।

वह कुछ देर चुप बैठी रहीं। एक फीकी-सी मुस्कराहट चेहरे पर चली आई।

"शायद उन्हें अच्छा नहीं लगेगा...अनन्त काल के लिए इतने पास-पास रहना!"

वह उठ खड़ी हुईं। थैली हाथ में उठा ली।

"चलिए, इसके बारे में घर चलकर सोचेंगे।"

हम नीचे उतरने लगे। बादलों के टुकड़ों में सूरज छिप गया था, पर धूप की पतली तहें अब भी बाक़ी थीं। एक साँवली-सी मन्द रोशनी पहाड़ियों, शहर की छतों, नीचे की फैली घाटी पर उतरने लगी थी।

2

सुबह का कोहरा छँट रहा है। बस की हेडलाइट्स में सफ़ेद पत्थरों की मेंड़ नीचे उतरती जाती है। सड़क के हर मोड़ पर हिचकोला-सा लगता है और मैं थैली को और भी जकड़कर छाती से चिपका लेता हूँ। नहीं, डर की कोई बात नहीं है, वह मेरे साथ हैं। उन्होंने शायद कभी स्वप्न में भी न सोचा होगा कि वह जो हर शाम मुझे अपनी विगत यात्राओं के एडवेंचर सुनाते थे, एक दिन स्वयं मेरे साथ बस की सीट पर अन्तिम यात्रा करने निकलेंगे।

यह सब अचानक हो गया था। सोचा भी न था, कभी मैं यह निर्णय आधी नींद के कुहासे में ले बैठूँगा। श्मशान गृह से लौटकर मैं अपनी कोठरी में आकर लेट गया था...सोने-न सोने के बीच...मुझे बीस बरस पुरानी बात याद हो आई थी, जब मैं बाबू की अस्थियाँ लेकर कनखल गया था... शोक और सन्ताप में लिपटा हुआ, जो बर्फ़ के लौंदे की तरह दिल की तहों के नीचे जम गया था। तब मैं मुश्किल से अट्ठारह वर्ष का रहा हूँगा,

जब हम पहला प्रेम करते हैं, और मैंने मृत्यु को पहली बार देखा था—एक निकट प्राणी को इतनी निकट से। और अब बीस वर्षों की विकट भूल-भुलैया से बाहर निकलकर उस पराये शहर में एक बार फिर उसके सामने आ खड़ा हुआ था, जिसने एक दिन मुझे इतना निरीह और अरक्षित बनाकर छोड़ दिया था।

मैं अपनी कोठरी से बाहर निकल आया। मेघाच्छन्न आकाश में एक भी तारा दिखाई नहीं देता था। सिर्फ़ उनकी कॉटेज की रोशनी जल रही थी...उस कमरे में नहीं, जहाँ वह आख़िरी दिनों में लेटे रहा करते थे, बल्कि हॉल के दूसरी तरफ़ का ड्राइंगरूम, जहाँ मैं नोटबुक लेकर उनके पास शुरू के दिनों में जाया करता था।

मैंने दरवाज़ा खटखटाया। कुछ देर तक कोई आवाज़ सुनाई नहीं दी। न कोई बाहर आया। क्या कमरे के भीतर कोई नहीं है? मैंने दोबारा दस्तक दी और फिर हल्के-से दरवाज़े को धकेला।

वह लम्बी मेज़ के सामने बैठी थीं—कमरे के अन्तिम छोर पर। शायद इसीलिए उन्होंने दरवाज़े की दस्तक नहीं सुनी थी। लम्बी शीशोंवाली खिड़की, जो हमेशा पर्दों के पीछे छिपी रहा करती थी, खुली थी। दोनों पल्लों के बीच टेबल-लैम्प की रोशनी उनके झुके सिर, मेज़ पर रखे काग़ज़ों और फूलदान पर गिर रही थी। मैंने दरवाज़े की खुली साँकल को दुबारा से खींचा, लोहे और लकड़ी के बीच एक सधी-सी ध्वनि ऊपर आई—तब उन्होंने सिर मोड़ा, वहाँ जहाँ देहरी पर मैं खड़ा था।

"आप?" वह अब भी मानो किसी दूसरे ख़याल में थीं, जहाँ मुझे देखकर भी मेरा वहाँ होना—उनके सामने होना—दर्ज नहीं हुआ था।

"आपसे कुछ कहने आया था।"

वह कुर्सी पीछे खिसकाकर खड़ी हो गई, "बैठिए, मैं आपको बुलानेवाली थी..."

मैं मेज़ के किनारे रखी बेंत की कुर्सी पर बैठ गया। वह अब भी खड़ी थीं—चुप, मेरी तरफ़ निहारती हुई।

"किसलिए...कुछ काम था?" मैंने पूछा।

उन्होंने सिर हिलाया। कुर्सी मोड़कर मेरी तरफ़ खींच ली। उसके किनारे अधर होकर बैठ गईं, जैसे वह किसी फ़ैसले की प्रतीक्षा में हों।

"आपने कुछ सोचा?"

"मैं आपसे कुछ कहने आया था...आप चाहें तो मना कर सकती हैं।"

वह मेरी ओर देखती रहीं।

"मैं बहुत दिनों से बाहर जाना चाहता था..."

उनकी आँखों में अजीब-सी हैरानी थी।

"मैं समझी नहीं...बाहर कहाँ?"

"मैंने तब कुछ भी तय नहीं किया था...जब वह जीवित थे। लेकिन अब उन्होंने सब आसान कर दिया है। क्या मैं उनकी अस्थियों को साथ ले जा सकता हूँ?"

वह चुप थीं। लैम्प की रोशनी उनके माथे की सलवटों पर गिर रही थीं।

"मुझे मालूम है, यह आपको ठीक नहीं लगेगा...मैं उनका कोई भी नहीं लगता था। मेरा उन पर कोई भी अधिकार नहीं था—न तब, जब वह जीवित थे; न अब, जब वह नहीं हैं।"

"अधिकार की बात नहीं..." उनकी आवाज़ बहुत कोमल-सी हो आई थी, "वह आपको बहुत मानते थे...आप न होते तो यह आख़िरी वर्ष..."

उनकी आवाज़ इतनी धीमी होती गई कि मुझे पता नहीं चला कि धीरे-धीरे किस आख़िरी शब्द पर जाकर वह बुझ गई।

"आप कहाँ जाने की सोच रहे हैं?"

"पहले हरिद्वार के पास कनखल जाना सोचा था...लेकिन वह काफ़ी दूर है...इसलिए पारुलकोट जाने का सोचा है। यहाँ से बस से सिर्फ़ ढाई-तीन घंटे का रास्ता है।"

"पारुलकोट? कभी नाम नहीं सुना।"

"छोटा-सा पहाड़ी क़स्बा है...गढ़वाल की सीमा पर। कहते हैं, वहाँ नदी जो बहती है, गंगा की ही छोटी धारा है!"

"यह तो यहाँ सब नदी-नालों के बारे में कहा जाता है," एक हल्की-सी मुसकान उनके चेहरे पर चली आई, "आप अकेले ही जाएँगे?"

मैंने कुछ विस्मय से उन्हें देखा।

"और कौन?"

"क्या मैं आपके साथ आ सकती हूँ?"

"आप आएँगी?"

एक क्षण के लिए मैं भूल गया कि वह मेहरा साहब की बेटी हैं। वह मुझे सिर्फ़ वह लड़की दिखाई दीं, जिसे लोग तिया कहते थे, जो एक काली शॉल लपेटे मेरे सामने बैठी थीं। टेबल-लैम्प के नीचे। नामों के साथ रिश्ते कितनी जल्दी एक दूसरी रोशनी में चमकने लगते हैं।

"आप चलेंगी तो उन्हें बहुत अच्छा लगेगा। आपको नहीं मालूम, हम दोनों इसी बस में आपके पास आनेवाले थे...वह आपको सरप्राइज़ देना चाहते थे!" ये शब्द कैसे मेरे मुँह से बाहर निकल आए, जैसे वे बहुत देर से इस घड़ी की प्रतीक्षा में बैठे थे।

"सरप्राइज़...उन्हें देखकर?" वह कुछ ऐसे बोलीं, जहाँ सोच के साथ कोई पुराना शोक चला आता है। "हाँ...शायद!" वह मुस्कराने लगीं। "मैं जब हॉस्टल से छुट्टियों में आती थी, तो दीवा मुझसे कहती थीं—'तुम्हारे पापा को नहीं मालूम...कि तुम आ रही हो...' मैं चाहती हूँ, तुम्हें देखकर वह..." उनका स्वर अचानक बीच में रुक गया। "हम हमेशा एक-दूसरे को सरप्राइज़ देते रहते थे, क्रिसमस के उपहारों की तरह!"

उनकी आवाज़ बहुत अजीब-सी हो आई थी। कुछ देर बाद जब वह बोलीं, तो जैसे किसी अँधेरे गढ़हे को पार करके आई हों।

"आप कब जाने की सोच रहे हैं?"

वह कुर्सी से उठ खड़ी हुईं। मेरी कुर्सी के पास चली आई थीं। मैं उनका चेहरा नहीं देख सकता था। सिर्फ़ उनके पास होने का आभास होता था।

"कल सुबह?"

सिर्फ़ सन्नाटा था, जिसमें वह लिपटी थीं और मैं उसे अपने बिलकुल पास—अपनी धड़कन में सुन सकता था। एक साँस, या सिर्फ़ एक उच्छ्वास या शायद मेरी ही आवाज़ की मैली-सी गूँज?

"ज़रा ठहरिए।"

एक हल्की-सी सरसराहट हुई और मैंने देखा—वह लाल थैली मेरी गोद में आ पड़ी है।

"आप मेरे साथ नहीं आएँगी?" दरवाज़े के पास आकर मैं ठिठक गया।

"आपके साथ वह हैं...उनके साथ भी तो कोई यहाँ चाहिए!"

"उनके साथ?"

"आप जाइए...इन दिनों घर को ख़ाली छोड़कर जाना ठीक नहीं है।" फिर वह मुड़ गईं। धीरे से दरवाज़ा खोलकर दूसरे कमरे में चली गईं, जहाँ आख़िरी बार वह उन्हें देखने गई थीं, जैसे वह पोटली में मेरे साथ उतने ही हैं, जितना उस अकेले कमरे में, जहाँ वह गई थीं।

मैं थैली लेकर उठ खड़ा हुआ...पैर देहरी की तरफ़ बढ़े, फिर रुक गए, हालाँकि किसी ने मुझे नहीं पुकारा था, सिर्फ़ एक ठंडी-सी ठिठुरन मेरी टाँगों में बर्फ़-सी जम गई थी; मैं मुड़ गया। उनके कमरे में चला गया, जहाँ मुझे नहीं जाना चाहिए था। वह खड़ी थीं, दीवार पर सिर टिका रखा था।

मैंने अपना हाथ उनके मुड़े हुए सिर पर रख दिया।...वह कुछ नहीं बोलीं। सिर्फ़ सिर हिलाती रहीं—एक तरफ़ से दूसरी तरफ़, जैसे भीतर उठते किसी बवंडर को ऊपर आने से रोक रही हों...मैंने उनका चेहरा अपनी तरफ़ मोड़ लिया और वह दीवार में घिसटता हुआ मुड़ आया, उनका पूरा चेहरा, आँसुओं से तर-ब-तर, आँखें मुँदी हुईं, खुलती हुईं हर साँस के साथ किसी बाढ़ को भींचती हुईं।

"तिया...क्या कर रही हो?"

"मेहरबानी करके आप जाइए!" उन्होंने अपनी बाँह से चेहरे को पोंछा। फिर सहसा उन्होंने मेरा हाथ, जो उनके सिर पर था, अपने हाथ में लिया, और उसे धीरे-धीरे थपथपाने लगीं। आँसुओं के बीच एक बेबस-सी मुस्कराहट धूप की तरह निकल आई।

"मैं अब ठीक हूँ। आप अब जाइए। कल सुबह ही आपको बस पकड़नी है।"

उनके जाने के बाद वह पहली बार रोई थीं। बेबस, पागल-सी!

मृत्यु एक घटना है, वह सिर्फ़ बर्फ़ की तरह सुन्न कर देती है। पीड़ा बाद में आती है, काल की तपन में बूँद-बूँद पिघलती हुई। मुझे लगा, जैसे उस रात अस्थियों की वह थैली मुझे देकर वह उनसे अन्तिम विदाई ले रही हों...!

अब वह पोटली मेरे साथ थी। ख़ाली सीट पर मेरे बैग के ऊपर रखी थी। बस के हिचकोलों में हिलती, मेरे साथ चल रही थी।

छोटे-छोटे गाँव, पहाड़ी क़स्बे खिड़की के सामने से निकल जाते थे। बस कहीं रुकती थी, यात्रियों को लेती हुई, उतारती हुई, फिर चलने लगती थी।

मुझे पता भी नहीं चला, बीच में कितने मील के पत्थर आँखों से फिसल गए हैं। ऊँघते हुए आँखें खुलतीं, तो दिखाई देता, सड़क ढलान पर उतरती हुई चौड़ी होती जा रही है, किनारे पर पेड़ों के झुरमुट पहाड़ी कन्दराओं से निकलकर झीने होते जा रहे हैं, चीड़ और देवदार अब कहीं दिखाई नहीं देते थे। धूप और धूल में झुलसे कहीं पीपल, कहीं नीम के पेड़ दिखाई दे जाते थे।

मेरी बग़ल की सीट पर कोई औरत एक ख़ाली टोकरी लेकर बैठ गई थी और मैंने पोटली को उठाकर अपनी गोद में रख लिया। मुझे डर था, कहीं मैं सोता न रह जाऊँ, इसलिए बार-बार खिड़की से बाहर देख लेता था। बस के कंडक्टर ने मेरी चिन्ता को भाँप लिया। हँसते हुए बोला, "पारुलकोट अभी दूर है बाबू जी, आप फ़िक्र न करें। मैं आपको बता दूँगा।"

मेरे पास बैठी वह पहाड़ी लड़की भी मुझे देखकर मुस्कराने लगी।

मैं निश्चिन्त-सा हो गया। खिड़की के पास सटकर बैठ गया। बस जितना नीचे उतरती जाती, गर्मी बढ़ती जाती थी। मेरी आँखें बार-बार मुँद जाती थीं। पिछली रात जब तिया के पास से लौटा था, तो देर तक नींद नहीं आई थी। एक अजीब-सी विषण्ण थकान मेरी नसों में इकट्ठा हो गई थी। नींद का झोंका आता, तो उसके साथ अजीब-से सपने अलग-अलग चिन्दियों में उड़ते दिखाई दे जाते, जिनके बीच किसी तरह का सम्बन्ध बिठाना असम्भव जान पड़ता। ख़ाली, सूनी सड़क, जिस पर चलते हुए मुझे अपने पीछे किसी दूसरे पैरों की आहट सुनाई देती...।

क्या निरंजन बाबू हैं? मैंने पीछे मुड़कर देखा, तो वहाँ सड़क की पटरी पर सफ़ेद संगमरमर की बेंच दिखाई दी। वहाँ शायद कुछ दिन पहले साहिब जी बैठे थे, जिन्हें खोजने हम घर से बाहर आए थे।

"आप यहाँ बैठिए...वह यहीं लौटकर आएँगे।" मुरलीधर ने कान में फुसफुसाते हुए कहा।

उसकी आवाज़ अँधेरे में खो गई, पर उसकी साँस, जिसमें देसी शराब की खट्टी-सी बू थी, मेरे कपड़ों के भीतर रेंगने लगी। मैंने एक बार उसे हाथ से हटाया, तो वह ठहर गई, पर कुछ देर बाद फिर रेंगने लगी—मेरी छाती पर, गले पर, बग़लों में, गालों पर...हल्की आँच की लपटें मेरे नंगे मांस पर धीरे-धीरे अपने सुर्ख़ पंख फैलाती हुई...।

हठात् मेरी आँखें खुल गईं। मैंने देखा, उनकी अस्थियों की थैली से, जो मेरी छाती से सटी थी, छोटी-छोटी लाल च्यूँटियाँ बाहर निकल रही थीं। इतनी छोटी, लगभग अदृश्य, जो यदि मेरी देह पर न रेंग रही होतीं, तो शायद मैं जान भी न पाता, कि वे वहाँ हैं।

मैंने चारों तरफ़ देखा...मेरी बग़ल की सीट ख़ाली थी। सोते हुए मुझे पता भी न चला था कि वह पहाड़िन किस स्टेशन पर बस से उतर गई थी। बस के दूसरे यात्री नींद में ऊँघ रहे थे। ड्राइवर की सीट के पास बैठे कंडक्टर ने बीड़ी सुलगा ली थी और वह खिड़की से बाहर देख रहा था।

मुझे कोई नहीं देख रहा था। मैंने थैली को सीट पर रख दिया, कमीज़ के बटन खोल दिये, खुजलाहट की सुइयाँ समूची देह में चुभ रही थीं। एक अजीब-सी तिलमिलाहट में सारा शरीर जल रहा था। एक बार सबकी आँख बचाकर मैंने थैली को सूँघा, सौभाग्य से कोई ऐसी हीक उसमें नहीं आ रही थी, जो लोगों का ध्यान आकर्षित कर सके। वैसे भी समूची बस सिगरेट, बीड़ी, पसीने और धूल की ऐसी मिश्रित बासों से अटी पड़ी थी, जिनमें से अलग से किसी एक गन्ध को पहचान पाना असम्भव था।

मैंने थैली को सीट से उठा लिया और सबकी आँख बचाकर उसकी गाँठ बाँधने लगा और तब मेरे हाथ अचानक ठिठक गए...।

मुझे पता भी न चला था कि कमीज़ की आस्तीनों के पीछे मेरी बाँहों पर कैसे लाल धब्बे-से निकल आए थे...जिनके नीचे वे धीरे-धीरे

रास्ता बनाती हुई रेंग रही थीं। कहाँ से आ रही थीं वे? कहाँ जा रही थीं? किसे खोज रही थीं मेरी देह में, जो उनकी थैली के पड़ोस में बैठा था? कल तो वे कहीं न थीं, जब उन्हें राख से निकाला था, दूध से धोया था! क्या वे इतनी अधीर थीं कि डूबने से पहले एक बार फिर जीने की साँस को अपने में सोखना चाहती थीं?

मुझे लगा, कुछ ही देर में बस के ऊँघते यात्री चौंककर जागेंगे और मेरी ही तरह अपने अंगों को टटोलेंगे...मेरे पास आकर कहेंगे—यह आपकी थैली है? क्या भर रखा है इसमें? देखते नहीं, इसमें से क्या बाहर निकल रहा है?...नहीं, नहीं, इससे पहले कुछ हो, मैं खड़ा हो गया, बिना सोचे-समझे। भरी बस में मैं क्या करने जा रहा हूँ, बदहवास-सा होकर मैं बस के दरवाज़े का हैंडिल हिलाने लगा।

"क्या बात है बाबूजी?" कंडक्टर ने कसकर मेरा हाथ पकड़ लिया, "चलती बस से गिरने का इरादा है?"

उसने मेरे कन्धे को पकड़कर कठपुतली की तरह सीट पर बिठा दिया। फिर न जाने उसने मेरे चेहरे पर क्या देखा कि उसकी आवाज़ अचानक धीमी पड़ गई।

"आप ठीक तो हैं, बाबूजी?"

मैंने सिर हिलाया। मैं उसका सामना नहीं करना चाहता था।

"बस, थोड़ी देर की बात है। अगला स्टेशन आपका ही है!"

मैं उस उजड्ड, अज्ञात युवक के प्रति कृतज्ञ-सा हो गया। उसने देखकर भी सब अनदेखा कर दिया था। बस के झटकों ने मेरे भीतर की बलती आग को बुझा दिया, उसी राख के ढेर में बदल दिया, जिसकी पोटली मेरे हाथ में थी।

कुछ देर बाद बस की गति धीमी हो गई। खिड़की के बाहर झोंपड़े दिखाई दे रहे थे। बाहर आँगन में चूल्हों से धुआँ ऊपर उठ रहा था। सुबह की मैली धुंध छँट गई थी और उसके पीछे से शुरू जाड़ों की सलोनी,

स्वच्छ धूप दूर पहाड़ियों पर चमक रही थी। धीरे-धीरे बस एक छोटी बस्ती से गुज़रकर पानी बहते नाले के किनारे रुक गई। कंडक्टर ने खट से दरवाज़ा खोल दिया।

"उतरिए बाबूजी, आपका पारुलकोट आ गया।"

बाहर एक छोटी-सी भीड़ थी—भीतर घुसने को आतुर। मुश्किल से नीचे उतरा ही था कि ऊपर से कंडक्टर की आवाज़ सुनाई दी, "आपका बैग, बाबूजी...पकड़िए!" और उसने बस से ही उसे नीचे फेंक दिया।

जिस हालत में मैं लोगों के बीच रास्ता बनाता हुआ बाहर आया, यह आज भी अचम्भा जान पड़ता है।

धूप की चकाचौंध मेरी आँखों में काँच के कंचों-सी मिचमिचा रही थी। मेरे आगे-पीछे धूल के गुबार के अतिरिक्त कुछ दिखाई नहीं देता था। धीरे-धीरे हवा का अन्धड़ कुछ ढीला पड़ा, तो कुछ दूर मिट्टी के झोंपड़े दिखाई दिये। पास में ही धूप में चमकते पोखर थे, जिनके मटियाले पानी में भैंसें बिलकुल स्थिर और ध्यानमग्न खड़ी थीं, उनकी देह पानी में डूबी थी, सिर्फ़ सिर पानी के ऊपर किसी काले फ़ॉसिल की तरह दिखाई देते थे।

कभी कोई ईंट-सीमेंट का कंकालनुमा मकान दिखाई देता था, जिसे किसी ने आधा बनाकर बीच में छोड़ दिया था। इक्का-दुक्का दुकानें, ढाबों की बेंचें...बीच-बीच में खेत दिखाई भी दे जाते थे, बैरकनुमा कोठरियाँ और मड़ैया, जिससे पता नहीं चलता था, शहर कहाँ ख़त्म होता है, गाँव कहाँ शुरू, या दोनों ही कभी एक-दूसरे के भीतर समा जाते हैं, कभी एक-दूसरे से अलग हो जाते हैं...।

मैं मानो किसी अजाने विचित्र प्रदेश में आ भटका था, पहाड़ियों के पैरों पर बिछा एक उपेक्षित, जर्जरित भूखंड, जहाँ शताब्दियों पहले भूले-भटके बनजारों का लश्कर आया होगा, और जब अपनी लम्बी सन्तप्त यात्रा के बाद नदी के दर्शन हुए होंगे, तब से यहीं आकर बस गया होगा।

मैं भी यहाँ नदी की खोज में आया था। यहीं, इसी वनांचल के किसी अदृश्य पाट पर वह बह रही थी, लेकिन कहाँ? कहाँ थी सरपा की पवित्र धारा?

जिस किसी से रास्ता पूछता था, वह इशारा कर देता था, बस पन्द्रह मिनट। आधा घंटा। समय का बोध कब का मिट चुका था...। शरीर का बोध तभी होता था, जब हलक़ में थूक अटकने लगता था... कभी-कभी इच्छा होती थी कि किसी ढाबे में बैठकर चाय और ठंडा पानी पीकर कुछ ताज़ा हो लूँ, पर जब थैली का ख़याल आता, तो सहसा सारी भूख-प्यास मर जाती...लोगों को पता भी न चले, स्वयं मेरे भीतर एक मितली-सी उठने लगती।

उनकी अस्थियाँ अब मुझसे अलग न होकर मेरी ही देह का हिस्सा जान पड़ती थीं। मैं अब उन्हें अलग नहीं ले जा रहा था, धूल और पसीने में लथपथ मेरी मांस-मज्जा के साथ मेरा शरीर उसे भी अपने संग ढोलता ले जा रहा था। बस की सीट पर जो च्यूँटियाँ थैली से निकलती हुई मेरे नंगे शरीर पर चली आई थीं, वे अब मन्द बुखार की आग में लुप्त हो गई थीं और उनकी जगह अब देह के हर मांस-पिंड पर ख़ूनी धप्पड़ सुर्ख़ फुलकियों-से खिल आए थे।

देह के ताप और बाहर की धूप में कोई अन्तर नहीं रह गया था; लग रहा था, जैसे चालीस साल पुराना शरीर जो मैं अपने साथ लाया था, अब किसी दूसरी देह में स्वप्न की तरह चल रहा था, जिसका साहिब जी से उतना ही सम्बन्ध था, जितना मेरा उन अस्थियों से,

जिनकी पोटली मेरे साथ चल रही थी और हम तीनों के भीतर एक ही आकांक्षा सुलग रही थी, अपने को जल-प्रवाह में डुबोने की, जहाँ हम एक-दूसरे से अन्तिम रूप से मुक्त हो सकें...।

लेकिन तभी ठोकर लगी और मैंने देखा कि मेरे पड़ते-गिरते पैरों के नीचे एक-दूसरे क़िस्म की ज़मीन चल रही है, सफ़ेद सपाट पत्थरों और नुकीले चमकीले कंकरों से भरी हुई, मेरे जूतों के नीचे किचर-किचर करती हुई।

चुँधियाई आँखों से चारों ओर देखा, तो पता चला, मैं शहर के कोलाहल और भिनभिनाते बाज़ार से बहुत दूर निकल आया हूँ। दूर धुंध में छिपी पहाड़ियाँ अब साफ़ दिखाई दे रही थीं। चारों तरफ़ एक सघन सन्नाटा था। अजनबी स्थान किस तरह ज़रा-सा ध्यान भटकते ही करवट बदल लेते हैं और जो अपरिचित और बिराना था, वही अपना-सा लगने लगता है, जैसे हम कभी यहाँ आए थे, हमें सहारा देता हुआ कि वहाँ बिलकुल ही निराश्रित और अकेले नहीं हैं, कोई हमारे साथ है, हमारे पीछे-पीछे आ रहा है।

नहीं, यह कोरा भ्रम नहीं था। कोई सचमुच मेरे पीछे आ रहा था, मेरे क़दमों के साथ अपने क़दम मिलाता हुआ। मैं खड़ा हो जाता, तो वह भी ठिठक जाता। चलने लगता, तो मेरे पैरों के साथ उसकी संगत भी शुरू हो जाती। कहीं यह मेरे ज्वरग्रस्त मस्तिष्क की ही तो स्वर्णिम मरीचिका नहीं थी, पीछे मुड़ूँगा, तो झुलसती ज़मीन पर अपनी ही छाया दिखाई देगी...और कुछ भी नहीं? मैंने बैग को ज़मीन पर रखा और थैली को कसकर पकड़ लिया—जी कड़ा करके पीछे मुड़कर देखा।

तीन गज़ की दूरी पर वह खड़ा था। कोई प्रेत छाया नहीं, बल्कि हाड़-मांस का जीवित मनुष्य, थोड़ा-सा हैरान, जैसे उसे पता नहीं था कि मैं इस तरह पीछे मुड़कर उसे देखूँगा—बेबाक!

"आप?" मुझसे आगे कुछ कहा नहीं गया।

"जी हाँ..." उनके चेहरे पर एक चतुर-सी मुस्कराहट चली आई, "मैं भी आपके साथ हूँ।"

उन्होंने अपने छाते को नीचे कर दिया। उनकी छोटी-छोटी तीखी आँखें मेरे बैग, मेरी थैली, गर्द और पसीने में मेरी कमीज़-पैंट पर गड़ी थीं। वह मेरी तरह बाहर के यात्री नहीं जान पड़ते थे, फिर कौन थे?

साफ़-सुथरी लाँगदार धोती और सफ़ेद कुर्ता पहने थे। कन्धे पर नीली धारी का एक सफ़ेद अँगोछा लटक रहा था, जिसके दो सिरों पर पोटलियाँ बँधी थीं, जैसे किसी पुरोहित ब्राह्मण के सीधे की थैलियाँ होती हैं—छरहरे शरीर पर उम्र का अन्दाज़ा लगाना मुश्किल था। वैसे भी जिस हालत में मैं था, उसमें किसी के बारे में कुछ भी कहना मुश्किल जान पड़ता था। इस बियाबान निर्जन में वह मेरे साथ थे, मेरे लिए यह भी बड़ा सहारा था।

"सरपा कितनी दूर और है?" मैंने पूछा।

"दूर ज़्यादा नहीं है, लेकिन जितनी पास आती जाती है, उतना ही चलना दुश्वार होता जाता है...देखा, कितने रोड़े-पत्थर हैं!" वह अपनी चप्पल उतारकर झाड़ने लगे, "आपने अच्छा किया कि जूते पहनकर आए, वरना आपके पैर छलनी हो जाते!"

वह चलते-चलते बोलते जाते, एकदम धारा-प्रवाह में बने-बनाए शब्द बाहर आते जाते थे।

"बड़ा ग़ुस्सा है सरपा नदी में...बिलकुल चंडी देवी! पहले तो बिलकुल शहर के पास बहती थी...वहीं जहाँ आप बस से उतरे थे..." उन्होंने उड़ती निगाह से मुझे देखा, "पता नहीं, किस बात पर अपनी माँ

से झगड़ बैठीं—गंगा मैया की गोद से निकलकर एक दूसरी ही दिशा पकड़कर बहने लगीं। पारुलकोट के एक चरवाहे ने जब पहली बार उसे देखा, तो सोचा, दूर पहाड़ी से कोई साँप धूप में फूत्कारता हुआ चला आ रहा है...तब से ही इसका नाम सरपा पड़ गया है। सुना है, बरसों तक कोई उसके पास जाने का साहस नहीं बटोर पाता था..."

वह कथा के बीच में रुक गए, जैसे उन्हें कुछ याद आ गया हो, "आप भी तो पहली बार आए हैं?"

"पहली बार?" मैं चलते-चलते रुक गया।

"हाँ...क्यों नहीं?" वह हँसने लगे, "मैं तो आपको पहली नज़र में ही पहचान गया...क्या किसी कर्म-अनुष्ठान से?" वह मुझे टटोलती निगाहों से देखने लगे, लेकिन उतना ही जितना मैं सह सकूँ।

"मेरे छाते के नीचे आ जाइए," उन्होंने मुझे अपने पास घसीट लिया, "अरे, आपका तो हाथ जल रहा है...तबीयत तो ठीक है?"

"देखिए, मुझे जल्दी है।"

"यह तो मैं जानता हूँ—चलिए। अभी पहुँच जाते हैं।"

उन्होंने छाता मेरे ऊपर कर दिया और साथ-साथ चलने लगे। तितीरी धूप में सिर्फ़ पत्थर, झाऊ की झाड़ियाँ, मिट्टी के ढूह दिखाई दे जाते थे। वह बार-बार चप्पलों से कंकर निकालने के लिए रुक जाते थे और मुझे साँस लेने का मौक़ा मिल जाता था। लगता था, वह बस-स्टैंड से ही मेरे पीछे हो लिये थे। कौन हो सकते थे वह? चेहरे से कुछ भी पता चलाना मुश्किल था—गाइड, पुरोहित, होटल के दलाल? बेरोज़गार आदमी, जो छोटे शहरों में बेमतलब किसी के साथ भी चल देते हैं? या सिर्फ़ मेरी हालत पर तरस खाकर मेरे साथ हो लिये थे?

मैं इस बार अकेले ही जाना चाहता था, मैं सोच भी नहीं सकता था कि इस अनजान जगह भी कोई मुझसे चिपक जाएगा। निरर्थक नपुंसक गुस्सा आने लगा—मुझे और भी दीन, दयनीय बनाता हुआ।

मैं झपटकर उनके छाते से बाहर चला आया और तेज़ी से डग बढ़ाता हुआ आगे-आगे चलने लगा।

मैं उनसे छुटकारा चाहता था।

कुछ दूर मैं ऐसे ही चलता रहा, जैसे आदमी किसी अन्धड़ में चलता है। देखकर भी कुछ दिखाई नहीं देता। धूप में चमकते पत्थर, धूल में अटा आकाश, कनपटियों पर बहता पसीना, ख़ुद अपना अपनापा एक-दूसरे में इस तरह घुल जाते हैं कि भीतर-बाहर का अन्तर भी मिट जाता है। पता नहीं, मैं इस बेसुध अवस्था में कितनी देर चलता रहा...!

कुछ देर तक यह भी पता नहीं चला कि मेरे पैर एक ढलुआँ-सी उतराई पर चले आए हैं...हवा में अब पहले-सी झुलसन नहीं थी, दूर क्षितिज पर पहाड़ों की सुरमई-सी रेखा दिखाई दे रही थी और नीचे कहीं एक मन्द-सी गड़गड़ाहट सुनाई देने लगी थी। मेरे जूतों पर गीली-सी मिट्टी चिपकने लगी थी...।

"सरपा माई की जै!"

अचानक पीछे से आवाज़ सुनाई दी। मैंने मुड़कर देखा, तो वह खुले छाते को हवा में डुलाते भागते हुए मेरे पास आ रहे थे, जैसे कोई भीमकाय पक्षी अपने काले डैने फैलाए फुदकता हुआ चला आ रहा हो!

"देखा आपने?"

"क्या?"

"अरे सामने देखिए—मेरी तरफ़ नहीं!"

धीरे-धीरे मेरी आँखों में जैसे नज़र वापस लौट आई। जिस धूल-भरे अन्धड़ में मैं अन्धाधुंध चला जा रहा था, वह सहसा आँखों से छँट गया।

सरपा नदी! वह एक सफ़ेद चमकते पारे की तरह टेढ़ी-मेढ़ी बल खाती पत्थरों, शिलाखंडों के बीच बहती दिखाई दे रही थी।

"देखा आपने?" उन्होंने मेरे कान में फुसफुसाते हुए कहा, जैसे

उन्हें डर हो, सरपा नदी उनकी बात सुन न ले। "बिलकुल जादूगरनी है...अचानक आँखों के सामने प्रगट हो जाती है। पहाड़ों के भीतर से वैसे ही बाहर निकलती है, जैसे कोई साँप अँधेरी कन्दरा से बाहर निकलता है...देखिए, लगती भी पूरी सर्पिणी ही है। मैं आपको न चेताता, तो वह आपके पैरों में ही लिपट जाती!"

वह ख़ुशी में हँस रहे थे, जैसे नदी के साथ उनका कोई पुराना, निजी नाता हो, "आप तो पहली बार आए हैं, लेकिन मैं तो जब कभी आता हूँ, हमेशा अचरज होता है...और नदियों की तरह इसकी आवाज़ दूर से सुनाई नहीं देती...तब पता चलता है, जब तक आँखों के सामने नहीं पड़ जाती!"

"रोज़ आते हैं आप?" मैंने आधे ग़ुस्से, आधी उत्सुकता में उनकी ओर देखा। एक अजीब-सी मुस्कराहट उनके लम्बे चेहरे पर चमक रही थी।

"मैं थोड़े ही आता हूँ...जब कभी बुलावा आता है, तभी चला आता हूँ।"

"कौन बुलाता है?"

"सरपा माई, और कौन?"

"आज भी आपको बुलाया था?" मैंने कटाक्ष करना चाहा, पर उनका चेहरा बिलकुल निरीह था।

"आज नहीं...तीन दिन पहले। कोई अन्त्येष्टि करने आएगा... ऐसा पता चला था। आज जब आप बस से उतरे, मैं समझ गया, कौन लगते थे वह आपके? कोई पास के रिश्तेदार?"

मेरे भीतर फिर कुछ घुमड़ने लगा—किसी तरह उसे दबाकर कहा, "जिसने आपको बुलाया था, उसने आपको यह नहीं बताया?"

"बताया क्यों नहीं था...लेकिन हिसाब हमेशा याद थोड़े ही रहता है! इस जन्म में जो आपके लगते होंगे, क्या वही थे, जो पिछले जन्म में थे?"

मैंने उन्हें देखा—नहीं, वह अब हँस नहीं रहे थे। वह एकटक,

निर्निमेष निगाहों से सरपा की जलधारा को देख रहे थे—मेरी ओर से बिलकुल निस्संग। कौन थे वह? बुख़ार की तपन में प्रश्न एक बुदबुदे की तरह उठकर मेरी बौखलाहट में समा गया।

मैं वहीं एक पत्थर पर बैठ गया। बैग को नीचे रख दिया। थैली जो मेरे हाथ में थी, उसे हाथ में पकड़े रहा। बहते पानी की कल-कल से एक दूसरी आवाज़ उठ रही थी, जिसे मैं पहली बार सुन रहा था—आदिम दुनिया की आवाज़ों से बिलकुल अलग, जो सरपा नदी के अन्तस्तल से उठ रही थी, जिसे वह एक-दूसरे अनाम, अज्ञात लोक से अपने साथ लाई थी, जहाँ सबकुछ सम्भव था, सबकुछ हो सकता था। उन्होंने पास आकर अपने अँगोछे से मेरे माथे को पोंछा, जहाँ पसीने की बूँदें टप-टप चू रही थीं।

"आपकी तो सारी देह तप रही है! ठहरिए, मैं पानी लाता हूँ।"

इस बार मैंने कोई प्रतिवाद नहीं किया। जैसे उन्होंने मेरी समूची संकल्प-शक्ति को अपने में सोख लिया हो...वशीभूत-सा होकर उन्हें देख रहा था, जो वह कर रहे थे।

वह अपने अँगोछे के सिरे में बँधी पोटली खोल रहे थे। उसमें से ताँबे की छोटी गिलसिया और लोटा बाहर निकाला था। अपनी चप्पलें उतारकर किनारे पर रख दी थीं। घुटनों तक धोती चढ़ाकर नदी के भीतर तीन-चार क़दम जाकर वह खड़े हो गए, पानी भरने लगे। जब मेरे पास आए, तो उनकी वही पुरानी मुस्कराहट लौट आई थी।

"इसे पी डालिए...देखिए, कितनी जल्दी असर करता है—सरपा माँ सारी जड़ी-बूटियों का सत्त्व अपने में घोलकर लाती हैं!"

गिलास में पानी ही कितना था, मैं गट-गट करता हुआ सारा पी गया। मुझे नहीं मालूम था, मेरे भीतर यह प्यास कब से सुलग रही थी। मैंने और पानी पीने के लिए लुटिया उठाई ही थी कि उन्होंने मेरा हाथ रोक दिया।

"अभी नहीं...ज़रा ठहरो! यह जल उनके लिए है, जिन्हें साथ

लाए हो। उनकी तृष्णा तुमसे कहीं ज़्यादा है!"

मेरे चारों ओर सिर्फ़ हवा थी—पत्थर, बहता पानी, निरभ्र आकाश। कुछ भी तो नहीं! किन्तु तभी मेरी निगाह एक चपटी शिला पर पड़ी, जो पानी की धार से बिलकुल सपाट हो गई थी, उस पर मथे हुए चावलों की चार गोल टिक्कियाँ रखी थीं। कहाँ से आईं वे वहाँ? उनके अँगोछे की पोटली से, जहाँ से अभी गिलसिया और लोटा बाहर निकले थे?

मैं उन्हें निर्लिप्त निगाहों से देख रहा था, जैसे अभी जो पानी दिया था, उसने मेरे सब तिलमिलाते टोटके, टोहनों को शान्त कर दिया था...जैसे उनका वहाँ होना उतना ही प्राकृतिक हो, जैसे उनके मुँह से निकलते मंत्रों की अबूझी, धूमिल-सी गुम्फित ध्वनि, जो सरपा की बहती धारा में गुंजायमान होती हुई मेरी तपती नसों के भीतर बह रही थी। एक पल के लिए विजड़ित मन में जिज्ञासा उठी थी—अपनी थैली के बारे में, जो अब मेरे हाथ में नहीं थी, किन्तु जब उसे सामने खुला पाया, तो मन आश्वस्त हो गया कि आख़िर वह हमसे छुटकारा पाकर अपने मुक्ति-स्थल पर आ पहुँची है—खुले आकाश के नीचे, बहती सरपा के तट पर, जहाँ वह लोटे से पानी के छींटे कभी अस्थियों के ढेर पर, कभी सफ़ेद पिंडों पर डालते जाते थे...।

अचानक वह उठ खड़े हुए...लोटे का अवशेष जल धीरे-धीरे चावल के गोल पिंडों पर गिराने लगे और जब वह बिलकुल ख़ाली हो गया, तो आकाश को देखकर एक अजीब मनुहार-भरे स्वर में चिल्लाने लगे, "आओ, आओ, आओ, आ...ओ!"

पहले धीमा, फिर कुछ ऊँचा, और ऊँचा होता हुआ स्वर...कुछ ही देर में नदी की गड़गड़ाहट उनके स्वर के नीचे दब गई और आसपास की चट्टानें, पत्थर, मिट्टी के ढूह, पहाड़ी का शिखर उनकी अधीर, आकुल चीख़ों के घटाटोप से भर गया।

मुझे लगा, जो आदमी बस-स्टैंड से मेरा पीछा करता हुआ आ

रहा था, वह कोई और था। और यह आदमी, जो लोटा हाथ में लिये आकाश को निहारता हुआ चिल्ला रहा है, वह कोई और है...।

उनकी विस्फारित आँखें उन पर उठी थीं, धोती घुटनों से उघड़कर हवा में फड़फड़ा रही थी, मुँह एक अँधेरी खोह-सा खुला था, जिसमें से थूक के छींटों की फुहार बाहर आ रही थी, उनकी आवाज़ अपनी ही गूँज का पीछा करते हुए हवा को चींथ रही थी, "आओ, आओ, आओ..."

वह एक दरवेश की तरह आकाश की ओर सिर उठाए हाथ हिला रहे थे...वह किसको बुला रहे थे? इस बियाबान में कौन उनके आमंत्रण की बाट जोह रहा था?

सहसा उनकी आवाज़ धीरे-धीरे मन्द पड़ती गई—सबकुछ थिर हो गया। एक कव्वा पंखों को डुलाता हुआ आकाश से नीचे उतर रहा था। वह ज्यों-ज्यों नीचे आता जाता था, पत्थरों से टकराती नदी की आवाज़ साफ़ और चमकीली होती जाती थी, जैसे उस बीहड़ में वह किसी सुदूर पितृलोक के अतिथि का पथ-निर्देशन कर रही हो।

काले डैनों को फड़फड़ाता हुआ वह धीरे-धीरे चावल के उन सफ़ेद पिंडों की तरफ़ आ रहा था, जो नदी के किनारे चौकोर पत्थर पर रखे थे। देखते-देखते उसके पीछे एक दूसरा कव्वा, फिर तीसरा, फिर चौथा एक काले बवंडर में बहते हुए चले आए और पत्थर के चारों ओर एक गोल पंगत बनाकर बैठ गए। सफ़ेद, गीले पिंडों पर उनकी लम्बी चमकती चोंचें डिबिया-सी खुलतीं, बन्द हो जाती थीं...शहरी कव्वों की तरह न सतर्क, न चौकस—हमारी ओर से निरासक्त...अपने में तल्लीन!

जब कभी कोई कव्वा सिर उठाकर हमारी ओर देखता था तो

लगता था कि वह हमारे पास होता हुआ भी कहीं दूर देख रहा है, जैसे उसके देखने का और हमारे वहाँ होने का कोई सम्बन्ध नहीं है...।

"मैंने कहा था न, वे आएँगे!"

उनकी आवाज़ सुनाई दी...मुझे पता भी न चला था, कब वह मेरे पास आकर बैठ गए थे।

"चलिए, अनिष्ट टल गया...अब चिन्ता की कोई बात नहीं!"

"अनिष्ट कैसा?" मेरे भीतर एक अजीब-सी आशंका उठी।

"मुझे मालूम था, आप पूछेंगे...जो आता है, वह यही पूछता है। ये आपको कव्वे लगते हैं...ज़रा ध्यान से देखिए!"

उनकी आवाज़ अचानक धीमी पड़ गई, "आप सोचते हैं, ये अपनी भूख मिटाने आए हैं...वे उन तृष्णाओं को चुगने आते हैं, जो लोग पीछे छोड़ जाते हैं। ये न आते, तो जिन्हें आप साथ लाए हैं...उनकी प्रेतात्मा भूखी-प्यासी भटकती रहती...आप क्या सोचते हैं—देह के जलने के बाद मन भी मर जाता है? आपको मालूम नहीं, कितना कुछ पीछे छूट जाता है। आप सौभाग्यवान हैं कि मैंने बुलाया और ये आ गए...कभी-कभी तो लोग घंटों बाट जोहते रहते हैं और ये कहीं दिखाई नहीं देते!"

"क्या आपकी आवाज़ सुनकर ही...?"

"आवाज़ नहीं...बुलाने का भाव आना चाहिए...अपने को प्रेतात्मा से इस तरह मिला देना चाहिए कि उनकी प्यास, तृष्णा, चाहना उनकी अस्थियों से उठकर आपकी पुकार में इस तरह घुल जाए कि पता भी न चले कि यह मृत की आवाज़ है या जीवित की...ज़रा उधर देखिए!"

उन्होंने मेरा हाथ पकड़ लिया...।

हवा में सरसराहट-सी हुई थी, जैसे किसी ने उसे झटका देकर हिला दिया हो...हम दोनों की आँखें एक साथ ऊपर उठी थीं। उनके अतिथि एक साथ पंख फड़फड़ाते हुए ऊपर उठ रहे थे और एक-एक करके हमारे सिरों के ऊपर से गुज़र रहे थे, इतने निकट से कि कभी-कभी

उनके पंखों का उड़ता हुआ स्पर्श सिर और माथे पर एक झुरझुरी-सी गरमाई छोड़ जाता था...फिर सहसा उन्होंने एक उड़ान भरी और वे नदी के पार दिखाई दिये, जहाँ एक को दूसरे से अलग कर पाना असम्भव था। एक बार वे नील विस्तीर्ण आकाश के आलोक मंडल में काली चमकीली कौंध में दिखाई दिये और फिर पहाड़ियों के पीछे, जहाँ से नीचे उतरे थे, हमेशा के लिए लोप हो गए। फिर कुछ भी दिखाई नहीं दिया।

ख़ाली आकाश, नदी की कलकल, हवा...कुछ भी नहीं।

"जाइए...यहाँ बैठकर क्या होगा...वे गए, इन्हें भी बहा दीजिए।" उन्होंने अस्थियों की थैली मेरे हाथ में पकड़ा दी।

"क्या हो गया आपको...इस तरह क्यों बैठे हैं? आप इसी के लिए तो आए थे..."

मैं बैठा रहा, जड़, शून्य, ख़ाली...पत्थरों के बीच एक पत्थर।

वह मुझे हिला रहे थे।

"आप रो रहे हैं?"

स्वयं मुझे पता नहीं था, वे कहाँ से, कैसे निकल आए थे, आँसू! क्या वे भी इस घड़ी की राह देख रहे थे?

"आपने बताया नहीं, कौन लगते थे आपके?"

कैसे उन्हें बताता, जो मैं स्वयं नहीं जानता था? क्या ऐसे रिश्ते होते हैं, जिनका कोई नाम नहीं होता?

मैंने थैली हाथ में ली और गिरता-पड़ता पानी में चला आया। धीरे-धीरे क़दम बढ़ाता हुआ वहाँ चला आया, जहाँ नदी की धारा पत्थरों से टकराती, दूधिया फ़ेन को फैलाती पूरे वेग से बह रही थी। थैली को

नीचे झुकाया ही था कि सरपा ने फूत्कारते हुए बिजली की तरह एक झटके से उन्हें मेरे हाथ से छीन लिया, अस्थियों का ढेर एक क्षण के लिए पानी की सतह पर उठा और फिर बहता हुआ आँखों से ओझल हो गया।

पानी में खड़ा मैं दूर जाता हुआ उन्हें देखता रहा, जो कहीं न था, और तब एक क्षण के लिए मुझे लगा, जैसे मैं बहुत हल्का हो गया हूँ, मानो मेरा कोई एक हिस्सा भी उनके साथ बह गया है। मैं जहाँ वापस लौटूँगा, वह नहीं हूँगा, जो उन्हें अपने साथ लाया था—न वह, जो उनके पास आया था।

पता नहीं, मरने के बाद आदमी दूसरा जन्म लेता है या नहीं, पर जो पीछे रह जाते हैं, उनके पुनर्जन्म की आशा बन जाती है...।

लौटते हुए सिर्फ़ उनकी आवाज़ सुनाई देती रही। वह मेरे साथ-साथ चल रहे थे। उनकी आवाज़ ज्वर के उठते ज्वार में ऊँचे-नीचे होती थी। उनके छाते की तरह, जो मेरे ऊपर-नीचे डोल रहा था।

सिर्फ़ इतना याद है, वह मुझसे रुक जाने का आग्रह कर रहे थे। कह रहे थे, ऐसे बुख़ार में सफ़र करना ठीक नहीं होगा। जब तक स्वस्थ नहीं हो जाता, उनके घर में रह सकता हूँ—शायद मैं रुक भी जाता—उनके घर नहीं, तो किसी होटल या धर्मशाला में।

लेकिन जब बस-स्टेशन पहुँचा, तो पता चला, बस छूटने में कुछ ही देर है। मैंने जल्दी से उनके हाथ में कुछ रुपये पकड़ाए और उनके विरोध के बावजूद बस में घुस गया। सौभाग्य से बस आधी से ज़्यादा ख़ाली थी। अपनी सीट पर बैठकर खिड़की से बाहर झाँककर उन्हें धन्यवाद दे ही रहा था कि वह छूट गई। आख़िर तक उनका हवा में हिलता हाथ और डोलती छाती ही दिखाई देते रहे।

साल बीतते गए। मैं उस शहर में दुबारा नहीं जा सका। साहिब जी को सरपा में बहाकर मेरे भीतर वह सबकुछ बह गया, जिससे दुनिया बनती है।

क्या तिया को मालूम था, मैं अब नहीं लौटूँगा...वह ग़लत थीं। मैं बार-बार रात की नींद में, दिन की रोशनी में, सड़क पर चलते हुए, टेबल-लैम्प के नीचे अकेले में पढ़ते हुए वहाँ चला जाता हूँ, जिसका नाम नक़्शे में नहीं है, साहिब जी की एटलस में भी नहीं।

एक खोया हुआ शहर, जिसमें मैंने अपने को खोजा था।

क्या वे अब भी वहाँ हैं, सेब के बाग़ीचे में नक्षत्र-मंडल को देखते हुए, जहाँ अब भी आकाश-गंगा बहती है? और वह समुद्र, जो क्लीनिक की खिड़की से एक शाम डॉक्टर सिंह ने दिखाया था, जहाँ से वह शहर लाखों साल पहले ऊपर आया था?

क्या इसीलिए वह हँसी थी, जो नीचे जा रही थी, मानो उन्होंने कुछ देखा था, जो ऊपर खड़े जीवित लोग कभी नहीं देख पाते?

सिर्फ़ सुन पाते थे, उन दुर्लभ घड़ियों में, जब वसन्त की किसी शाम अन्ना जी अपने कमरे में पियानो बजाती थीं। वह जो स्वयं बेघर थीं, पियानो पर अपनी अँगुलियों से शरणार्थी आत्माओं को अपने पास बुलाती थीं। ठंड में ठिठुरते हुए भिखारी को जैसे कोई भीतर बुलाता है...।

मैं सुनता था और सोचता था, क्या मैं सचमुच वहाँ गया था, जहाँ सबकुछ बीत चुका था?